他们从未没想过席老师对待朋友原来是这么温柔的。
而如鱼得水、八面玲珑的小白先生，在席老师到来的那一刻，也变成了一颗可可爱爱的小甜豆。

和席先生协议之后

故筝 著

HE XI XIANSHENG
XIEYI ZHI HOU

白绮说:"象,走左上角。"

席乘昀无奈一笑,

捏住棋子,

挪了一个田字格。

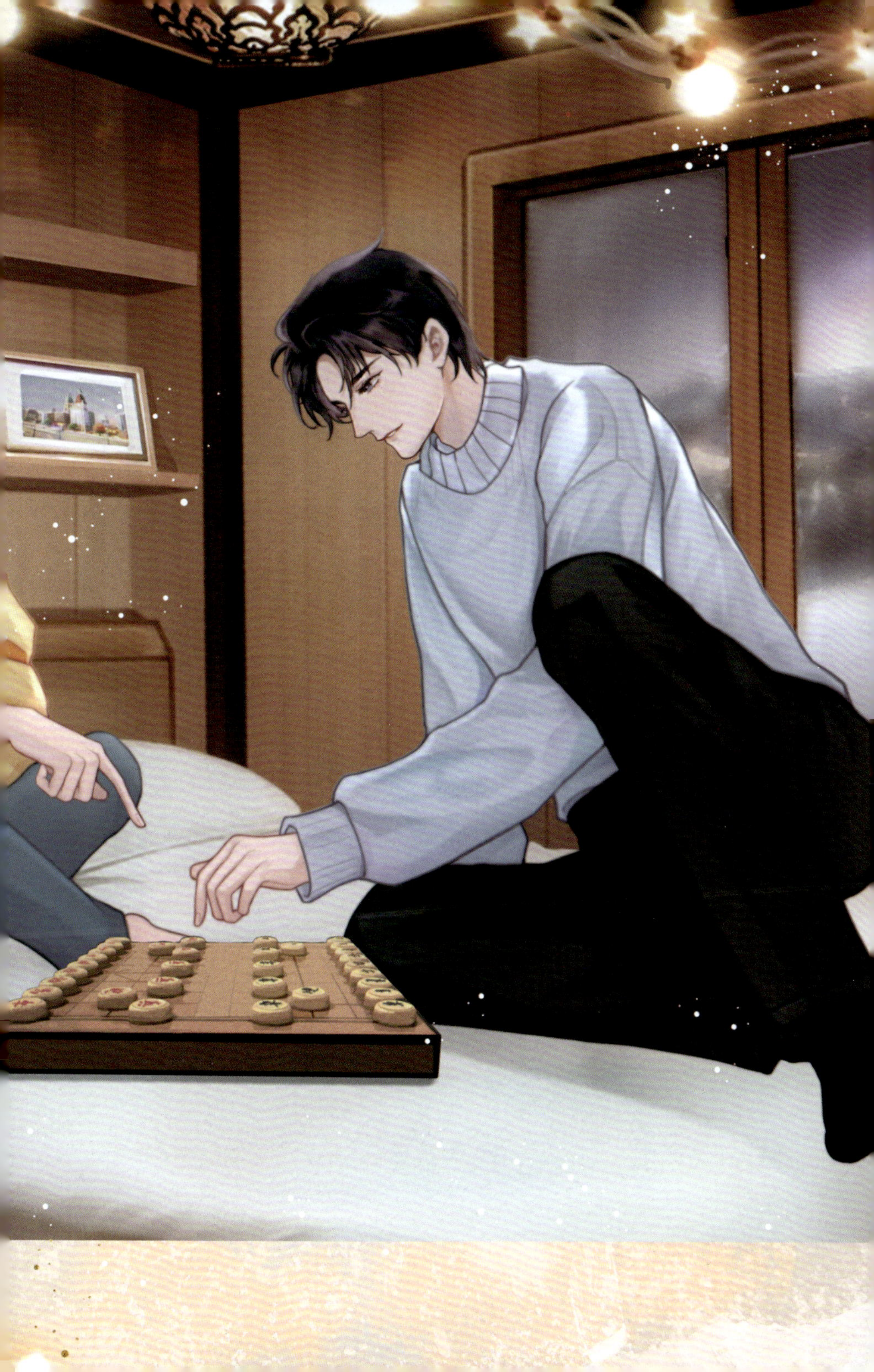

席乘昀突然摊开掌心,问:"吃吗?"

白绮低头一看,

才发现席乘昀用纸裹着,

装了一小捧剥好的瓜子。

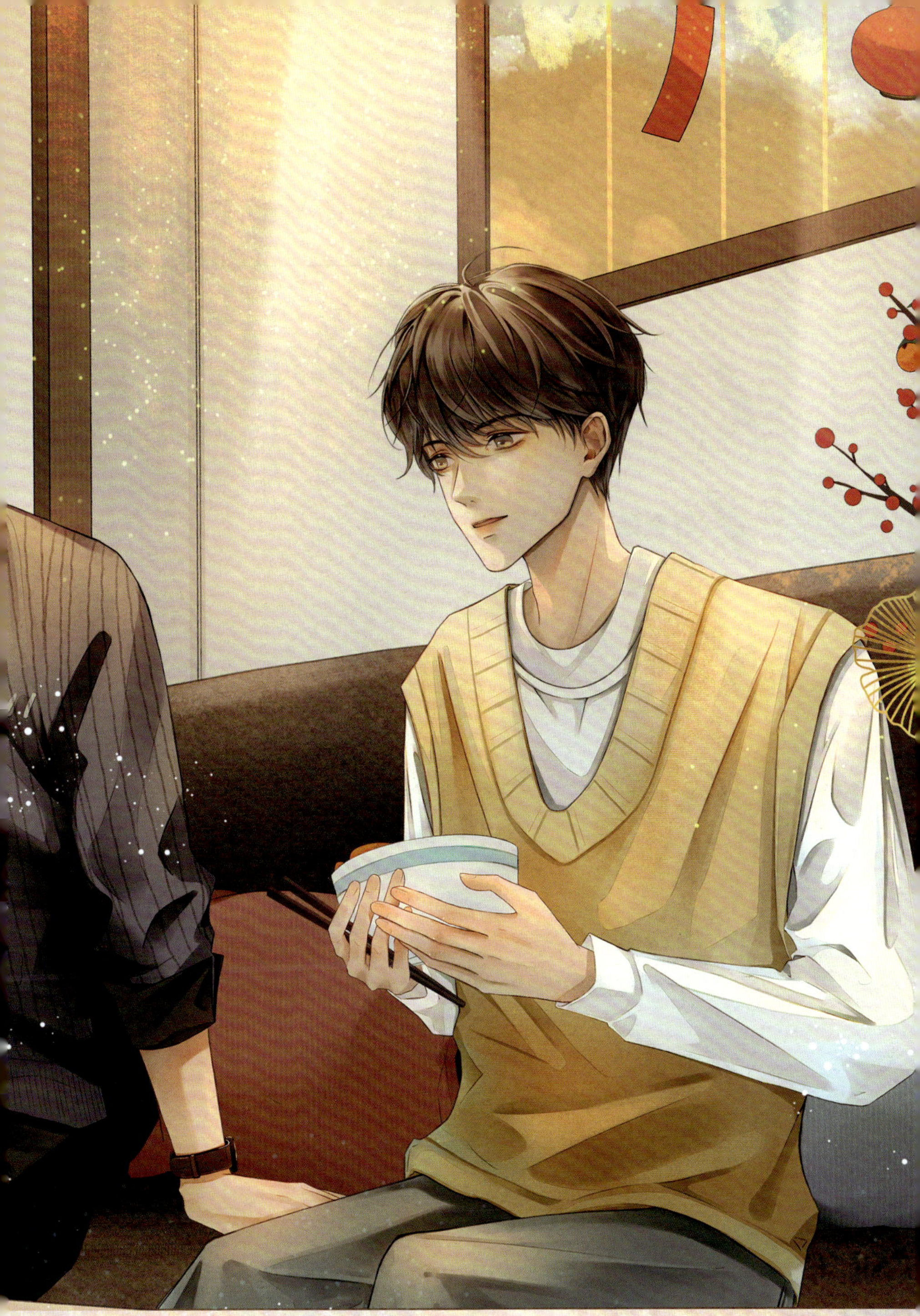

目录
Contents

第一章
请你和我做朋友 ·················· 001

第二章
我的"偶像"席乘昀 ·················· 027

第三章
我和我的完美朋友 ·················· 058

第四章
他是小太阳 ·················· 093

第五章
我把花朵赠给你 ·················· 116

第六章
借星星的光辉 ·················· 126

第七章
席先生，恭喜你 ······ 186

第八章
09:25 ······ 209

第九章
席老师，新年快乐 ······ 243

第十章
他走出了泥泞 ······ 275

番外一
13岁和扭扭车 ······ 299

番外二
23岁和绝版签名 ······ 306

席老师，大帅哥。

我独一无二的好朋友，

我人生的灯塔，

我远航的护卫者。

第一章
请你和我做朋友

《两年好友偷你论文抢你名额该怎么办？》

1L：这不就是塑料兄弟情吗？

2L：建议报警！不报警都是来秀友情的。

3L：在学校论坛公开发帖，曝光他的恶心嘴脸。你甚至可以花钱请侦探调查他，把他从小到大干过的坏事统统曝光。

4L：楼上是个狠人！但是没必要，因为这样人家可以告你损害了他的名誉。

…………

19L：这还能忍？马上写篇小作文发到朋友圈。至少让身边的人知道他是个什么货色！

20L：朋友圈可能会觉得你的样子很狼狈，吃吃瓜，饭后感叹几句，这事儿也就没人记得了。

白绮看到这里，心想可不是嘛。

223L：楼主去找个更厉害的朋友啊！你俩天天一块儿去食堂打饭，一块儿去图书馆耕耘。今天发表个 SCIE（科学引文索引扩展版），明天发表个 SSCI（社会科学引文索引）。这绝对是最有力的打击。

224L：最好是比他帅，比他高，比他有钱。文能陪你挑灯熬夜写论文，武能陪你叱咤球场得三分。那要是交个社会上的朋友，就更了不得了。

现在很多人，都喜欢攀比个人脉。你如果有个朋友，开豪车、穿西装、戴名表。你们一块儿往你那旧朋友面前一站，嘿，旧朋友就气死了。

225L：楼上的真会写，笔给你，多写点。

这帖子很快就 hot（火）了，后面都开始讨论起来 223 楼和 224 楼说的情景，那得是电视剧里才有的吧。

现实里……现实里也就只能靠想象出口恶气了。

779L：也不是没有办法，花钱雇一个人，假装成你朋友不就行啦？

780L：那还不如花钱雇个人装成我的富豪爸爸，这样对方肯定火速来找我道歉。

781L：可恶，没有钱雇……

白绮舔了舔唇，打出了两个字：真实。

要是有钱，干点什么不好呢？为什么还要花钱雇人，把钱和精力浪费在讨厌的人身上呢？

白绮关掉帖子，耳边响起了低低的声音。

"外面下雨了？"

"你带伞了吗？我没带哎。"

白绮也没带伞。他收起手机，望了望四周。

这里是京大的东区图书馆，临近期末，图书馆里扎堆复习的人不少。

白绮本来也应该坐在这里，认认真真看他的线代。

但就在两个小时以前，他收到了同学的短信。

"白绮你看公告栏了吗？"

"什么公告栏？"

"蒋方成得奖了。"

"那不是好事吗？"

"问题是，那篇论文题目，我在你电脑上看见过啊，你要不要来看看？"

紧跟着他的同学发来了自己拍的公告栏照片。

题目……确实一模一样的。

白绮没有立刻就认定是对方抄袭了他。

论文既然得了奖，应该也已经入论文库了。

白绮马上输入了关键词进行检索。

十分钟后,白绮盯着手机屏幕,顿时如鲠在喉。

他大一刚进学校,高一届的学长蒋方成就邀请他加入了学生会。白绮专注学业和赚钱,在学生会没待多久就退出了。

之后他和蒋方成依旧保持着联系。

蒋方成没事就喜欢来找他。一边夸他聪明,跟他聊学习上的事,一边还会跟白绮讲他家里多么困难,完全引发了白绮的共鸣,两个人的关系也就越来越深厚。

蒋方成在学校大小也算个风云人物。他人长得帅,人缘好,在学生会干得风生水起,另外还有个外校的校花女朋友。

能和这样的人成为朋友,白绮的同学都还挺羡慕白绮,说以后毕业了,俩人没准儿还能合伙开个工作室什么的。

但是没人知道,在一个多月以前,蒋方成就隐晦地暗示过白绮,能不能帮他代考。

白绮当时拒绝了,然后就有了现在公告栏上熟悉的论文标题。

他不知道蒋方成是恼羞成怒才偷了他的论文,还是说一早就有谋划了。

这一想得多了,就什么都看不进去了。

他漫无目的上网随便那么一搜,才搜出来这个帖子,一看就津津有味看了半小时。

被朋友背刺的人不止我一个,收拾收拾心情假装洒脱。白绮想到这里,连忙按住了思绪,不行,再想下去,要忍不住唱起来了。

窗外零星的雨点变成了连绵的细细的雨丝。

白绮不敢再耽搁,赶紧收拾了包,拎着就往外走,免得一会儿雨下大了。

十八分钟后,303寝室的门突然被人从外面撞开。

"绮绮回来了啊!"坐在桌前的人先指了指桌上的请柬,然后转头往门边看去。

门边立着一个看上去像是才十八九岁的少年。他一米七八的个头,身形挺拔、修长,上面穿着奶酪黄的羽绒服,下身是浅色牛仔裤,衬得格外显年纪小。

他的身材比例很漂亮。美院那帮人,最喜欢让他去当模特了。

穆东的思绪滞了滞,这才目光上移。

他的脸也格外好看。

白绮的眼窝微深,睫毛长且卷,五官有种说不出的精致。一眼扫上去,给人以极其强烈的明媚的感觉。

这会儿他额前的碎发被打湿了,紧贴住了皮肤,底下一双眼眸都好像跟着蒙上了点水汽。看上去就如同霜打了一般蔫答答的。

穆东心想可把老子这颗慈父心给可怜的!

"绮绮淋雨了吧?赶紧的,先擦擦。"穆东连忙去拿了毛巾递给白绮。

白绮接了过去,却没擦。而是先丢了包,再给自己倒了杯热水。

"喏,这是蒋方成送来的请帖。你还不知道吧?嘿,蒋方成可真够厉害的,这还没毕业呢,先是论文拿了奖,这又说订婚就订婚了!"

"也不知道是不是脑子忙傻了,咱们寝室就给送了一张请柬。你跟他关系那么好,好歹该单独给咱们绮哥准备一张啊!上面还得绣个花印个心什么的。"

穆东这才拿着请帖往白绮的方向送了送。

剩下的室友没多久也回来了。

白绮一边擦头发,一边听他们聊八卦:"蒋方成那个女朋友,好像家里挺有钱的。之前还去国外当了一年交换生呢。"

"真让人羡慕。"

"对啊,这妥妥的人生赢家啊。学业爱情双丰收。"

白绮听着听着,就觉得脑仁疼。

这时候他手机响了起来,穆东连忙从他包里摸出来,帮着递到了面前。

白绮抬手接过,垂眸看了一眼,是个陌生号码。

他一不点外卖,二没有快递。

白绮眼睛也不眨地挂掉了。

但那号码的主人很是执着,如此打了足足四遍,还发了条短信过来。

"你好,我是蒋方成的大哥,有一些事需要和你面谈。"

这就开始来封他的嘴了?怕他在蒋方成的订婚仪式上为一纸论文大闹一场,毁了人家和白富美的联姻?

白绮扣紧了手机。手机屏幕很快又一次亮起,电话再次打了进来。

"喂。"白绮这次没有挂断。

那头传出了很有礼貌的声音:"你好,是白绮对吗?我现在就在你们学校附近的咖啡厅。请你走到校门口,那里有一辆黑色轿车,车牌尾号是3V7J,它会接送你往返。"

那头顿了顿,声音显得磁性而富有魅力:"我在这里等你。"

声音还有点……耳熟?

白绮垂下眼眸,长长的睫羽轻轻颤了颤,他说:"我知道了。"

白绮挂断电话,拿了伞就往楼下走。

室友在后面疑惑地发问:"哎,绮绮去哪儿啊?今天怪冷的!好像是雨夹雪啊!要不拿上我热水袋啊?"

白绮摇摇头,身影很快就消失不见了。

正如电话里所说,白绮刚走到校门口,就看见了一辆黑色宾利。

车旁还站着一个身穿黑西装的保镖模样的男人,墨镜一戴,凶神恶煞般。

他从来不知道蒋方成的家庭情况,怎么的,难道还是什么不法分子?

那我举报有奖吗?岂不是顺手就能报仇啦?

白绮脑子里塞着各种乱七八糟的念头,一阵大风刮来,他手里的伞被吹翻了。

雨水又落了不少在身上。

白绮:"……"

不远处,穿着西装,但多少显得有些不太贴合气质的男生,滞了滞脚步。

"白绮?"

旁边的女孩儿挽紧了他的胳膊,忙小声问:"方成,怎么了?"

"没什么。"蒋方成压下了眼底复杂的情绪。

他没想到刚返校就碰上了白绮。

白绮发丝凌乱,那张好看的脸都挂上了水珠,看上去狼狈得有几分楚楚可怜的味道。

白绮长了一张好脸,每当人对着他这张脸的时候,都会不忍心做出伤害他的事。

但也是没有办法的事啊……蒋方成目光闪了闪。是教授误以为那篇论文是他写的,当场就夸奖了他,并且帮他投了比赛稿。

那个教授又恰好是他女朋友的舅舅。他总不能事后再和人家说,对不起,其实那篇论文不是我写的吧?

想到这里,蒋方成压住了心虚。他狠狠心,先和女孩儿往学校里走了,就当没看见白绮。

而白绮这会儿停在宾利车的前面:"你好。"

保镖摘下墨镜:"您好,是白绮白先生吗?"

白绮点点头,撑着那把被风吹得快散架的伞。他身上的水还在往下流,看上去弱小可怜又无助。

保镖像是没看见他身上的水一样,抬手为他拉开了车门:"您请。"

白绮:"有水……"

"没关系。"

好吧,人家都不在乎。

白绮乖乖坐进了车里。

那家咖啡厅离学校有九百多米,并不远,它的私密性相当好,消费档次当然也比较高,很少有学校里的人过来喝咖啡。

保镖领着白绮进门后,很快就有侍应生带他进到了包厢里。

包厢里坐了两个人,左边的个头矮些,身材略圆。

右边的……白绮抬眸一望,顿时愣了愣。

男人身穿着灰色毛衣,打扮休闲,气质出众到让人难以忽视。

他的身形挺拔,哪怕是坐着,也隐约能窥出他的身形应该是高大的,腿也很长。

他此时单手扣着咖啡杯,骨节分明的手指与白瓷搭在一处,便好像某种漂亮的艺术品一般。

他看上去分外俊美且眼熟。

他缓缓站起身,并伸出手,微微笑了下:"你好,我是席乘昀。"

立如芝兰玉树,笑如朗月入怀。

面前的男人正如粉丝们形容的那样。

其实他根本没必要自我介绍。这个世界上怎么会有人不认识席乘昀呢?拿了影帝大满贯、身家庞大、正红得如日中天的大明星席乘昀,谁会不认识呢?

白绮看他的时候,对方也同样在打量他。

席乘昀没有见过白绮。

不过蒋方成一向喜欢交"有用"且"有档次"的朋友,所以想也知道白绮应该很聪明,并且长得不错。

只是他没想过,会是这么出人意料地好看……且干净。

奶酪黄的羽绒服裹住眼前的少年,让他看上去就像是轻轻一掐就会流出甜甜的馅儿的奶黄包。帽子边上那一圈儿毛绒被雨水打湿后,蔫不拉唧地垂着,连带衬得他那张漂亮的脸都有些可怜巴巴。

席乘昀:"拿个吹风机过来。"

侍应生应声去了。

于是等白绮一落座,双方还没交谈呢,那个戴着墨镜的五大三粗的保镖先生,用那么老粗的手指捏住了吹风机,先给白绮吹起了头发和帽子。

白绮皱了皱鼻子。

怎么说呢?就……离奇。

姓氏都不是同一个,席乘昀怎么会是蒋方成的哥哥呢?长得也完全不像啊!

等到白绮的头发被彻底吹干之后,室内的暖气也将他烘得有几分醺醺然了。

"蒋氏的秘书今天应该给你打电话了,他们想给你支付一部分赔偿金,但没能联系上你。"席乘昀淡淡开口。

白绮勉强扒拉出了点记忆:"嗯,好像是有这么回事……"

席乘昀问:"你没接电话?"

白绮:"嗯……这也不能怪我呀。他发条短信来,说是蒋方成父亲的秘书。蒋方成说他爸是杀猪的,我怎么知道杀猪的还有秘书呀?我还以为是新型诈骗方式呢。"

席乘昀:"……"

席乘昀的经纪人憋了憋,没忍住:"这不胡说呢吗?他爸是蒋氏老总,什么杀猪的?"

席乘昀再看向面前的少年。

他的发丝被吹得柔顺了不少,面上倒没有什么被欺骗的难过之色,看着分外地乖巧且纯真。

"那你看我像骗子吗?"席乘昀唇角弯了弯,似是带了点笑意。只是笑意未透入眼底,他那双黑色的眼眸分明浸着疏淡漠然之色。

白绮摇摇头:"当然不像。"

席乘昀这张得天独厚的俊美面容,是别人整容都整不出来的。

席乘昀笑着点点头,随后从旁边的经纪人手中,拿过了支票簿,撕下一张,填写、签名,再推到白绮的面前。

"我给你开五千万……"

五千万!

好,我知道,拿着钱,从此成为你弟弟的专业代笔,永生不得供出他身上的污点对吗?

那怪不好意思的,这一年要是不写出八百篇论文,岂不是都不配拿这个钱?

但五千万……也不是不行哈,做什么都行。

白绮抿了抿唇,不等他开口,那头席乘昀紧跟着就又开口了,他说:

"诚聘你扮演我的朋友一段时间。"

嗯?白绮一下就来劲了。

这不巧了吗?这不是?

"楼主去找个更厉害的朋友啊!最好是比他帅,比他高,比他有钱。文能陪你挑灯熬夜写论文,武能陪你叱咤球场得三分。那要是交个社会上的朋友,就更了不得了。现在很多人,都喜欢攀比个人脉。你如果有个朋友,开豪车,穿西装,戴名表。你们一块儿往你那旧朋友面前一站,嘿,旧朋友就气死了。"

啊,这不巧了吗?眼前这就有了。这还是他大哥呢!岂不是更气人了?电视剧里都不带这么演的!

席乘昀将他的神色收入眼底:"我知道我的提议有些唐突。"

不唐突呀!五千万太棒啦!

"但我还是请你认真地思考一下。"席乘昀顿了顿,"一周后,我会让我的经纪人再联系你,并询问你的意见。至于我这么邀请你的原因……"

"不用等一周后啦,就现在吧。"白绮爽快地一点头,"可以。"

他脑袋上被吹得微微翘起的毛也跟着点了两下,漂亮的眼眸里绽着宝石一般的光辉。

白绮开口,掷地有声:"实不相瞒,单纯可爱耍手段心机深我什么都会!给您陪衬帮您骂街跑腿当小弟我什么都行!您看您需要哪个类型的朋友?"

席乘昀的经纪人看得目瞪口呆。心想这和想象中不太一样啊——不见悲痛愤怒不见哭,咋还上岗上得这么积极啊?

咖啡厅的包厢里,会面双方飞快且愉悦地达成了一致。

"席哥很忙,我先送你回学校吧。"矮胖的经纪人尚广出声说。

白绮点点头,对这些倒并不在意。

尚广也悄然松了口气,心想这人看上去是个不爱搞事的,那就好,没选错人。

尚广转身去拿伞,白绮在那儿站了几秒,想了想,还是抬头和席乘昀说:"嗯,席先生,可以的话……支票能换成银行卡吗?"

支票提钱还是太麻烦了,要各种核对。

席乘昀脾气很好的样子,微笑着应了声:"没问题。"

尚广拿了伞回来，就听见白绮好奇地问："嗯，虽然邀请我假扮朋友的雇佣合同不具备法律效力，但是……真的不需要留个凭据吗？"

尚广乐了："怕什么？怕你贪钱吗？"他扭头看了一眼席乘昀，掩了掩眼底那一点不自觉冒出的敬畏与惧色，然后才又转回头，轻松地笑着说："你可以试试。"

白绮看上去分外乖巧地点了下头。

尚广挂着笑容，抬手就要去拍白绮的肩，但手伸到一半，就又自觉缩回去了。

白绮："嗯？"

尚广推开面前的包厢门，先和他一起并肩走了出去，然后才一边下楼，一边说："这个吧，你现在算是答应了对吧？那从今天起你就是席哥的朋友了。那我肯定不能和你哥儿俩好啊，就只有席哥能和你勾肩搭背。"

哪怕是假的朋友呢？谁叫席哥有着相当强烈的领地意识啊……尚广心想。只是外面的人，从来不知道罢了。

白绮分外专业："那辛苦尚哥整理一份详细的注意事项给我。"

他也绝口不问为什么大名鼎鼎的席乘昀，居然需要雇用一个朋友。

人人都有秘密嘛，知道太多了不一定是好事。

白绮一声"尚哥"听得尚广两眼都笑眯了。

尚广："哎，本来也要准备的。就这两天，我派人给你送过来。"

这小孩儿，可真够上道的！省事儿嘿！

尚广陪着他一块儿，又上了那辆黑色轿车。

上了车，尚广都还在对他仔细叮嘱呢："今天谈话的内容呢，不能和别人透露。你也不要表现出情绪变化，之前是什么样，现在就什么样。呃，当然，你不是专业的演员，就尽量做到就行了。

"咱们的计划是两个月以后，你和席哥初步熟悉好了，然后就一块儿参加个访谈，一起出席点活动。"

白绮歪头看他："啊，还要参加访谈出席活动啊？我没有相关的经验啊。"

"别怕，席哥会给你准备丰厚的酬劳。"

白绮这下点点头得很痛快，拿人钱财，替人消灾，应当的。

尚广放心了，转身问："有微博吗？"

"有。"

"过去的咱也凑不上了，就今天开始，隐晦地发一些表示'和明星做朋友是一种什么样的体验'的日常。也可以转一转席哥和工作室的微博嘛，还有什么粉丝混剪啊之类的，不然人家能看出来你们的关系是假的。"

白绮一一答应了。

等尚广说完，车在学校门口停了都有几分钟了。

"行，我也不啰唆。号码我都留给你了，席哥很忙，有问题呢你就联系我。如果只是一些小事，可以直接让席哥的助理给你跑腿。"尚广送白绮下了车。

随后反手关上车门，尚广脸上的表情才沉了沉。

雇用一个假朋友，在他看来，是个很糟糕的做法。但是没办法，席哥太需要了。希望之后……一切顺利吧。

这头白绮回到宿舍先洗了个澡，换了身毛茸茸的睡衣——他妈给买的，脑袋上还支棱俩兔耳朵。

"绮绮，你上哪儿去了？"室友在后面问。

"谈了个大买卖。"

"大买卖？那卖了多少啊？三块还是五块啊？不如卖给我吧？绮哥哥再陪我练练口语呗。"室友嘶声喊。

白绮掏出了笔记本电脑。

室友见状也就识趣地不打搅了："打游戏呢？您打，您打。咱们明天再谈这桩生意……"

白绮开机后却没有打开游戏客户端，而是先奔去了视频网站，开始搜"席乘昀"，搜罗了不少片花出来。

他把弹幕打开，将粉丝的各种术语，全部牢牢记在了脑子里。

这还不算完，他又上百科页面，把席乘昀出道以后拍摄过的所有作品，包括广告、MV，拉了个清单。

他在日历上画了几个圈儿，订下了针对席乘昀的临时学习计划。

连着七天，白绮都在看席乘昀的作品，看了个昏天黑地。

他以前也看席乘昀的电影和电视剧，但毕竟不是亲粉丝，也就偶尔赶上才看一看。现在不一样了，白绮周六出学校，看见水果摊上的大西瓜，都觉得长了一张席乘昀的脸。

"赚钱不易啊，嗝……"白绮吸着奶茶，打了个嗝。

这七天里，席乘昀忙得像是忘记了他这个人一样，尚广也没有再联系他。

倒是白绮时不时会在席乘昀的超话广场里，看见他的最近动向。

白绮往前走了两步，目光被不远处的炸鸡摊子吸引了。

就在这时候,两个小学妹打他身边路过,正兴奋热烈地议论着什么。

"天哪,真的假的啊,我不行了,真的要来吗?"

"粉丝群都传疯了,呜呜,赶紧吧,我先回去洗个头洗个澡化个妆。"

"学校完全没有消息传出来啊!"

"席老师这样的级别,消息肯定得保密啊……"

白绮听了会儿,差不多听明白了。

席乘昀要来他们学校?干什么?有什么活动吗?

白绮还在思考,眼看着前方的炸鸡摊子快收了,他顾不上想席乘昀了,一个箭步冲上前:"等等姐姐,炸鸡炸鸡,我要买炸鸡……"

白绮吃炸鸡吃得一脸满足,连蒋方成偷他论文去拿奖的事,都让他没那么如鲠在喉了。

他一边咬着脆皮,一边摸出手机,打开超话。

超话里已经有点动静了。

"席哥是不是又去做公益啦?"

"好像是,联合高校弄了个什么'新青年'的公益活动,席哥大概要出席讲话吧。"

白绮轻轻眨了下眼,擦了擦手,吸掉奶茶里最后一颗珍珠,迈步朝学校走去。

学校里的氛围突然间就变得不一样了,丝带灯笼挂上了,整得跟迎新年似的。

白绮再往前走一段,路过小广场的时候,只见上面摆着一个很大的人形立牌,周围的人围了个水泄不通。得亏白绮个子不矮,这样视线一掠过去,还能瞧见人形立牌的脑袋,是席乘昀。

哪怕是被印成人形立牌,俊美面容也丝毫不损。

就是感觉快被粉丝摸起皮了。

白绮收回目光,往食堂去,给寝室里的几个室友带了饭和饮料。

蒋方成很快也听说了他大哥要来学校做活动的事,但他心思不在这里,他低头看着手机屏幕,心情有点躁郁。

那天回去后,他始终还是有点担心白绮,但又不敢主动联系,刚刚才旁敲侧击地问了问白绮的室友。

结果倒好,白绮室友说,白绮都一周没出寝室门了。

是在难过吧。

蒋方成还是不太舍得和白绮闹掰的,白绮这个人不贪图富贵,人又聪明,在他眼里,白绮可不像是他的朋友,更像是他的小弟——还是个相当优秀、拿得出手的小弟。

他本来都想好了,等将来他继承了蒋氏,就让白绮到蒋氏工作,给他做左膀右臂。

现在被一篇论文搞砸了,蒋方成心底还真有那么点遗憾。

要不找个机会去见见他?蒋方成这一犹豫,就犹豫到了下午三点。

下午三点,学校彻底沸腾了。

从校门口一路到大会场,挤了个水泄不通。

白绮坐在宿舍里,都隐约能听见外面沸腾的声音。

席乘昀真来了啊?

白绮歪头听了听,然后选择插上耳机,继续刷剧。

室友们倒是难得热切地聊起了这个八卦,有人笑呵呵地说:"是不是学校特地请了席老师来给咱们减轻期末压力啊?"

"有可能。席老师也算是咱们校友了,在这儿读了一年才出国的。"

"哎,我也想去要个签名,就是和小姑娘们抢,有点不好意思。席乘昀那个《绽放》拍得太厉害了!"

他们说着说着,还是按捺不住也出寝室凑热闹去了。

当天学校里差不多所有学子的微博上,全是席乘昀的相关消息。论坛里相关的帖子都快爆炸了。

转眼下午六点,食堂里头一回缺失了无数干饭人的身影。

而演讲台上,穿着深蓝色西装的年轻男人微微笑了下:"很感谢大家来参加今天的活动,稍后将有工作人员选取十位同学赠送签名海报……"

他转过身,退出到了幕后,离开时的身影大家都觉得充满了优雅的魅力。

大家被签名海报、签名照还有公益物料给留住了脚步,一时倒是没太多人接着去追席乘昀的身影。

席乘昀一边放下后台遮挡的帘子,一边摸出手机。

同一时刻,白绮的手机响了起来。

还是上次那个号码,白绮顿了下才接起来:"喂?"

这么快,活动就结束啦?

"我马上到你宿舍楼下。"席乘昀的语速还是不急不缓,颇有点老派绅士的味道。

"嗯?"

"好呀，我马上下楼。"白绮短暂地愣怔过后，就立马配合了。

终于犹豫完的蒋方成，电话一拨出去，听到的却是："对不起，您拨打的电话正在通话中……"
蒋方成："……"
算了，直接去他宿舍吧。到时候当着他舍友的面，他还不会发脾气。

蒋方成动身的同时，席乘昀也换了件外套，然后墨镜一戴，就在助理的陪同下往宿舍楼去了。
助理忍不住问："席老师，不戴个假发吗？总觉得您这样……很容易被认出来。"
席乘昀："没关系。"戴个假发，太不好认了。
助理也只好住嘴了。
其实他都搞不懂，席哥为什么要特地来这里搞这么一个小活动。分文不赚不说，为了维持现场秩序，紧密安排活动流程，花出去的更多。
助理正纳闷间，就看见席乘昀又摸出了手机。
他在和人打电话。男人微微笑着，神态有一分放松，像是在和谁……说很亲近的话？助理被自己的念头惊到了。
他怎么会有很亲近的人呢？
席乘昀："你们宿舍楼旁边有片白桦林，林子旁边有条铁制长凳。我在那里等你，好吗？"
"这么快就下楼了？下次不用这么早。我等你就行了。"
这一番话，听得助理都不自觉有点耳朵发红。这就是影帝的魅力吗？随随便便一句话，都好像被赋予了浓厚复杂的情感。

这头白绮收起手机，钻入了小树林。
这么见面还挺奇怪的，人家谈恋爱的才喜欢去小树林扎堆呢。
白绮往前走几步，很快就看见了席乘昀。
席乘昀单手取下了墨镜，身穿灰色羊毛大衣，站在那里身形挺拔，气质出众，如挺立的松柏。
他说："热水袋给我。"
助理愣愣地递了过去，然后一边更愣地望着白绮，这个漂亮的男孩子，快步朝他们的席先生走来。
助理脑中电光石火，恍惚间仿佛明白了什么。

为什么要特地来弄活动？为什么活动结束后还要来这里的树林见人？

很明显，男孩子和席老师有非同寻常的关系。

助理在看白绮的时候，白绮也看见了他。

席乘昀为什么特地来见他？还带了个外人。哦，是从现在就开始演习吗？行，我懂了！白绮脸上的笑容越发灿烂，甜得像是能掐出蜜来，眉眼绚丽得要命。

然后他一个助跑，无比热情地和席乘昀来了个拥抱，还顺势一巴掌拍到了席乘昀的背上。

"好兄弟！"白绮喊。朋友是应该这么做吧？

席乘昀："……"

他攥着热水袋的手骤然收紧，热水袋的外皮都发出了轻微的声响。

但这已经不重要了。

席乘昀几乎能嗅到少年身上传递来的橘子味儿，大概是沐浴露的味道。白绮这会儿还一抬手，钩住了席乘昀的肩，虽然因为席乘昀有点过于高大，他钩得多少有点费力了。

这会儿席乘昀的呼吸顿了顿。

他该说，少年实在太聪明，又相当地积极嘛。

他的视线垂了垂，正落在少年埋头时露出的那一截雪白的脖颈上。

他身边从来没有过这么亲近的人，他更没想过白绮演起戏来毫无负担。

席乘昀的视线微微挪开了一点，随后将热水袋塞入了白绮的怀里："暖暖。"

至于助理……助理已经如同五雷轰顶，震惊到完全说不出话了。

蒋方成爬上三楼，推开寝室门。

穆东他们嫌会场太挤，这会儿刚回来，听见动静回头一望："哎？怎么了？"

"我……找白绮。"

"他下楼了。"穆东说着，走到窗户边，往下望去，"我帮你看看啊，没准儿还没走远……"

这一瞧，他就瞧见了小树林里熟悉的身影，惊了一跳："哎哟我的天！"

那咋那么像白绮呢？和白绮一块儿挨着说话的是谁？

怎么也挺眼熟的……还怪像刚才演讲台上的席乘昀的——呸，我有病，我眼花！

"看见了吗？"蒋方成在后面问，语气已经有点急躁了。

他是真的想见白绮，已经忍了好多天了。

穆东神情多少有点儿恍惚："看见了……吧？也不对。多半是我看错了。"

蒋方成一步上前，跟着挤到了窗边。穆东这表述方式一听就有点问题。

"你到底看见什么了？"

穆东懒得搭理他："白绮忙着呢。"

蒋方成好声好气地说："忙什么？给他打电话行不行？我最近给他打，他都不接。"

穆东摇头："那不行，我现在肯定不能打扰他啊。"

蒋方成火气有点上来了："就打个电话而已，打扰什么？就和他说一声，我在这里等他。"

穆东被他突如其来的怒火冲傻了，结巴了一下，才找回了自己的声音："蒋方成，你那么着急干什么啊？"

蒋方成心头一冷，他推开穆东："我自己看。难不成是在忙约会？"

蒋方成毕竟只是和白绮关系亲近，和穆东他们关系一般，他又不受这气。

穆东眉尾一扬："行，你自己看呗。"他说完，没忍不住又添了一句："白绮不接你电话，肯定是你做错了什么，得罪他了。"

蒋方成一听他这话，心虚顿时被勾了起来。

他不再看穆东，就这么双手往窗沿上一搭，脖子伸长，往外看。他有段时间没见白绮，目光还寻找了一会儿，这才堪堪定位到了林子间的少年。

毕竟隔得远，就看见一个背影——穿着奶白色羽绒服，身形挺拔，正和一个身形高大的男人肩并着肩，还钩着人家脖子。

他怎么不知道白绮还有这号朋友？

哪怕是看不太清楚，但刹那间，蒋方成还是脑子"嗡"的一声，从那个男人身上感觉到了一点危险的气息。

白绮上哪儿认识的人？不会是什么社会上混迹的坏人吧？

我这也是关心他，为他好。蒋方成脑子里飞快地盘旋过这几个字。

他一下就有了力气，甚至忍不住开始想，等他把白绮拽回正途，白绮还会感谢他，论文的事儿也就过去了。

蒋方成摸出手机。

穆东看了他一眼，总觉得这人好像激动得有点发抖。

什么德行？

穆东眼看着蒋方成拨出了白绮的号码，穆东一把扯住他胳膊："你干什么啊？你有病吧？就算那真是白绮，又关你屁事啊？别打搅别人啊。"

蒋方成不耐烦地甩开了他的手。

这时候手机那头传出了等待接听的嘟嘟音，那声音这会儿似乎格外地漫长。

一秒、两秒……四十秒……

无人接听。

蒋方成皱起眉。

林子里的人没有接电话的动作，也许……就不是白绮。

"电话响了。"林子里，席乘昀的助理小声提醒了一句。

提醒完，他又觉得自己像个笨蛋。电话错过一通，还能打回去嘛，自己在这儿戳着当电线杆子干什么？

白绮松开胳膊，缓缓吐了口气。今天好兄弟的戏份儿应该演得还不错吧，就是胳膊挺受累的。

白绮："我回去啦？"

席乘昀也没有去问他这通电话的事，只问："吃晚饭了吗？"

白绮摇头："还没来得及呢。"

席乘昀点点头："嗯，那一起。"

白绮其实还不太适应和比较陌生的人坐一块儿吃饭。

抱一下那也就一瞬间的事儿，但吃饭是要舒舒服服吃上大半个时辰的。

但是……职业道德嘛。

白绮乖乖应声："好啊。"

助理的脑袋已经昏得不行了。不仅忙里偷闲来这里办活动，就为了见一面，现在还要偷偷摸摸一块儿共进晚餐……

这关系，实锤了吧。席老师真跟素人做朋友啊！

席乘昀和白绮并肩走出了林子，直接走学校的地下车库，避开了不少人。

蒋方成望着他们的身影走远，这才堪堪回过了神。他勉强笑了下："不好意思，我这两天脑袋有点昏。刚才脾气不太好，多担待。等白绮回来了，麻烦你再和我说一声啊。"

穆东不情不愿地应了声："嗯。"

等蒋方成走出去了，穆东才忍不住和其他室友念叨："这蒋方成到底干什么对不起绮绮的事了?"

"不知道啊。他对不起绮绮,他还这么嚣张?有病啊?"

几个室友扎堆一块儿叨叨了几句,这才觉得舒坦了。

就是……

"刚才真是绮绮吗?"

这边没议论出个结果,但蒋方成从白桦林经过的时候,心情也并没有真正放松。

他可能认错白绮,但穆东他们不太可能。白绮今天出去穿的什么衣服,他们肯定是记得清清楚楚的。

蒋方成本能地抓了抓头发,像是把压抑的烦躁发泄在了这里。

然后他摸出手机,继续给白绮打电话。

一遍,又一遍。

都没接。

一直打到他手机提示只有19%的电,他才停下。

到这时候,蒋方成已经强迫症发作了。

不就一篇论文吗?白绮真要拉黑他?

蒋方成攥紧手机,大步迈出去,手机却紧跟着响了。

他匆匆接起来:"喂!"语气急促,还带着点儿惊喜。

那头传出的却是女声:"喂,你在哪儿?我现在在你宿舍。"

蒋方成噎了噎:"我在外面,一会儿就回来。"

对方语气冷淡:"你没背着我去干什么吧?"

蒋方成:"没、有。"

"那就好。大家都知道你妈妈是第三者上位,我希望你拿出点青年才俊的样子。其他我是无所谓的,但请帖都全发了,你不能让我面上无光。你自己聪明点,不然我没面子了,我爸也没面子,那他老人家就会亲自去找你爸谈了。"那边懒洋洋地敲打了几句,就利落地挂了电话。

蒋方成一口气堵在喉咙里,吐不出来,咽不下去。

今天真是倒霉!

蒋方成的未婚妻叫韩丝,他爸钦点的。

这个女人一点也不温柔,可谁叫她有个厉害的父亲呢?

蒋方成忍了又忍,先匆匆赶回了宿舍。正好手机也没电了。

这头白绮和席乘昀刚在餐厅落座。

大概是为他考虑,席乘昀并没有挑选离学校太远的餐厅。

这家店的菜单是手写的，席乘昀从服务生手中接过，推到了白绮的面前。

"你爱吃什么就点什么。"

白绮也不客气，利落地点完了菜。

助理坐在一旁倒是有点着急。

因为席老师有些菜吃，有些菜不吃，其他人都不清楚。

助理连忙接过菜单，说："我帮您递给服务生。"

然后低头一扫，好像……没什么是席老师不爱吃的。

助理一边缓缓地放下了心，一边脑子里也忍不住开始猜测，这个男孩子和席老师怎么认识的啊？

服务生拿上菜单就退了出去。

等菜的间隙，席乘昀让助理将包拿过来，从中抽出了一个文件夹。

他将文件夹递给白绮，说："之前尚广说他来给你送，我想了想反正今天也要来，就由我来给你了。"

白绮接过来，翻开大致扫了一眼。

抬头就是大写加粗的"注意事项"，目光再往下一划拉——

好家伙！一张亮晶晶的银行卡！通体都闪烁着金钱的光辉！

白绮合上了文件夹，冲席乘昀眨了眨眼，表示看见了、收到了。

助理在一边看得还挺羡慕的：多好啊。他朋友要是席乘昀就好了。

和席乘昀坐在一起吃饭，倒并没有白绮想象中的那么不自在。

两人吃饭时的礼仪都很好，话不多，但也偶尔会说上两句，免得气氛凝滞，要不助理该以为他们吵架了。

一个半小时后，白绮用茶水漱了漱口，然后大家一块儿都起了身，准备离开。

席乘昀说："我送你。"

啊，席先生代入角色也蛮快的，都体贴到这份儿上啦。

白绮知道他演过不少角色，要扮演一个贴心的好朋友并不是什么难事。

白绮配合地点点头，任由席乘昀送着他回去了。

这次还是走的地下车库，没什么人注意到。

白绮回到寝室，一推开门，还吓了穆东他们一大跳。

"绮绮！你终于回来了……"

"你干什么去了？"

"和女孩子约会去了？"大家忍不住调侃。

调侃完还没忘记说:"你可不能偷偷比我们更早脱单啊。"

白绮想了想,到时候反正都是要公开的,经纪人尚广让他上微博搞的那些操作,也是为了不动声色地先做好铺垫。现在适当透露一点,当然显得更真实啦。

于是白绮点了点头:"是呀。"

几个室友一下全凝固了。

白绮疑惑地问:"你们看见了?"

穆东结结巴巴:"是……是啊……"

白绮:"嗯。不过不是女朋友,只是交了一个很特别的新朋友。"

穆东神色变幻,最后化为拍在白绮背上的一巴掌:"吓死我了,我还准备让你请客呢。"

其他室友短暂地愣怔之后,也立马跟上了,纷纷嚷着:"那不管,管你什么朋友,反正都要请客。"

白绮摸了摸兜里的银行卡:"没问题!白大爷明天请你们吃煎饼馃子,吃俩!"

穆东乐得嘴都合不上:"哎,你别说,今天我远远瞅见一眼了……和你在小树林说话那个男的看起来可真像席乘昀啊!你说我眼睛是不是有点问题啊?我这引以为豪的视力啊,肯定是跟着该死的王大禹通宵打游戏打坏了……"

白绮轻轻眨了下眼。

寝室里一时弥漫着快活的空气,穆东心想,谁还管蒋方成是不是在等白绮的电话呢?

这会儿席乘昀的超话里,也多了个帖子。

"今天高校活动结束后,我好像看见席哥在校园里散步啦,身边跟着的像是小助理阿达(图)谁帮我鉴定一下?"

"是阿达。"

"真好啊,席老师难得这样放松地散散步吧?听说活动好像六点多就结束了,席老师居然留了这么久吗?"

"姐妹这张照片抓拍得真不错,呜呜呜,舔屏。漆黑的林子旁,走着挺拔俊朗的席老师,月光洒落在他的肩头,那一半是昏暗,这一半是明亮。构图绝了,真好……"

"楼上的姐妹好会说!"

就因为这条仔细的评价,大家也不自觉地盯着照片仔仔细细多看了两眼。

这一看就不对劲了。

"影子咋有三个呢?!"

"你们没发现?席哥身边好像还走着一个人!"

"仔细看肢体语言,席老师是朝那边微微侧身歪头的,好像在听身边的人说话。"

就在超话里一群福尔摩斯出没的时候,有个人站了出来,放了一张更清晰的照片。

"我没想到这是席老师,哇呜呜呜,太远了,我就拍了个侧影。(图)"

照片里,穿着灰色大衣的男人,正在给人开车门,同时一只手抵在了车门顶上,像是为了防止对方撞到头。贴心溢于言表。

而对方也正微微弓身低头,往车外走。

大家看不清他的脸,但是能看清他的打扮。

清爽干净,侧脸线条明秀精致,是个模模糊糊也能看出来长得很好看的少年。

"我人傻了,这是谁?"

一个不可思议的猜测陡然在八卦论坛的高楼帖里冉冉升起。

"席老师来这里,是为了见某个人?"

"照片里的少年从来没见过,年纪看起来很轻,先排除朋友、家人选项。有可能是朋友的弟弟之类的。但是从来没有人能让席影帝做到这样的地步吧?我还是更倾向于,这人和席影帝之间的关系不简单。"

"+1,主要问题还是在于,没人能让席乘昀特地搞这么个活动,就为了见上一面的,这人身份绝对不一般。"

"拉倒吧,席乘昀的脾气那么怪异,他不可能有朋友的。"

帖子很快就大爆特爆了。

但席乘昀不愧是正处在事业巅峰的当红影帝,他的粉丝数量庞大,比起当红流量明星,也只有多而没有少。

他的粉丝组织有序,曾数次处理过营销号和八卦论坛瞎写绯闻的事件。

这次也一样。

那边论坛刚因为一个猜测而炸了锅,粉丝们立马就把帖子结结实实按住了,上前就打出了一套三连:

我席哥不是,我席哥没有,别乱说啊!

白绮津津有味地翻过一个又一个帖子，吃了不少和自己有关的瓜。

等吃完瓜，蒋方成也来了。

他推开寝室门，先冲穆东几个人笑了下，免得又像昨天那样，弄得气氛不对。到时候穆东他们不肯回他短信了，就麻烦了。

"绮绮。"蒋方成叫了一声。

白绮转头看了看，然后又将头转了回来。

他倒也是有一点纳闷，蒋方成怎么大胆到把请帖送他寝室呢？送完，还要再来见他……

见白绮不搭理，蒋方成一边有点羞愧担忧，但一边又有点妒火中烧。

他一个大步走到白绮身边："我特地来找你的。"

白绮："等会儿。"

蒋方成："绮……"

白绮："等会儿。"

蒋方成只能先闭上嘴，站那里不动，就等着了。

白绮先登上生活号微博，来了个"我和我的倒霉朋友日常"打卡，然后才退出，分了点目光给蒋方成。

"你说吧，想说什么？"白绮开口。

大概是他看上去总像是含着一点笑意，给人甜滋滋的感觉，所以蒋方成从来没有把事情的后果想得太糟。

直到这一刻——白绮脸上没有了笑容，只有平淡，平淡得让蒋方成一下子慌了起来：他不会想去举报我吧？

"你在生我的气吗？"蒋方成低声问。

白绮拿了席乘昀的钱，痛痛快快拍屁股走了，本来都没那么生气了。但这会儿倒好，蒋方成一句话，就让他不高兴了。

这叫什么？天下做错事的人都一个样吗？

是蒋方成偷了他的论文，上来第一句话却不是先认错，而是问你是不是生气了。

那不叫生气，还生蛋吗？

好像只要自己说生气了，那他立马就能顺杆下地装痛苦求原谅了。

白绮面上涌现了一点笑意，他歪头看着蒋方成，把问题给砸了回去："你觉得呢？"

蒋方成沉默了。

他觉得呢？他当然觉得，白绮生气了。不仅生气了，还让他无从下嘴去辩驳、求原谅。

这会儿寝室里其他人觉出不对味儿了。

穆东眉头皱得都快能夹死苍蝇了，他实在按捺不住先开了口："哎，蒋方成，蒋学长，我说啊，绮绮生什么气？绮绮为什么生你的气？你自己心里应该很清楚。你还问什么问呢？赔礼道歉的礼物都没有一个，你还指望人家原谅你啊？"

这一段话下来，说得蒋方成面色发黑。

其他室友也憋不住了："对嘛，都是成年人了，做错事该怎么处理你自己不清楚吗？跑到这里纠缠不休干什么？"

"就是，真要是什么了不得的大事，你走你的独木桥，他走他的阳关道。你明天再和别人称兄道弟做朋友不是一样吗？没谁非得和谁做朋友的道理。"

这话一下点燃了火星子。蒋方成脑子里像是无数流星碰撞在了一起，一下炸开了。

他怕白绮已经把他偷论文的事说出去了，不然他们寝室的人不会这么抵触他。

蒋方成一把扣住白绮的手腕，把人往外拉："出来，我们私底下说。我也正好有话要问你，昨天你在小树林里和人说话？那个男的是谁？你什么时候认识校外的人了？你知不知道那些人都没几个好的。"

白绮有点失望。蒋方成偷完论文还送帖子的行为，那可能叫蠢。现在再登门，那叫愚蠢至极。但说出这一串话，那真就叫神经病了。

白绮挣扎了一下，没挣扎开，反倒将蒋方成激得更怒了：他肯定会说出去……他恨我了，他恨不得向全天下宣扬论文的事了！

穆东几人也一下上了火。

"哎，蒋方成你干什么呢？松开白绮啊！"

"你有病吧？什么话不能在这里说？"

蒋方成脑子里恢复了一点清明，可那恐惧和愤怒的火焰还在里头熊熊燃烧着呢。

蒋方成："不关你们的事，我们的私事我们自己处理！"

他说完就想把白绮往楼下拽。

穆东这个山东大汉彻底看不下去了，冲上去一把揪住蒋方成的衣领，用力地一扯，紧跟着一拳揍了上去。

其他室友也扑了上去。

跟白绮同寝室的三人全是北方人，长得一个比一个高，其中以穆东最壮。按他们自个儿的话说，小时候撒野，天天搁院子里打架，那都叫这方面的好手了。

蒋方成毫不设防，又没怎么和人打过架，这会儿被人按地上一扣，竟然短暂地失去了反抗能力。

"白绮……"他还嘶声喊呢。

白绮就这么看着他被打？蒋方成脑子里刚闪过这个念头，就听见白绮说："傻不傻？寝室门关了再打。别被宿管揪着了。"

蒋方成："……"

白绮转过身，还一脚踩在了他的胸膛上，并且用力踩了两脚。

白绮："以后别来找我了，没必要。"

从蒋方成背着拿他论文去参赛还上了公告栏开始，他就默认两人已经分道扬镳了。他朋友不多，但不止蒋方成一个。

想到这些，才让他不至于太恶心。

不过蒋方成要是还来找他求原谅，他就真的要吐了。

穆东也是气，他就没见过蒋方成这样自己犯了错，还理直气壮登门问人家为什么不接他电话的人。

这会儿穆东火气直往上蹿："你再来，老子把你打得你妈都不认识！"

气氛仍旧剑拔弩张着。

蒋方成嘴巴、鼻子都流血了，他浑不在意地一笑："你试试，嗯？你家里有这么多钱赔吗？"

这时候白绮的手机响了。

白绮先踹了蒋方成一脚，踹得蒋方成一颗心都快吐出来了。

然后他才摸出了手机，接起来："喂。"

那头传出了席乘昀的声音："现在有空吗？"

"嗯？"白绮看了看蒋方成，"有空，怎么啦？"

蒋方成一听他打电话的语气就不对。

怎么说呢，有点儿那种不是刻意的，一派自然的……亲近。

"白绮，你是不是交女朋友了？"蒋方成顿时像是抓住了白绮的把柄一样。

穆东冷笑："交女朋友怎么了？跟你也没关系啊。"

蒋方成："怎么和我没关系？我是白绮的好朋友。"他看向白绮，"其实只要你想，等之后我可以给你介绍更多家境好的女孩子。爸爸是银行行长的，家里开建筑公司的，你想要什么样的都行……"

白绮不为所动。

蒋方成:"我们何必闹成这样呢,对不对?"

穆东:"你攀上大富家千金了,就想我们绮绮也跟着一块儿去攀啊?不好意思,我们绮绮不爱当狗。是吧,绮绮?"

蒋方成闻声愤怒地扭动起来,额头上脖颈上青筋都凸出来了,但也没能把三个人给挣开。

"蒋方成来找你了?"席乘昀的声音响起。

"嗯。"

席乘昀似是轻笑了一声,他说:"这蠢货。"

白绮眨了眨眼。

席乘昀听他没有反驳,脸上的笑容也就更浓了点。正如他想的那样,少年的确是个聪明人,不会轻易被蒋方成这样的人给出的小恩小惠拉拢住。

那头的席乘昀正在一个活动现场,他穿着剪裁得体的西服,坐在那里,举手投足都显得贵气优雅。

这时候造型师走过来,身后还跟着摄影团队。

活动现场都是要出一些活动照片的,这些照片一般是由专门的摄影团队拍摄。

尚广张张嘴说:"席哥,这个……"

席乘昀转头说:"等一会儿。"

摄影团队一行人突然有点好奇,席老师这是在和谁讲电话呢?

席乘昀垂下眼眸,手指不自觉地轻敲了下椅子扶手,然后他突然出声说:"下午三点,能出学校吗?我让尚广去接你。"

出学校?曜,电话那头的人还在上学呢。

工作人员念头一转,突然就凝滞住了。

学校?等等,那不会是昨天疯传的那张照片里的少年吧?昨天席老师就是去了个学校做活动啊!

白绮答应得很快:"没问题。"他顿了顿,才又问,"是要去做什么吗?"

三点,吃午饭晚了,吃晚饭又早了。

"一起拍个杂志封面。"

工作人员:"!"

尚广:"?"不是说好的两个月以后才开始以朋友身份公开出现在大众面前吗?

白绮只顿了一下,很快就应了下来:"好的,嗯……不过我没什么经验,有什么要注意的吗?要换专门的衣服吗?发型有要求吗?"

他的适应之快,都有点超乎席乘昀的想象。

白绮听见那头的席乘昀似乎又笑了下:"嗯,都是第一次,都没有经验。"

席乘昀随后才压低了一点声音,缓声道:"我让尚广用短信发条注意事项给你。"

其实这些东西上网一搜就能搜到。

白绮:"好的。"他顿了顿,"那我挂啦?"

席乘昀应该很忙,没空和他闲聊。

席乘昀轻挑了下眉尾:"嗯。"每次和白绮来往,少年总会有地方出乎他的意料。

席乘昀收起手机,看向尚广:"听见了?"

尚广愣愣地点头。

"那就给他发短信吧。"

"啊。"尚广满脸上写着痴呆似的"阿巴阿巴"。

一旁的工作人员也无暇去想,一个个还沉浸在"天哪我听见了什么宇宙惊天无敌大瓜"的震撼之中。

席老师要带个人一起去拍封面!

什么人啊?女朋友还是普通朋友?

不管是什么样的人,都无疑是一个和席老师很亲近的人。

这边工作人员好奇心爆棚,那边席乘昀站起身,冲工作人员颔了颔首,礼貌地道:"辛苦了,我们现在开始吧。"

而白绮寝室里这头,其他人也越听越觉得不对劲。

穆东忍不住问:"绮绮,你一会儿要去哪儿啊?"

白绮:"去拍个照。

"我先走啦,你们把他也放出去吧。要是伤了进医院,就不好了。如果有人问,你们就说都是我打的。"白绮说完,就拿上钥匙出门了,留下原地呆滞住的室友,还有那个愤怒得眼珠子都快凸出来的蒋方成。

白绮在学校没什么像样的衣服,要上节目得先回趟家才行。

他出了学校,打了辆车。

蒋方成也很快被推出了寝室,但这会儿他都顾不上和穆东他们算账了,毕竟双拳难敌多手。

他气愤得脑子里嗡嗡作响,连手都发着抖,他总得回去找他们算账。

白绮回家的时候,家里没有人,他爸妈这会儿应该都在上班。

他走到衣柜门前,打开,然后开始艰难地挑选合适的衣服,这一挑就是半个小时。

　　等换好了衣服,他站在那里犹豫了片刻,把妈妈的存折也揣上了。准备等会儿有机会,把席乘昀给他的钱,转一部分到存折里。

　　白绮把东西都揣好,下楼之后,还顺便在巷子口的面馆里吃了一碗米线。

　　下午三点,尚广准时接到了他。

　　"席哥晚上还有个庆功宴……"尚广叹气,心想今天行程安排得可满了,结果生生插进去了个摄影。

　　白绮一边漫不经心地应着,一边顺手把蒋方成拖入了黑名单。

　　几乎同一时刻,刚刚被席乘昀粉丝按消停下去的论坛,又因为一个帖子爆炸了。

　　"年度惊天大瓜啊啊啊啊!一个超级厉害的、正当红的、粉丝无数的演员,马上要在节目里崩人设了。"

　　席乘昀的粉丝看完,舒心一笑。

　　嗯,这个大瓜一出来,自然就没人纠结我席哥是去学校见谁去啦。

第二章
我的"偶像"席乘昀

门推开，下一对嘉宾走了进来。

经纪人低声说："要麻烦你们了，谢谢。"

这道声音听着有点耳熟，工作人员本能地抬起头，多看了两眼。这一看，她就被定住了。

席……席……席乘昀？！

台里不是没有他的节目吗？刚才说话的是他的经纪人尚广吧？

席乘昀和白绮并肩走在一块儿，他没有去看工作人员，只低声问白绮："紧张吗？"

说不紧张，那不可能。白绮恍惚了一瞬，从他答应下来席乘昀的请求，再拿到银行卡，好像也就是一转眼的工夫，就走到这里来了。

白绮小声说："我想吃糖。"

"泡泡糖。"

席乘昀闻声点了下头，然后一手按住门，和外面紧跟着的尚广说了几句话。

尚广神色复杂地转过了身。

大约半分钟后，尚广带了一罐子泡泡糖回来，席乘昀从里面摸了一颗，递给白绮。

工作人员看得很是震惊，这个少年到底是谁啊？席老师的弟弟？

还专门叫尚广给他买糖！

白绮也没犹豫，用余光扫了扫四周，发现大家都在看，他脸不红心不跳地伸手接过来，还故作熟稔地和席乘昀交谈着："这个是什么味儿的啊？"

席乘昀低头认真地看了看，最后告诉他："牛奶味儿。是你喜欢的味道。"

白绮听完心里都有点震惊。他怎么知道是我喜欢的味道？难道还悄悄调查我了？不对啊，那也不至于啊。

白绮剥开糖纸，猛地一低头咬住了泡泡糖，因为动作太过于利落，门牙还不小心磕了下自己的手。

席乘昀蜷了蜷手指，从他手里接过泡泡糖纸团起来，随手扔进了垃圾桶。

"甜吗？"席乘昀问。

"甜。"白绮点点头。

应该是甜吧。他们光看着都觉得恍惚。

工作人员和尚广，连带席乘昀的助理，脑子里掀起了一阵阵的风暴。

席乘昀脱去了大衣外套，然后他转过头对白绮说："你也脱了，拍摄现场的灯光一般打得比较亮，会很热。"

白绮点点头，乖乖地跟着脱了。

他们看上去真的很亲近，像是从小一起长大的，其他人出神地想。

席乘昀问："我们的着装有什么不合适的地方吗？"

工作人员连连摇头："没有的，没有的！哦，就是，这位……先生……"

她看向白绮："头发稍微有点乱。"

白绮站着等尚广来接的时候，北风刮得呼呼的，他就把羽绒服帽子戴上了，这会儿一摘下来，头发难免就乱了。

白绮用力嚼了两下泡泡糖，抬手就理。这下倒好，一梳完，更显得乱七八糟了。

白绮抬眼，双眼明亮："好了吗？"

席乘昀微微语塞："好了。"

白绮抽出纸巾，将泡泡糖吐进去裹好，再扔入垃圾桶，他说："我也好了。"

咀嚼的动作极大地缓解了他的紧张。

两人并肩走进拍摄间。

他们仿佛天生都是镜头的宠儿，坐在摄影师已经搭建好的生活化场景前，"咔嚓咔嚓"几声定格，就算是拍完了。

当天下午四点半，白绮和席乘昀拿到了他们的合照。

尚广看到实物的那一刻，心率瞬间飙升到了最高。这样看上去，不假吧？

他抹了把冬日里的汗，磕巴着说："那……那我送白先生回去？"

席乘昀没有立即回答，而是思考了片刻，随后他说："不用了。"

白绮还在翻来覆去地看合照。他还从来没有和自己的朋友合照过，大家都没有什么拍照的习惯，他最多的合影就是各个阶段的毕业照。

现在第一次和"朋友"合影，却是一个陌生的朋友。

他到底为什么需要一个朋友呢？白绮的脑子里飞快地闪过这个念头，然后他听见席乘昀说："他和我们一起。"

尚广听了人都要昏了，他颤声问："一………一起？"

怎么个一起法啊？一起送？还是一起……去庆功宴啊？您这就真拿他当朋友了啊？

"直接去京市饭店。"席乘昀一锤定音。

京市饭店，是京市相当有名的饭店之一，据说还出过国宴的厨子。

白绮家里还算有钱的时候，也没机会去吃上一次，今天倒是沾席乘昀的光了。

吃人的嘴短，于是白绮扭脸，又冲席乘昀笑了下。

席乘昀怔了片刻。

白绮每次和人笑的时候，都格外绚烂，就好像驱散乌云与晦暗的阳光，顷刻间填满了整片天空。

"先上车。"席乘昀拉开了车门。

白绮这才收起合照，弯腰坐了进去。

尚广神志恍惚地跟上了车，他忍不住开始思考……席哥现在看起来这么熟练，以前到底是为什么没有朋友？是被什么朋友伤害过，还是这个白绮的性格确实太讨喜，就他一人适合和席哥做朋友？又或者他们早就认识？

这也太离谱了。

尚广脑子里依次闪过了席老师曾经是如何被朋友伤害的故事。

一个比一个狗血酸爽，整得他脑瓜子都快不会转了。

车里，席乘昀突然出声："在拍摄间的时候，自己拍照了吗？可以把照片发到微博。"

尚广乍一听，以为他和自己说话呢。

白绮："好的，马上！"

尚广这才反应过来，这是和白绮说呢。刚合完影就先让人家发微博接着为以后做铺垫,这满满的公事公办的口吻,看来是他想多了。

尚广长出一口气,席哥和白绮以前的确不认识,席哥也的确还是不会交朋友。

尚广想到这里,不由得偷偷去看白绮的脸色。

白绮脸上没有什么失落不满,他也很公事公办地完美完成了又一天的微博 KPI(关键绩效指标)。

车程就在尚广一路的胡思乱想中结束了。

等到下车了,他一脚迈下去,忍不住又想,公事公办也没必要把人带到这里来啊……庆功宴上那都是些什么人啊?席哥就不怕这小孩儿一见得多了,生出点别的心思?

白绮跟着下了车,抬头一看饭店门口打着领结的侍者:"嗯,需要换正装吗?"

席乘昀:"不用。"

一行人顶着冷风往里走,席乘昀这边和他低声说话:"今天是电影《成魔》的庆功宴。"

《成魔》白绮看了。

这部电影是去年上映的,但直到今天还在持续为剧组创收。

它先后拿下无数大奖,又在海外取得了发行权。两个月前,它在北美上映,拿到了 7891 万美元的成绩,上周才刚刚落幕。

虽然还比不上海外本土电影的超高票房,但它打破了华语电影在海外市场票房的纪录,并且甩开了第二名太多。

接下来还有周边、联名等等,等着剧组去收割利润。

所以其实准确来说,席乘昀不仅在国内拥有庞大的粉丝群,在海外也一样。

白绮脑子里过了一遍这些信息,然后乖巧地点了下头。

门口的侍应生看见他们,也愣了下,然后才上前为他们打开了门:"您请。"

白绮跨进去。

席乘昀还在和他说话:"这个庆功宴偏私人性质,参加的人不多,如果觉得不自在,你可以保持沉默。没有关系的。"

白绮应了声:"嗯。"

尚广在后面听着,心里感慨席哥真是面面俱到,对这小孩儿也真够好的。哦,不过……席哥在业内的口碑这么好,其中有一部分原因也是在于,对于席哥来说,待人接物是再容易不过的一件事。

所以才难免会有人生出错觉,以为自己对席哥来说,是独特的。

"席老师!"声音在不远处响起。

白绮循声望去,就见一个穿着白色西装、打着红色领带、头发向后梳起、分外年轻的男人,快步朝这边走来。

男人满脸喜色,等走近了,才将震惊的目光落到了白绮的身上。

"席老师,这……这是……"

"我叫白绮。"白绮微微抿了下唇,那股乖巧劲儿就又上来了,"你好。"

"好,哎好……"男人都磕巴了。

他的视线来回打转,实在无法准确定义面前两人的关系。

席乘昀:"梁总,先进去说。"

梁总连连点头,赶紧带头走在前面:"酒都开好了,那帮人剧本都聊了两轮了,可我们无聊得……我还想呢,你活动结束那么早,怎么迟迟不见过来。这是……"他顿了下:"去接这位白少爷去了吧?"

席乘昀点头:"嗯。"

梁总引着他们进了旁边一个小宴会厅。

席乘昀说:"和朋友去拍了个照。"

梁总一个左脚绊右脚,踩着地毯摔了一跤。席乘昀什么时候有朋友了?

里面的人立刻笑了起来:"哈哈,梁总这是怎么了?给席老师拜年呢?"

梁总手脚并用地爬了起来。

里头的人也只调侃一句,就立马转了声:"席哥,这儿这儿!"

"席先生请。"

他们其实一并都盯着白绮呢。

白绮长得好看,哪怕是走在席乘昀的身边也并不逊色。那是两种全然不同的,但都夺人目光的好看。

只是哪怕他们好奇坏了,也不敢直接问出口,免得说了什么不该说的,把席乘昀得罪了。

席乘昀带着白绮走近了,落了座。

尚广有点担心白绮会怯场,但人来都来了,担心也没用了,反正不丢席哥的脸就是了……

尚广想了不少东西。

那头已经又开始聊电影的事儿了,偶尔还有两人插话进来,问:"席哥要不先帮我看看这个项目吧?"

"席老师,上次说的那事儿怎么样?"

席乘昀俨然是这出庆功宴的主角。

好像甚至都不只是在庆电影的功,还像是一帮人围着高人求指点似的。

白绮眨眨眼。

这个是知名导演,那个是同样有名的制片大佬,还有什么名编剧,上过财经杂志较为眼熟的×总×董……

席乘昀厉害的地方,不单单是在演戏上!嗯。

想到尚广说的蒋家很有钱,那么席乘昀的出身大概本来就很了不得吧。

"您好,请问蛋糕要现在切吗?"服务生敲了下门,小心翼翼地走进来问。

白绮扭头看了一眼,好家伙,推了个七层高的大大大蛋糕!

"先点蜡烛嘛。"

"许个愿,谁来许个愿?"

"席哥先请。"

服务生帮着点了蜡烛。

啊,脑袋得仰多高,才能看着蜡烛许愿呀?

白绮扭头去看席乘昀,席乘昀倒是恰好也在看他。

席乘昀看过一眼,就敛起了目光,然后让服务生把顶上那层取下来,搁到了白绮面前。

"许愿吧。"

小宴会厅里一下安静了,大家都定定地看着白绮。

白绮眨眨眼,应了声:"好。"

他闭上眼,鼻间飘着蛋糕的香气。嗯,许什么愿好呢?就许……希望家里遭遇的所有困境,都可以很快地走过去……也希望席先生能得到他想要的东西。

白绮和席乘昀一块儿许了愿,然后才是其他人张嘴叭叭许愿:"让我那个项目成功落成呗,我都快急秃了。"

还有说什么"不想结婚,再单身三百年""我看上那姑娘,让我早点追到手"的……

这么一帮业界大佬扎堆一起,许的愿都挺离谱。看上去都没什么架子,接地气接得甚至有点土。

许了愿,侍应生就帮着切了蛋糕,他们接着聊天儿,白绮就低头吃自己的。

这些人好奇心还强烈着呢,时不时就要往白绮的方向看上一眼。

白绮也不怯场，谁看他，他就冲谁笑回去。一来二去地，那些偷摸打量他的还脸红了几个。

尚广："……"他好像担心错了方向。这压根儿不是白绮怯不怯场，给席哥丢不丢脸的问题！而是这小孩儿太八面玲珑，会不会一觉睡醒多了八个朋友的问题！哎，这小孩儿笑起来怎么就这么招人呢？

席乘昀推走面前的文件，骤然抬眸："梁岚，看够了吗？"

他只点了那位梁总的名，但这声一出，大家也就都拼命压住好奇心了。

梁总连声辩驳："没……没……"

席乘昀淡淡地看着他，不冷不热地问："没看，还是没看够？"

"看够了，看够了！"梁总赶紧说，"我就是好奇，这位是……"

席乘昀转头去看白绮。

白绮咬着蛋糕叉子，也迎上了他的目光，看起来乖巧又无邪。

席乘昀："……"

席乘昀："白绮，你和他们说……我是谁？"

白绮心想这题我会！

白绮张嘴，甜甜地说："席乘昀，我好朋友。"

众人都很震惊。

半晌，大家勉强从震惊中回了神，颤声问："席老师还有朋友啊？"

旁边的人连忙踹了他一脚："你看你这话说得。你不会真相信了外面的营销号写的那些话吧？"

"席哥以前怎么没把这个小朋友带出来一起玩儿啊？"有人还有点恍惚。

席乘昀言简意赅："他上学，忙。"

大家面面相觑。还是个学生啊，那怎么和席乘昀成的朋友啊？

他们也不好刨根问底。

这朋友总不能是席乘昀雇来的吧？那太荒唐了，也没必要。

他们定了定神，纷纷站起身来，一路也不知道打翻了几个碗碟，就这么齐齐一举杯："欢迎，欢迎小朋友来参加我们今天的庆功宴，希望以后咱们还能常见面啊。"

白绮大大方方地抿唇一笑："谢谢！"然后端起了旁边的一杯牛奶，和他们碰了下杯，再仰头咕咚喝了。

他本来就显面嫩，这会儿就更显了。

一时间，小宴会厅里的人都觉得席乘昀像是终于掩藏不住他大魔王的本质了，不知道从哪儿骗了个小朋友回来，就为了堵营销号说他是冷血动物的嘴。

席乘昀这个人一向是不太喝酒的,因为有席乘昀在席上,大家多多少少也有点受拘束,于是干脆策划了第二轮,在高级会所里办。

这第一轮完了,就先把席哥和小朋友送走。

晚上十点半,席乘昀带着白绮离了场。

等到出了酒店。

"明天有空吗?"席乘昀问。

"嗯?有的。明天也要一起吃饭吗?"白绮反问。

"不用。"席乘昀顿了下,"你收拾一点行李,放到我家里。你可以暂时不用过来住,但周末要来一下,方便吗?"

白绮没问为什么。

他轻轻吸了一口气,再吐出来,一下就变成了白雾,他说:"没问题的。"

现在想想,其实还是有点别扭,生活里要突兀地插入另一个陌生人了。

"好,明天我让助理接你。我明天有点忙,可能不会见面了。"

和成熟男性打交道,果然省事舒服许多,一切都被安排得相当妥帖。

"好的好的。"白绮将头点成了小鸡啄米,"没关系的。"

尚广瞧见这一幕,心底的滋味儿很是复杂。

本来,白绮这么知情识趣,说假扮就很有职业素养,并没有仗着这层假身份就纠缠席哥,他应该很高兴才对。但是现在,一看白绮毫无留恋、分外大方的神情,他就忍不住想……这回头再笑一笑到处招惹人,成为娱乐圈里一朵赫赫有名的"交际花",那不能够吧?

要知道,朋友还是得独一个,才显得这份友情珍贵啊。

白绮要是到处都是朋友,那席哥还算什么?

尚广有点发愁。

"走吧,还是先送你回学校。"席乘昀出声。

白绮低头系好安全带,倚着座位一瘫,没一会儿就不知不觉地睡着了。

他很少这么晚还没休息,也就前段时间补席乘昀的作品,才补这么晚。

车子稳稳当当地往前行,色彩缤纷的城市灯光落在车窗上,落入车里,轻轻吻住了白绮的面颊。

席乘昀侧过头扫了一眼。

睡着了?倒是心大得厉害,丝毫不设防。

席乘昀看了看他嘴角微微勾起的弧度。

嗯，笑起来确实是有些好看的，这是一个很积极生活的人。

他需要这样的人。

白绮舒舒服服打了一个盹儿。

不得不说，席乘昀的车真不错，很适合打盹儿！爱了爱了！

白绮推开车门走下去。车内温暖，车外却冷得厉害，白绮缩了缩脖子，冲席乘昀做了个"拜拜"的手势，然后才走远了。

返回宿舍的路上，白绮接到了他妈的电话。

他妈姓苏。

等电话一接通，那边苏女士就问："绮绮啊，你今天回家啦？"

白绮应声："嗯，拿了点东西。"

苏女士絮絮叨叨，操心得厉害："是不是因为降温了？最近是好冷啊。我今天下班，还给你爸送了两件棉袄过去。"

白绮"嗯嗯"地应着声："我穿得可多了，羽绒服、羊毛衫，都跟北极熊差不多了。"

他应声应得还有那么一点点的心虚。毕竟他今天刚干了这辈子最出格的一件大事，答应和一个陌生人暂住一块儿。

不过转念想想，毕业了以后和人合租，那不也是和陌生人住吗？就当提前适应以后的生活了。

白绮这么一想，就顿时不心虚了。

这时候苏女士电话那边传来了窸窸窣窣的声音，她好像刚放下了包，然后又在往锅里倒米。

等倒好水，插了电，她又走动了几步，然后声音突然就惊讶了起来："绮绮，你拿存折了？"

白绮："嗯，往里面存了一点钱。"

苏女士一边笑，一边心疼地说："好了，不用节省生活费啊，也不要去打工做兼职啊。你不是要考研吗？先好好读书吧。

"行，不说了，我去洗菜了。"

白绮应声挂断了电话。

这边接受了亲妈的关怀洗礼，等白绮一进宿舍，那边还有三个野生的"男妈妈"盯着他。

"你老实说，你神神秘秘地到底干什么去了？"他们满脸肃穆。

白绮："见大明星去了。"

他这么坦白爽快，让穆东几人反倒不好说啥了，甚至还不太相信他的话。

穆东嘀嘀咕咕:"绮绮怎么也学会满嘴跑火车了?"

白绮脱外套脱裤子,一气呵成。

他很快换了睡衣,冲进浴室先洗脸刷牙泡脚,然后再一口气冲进被窝。

他翻了个身,小声说:"我准备搬出去啦。"

室友们震惊地扒住了他的床沿:"什么?""绮绮要离开我们了?""不行,不可以,没有了你,我的英语还怎么练习?"

白绮辩解道:"真的有一点事。"

室友们也就打趣几句,听白绮这么说,他们立马也严肃了:"行,那你去吧。正好,免得蒋方成跑来说莫名其妙的话。"

白绮歪头冲他们笑了笑,然后懒洋洋打了个哈欠,再翻了个身,一闭眼,很快就睡着了。

第二天早上六点钟,白绮就醒了。

他起床收拾了东西,装在箱子里,心想蒋方成就算要来堵他,也不至于这么早——公鸡都还没打鸣呢。

"我走啦。"白绮和室友们说。

室友们睡得很死,还打着鼾。

白绮笑了下,又多看了他们两眼,然后才拖着行李箱出去了。

大三开始实习,在学校里看见拖着行李箱离开的校友,并不是什么稀奇事。

白绮的箱子滚轮骨碌碌地滚过地面,发出轻轻的声响。

等走出宿舍楼,还没拐弯儿呢,一个身影突然蹿了出来。

"白绮!"那道身影喊。

那是蒋方成。他穿着黑色羽绒服,头发因为被雾气露水笼住,打湿了很多,看上去有点狼狈。

他这会儿脸上的伤还在,胸膛也还有点痛。但这些都不重要,他昨天没能追到白绮,白绮还把他拉黑了。

"我等了你好久了。"蒋方成眼眸漆黑,像是陷入了一片黑暗之中。

早晨的寒风刮着脸,本来就冻得厉害,这会儿被蒋方成一盯着,白绮就觉得更冷了。

唉,失策了,没想到蒋方成真的起得比鸡早!

"白绮,我从昨天就一直在这里等你。"蒋方成咬牙切齿地说。

白绮寻思这会儿掉头往里面跑有点来不及,蒋方成大一大二都是篮球队的，身形虽然不如穆东他们伟岸，但要制住他还真不算容易。

白绮眉眼一耷拉，微微缩了缩肩，轻声说："你让开。"

"那你先坐下来，我们聊一聊。"

白绮其实真搞不懂，为什么蒋方成还能理直气壮地来纠缠他。

大概是神经病的脑回路总是异于常人的，他也不能要求神经病做出正常的举动了。

白绮深吸了一口气，让冷空气充分进入鼻腔，然后他呛咳了几声。

蒋方成还露出了关怀的神情："你怎么了？感冒了？"

白绮重新抬起头，鼻尖已经被冻得微微发红了，连眼圈儿都因为呛咳微红了。

"我要回家。"

蒋方成皱起眉："是有什么事吗？"

白绮抿唇不说话。

蒋方成的大脑恢复了点理智。

白绮一直留在学校，就是为了更方便看书，筹备之后的考试。他突然回家，肯定是有什么事。

蒋方成咬了咬牙，只能让出了路。

要是真因为他拦着，导致耽误了什么大事，白绮这辈子都得恨死他。万一弄出个鱼死网破就不好了。

他父亲总是教他，不要把任何人逼入绝境。

白绮拖着行李箱嗒嗒嗒地从他面前走过。

等走得远了一点，白绮才皱起了脸。

报警有用吗？算了，同学纠纷这事儿，人家应该管不了。要为论文的事，人家会建议他上法院。

这边白绮前脚打上车，蒋方成后脚也坐上了车，他说："跟上去。"

白绮先回了家，又收拾了点东西，然后就在家里坐着等了，等的间隙，他还没忘记把书掏出来看一会儿。

大概是蒋方成这几天里，把形象在白绮心底毁得太彻底，他的事儿都已经影响不了白绮看书了。

白绮等到十一点，看时间差不多，就给尚广打了个电话，和他说改了地址。

"哎，好的。一会儿来的助理叫小林，号码已经给他了，他到了会给你打电话。"尚广那边似乎忙得厉害，匆匆应了两句然后就挂断了。

白绮也不挑，人家娱乐圈的嘛，肯定忙得脚不沾地的。

和尚广打完电话后半小时，小林的电话就打进来了。

小林是刚到席乘昀工作室不久的。今天之所以派他出来，没办法，其他人都太忙了。

他按着给的地址，一边往里走，一边忍不住嘀咕："这地儿可真够偏的。"

小林爬了几层楼梯，已经觉得有点累了。

今儿接的到底是什么人啊？要命！席老师还认识住这种地方的人吗？

小林抬手敲门，门很快就从里面开了。

"小林？"

小林"啊"了一声，然后僵硬地点了点头。

"那走吧，我已经收拾好了。"白绮拖出了行李箱，小林这才忙帮他接了过来。

白绮下楼，上车，说走就走，等蒋方成反应过来，人都没影儿了。

就是那辆车……有点眼熟，蒋方成皱紧眉。

是在哪里见过呢？在哪里？在……在席乘昀的车库里。

一想到这个名字，蒋方成的心猛地一跳，有点本能地畏惧。

以至于等他消化完这点畏惧，他的手机就响了。韩丝在找他。

没办法，蒋方成也只能先离开了。

小林坐上了驾驶座，就马上给尚广打了电话，尚广这时候才和他说了要去哪儿。

白绮跟着听了一声，地址是逸园。

这个逸园在京市可太出名了，不少富豪、知名影星都在这里购了房，是近两年最出名的房产地标了，一套下来得要近亿。

小林和尚广通完电话，席乘昀的电话也打过来了。

白绮疑惑了一下，有尚广在这里对接不就行了吗？不过他还是接起了电话。

"喂。"

那头传出了席乘昀的声音，略带着一点疲意："接上了吗？"

"嗯，已经在过去的路上了。"

"我把门卡留在了物业，已经提前打过招呼了。你过去的时候，如果物业不相信你的身份……"

白绮："我就掏合照？"

席乘昀好像被逗笑了，他说："嗯，可以。"

白绮："拜拜。"

席乘昀正要应一声"拜拜"，白绮跟着又开口了："啊，等等。我暂时不回学校了。"

他不知道小林适不适合听见，于是将声音压得极低，几乎像是耳语一般，他小声问："可以吗？"

因为声音放得太轻，从电话里传出来的时候，就好像带上了点亲近的味道——像是幼崽在向年长的哥哥示好。

白绮不打算只在周末过来，他要多住几天。

席乘昀很快领会到了他的意思。

席乘昀耳边有点发麻，他不自觉地换了一边接电话："当然可以。"

白绮很善于主动，这样很好，大家都方便。

席乘昀不自觉地又换了下坐姿，说："缺什么东西，及时告诉小林，让他今天就买齐。我晚上不一定能回来。"

白绮："嗯嗯，好了，没事啦，拜拜……"

这次却换成席乘昀出声："等等。"

席乘昀垂眸，掩去眼底深沉的色彩，他摩挲了下指尖，不急不缓地问："蒋方成今天又找你了？"

白绮暗暗嘀咕，席乘昀这么敏锐的吗？

白绮："对。"

电话那头陡然安静了。大约等了那么一两分钟吧，席乘昀没有挂断电话，他似乎转过头，在和什么人说话。

简单几句交谈之后，席乘昀转回来，对着手机这头的白绮说："这样，明天我们一起去吃个饭。"

白绮："好啊。"他顺口问了一句："去哪里吃？"

席乘昀："回家。学生时代交了新朋友，都会带回家里，介绍给父母认识不是吗？"

白绮吓了一跳，见我爸妈吗？那他们可能会被惊吓到。

"蒋方成一直骗你说他父亲是杀猪的……"席乘昀说到这里顿了下，"他应该也没有带你去过蒋家。"

这下白绮明白了，哦，就是带他去蒋家吃饭嘛！

白绮爽快地应声："好的。"

他可有职业素养啦，不管雇主提什么奇奇怪怪的要求，他都可以的。

双方这才终于挂了电话。

小林听完这通电话,都已经麻木掉了。这位白先生真的不是席哥的弟弟吗?

车很快抵达了逸园。
白绮并不费力地拿到了门卡,物业也认认真真地记录下了他的身份信息。
白绮就眼看着对方在业主名字后面,添上了个他。
白绮咂咂嘴。啊,这就是占便宜的快乐吗?
他不得不再一次感叹,席乘昀真的是个想得相当周到的人。
难怪粉丝那么多!谁能不喜欢他呀?
席乘昀购买的是逸园的顶墅,也就是说,一栋楼的最高那三层,包括空中花园,划到一块儿就是顶墅。
小林送他上楼,帮他把行李放好,然后又马不停蹄地去帮忙采买东西。
白绮就这么着,过了一天的米虫生活,他看完了专业书,还顺道上网吃了吃瓜。
"啊啊,还没扒出来人设崩塌的人是谁吗?"
"都猜了一串明星了,全出来辟谣了。"
"辟谣你也信?"
这边瓜吃完,跟着凑完热闹,再扭头一看,那边新闻又上了——
"《成魔》剧组庆功宴"
"席乘昀书写的又一传奇"
评论区的粉丝们很是激动。
席老师真的是太敬业也太厉害了,压根儿不需要粉丝惦记,人自个儿就拿奖拿到手软,票房实绩压下来,能砸死大半个娱乐圈。
又是美满的一天啊。粉丝们感叹道。
白绮吃了俩布丁,心里也感叹说真是美满的一天啊。
席乘昀的房子太大,砌的又是落地窗,从玻璃窗往外一看,居高临下,底下那些树林看着都奇形怪状、张牙舞爪的。
白绮一个人睡多少有点孤独寂寞冷。
小林办事还是很妥帖的,他一早就给白绮拎了小笼包、热豆浆,多少温暖了白绮。
白绮早起先又看了下八卦,暂时还没什么人注意到他的微博,大家还在猜谁崩人设了。
"是周启垣吧?之前不是有营销号说他和庞珊在热恋吗?"

"+1,周启垣也没有出来否认。"

"否认什么啊?我无语,周启垣人在深山拍戏呢,手机都没有,他怎么否认?"

白绮心想,就是就是,我男神怎么会因为谈个恋爱就崩人设?

周启垣是前几年选秀出道的男爱豆(音译词,偶像),当年可是男爱豆圈儿的顶流。

从去年开始,人就转型了,还拿到了人生第一个影帝。然后就一头扎进演戏里去了,新戏要去演什么糙汉。

没事,糙汉我也喜欢。

白绮又咂咂嘴,然后退出这个生活号,转而切上了自己的追星小号。

哦,要说到追星小号,那可就不得了了。

一开始白绮就是帮穆东他妹妹给偶像打投,所以一口气注册了七个号。

等到后面,白绮看着看着,觉得蛮有意思的,也就自己开始给人打投了。七个小号,上面挂着的是七个不同偶像的名字。

现在白绮切的号就是"周启垣妈妈爱你"。嗨呀,"男妈妈"这年头多他一个不多。

白绮随手敲下几行字:营销号别乱写,周启垣在深山搬砖呢。

然后才又退出来。

这么一番操作,时间已经不早了。

小林好奇地问:"白少在干什么?"

尚广叫他白先生,但小林觉得他脸太嫩了,就叫白少了。

"发微博。"

小林忍不住小声问:"那……互相关注一下?"

白绮也就用生活号和他互关了,等搞完,白绮就又看自己的书去了。

小林悄悄瞧了一眼,心想,好像还是个学霸啊?

席乘昀一直忙到当天下午五点才来接白绮。

正好方便白绮连着刷了三套题,也不用太着急。

白绮走到地下车库,匆匆拉开车门坐进去,问席乘昀:"嗯,我现在的样子去没问题吗?不用换衣服?"

席乘昀:"不用。不算是重要的一顿饭。"

席乘昀顿了顿,说:"不过现在有一点意外。"

白绮:"嗯?"

席乘昀:"蒋方成和他的未婚妻也要到场,你介意吗?如果介意的话,我们可以取消这次晚餐。"

白绮摇摇头："没什么好介意的。"

如果见了面的话，大概似乎蒋方成比较害怕——害怕白绮在他未婚妻面前，捅出他的丑事。

席乘昀点了下头，放心了。

司机也一踩油门，开了出去。

这时候网上终于扒到白绮的微博了。

白绮的微博没什么稀奇，头像是随手抓拍的太阳，微博几百条，就最近发得稍微勤快一点。

他的最新微博就是一张拍摄间里布景的照片，并且艾特了席乘昀。

"你们注意到这个账号了吗？他和小林互关了！"

"小林是谁？"

"那是席老师工作室新来的助理啊……"

粉丝发现了这边在扒，立马跟上。

"搜了下他的微博，与席老师相关，应该是席老师的粉吧。工作室的人和粉丝互关并不是什么稀奇的事哦。我就有和阿达互关哦。"

但论坛里的人越扒越发现了不得的地方。

"这个博主虽然没有在信息里写什么城市，在哪个学校，但是将他的所有微博通翻一遍，会发现他有十条微博，是和京市的一些地标有关。其中有七条微博，都是转发的京大相关。"

"所以呢？"

"你们忘了那天席影帝去的哪所学校了？"

"京大？我的天！那天席哥去见的人是他？"

席乘昀的粉丝傻了眼，没想到瓜又一次落到了他们席哥的头上。

蒋家坐落在一个相当有名的富豪小区里。

等下了车，席乘昀并没有立即带着白绮进门，他低声说："我和我家里人的关系不太好，你要做一点心理准备。"

"做点心理准备吗？好的，一会儿要是往您身上扔杯子，我都帮您挡了，这准备够充分了吧？"

这时候面前别墅的大门打开了，有个打扮得跟中世纪英国贵族家管家模样的人走上前，躬身道："大少爷。"

然后管家定定地盯住了白绮，目光丝毫不礼貌，甚至是有点冒犯地打量起了他。

白绮随便他打量,顺便还懒洋洋地打了个哈欠,然后紧挨着席乘昀往里走。

管家似乎很不满白绮这个外人的到来,他一张脸都皱了起来,还狠狠瞪视了白绮一眼,之后才目送着他们进了门。

别墅客厅里已经有人在说话了。

先是女孩子的声音,她抱怨道:"这两天蒋方成不知道忙什么呢,总是找不着人。"

然后是一道略显苍老的声音,笑道:"我说说他,他一会儿就到了。"

话音落下,他似乎是听见了门外的脚步声,于是忙笑道:"这不是来了吗?"

白绮和席乘昀踏进门。

只见一个身穿唐装、拄着拐杖的中年男人坐在沙发上,他脸上的笑意在看见席乘昀那一刻,瞬间就消失了。

而这还不算什么,当他注意到席乘昀身边走着谁的时候,中年男人的目光死死盯住了白绮,比那个管家还要夸张,眼珠子似乎都要凸出来似的。

坐在中年男人身旁的是个年轻女孩儿,二十四五岁的样子。她穿着名牌套装,打扮得体,好奇地朝门边看了一眼,在看见白绮和席乘昀的时候,她的眼底还飞快地掠过了一丝惊艳。

她应该就是蒋方成的未婚妻韩丝了。

还挺好看的,白绮心想。

韩丝张了张嘴,似乎正要说点什么。

中年男人却先开口了,他腾地站起来,捂住胸口,像是怒极,嘶声道:"你带个外人来家里干什么?我不是和你说了吗?这是家宴,家宴!"

白绮一下就明白了,这就是蒋方成的父亲。

蒋父应该已经知道,蒋方成的获奖论文是来自哪里了。

蒋父的秘书都找过他了,虽然最后也没联系上他,但至少可以说明,蒋父已经通过蒋方成,认识到他了。

所以再看见他和席乘昀走在一起,啊,应该很惊讶吧。

白绮眨了眨眼,满脸都写着无辜和纯良。

蒋父见着他的模样,果然面色扭曲得更加厉害了,脸都微微发着青,好像随时要被气得昏厥过去一样。

"滚……滚出去……"蒋父咬牙。

席乘昀好整以暇,他看着自己的父亲,面上并没有什么多余的神色。

他只轻轻问了一句:"您说什么?再说一遍?"

蒋父反倒一下成了锯嘴葫芦，什么都不说了。

韩丝也察觉出来不对劲了，她一把扶住蒋父，开始给他抚背："您这是干什么？席哥带了个朋友回来嘛，这有什么的？大家可以一起吃饭啊。"

蒋父一口气堵在喉咙里，却偏偏不能把那种丢脸的憋屈说给韩丝听。

太荒唐了！这太荒唐了！

弟弟偷人家论文，哥哥居然把受害者带到家里了，是想当面打弟弟的脸吗？！

蒋父突然醒悟过来，连忙叫住管家："你马上去给二少打电话，就说……"

就说让他别回来了。

不，不行，这样说的话，太明显了。韩丝会察觉到不对劲的。

那怎么说？

蒋父已经很久没有陷入过这样的窘境了。

他牢牢攥着手里的拐杖，力气大到仿佛要将这东西扎入地里。

席乘昀带着白绮径直走向另一组沙发："先坐。"

白绮："嗯。"

他要做点什么呢？

这时候席乘昀的声音突然在白绮耳边低低响起了："我的父亲一直很希望我和这个第三者生的弟弟关系和睦，兄友弟恭。他希望我对蒋方成好。"

白绮突然明白了点什么。如果蒋父看见，席乘昀对一个外人更像是对弟弟一样，反而对蒋方成态度冷淡，蒋父是不是会被气疯？

蒋父的奇怪反应，让客厅里的气氛降入了冰点，一时间没有什么人再开口。

白绮搓搓手，这不就轮到我了吗？

白绮扭头望着席乘昀，眼巴巴地说："我想吃葡萄。"

女佣马上识趣地洗了葡萄端上来。

白绮说："我不吃皮。"

席乘昀轻笑了一声，这笑意终于抵达了他的眼底。他深深看了白绮一眼，然后应声："好。"

席乘昀给白绮剥了几颗葡萄。

然后白绮又要吃柠果。

席乘昀也就给他削柠果，他手指生得漂亮，捏住刀的时候，简直像是艺术品一般，韩丝的目光都不自觉被吸引了一点。

蒋父看得简直快要心肌梗死了，他就没见过这么嚣张的人！

他就不怕吗?以为找到席乘昀做靠山了?

白绮吃了一圈儿水果,大多吃两口就不吃了,将娇气演绎到了极致。

再转头,就又要看电视。

蒋父实在忍不下去了,怒声道:"你这是干什么?不知道的还以为他才是你弟弟呢!"

就这种东西,空长了一副皮囊!穷了不知道多少年,一看席乘昀要给他做靠山了,就顺竿子往上爬了。

席乘昀:"他是我的朋友,我这样做有什么不对吗?"

蒋父咬牙切齿,风度全失:"他算哪门子的朋友?早知道你要这样回来气我,还不如不叫你。"

来了!这戏,我能接!白绮骤然站起身。

蒋父青着脸问:"你干什么?"

这小孩儿不会仗着有席乘昀撑腰,还敢打他吧?蒋父也说不准。

毕竟席乘昀已经在很早以前,就不拿他当父亲了。这小孩儿在他的耳濡目染之下,没准也不把他放在眼里。

蒋父恨声道:"席乘昀!你清醒一点,你的朋友在上流社会里,而不是这样一个人……我跟你们兄弟说过很多次了,不要结交那些穷朋友。他们只看得见你们身上的财富和地位!"

他是真想和自己的大儿子说,你看看清楚,你看看你自己,你只是个披了温雅外皮的冷血怪物!谁会真的愿意和你亲近?你以为把你弟弟的敌人带回来,做一副亲近的姿态就能气到我们吗?

蒋父话还没说完,白绮就打断了他:"您这就说得不对了。席哥哪样都好,我能看见他身上到处都是优点。您肯定是不能理解的啦,毕竟这世界上,比他好的没几个……哦,也许是因为,他的好只在我们这样的朋友面前才毫无保留吧。怎么?您没见过吗?您是他父亲吗?"

我给自己点个赞!白绮在心底"啪啪啪"鼓了掌。

蒋父捂着胸口:"你……"

韩丝:"……"她忍不住多看了白绮一眼。

这人可不像是个穷学生,胆子很大啊。

这头席乘昀忍不住笑出了声。他听过不少的夸赞,他的粉丝很多,会吹彩虹屁的也不少。不过从白绮的嘴里说出来,就更加有意思了。

他好像真的从蒋方成这个废物的身边,挖出了一个宝藏啊。

蒋父听见席乘昀的笑声,更是生气了。

那头厨房的门打开,一个中年美妇缓缓走了出来,局促地出声道:

"饭……饭好了……我知道乘昀回来,所以特地亲手准备了一些菜。"

蒋父这才按住了怒意,没有再发作出来。

席乘昀淡淡道:"好像叫错了。"

美妇站在那里,脸色微微涨红,改了口:"嗯,知道大少要回来,所以……"

蒋父不耐地打断:"好了好了,别说了。别让丝丝看了笑话,走吧,先到饭厅落座。"

白绮勉勉强强理顺了一点关系,妇人可能是席乘昀的继母一类的角色。

"走吧,吃饭。"席乘昀招呼着白绮。

蒋父勉强压了压火气,他们一行人维持着表面上的平静,走到了饭厅。

席乘昀突然脚步一顿,先为白绮拉开了椅子:"坐。"

蒋父:"那是留给你弟弟的位置!"看不下去了!要气死他了!

"这是我的朋友,蒋方成看见了也应该称呼一声'哥'。家里不应该讲究一下长幼有序吗?让蒋方成坐后面有什么问题?"

蒋父冷笑一声。叫哥?这个白绮也受得起?

妇人左顾右盼,一时弄不清气氛。

她为了缓解气氛,忙像用人一样站起身,也不敢亲昵地叫"乘昀",只一边唤"大少",一边为席乘昀倒了酒,再绕到白绮身边,也要给他倒。

蒋父和席乘昀几乎同时出声。

"给他倒什么?!"

"他不喝酒,喝牛奶。"

妇人僵立在那里,正不知道该怎么办好的时候,管家进来了:"二少回来了。"

妇人面上一喜:"丝丝快去。"

韩丝假笑两声,起身,懒怠地迈出两步,没打算真去接。

蒋方成步子迈得快,倒也没几步就到饭厅了,他的声音在门口响起,语调阴沉沉的:"我听说大哥带了朋友回来。"

说完,他一进门,然后就立在那里不动了。

蒋父扶了扶额,要知道今天这个状况,他就不会把韩丝叫过来……

希望蒋方成不要慌了手脚。

蒋父这心理活动才进行到一半,蒋方成的脸色已经阴沉得像是恶鬼一样了。

他一个大步上前,直接把桌面上的东西全掀了。

"大哥你什么意思?!"蒋方成怒不可遏。

韩丝也惊愕地望着他，大概是从来没见过蒋方成这般模样。

妇人已经吓得呆住了，然后眼底滚出两颗泪珠。

她伸手试图去抓蒋方成的手："成成，你怎么了？你别这样，你大哥带了朋友回来，你应该高兴才对啊……"

她本意是想暗示蒋方成认清楚场合，却没想到这话等同于火上浇油。

蒋方成随手抓起个东西就砸。

白绮浅浅吸了一口气。

他以前怎么不知道蒋方成这么有病呢，好像完全无法控制自己的情绪一样。

蒋父咬牙："你满意了？别让人看笑话！"

这句话既是说给席乘昀听，也是说给蒋方成听。

席乘昀慢条斯理地转了转手腕上的表带，语气平静文雅，但却好像有冷意，直渗入人的骨子里。

席乘昀："您看，您这个二儿子，不也是个神经病？我早就说过了。这都是遗传了您身上的劣质基因。"

"别说了，别说了。"妇人哭求道。

席乘昀这才分了点目光落在蒋方成身上，他问："你要是有力气，就把桌子一块儿掀了。但今天我回来，不是来看你掀桌子的。"

他顿了顿，淡淡道："人到齐了，我就来介绍一下。"

席乘昀指着白绮："这是我的朋友。"

蒋方成的肩膀剧烈抖动着，像是猎物见了猎人一样的本能反应。

他抬头，望着席乘昀，露出了惊恐的惧色。

一刹那间，白绮好像明白了。今天这顿饭的确是可有可无的，席乘昀之所以带他过来，大概就是因为要彻底杜绝蒋方成再来找他。

席乘昀在警告蒋方成。

"可惜菜都打翻了。"席乘昀低头扫了一眼说，但语气里可没什么可惜的味道。

立在蒋方成身旁的妇人连忙道："我让人去饭店里……"

席乘昀："也就不用吃了。"他直接一口截断了妇人的声音。

蒋父这会儿是巴不得他快点走了，免得等下局面更难看。

"那算了……"蒋父勉强露出点笑容，"我知道你忙，你能来这一趟也不容易。我就只是希望你想想清楚，什么人该相信，什么人不该相信……"

蒋父点到即止："你走吧。"

席乘昀站起身，白绮牢牢跟在了他的身边。

尽管吃瓜的欲望都已经快爆棚了,但白绮还是没有丝毫的留恋,也没有主动去问席乘昀怎么回事。

他们并肩往外走。

蒋方成紧紧握了下拳头,竟然转头追了出去。

"他……他去送他哥哥。"蒋父的声音都没甚底气。

韩丝:"哦。"她也只当没看出来其中不对劲的地方。

蒋家越心虚越好,将来自然也就管不着她了!

这头跨出门没走几步,席乘昀就听见了身后跟上的脚步声。

席乘昀顿了顿,转过身。

蒋方成眼底涌现了血丝,他浑身的肌肉微微抽动着,那是他实在按不下去的本能反应。

他满头大汗,但还是死死盯住了白绮,从喉中挤出声音:"就因为那件事,你就这么恨我?"

他现在终于可以肯定了,那天和白绮在小树林说话的人,就是席乘昀。

后来去接白绮的车,也就是席乘昀的车。

"你知道我这个哥哥为什么会找你吗?他只是想看我出丑,他想毁了我。"

白绮神色平静:"嗯,现在知道了。"

蒋方成差点气昏过去了。他昔日的朋友,现在和他哥哥站在同一条战线上,这种被背叛的感觉冲上了心头。

"从小到大,他就喜欢和我抢东西。第一名他要抢,竞赛大奖他要抢,父亲的礼物他要抢,连朋友他也要抢。喜欢我的女孩子,最后也都会喜欢上他。"蒋方成大声控诉着。

"你知道吗?他曾经还差点失手杀了我!"蒋方成嘶声吼道。

他问白绮:"和这样的一个人打交道,你不觉得可怕吗?"

白绮:"……"

白绮轻飘飘出声:"你也说了,是差点,是失手。"

席乘昀并没有要瞒着白绮的意思,他嗓音温和,绅士风度仍在,开口便如同在优雅地念一段散文诗。

"嗯,要知道,当一个人发现被他母亲捧在掌心里长大的自幼体弱的弟弟,原来只是个被调包的,一个保姆和父亲生的私生子,谁都会有那么一瞬间,忍不住想动手的。"

蒋方成听到这里,如同被掐住了脖子,面色铁青,眸色阴沉,说不出话了。

白绮心里震惊至极。难怪那个妇人，先是叫"乘昀"，而后又改口叫"大少"。原来她曾经是这家的保姆。那席乘昀的亲生母亲呢？去世了吗？

白绮从蒋父、妇人，还有蒋方成的反应，几乎能想象得到，当年真相被戳穿的时候，席乘昀的举止让他们感觉到多么可怕。

这时候司机从车里走了下来，为他们打开了车门。

席乘昀轻拍了下白绮的肩："上车吧。"白绮乖乖点了点头。

蒋方成眼睛红得仿佛要滴血了，可席乘昀站在那里，就像是长满无数荆棘的一座高墙，他越不过去。

蒋方成脑中思绪混乱地想：白绮为什么不害怕呢？白绮应该讨厌席乘昀啊！他身上点着明亮的光，又怎么能舍身走入黑暗？

等蒋方成从思绪中挣扎出来，席乘昀的车已经开远了。

车里，席乘昀凝视着白绮，低声问："我们换个地方吃饭？"

"好啊！"被这么一耽搁，他快饿死了。

席乘昀这才挪开了目光，轻轻应了声："嗯。"

他们换了一家私房菜餐厅。

助理阿达来接人的时候，笑着说："这里是席哥常来吃的。"

所以呢……阿达前脚一迈出去，就心想不好！这边蹲守的记者可多了！

"席哥，照片……"阿达回头。

"没关系。"

阿达也只好闭嘴了。

他脑子里甚至冒出了个念头，席哥不会是专门等着他们来拍的吧？

席乘昀带着白绮上了车，却没有说要回去，而是让司机把车开到商场。

白绮跟着他乘坐电梯，直升到2楼，这家商场的2楼是专门定制珠宝的。

他们一出电梯，就立刻有人迎了上来："席先生，这边请。工期赶得有点紧，不过总算是做出来了。"

白绮："？"

白绮："您是要送我五根金条吗？"

席乘昀一顿，原来他喜欢金条？

席乘昀："不是。如果你不喜欢的话，可以再换。"

话音落下，那边已经有人小心翼翼托着个托盘过来了。而托盘上，正放着两个蓝色的小礼盒。

柜员将小礼盒打开，展示在了白绮面前。

那是两条一模一样的宝石项链。

柜员捏起其中一条，充满了羡慕，她细声说，"白先生，链子的内侧刻有您和席先生的名字。"

席乘昀重复道："你不喜欢可以换掉。"他顿了下说："虽然把金条挂在脖子上很奇怪。"

"那不必了，不必了！"白绮连连乖巧式地摇头。

他就那么随口一说，真挂金条，那得多像暴发户啊！

席乘昀也就没有再多说，效率极高地让柜员将东西包起来。

柜员一直送着他们到了停车场才回去。

席乘昀单手拉开车门，让白绮先坐进去，然后转头和阿达他们说："等一下。"

然后他跟着坐进去，开口直截了当地说："拍照发个微博，知道怎么拍吗？"

"嗯？"白绮眨眨眼，"怎么拍？"这个还有什么讲究吗？

席乘昀："拍到一点我的名字。"

白绮恍然大悟："噢！"

会还是您会！不愧是影帝！这样简直是可以写入娱乐圈编年史的可歌可泣的深厚友情了。

白绮连忙摸出了手机，然后弯腰伸手，就要去拿放在席乘昀脚边的袋子。里面装着宝石呢。

席乘昀按住他的手腕，没让他动，他弯下腰，轻松将小礼盒捞了出来。

他打开盒盖，将宝石项链摊在了掌心，说："你拍吧。"

白绮忙举起手机，镜头里先是出现了席乘昀的手，然后才缓缓聚焦住了那两条链子。

这边"咔嚓"一声，拍照，传上网。

那边网络上粉丝还在和营销号口水大战呢。

吃瓜群众觉得锤实了，没错了，这个博主就是那天照片里的少年，席乘昀去学校见的就是他。

粉丝看完，一概不认。

结果吵着吵着……

"那个账号发新微博了！"

"我火速赶往现场！"

"这博主心可真大，不知道有人在扒他吗？说不准席乘昀粉丝已经在骂他蹭热度了，他还敢发新微博？"

吃瓜群众和粉丝陆续赶到,然后齐齐傻了眼。

"这是什么?秀项链?告诉我们他多有钱?"

"你们看内刻,虽然只拍到了一半,×cy。老天!那不就是席乘昀的缩写吗?"

"席老师的项链在他手里?"

"仔细看,是两条。"

"那又怎么样?这就能说它是席乘昀的东西了?真要是的话,这人是私生饭(侵犯明星私生活及工作的粉丝)吧,偷了席乘昀的私人物品晒上网?"

"不,你们再仔细看,托着项链的手也很漂亮,而且你看大拇指内侧,有一颗很淡很浅的痣。没记错的话,席乘昀的手就是长这样吧……"

"P也能P出来好吗!"

"就一粉丝定了个刻有偶像名字的项链而已,散了吧,散了吧……"

尚广坐在办公室里,看着粉丝们稳中有序地辟谣,其实还是很感动的。

多难得啊!谁家粉丝能有这么厉害啊!瞬间掌控大局。

虽然颇有点死鸭子嘴硬的意思,但谁家粉丝不是这样过来的啊?

"尚哥,这个刚送过来,说是要给席哥看的。"小助理敲敲门走进来,将一个文件放在了面前。

"什么?是不是什么新项目?"尚广说着一翻开。

"我们诚挚地邀请席先生,参加我们的《我和我的完美朋友》第一季……"

尚广:"真算是赶上了!"

席哥是不是早就知道有这么个综艺了?

一家狗仔工作室虚掩的门内,时不时传出一声:"我的天!"

"真的吗?"

"是,是真的。我已经反复确认过了,你看,这几张组在一起,可以拼成完整逻辑链了!"

"这不发,还等什么呢?这要说席乘昀没有女朋友,谁信?"

坐在老板椅上,抽着拇指粗的雪茄的男人,缓缓吐出烟圈儿:"你们知道席乘昀多有钱吗?"

"我知道!光《成魔》这一部电影,他就少说吃足了五千万的投资分成回报吧?"

男人摇摇头:"不止。席乘昀很有钱,非常有钱。他入行以来,非常敬业,身家年年暴涨。他投的利好行业,你可能都数不清……算了,先不说这些。我的意思是,比起把这么大的新闻直接放出去……"

"我懂了!不如把它交给席乘昀!相信席老师能给我们开一个相当不错的价格……"手底下的人你看我我看你,愉快地笑了。

这头席乘昀跟着白绮一块儿回了逸园。
"今天就没有通告了吗?"白绮好奇地问。
席乘昀:"嗯,特地留出了时间。"
等上了楼,席乘昀长腿一迈,径直走向了他的卧室。
前后不过三分钟,里面隐约传来了花洒"唰"一下喷洒出水的声音。
特地留出时间……嗯,换掉这身去过蒋家的衣服吗?
白绮轻轻叹了口气,挨着沙发正要坐,但想了想,又站在那里不动了。
等席乘昀裹着浴袍,一手抓着毛巾,缓缓从卧室走出来时,看见的就是白绮乖乖站在那里的模样。
白绮抬眸一看,忙问:"我要换衣服吗?"
席乘昀动作一滞,慢了半拍:"什么?"
白绮小声道:"你很不喜欢蒋家的味道吧。"
席乘昀沉默片刻,鼻间却隐隐约约嗅到了一点木质香气,那是他习惯用的沐浴露的味道。和上次从白绮身上闻到的橘子味儿,完全不一样。
仿佛突然间就拉近了彼此间的距离。席乘昀的眼眸在灯光下,如同流动的云一样,有了些微的变化。
他动了动唇:"不用。你不用。"
话音落下,放在客厅里的固话响了起来。
席乘昀的肩头一凉,头发上的水滴已经变凉了,滴落在浴袍上。
他敛住思绪,抓住毛巾随意擦了擦头发,一边擦一边往斗柜的方向走:"我吹头发,你接吧。"
白绮应声,走过去,拿起听筒。
"席老师?"那头的声音艰涩,又好像带着点兴奋。
他顿了下,等不及地飞快说出了后面一句话:"您好,我是×娱乐工作室的工作人员,我的手上有您的一些照片,您要看一看吗?"
白绮:"?"什么照片?
白绮:"给我看看。"
工作人员听他口吻平静,哦,好像都不叫平静。准确来说,有点像是来了兴趣一样。

工作人员摸不着头脑地抓了抓头发:"我打错了?"

白绮挨着沙发坐下来,一边随手卷着电话线玩儿,一边耐心地告诉他:"没有呀。"

"你接着说。"白绮催促他。

工作人员埋头核对了下号码。

"之前扒出来的是这个没错吗?"

"没错啊……"

工作人员只好重新拿起电话听筒:"好吧,那我就和您直说了吧,您最近谈恋爱了对吗?对方还是您的粉丝。我手里有您的车出现在珠宝定制店的背影……"

他滔滔不绝地说了一大段,然后才反应过来,电话那头竟然一点动静也没有。

"我希望我们能洽谈出一个合理的价格……"

白绮:"你发吧。"

"什么?"

白绮:"文案记得写通顺点,照片角度也选好看一点。还有,我建议你们重新再仔细看一下照片。"

工作人员:"?"

白绮礼貌地说了声"再见",然后才挂断了电话。

这家狗仔工作室遭遇了他们从业以来最迷惑的事件。

"哪个明星听说了我们手里的东西,不是着急得心急火燎的?"

"故意诈我们的?"

"刚才接电话的是席乘昀?"

"不是他还能是谁?电话是他家的没错啊。"

几个人对视一眼:"不对啊,那好像真不是席乘昀的声音。"

他们重新翻出了照片,仔仔细细地盯着看了好一会儿。

因为席乘昀的保护措施做得特别好,连带走在他身边的人也一样。

终于,他们在那身厚重的打扮下辨认出来了。

"和席乘昀一起去珠宝店的是个男的。"

"……"

"散了吧,散了吧。席乘昀可真够孤寡的。真铁了心不交女友啊?"

没人能回答这个问题。

有人低低地说:"毕竟席乘昀连个朋友都还没有呢。"

这边白绮才挂断电话不久,铃声就又响了起来。

他也还算有空，就顺手又接了起来："喂。"

那边换了个口吻："原来接电话的不是席先生啊……没关系，我们也可以谈。你知道最近有个微博，发了席先生的私人物品吗？里面还有席先生的手出镜。这个人是什么身份，席先生不希望被狗仔和大众知道吧？"

白绮："我知道啊。"

"这么说席先生已经知道了？"

白绮："我的意思是，那条微博就是我发的，博主就是我。还有什么问题吗？"

工作人员满脸问号，忍不住问："您是席先生的？"

白绮："朋友。特别好的朋友。"

工作人员纳闷出声："你不是圈内人吧？你这样发和席先生的相关微博，不怕被粉丝骂蹭热度吗？"

白绮咂咂嘴："没关系，我喜欢出名。"

"……"工作人员"啪嗒"挂断了电话，这天儿没法聊了！

白绮捏着电话听筒还有点意犹未尽呢。

白绮将听筒放回去，结果没几秒，铃声就又响起来了。

对方就不能一口气说完吗？

白绮眨眨眼，还没等他做出反应呢，斜里伸出来一只手，拿起听筒再放下去，就这样强势地将电话挂断了。

白绮这才发觉，吹风机的声音不知道什么时候停住了。

他转头一看，正对上了席乘昀的目光。

席乘昀好像笑了下，但很快，那点笑意就消失殆尽了。

席乘昀紧紧盯住了他的双眼："微博下面的那些评论都怎么说？"

白绮："啊？"

席乘昀没等他回答，接着说："有一些粉丝，是很排斥有些人和自己的偶像走得太近的。哪怕是朋友，他们也坚持觉得这个所谓的朋友居心叵测，妄图蹭热度，占便宜。更有无数的狗仔会妄图挖出这个朋友和明星之间的隐私。"

白绮点了点头。

"开始害怕了吗？"席乘昀问。

白绮摇了摇头。

席乘昀并没有就此打住，他继续说："我想我应该和你说清楚。我需要一个朋友，是因为我的性格有缺陷，我无法和任何人维持一段较长时间的关系。这让我看上去像是一个异类，它甚至成为了营销号、对手公司攻击我的凭据。尚广认为我应该去交一个朋友,但我认为这不可行。所以我决定直接雇用一个人来担任这个角色。"

席乘昀后退两步,在对面的沙发上落了座。

他倚着沙发靠背,姿态慵懒,褪去了一点白日里的绅士皮囊。他演过太多的角色,直到这一刻,才好像流露出了零星的真正属于自己的情绪。

他那双承载过无数情愫的眼眸,冰凉漆黑,像是骤然浸入了无边的深潭。

"一开始是选谁都可以,但真正筛选起来,很麻烦。因为我的职业的特殊性,导致了我的部分粉丝会对我身边出现的每一个人,都抱有很大的敌意。这或许并不是一笔酬劳金就能简单抚平的……"

白绮张了张嘴。

啊,不是,您对五千万有什么误解?这笔钱可以抚平一切伤痛啦!

席乘昀的目光不动声色地笼住了白绮。

白绮乖乖地坐在那里,想说话又闭上了嘴,只等着他继续往下说。

席乘昀目光闪了下,这才又接着说:"这个时候,恰好你进入了我的视线。我认为你是一个非常好的选择。"

白绮心想那我这运气,不去买个彩票都说不过去。

感谢金主爸爸看中了我,分了五千万给我!

"电话里没有说错,你可能会因为我而遭到攻击,被骂上热搜,你的私信里,有些人会像是粪坑里的蛆一样,缠着你不放,一年三百六十五天,每一天都在向你倾泻恶意。我的狂热粉丝,我的黑粉,每一个憎恨我的对手,他们都可能把枪口对准你。

"你怕吗?"席乘昀再一次问。

其实不是他之前没有和白绮说清楚,而是那个时候,他根本没打算和白绮说这些话。他是这一刻才改变的主意。

白绮现在后悔也还来得及,他们还没有一起参加访谈,上节目。

大家也还没有正式地认识白绮。

白绮轻轻"啊"了一声,脑子里先是飞快地掠过了一个念头:刚才席乘昀站在他身后,到底是离得有多近啊?连电话里的声音都全听见啦!

白绮看着席乘昀,低声问:"嗯……席先生遭遇过这些攻击吗?不然怎么这么清楚流程?"

席乘昀一滞,重点是在这里吗?

白绮认真地问他:"席先生入行以后,事业就像是坐了火箭一样,飞快地往上蹿,这样也会被攻击吗?"

席乘昀冰凉冷硬仿佛被塞入了一块石头的胸口，猝不及防地柔软了一下。

他摩挲着沙发的扶手，应声回答："当然。这是互联网的特性，蛆虫总是抱团的。无论你身上散发的是香气还是臭味，没有任何缘故，都总会吸引来这样的人。"

白绮又问："那席先生看见之后，会生气吗？"

"我不会。"席乘昀用冷淡的口吻说，"我有钱。"

白绮快乐地笑了起来："哈哈！我也有钱啊！"说着，他摸出了席乘昀给的银行卡。

才五千万。席乘昀到了嘴边的话，咽了回去。

他的有钱和白绮的有钱，不是同一个标准。

但白绮高兴得真心实意，真心实意得……有点可爱。

席乘昀后面没有再追问白绮是否会害怕了。

白绮当晚还是洗了个澡，然后钻进了被窝里。这卧室太大了，哪怕开着暖气，他还是觉得好冷啊，也不知道是不是因为装修太冷淡风。

白绮闭上眼，想着想着，迷迷糊糊就睡着了。

当天狗仔工作室再打电话来，这次接电话的人终于换成了席乘昀。

他只开口说了两个字"发吧"，然后就挂断了电话，弄得那边的狗仔一口气哽在了喉咙里，吞吐不得。

等白绮睡醒，席乘昀的房子里多了几个助理模样的人，他们拎着满满几大袋的衣服，看起来就跟刚从批发市场回来的差不多，正往衣柜里填衣服呢。

但是仔细一看吧……

嘿，左阿玛尼，右范思哲，差点就认不出来是国际大牌了。

席乘昀正在打电话，听见白绮的脚步声，他立刻回了头，说："你挑一套，看哪个穿得舒服，换上我们就出发。"

白绮："嗯？去哪儿？"

席乘昀："签个合同。"

白绮从小林手里接过小笼包，啊呜，一口一个，等咽得差不多了，他才接着出声："签合同？"

席乘昀点头："对，一个综艺。"他顿了下，又补充了一句，"有通告费。"他想白绮应该会喜欢。

白绮双眼"噌"地就亮了，眼巴巴地盯着他："我也有吗？"

席乘昀突然摊开掌心,问:"吃吗?"
白绮低头一看,才发现席乘昀用纸裹着,装了一小捧剥好的瓜子。

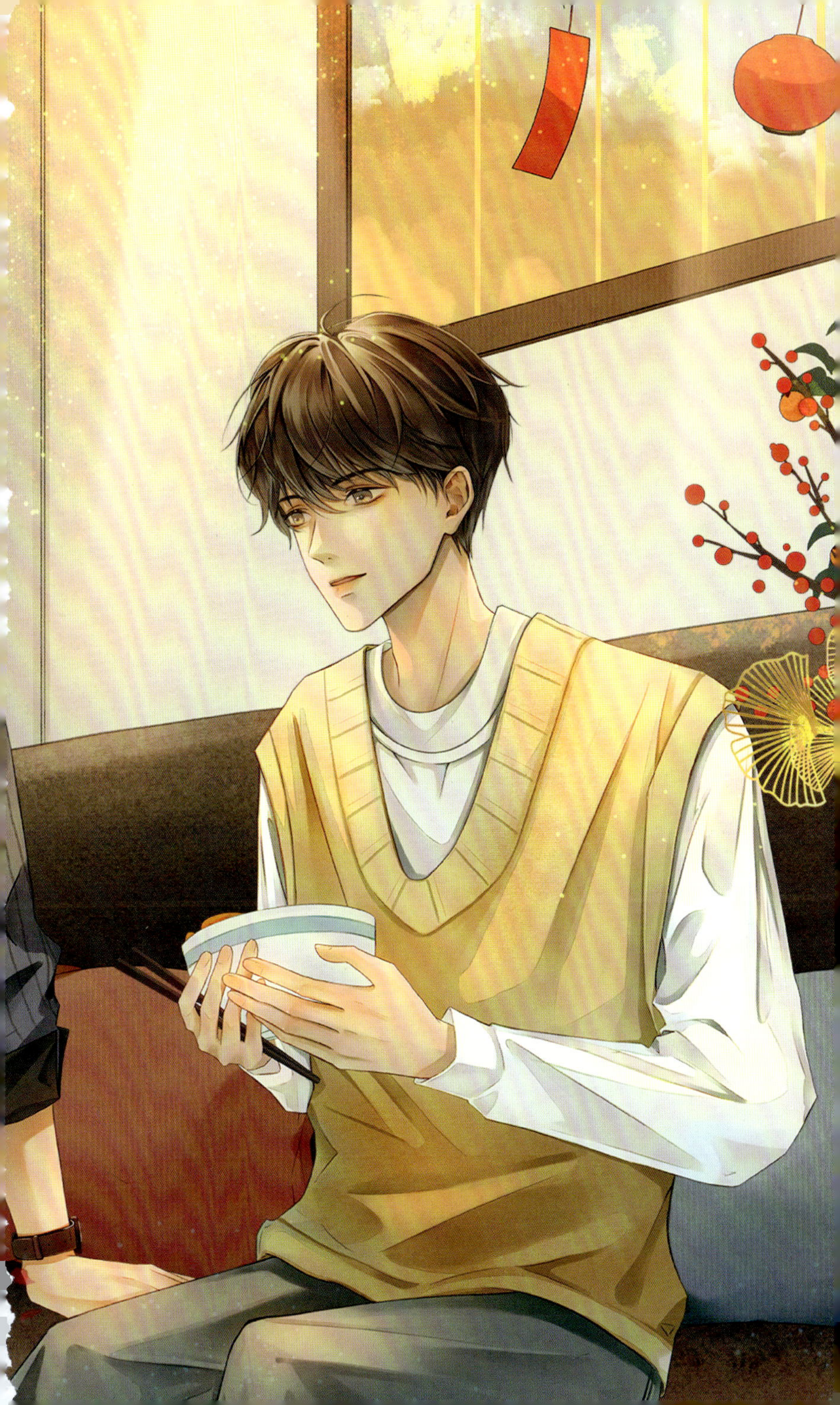

"嗯。"

嘿,那可敢情好!白绮舔舔唇,立马换衣服去了。

上午十点,席乘昀带着他到了工作室。

等抵达以后,白绮才知道席乘昀口中轻飘飘的一句通告费究竟有多少。

整季真人秀节目录下来,白绮一个素人的合同上,写的通告费是一千三百万,当然,是税前。

节目组为了能把席乘昀请过去,那是下了血本了。

白绮高兴得当场吃了一颗泡泡糖,张嘴都是甜滋滋的味儿:"太棒了,我都想和你做一辈子朋友了!"

尚广听完差点当场把屁股摔成五瓣儿,他还是第一次看见有人这么坦荡地表示自己喜欢钱。

其他人并不知道假朋友的事,听见这话,忍不住感叹,席老师这朋友真可爱,和席老师完全是两个画风啊。

那边席乘昀回头问:"能录吗?"

白绮:"当然能录啦!什么时候呀?"

"后天就进节目组。"

"这么快?"

"嗯,如果你不适应……"

"没关系,我可以!"

白绮抱着节目合同。

嗯……这节目叫什么?叫《我和我的完美朋友》。

完美?他舔了舔唇。

OK,这他会!

第三章
我和我的完美朋友

《我和我的完美朋友》节目组在正式开始录制之前，先开了个小会。

制片人推门进来就先问："合同签了吗？"

"签了。"应声的人说话都在抖，激动得抖。

制片人重重地吐出一口气，再看向他的目光充满了赞赏："真有你的啊！你鼻子怎么那么灵？你上哪儿知道席老师有个素人朋友的？"

说着，制片人把手机往桌上一放："刚有狗仔放了两张照片出来，热搜快炸了。好几个节目都想请人去，啧，现在他们是赶不上热乎的了。"

导演嘿嘿一笑："幸好老子手快！"

光"疑似席乘昀圈外好友，破多年传闻"的消息，就快把热搜炸出一个洞了，可见他身上的热度和价值之高……如果有节目能直接一步到位，把人请过来，那还用愁收视率？台里可以直接给开庆功宴了！

一旁的导演助理摸过手机，粗略扫了几眼，热搜上的确已经爆了。

"我就说，席哥的性格那么好怎么会没有朋友？"

"结合之前那个博主发出来的项链照片，现在再看席乘昀出现在珠宝定制店的身影……一下全联系起来了！席乘昀对这朋友是真好啊。"

"啊这，给席老师的粉丝点蜡，我总感觉这个朋友，不是那种低调安分的人，可能会拖席老师后腿。"

"所以呢，那个博主到底叫什么？多少岁？真是京大的吗？全扒出来了吗？"

"在扒了在扒了，别急。"

京大的303寝室里。

穆东推门而入："你们吃瓜了吗？那天席乘昀来咱们这儿，居然是为了来见朋友啊。网上现在正扒对方是谁呢！不知道扒出来没有？"

其他室友一时无语。

"好像是扒出来了……"

"算了，你自己看吧。"

穆东接过手机一看，网上已经快传疯了。

"其实那天就想说了，照片里那位很像是京大外文系的系草啊，学院论坛有他照片，你们自己对比一下？（图）"

穆东："？"

穆东："有病吧？拿我们绮绮照片干什么？"

其他人委婉出声："我看好像也不是瞎说的……好像，有那么点，依据？"

"什么依据？"

"他们把绮绮微博扒出来了。"

"……"

一时间，大家你看我我看你。

穆东想起来那天那个挨着白绮说话的背影，他声音都发颤了："那真是席乘昀啊……"

白绮哪儿来这么一号朋友啊？

穆东眼前一黑，激动得手脚都不利索了。那以后拿签名……是不是……很容易了？没准儿还能见到明星？

半晌，寝室里才又响起了声音："幸亏绮绮人已经不在学校了，不然还不得被堵寝室里……"

穆东猛地反应过来："我给他打个电话，问问怎么回事。就只是朋友而已，这么突然上热搜？不会造成什么坏影响吧……"

穆东摸出手机拨号码，却没能拨通。

白绮正在通话中，正在和他妈通话。

苏美娴女士那天把存折一揣，就吃饭去了。

过了这么几天，到了白爸爸要用钱的时候，她就想带存折去取点钱。等到了柜台，一翻开，人都吓傻了，她当场仓皇起身，赶紧回家了。

5090000.00

苏美娴重复数了十几遍，最终确认自己的确没有数错。

他们家的存折里，突然多出了五百万！

"绮绮，怎么回事儿啊？你钱哪儿来的？"苏美娴的声音都变得严厉了。

白绮叹气，他早就知道会这样。这么多的钱，肯定会引起他妈怀疑的。

"你干什么违法犯罪的事了？"苏美娴的声音越发严厉，"还是说……"

说到这里，苏美娴的嗓音就有点哽咽，充满了不可置信："你不会去做了什么想不开的事了吧？"

"哎，是我一个学长的哥哥，看上我的才华，决定把我聘到他们项目里去。提前给钱是怕我跑了。"

"嗯。"苏美娴皱眉，"那也不能要啊。他年纪轻轻，哪儿来那么多钱？"

白绮心想这个年纪不算轻啦。

不等苏美娴继续追问，她的同事突然叫住了她："阿美啊，你过来，你过来！"

苏美娴只好暂时挂断了电话。

"怎么了，李姐？单子有问题吗？"

"没，没问题。"李姐顺着挤进了她的工位，然后伸手就去抓苏美娴桌上放着的照片。

苏美娴皱起眉，有点不悦。

李姐把照片一翻，再把手机屏幕往她面前一送："我就说真的很像啊，阿美，这是你儿子吧？"

苏美娴定睛一看，手机屏幕上拥挤地排着两张照片。

其中一张，是个从车上下来的侧影，面前还站了个男人。另一张是白绮在学校里的样子，穿着橘色的棒球服外套，正回头和人说话。

苏美娴一头雾水："是……怎么？"

李姐："你不知道啊？你儿子和一个大明星是朋友啊，现在全网都是这个新闻！"

苏美娴怔了怔，立马握着手机往休息室走去，再反手锁上门。

白绮的手机很快就又响了。

苏女士的声音这下骤然拔高了八个度："白绮！你老实说，你的钱是不是问你朋友借的？我告诉你，你马上给我回家交代清楚……"

电话这头的白绮一愣。

嗯？怎么这么快就知道了？是尚广他们那边发布了什么吗？

白绮飞快地说："妈，我这里还有点事，暂时不敢回家了。先挂了。"

挂完电话一看，他手机消息叮叮当当地往外跳，微信、短信、未接电话，一起朝他涌了过来。

白绮指尖也有点发麻。

他悄悄吐了一口气,回家不能够因为这笔钱打我吧?

白绮登上微博看了一眼,他微博卡了足足半分钟,然后才加载出了新消息。

未读私信:33100条

@我的:112341条

评论:90123条

白绮:……

麻了,这就是当红影帝的流量吗?

他微博底下大部分都是在问"真的假的",还有小部分骂他不配和席乘昀做朋友,赶紧滚。

"白少没事儿吧?"小林坐在对面,小声问。

小林刚到工作室,很多东西都不清楚,他还为新闻发愁着呢:"怎么就上热搜了呢?我怕有人骂你蹭热度。唉,算了不说这个了。你一会儿要吃什么,我去给你买呗。今天席哥又要出席个活动,这会儿忙着呢。"

小林说着说着,都忍不住向白绮投以关怀的目光。

席哥这样的人物吧,和他做朋友很累吧。一块儿吃饭、旅游,都得冒着暴露隐私被偷拍的风险。有时候还容易挨骂。

白绮抬脸对小林笑了下:"好呀,我一会儿吃冰激凌。"

说着,他还分了自己的泡泡糖给小林。

小林还是小时候吃过这玩意儿,剥开往嘴里一放,真甜啊。

当天下午,参加《我和我的完美朋友》的其他嘉宾已经陆续抵达了拍摄地点。

席乘昀暂时被活动绊住了脚步,就让阿达过来,和小林一块儿先送白绮过去。

上飞机前,白绮还给苏美娴发了条短信,免得她担心。

苏美娴这会儿才知道,同事李姐口中的"大明星"到底有多大——竟然全网铺天盖地,讨论的全是这位大明星和他儿子是朋友的事……

她不懂娱乐圈,实在搞不懂,不就交个朋友吗?怎么还能上热搜呢?

苏美娴要是稍微了解一下,知道这么些年席乘昀就这一个朋友,她就能知道大家的反应为什么这么强烈了。

苏美娴揉了揉额角,咬咬牙先放下手机,别在这会儿上赶着去给儿子添麻烦了。

那笔钱到底怎么回事，之后再问清楚也来得及。

白绮下飞机的时候已经是深夜一点半了，节目组的人还在机场里苦等。
"是……白先生吗？"工作人员不可置信地迎上来。
白绮："是的，你好。"
他整个人从头裹到了脚，帽子、围巾、口罩，全副武装，以此抵御当地的零下温度。
工作人员不太看得清他的样子，倒是一眼认出了助理阿达。
工作人员这才彻底放了心。
虽然合同是签了，但人没到，就不敢打包票说席影帝一定会来啊，人多大咖啊。幸好，今天他算是圆满完成任务了！
"来，您这边请，咱们车就在外面呢。"工作人员一边说着，一边配合小林，七手八脚地往白绮身上别麦克风和GoPro（运动专用相机）。
从白绮坐上车开始，拍摄就被按下了action（执行）。
"您别紧张，咱们后期都可以剪！"工作人员表现得分外客气，"您先试着看一下镜头……能适应吗？"
白绮比了个"OK"，觉得还挺新奇的。
工作人员和阿达一块儿，给他仔细讲了节目录制需要注意的一些地方。
"其他的，您就配合节目组的一些流程，然后随便发挥就可以了。"
白绮点点头。
这边工作人员在接人，那边《我和我的完美朋友》的官博，也终于大着胆子开始发宣传海报了。
一共四组嘉宾。
三组嘉宾被安排在海报的角落，而中间则留出了一大片的空白，上面写了四个字：神秘嘉宾。
"无语。你们平台的综艺越来越无聊了，现在又搞什么神秘嘉宾的噱头。有多神秘？还能把席乘昀和他朋友请来吗？"
拍摄点里，摄像头暂时关闭。
有嘉宾轻笑出声："真请了席乘昀来？"明显不太相信。
除了需要营销人设，炒CP（配对），又或者过气想要翻红的，谁会愿意上这样的综艺啊？
到席乘昀这里，别说这个节目了，就是其他综艺给他提鞋都不配。
其他人没出声。
他们下午就已经见过面了，也录制好片段了，之所以还有人坐在这儿没睡，就是为了亲眼看看席乘昀是不是真的来了。

那边导演组一样没敢睡，时不时就得朝大厅门口望上一眼。

不知道等了多久，终于有人喊了一声："来了！车过来了！"

白绮在车里睡了一觉，主要还是不太适应这么晚还在外面活动，所以摇着摇着就睡着了。

工作人员打电话问导演组："咱们是先去房子那边，还是先到摄制组这边？"

"过来。"导演一口决断。

于是大家就眼看着那辆越野车开着大灯，缓缓驶进了节目组暂住的院儿里。

车门一打开，阿达和小林先下去帮着拎行李。

几个嘉宾好奇地伸长了脖子："真来了？"

裹得严严实实跟北极熊差不多的白绮，缓缓走进了大厅。

"现在没拍吗？"白绮问。

"没呢。一会儿才继续。"

"哦。"

话音一落下，满屋子的人齐刷刷一下全站起来了。

白绮："？"

白绮眨了眨眼，轻声说："嗯……席乘昀还在忙。"

嘉宾们一下反应过来，想必这就是席乘昀传闻里的另一个主角了。

"欢迎欢迎！席老师是不是明天一早的飞机？"导演组也弄不清席乘昀这个朋友是个什么来头，与席乘昀的感情到底有多深，所以一上来先殷勤点，准没错！

室内开了暖气，白绮一边往里走，一边脱帽子围巾。

这就是席乘昀那个朋友？看上去年轻过头了啊！大家脑中蓦地冒出了念头。

等白绮把口罩摘下来。

长得还特别好看，比照片上还要好看得多，说是明星也不为过！

半晌，他们才掩去了眼底的复杂震惊之色，席乘昀居然真的要带朋友来上节目！

"看起来，席乘昀对这个朋友也并不怎么样，不然怎么让他一个素人先过来，不怕他没有录制经验，手足无措出丑吗？"嘉宾之一的影帝周岩峰低低地出声。

他的老婆是同样拿了影后的女星富春颖，之所以带着老婆上节目，其实也就是为了重新炒一下CP。

当时周岩峰是这么说的:"我的妻子就是我身边最完美的朋友。"

那头富春颖出声招呼了一句:"过来,坐。这儿放了炭烤栗子,要吃点吗?"

白绮咂咂嘴,心想看明星扎堆特别有意思,一眼望过去,都特别养眼。

他抿唇轻轻笑了笑,礼貌地应了声:"好。"然后跟着坐了过去。

这时候节目组主动照顾起了他,赶紧和他介绍了嘉宾分别是谁。

除了影帝周岩峰和影后富春颖外,还有一对夫妻,是圈外商界新贵和女明星的组合。商界新贵名叫邬俊,女明星叫杨忆如,邬俊已经睡觉去了,就剩下女星在这儿。

白绮主动伸手,和杨忆如交握了下:"看过您的电视剧。您演的凌香君让人记忆深刻。"

杨忆如今年三十五岁,但保养得不错,依旧美丽动人。听见白绮的话,她惊讶了片刻。

凌香君是杨忆如刚出道演的第一个角色,是个反派女四号。她那时候怀揣着梦想和满腔的热情,将自己的情感与演技,都贡献进了这个小角色里。但因为年代略久了,媒体和粉丝盘点的时候,都总会漏过这个角色。

杨忆如笑了笑,说:"谢谢喜欢。"她脸上的笑容真诚了很多。

白绮就像是每一个人的影迷一样,周岩峰和富春颖的角色,他也能说出来两个。

富春颖笑着说:"叫白绮是吗?白绮,你也不用觉得别扭紧张。这次除了你和席老师,还有一组嘉宾和你们年纪相仿,你们应该玩儿得来。"

富春颖说着,就扭头看向了另一边沙发上倚靠着的男人。

男人穿着卡其色卫衣,脸色有点白,勉强撑着坐起来,冲白绮颔了颔首。

白绮认识他。他跟周启垣是同一届选秀出道的,叫邱思川,当年差点成团,但后来突然退赛了。

邱思川是很舒服的那种长相,在舞台上很有魅力。

白绮轻声问:"一会儿可以签个名吗?"

"你问我?"邱思川愣了下。

白绮点点头。穆东的妹妹以前可喜欢他啦!

邱思川苍白的脸上涌现了点笑容,这张脸一下都变得鲜活多了。

他说:"好啊。"

助理阿达脑中"嗡"一声响。本来他还担心白绮适应不了镜头,更适应不了这么多陌生人的场合，结果人如鱼得水！也不知道是好事还是坏事。镜头以外的观众，又会怎么评价他呢？

节目组又详细给白绮介绍了一遍流程之后，才让工作人员送他去住处了。

"明天一早就要起床，大家辛苦了，好好休息。"导演满面笑容地说。

今天只是私底下给嘉宾们互相做了介绍，这是当组里有大咖的时候，为了避免录制时闹出意外，才有的特殊待遇。

所以他们第二天还要装模作样地再录个"初见面"片段。

大家心里都有数，也就没有多停留，纷纷跟着返回了住处，免得第二天录制状态不好，脑子不清醒说错话。

出了院子，工作人员扛着摄像机，跟在白绮的身后走。

白绮在车上眯了一觉，这会儿清醒多了，他摸了摸胸前的麦："没想到这么冷，万一我带来的棉服不够用怎么办？节目组会发吗？

"这条路走着有一点滑。

"那边好像都被雪盖住了啊，能堆出雪人吗？"

…………

白绮已经悠闲地和助理阿达聊上了。

席老师的朋友，这个年纪很轻的圈外素人，在面对镜头的时候能张得开嘴，不让镜头空白浪费。

这让工作人员顿时放下了心，明天的录制应该会很顺利吧？

节目组安排给影后影帝组的，是一栋大别墅；安排给杨忆如那一对的，是一处修建得如同中世纪城堡一样的建筑，伫立在雪花中，分外浪漫；而属于邱思川他们的，是一个北欧风接近民宿模样的二层小楼。

白绮走过长长一段路，最后停在了一个装修清幽的院子外，这就是安排给他和席乘昀的临时住处。

白绮推开竹篱笆做成的门，走进去。

院子里的花圃一片光秃秃。

工作人员尴尬一笑："本来想种月季来着，结果有一天零下二十多度，全冻死了。"

白绮："拉个大棚？"

工作人员想象了一下，那多煞风景啊，哪儿还有种月季的浪漫啊？

白绮似乎也只是随口一说，并没有再顺着这个话题往下说。

进门后，白绮再一次整理行李，吃了两口夜宵。

抬头一望墙上的挂钟——三点了。

白绮按照节目组教的,将摄像头一蒙,洗澡,睡觉,谁知道刚闭上眼没两秒钟,白绮的手机就响了。

他拿过来一看,屏幕上闪烁着三个字:席先生。

白绮忍不住嘀咕了一句,这么晚还在工作吗?然后接起了电话:"喂。"

那头果然传出了席乘昀的声音:"我听阿达说你刚安置下来。"

白绮:"是呀。"

席乘昀客气地说了一声:"辛苦了。"然后他顿了顿:"有件事忘了和你说。"

"什么?你说。"白绮估摸着,这件事才是导致席乘昀这么晚还要打电话来的原因。

"这是一档真人秀,在录制期间……"他沉默了片刻,才又接着说,"我们大概需要睡在一个房间。抱歉,这一点是我没有提前考虑到的。"

"噢!这样啊!都可以啊……"白绮在被窝里拱了拱,将自己裹得更紧,这边暖气好像有一点问题,热得很慢。

"我睡相很不错的!"白绮的声音被被子捂住了一点,显得有些瓮声瓮气。

席乘昀张了张嘴,这当然不是睡相好不好的问题,不过白绮答应得这么干脆,那也就不用再多说了。

"嗯,那早点睡。"席乘昀出声。

白绮却没有立刻挂断电话,他想了想,整个人钻进被子里,避免了被摄像头录到声音。

他悄悄反问:"你的睡相好吗?"

白绮的声音通过手机信号传递出去,就这样一点点钻入了席乘昀的耳中,让他恍然间觉得,仿佛白绮正小心翼翼伏在他的耳边说话一样。

席乘昀:"还不错。"

白绮小声说:"那我就放心啦。我不和你多说了,我躲在被子里说话呢,哎,我背露在外头了,漏风,嘶,好冷啊。"

他絮絮叨叨地说了两句,然后挂断了电话。

躲被子里?席乘昀攥着手机,耳边骤然安静下来,反倒有那么一秒钟的不太适应。

同时,他的脑海里不自觉地勾勒出了白绮将自己裹成一团的样子……

"席哥,走吧。"尚广推门进来,席乘昀应声迎着夜色上了车。

白绮睡到上午十点，被节目组的工作人员叫醒了。

"节目组不会为你们提供三餐，你们各自的住所里都有餐具和部分食材，要做什么食物来果腹，完全取决于你们自己。"导演组介绍道。

外面在下雪，白绮穿着一件蓝色羽绒服，围了同色系的围巾，撑着灰蓝色的伞走了出去。

"那我先去问一问，大家那里都有什么食材，都有谁会做饭……"

白绮一米七八的身高，腿算长的了，他往外面一迈，摄像师一个没反应过来，差点跟不上。

白绮去的第一站是周岩峰他们家，因为他们挨得最近，他敲了敲门，无人应答。

导演组在后面提醒："好像是去杨忆如他们家了。"

白绮点点头："那我去邱思川那里好啦！"邱思川是挨得第二近的。

他来到二层小楼的门口，按响了门铃，很快就有人过来打开了门。

"是来串门的吗？"里面的人问。

白绮循声看过去，见到的却不是邱思川，而是一张剑眉星目、接近国内传统审美的脸。

这张脸的主人名叫许轶，是相当有名的古装美男。

许轶见到白绮，愣了下："你好，你是？"

说到这里，许轶顿了下，也不等白绮回答，他就飞快地笑了："看起来不像是工作人员，也是嘉宾吗？"

"是的，你好，我叫白绮。"白绮说着，递上了一个小篮子，里面装了满满当当的东西。

他说："见面礼。"

此时另一头的节目组正在翻看网络上反馈来的消息。

"这就带着上节目了？我不由得开始怀疑了，这是真朋友，还是假朋友？"

"什么意思？朋友还能有假的。"

"有啊，有的经纪公司为了捧新人，会故意让新人和当红的明星做朋友，把人设做起来，之后再蹭蹭当红明星的热度，新人就能顺利进入圈子了。"

"虽然但是，席乘昀这热度也不是谁都能蹭的吧？我看是假消息。"

"垃圾平台，毒瘤节目！净找噱头！"

节目组看了很是不高兴。噱头也是我们花了好多钱才请来的啊！你当那么容易，捡来的呢？我自个儿花的钱，凭什么不能蹭热度啊？

导演和制片几乎同时一拍板:"把现有的拍出来的素材,马上剪辑,上传!"

席乘昀还在去往机场路上的时候,《我和我的完美朋友》的第二版宣传片就先剪出来了。

这次不是只有那三组嘉宾露脸了。

网友还没点进去看视频,就先嘲讽上了:

"不回应,还搁这儿装死呢?怎么,真要蹭热度搞宣传?"

这边刚愤怒完,视频再一点进去……

"……"

"真有第四组嘉宾?"

视频的弹幕池几乎是一转眼就被堆满了。

哪怕是邀请了周岩峰夫妻、昔日的一线女星杨忆如,还有当年颇有热度的偶像邱思川,节目组的宣传片花也从来没有出圈到这样的程度过!

视频被转疯的同时,迅速登顶了热搜第一位。

"是照片里那个男孩子吗?"

"他下车了……啊啊啊,是啊!就是他啊!我疯了!席哥呢?"

弹幕挤得越来越密密麻麻。

"席乘昀入行这么多年,好像真没接过什么综艺。"

"确实,他应该很忙的,根本没空来参加这种玩意儿,这东西就是噱头。"

"其实不只是节目组在蹭热度吧,这个白绮不也是在蹭席哥的热度?"

"所以,是要吸着席老师的血出道了吗?"

"唉,真想不通席乘昀为什么会和一个还在上学的素人做朋友。"

镜头里,白绮走入了房间,他终于撤下了全副武装,在明亮的灯光下完全露出了面容。

弹幕似乎有一瞬的静默。

"因为……好看吧?"

"可是娱乐圈里好看的人那么多!"

"啊啊,看得好生气!十天前微博才有相关,十天后就成朋友了。说没有猫儿腻,谁信?真的,年度最佳戏精就是他。我现在严重怀疑,他签了经纪公司,这一波就是为了推他出道。"

之前大家去京大没能堵着人,狗仔又头一回没本事到了这种地步,就只知道白绮的微博,在之前发过和明星做朋友是一种什么体验。除此之外,他到底是什么人?席乘昀为什么从来没有提到他?他们是怎么成为朋友的?这些信息统统没有!

这会儿好不容易在镜头下又见着了人,粉丝们满腔的愤怒自然全宣泄在这儿了。甚至还有些看热闹不嫌事大的网友,也跟着下场骂了两句。

骂着骂着又忍不住感叹:"这人是长得真不错,经纪公司估计也是看上这点了,所以才想捧他吧。"

白绮和席乘昀这会儿都对网络上的动向一无所知。

这头许轶把白绮引进了门。

许轶笑笑说:"不好意思啊,家里有点乱。我和小川两人都不太会打理这些东西。"

沙发上有人闻声坐了起来,正是邱思川。

邱思川的脸色比昨天好一点了,但还是苍白的。

在镜头下,他和白绮重复打了一遍招呼,做了新的自我介绍。

白绮问:"你们家有什么吃的?"

许轶把自己的行李箱摊开,里面装着泡面、螺蛳粉、自热火锅、煎饼半成品……全是速食的。

"节目组提供了什么?"白绮又问。

许轶就带他去看冰箱。

白绮拉开冰箱门一看,食材还是很丰富的:白菜、南瓜、半只鸡、一只整鸭、一盒冷冻虾……

白绮说:"等等我啊。"

许轶应了声,白绮转身就往外走。

邱思川忍不住问:"他干什么去?你和他说什么了?"

许轶:"没什么啊,就给他看了冰箱。"

这边话音落下,那边白绮就回来了。

白绮怀里揣着什么东西,一边往里走,一边说:"冻死了……"

邱思川:"这什么?"

白绮拉开羽绒服外套给他一看,只见胸口裹着两颗圆滚滚的土鸡蛋。白绮一摊手,手上还沾了根鸡毛,像是刚从人家窝里摸过一样。

邱思川愣住了。

白绮转身往厨房里走,许轶立刻跟了上去。

许轶在背后问:"是不是计划我们中午一块儿吃啊?"

白绮点头:"对呀对呀。"

许轶笑了:"那敢情好,正巧我和小川都不会做饭。"

白绮:"借一下厨房了。"

许轶:"你请。"

也就用了十来分钟,白绮把蛋敲了,做了个蛋羹,往上淋一层油,又切了南瓜,放在蒸笼上一蒸。

许轶:"好香。但是看起来分量好像不多?"

白绮点了下头:"对,这是早饭嘛。"

"那午饭……"

"吃完再做。"

白绮把吃的端出去,摆在了邱思川面前:"尝一尝?"

邱思川抿了下唇:"我不用……"

白绮:"胃里不舒服才更要吃东西呀,你早餐都没有吃。"

邱思川惊愕地望着他:"你怎么知道?"

"你四年前有一次采访里说,你们组里有两个人,因为舞蹈基础不太好,经常练舞练得都顾不上吃饭……其中有一个人就是你自己。你那时候胃就不太好了。"白绮口吻平淡地说,像是只随口说了一件小事。

邱思川又一次愣住了。

是的,他在采访里说过这样的话,不止……他还说过,自己家境不太好,十七岁就成了北漂。住地下室的时候,吃得最多的就是泡面,加上三餐时间不稳定,那时候胃就很不好了。后来被挖掘,为了赚钱签了一家很烂的公司去选秀,一刻也不敢放松,所以才为了练舞而废寝忘食。

只是白绮没有在镜头前将后面这些话说出来。

成为明星后,很少会有人再去提自己窘迫的过往了,力争与"穷困""土气"这样的标签脱离。

白绮只提一半,就好像有种不动声色的体贴。

邱思川喉头一动,低声说:"谢谢!"

许轶在一旁倒是忍不住插话:"你是小川的粉丝吗?竟然知道这么多?"

白绮摇摇头,说:"不是呀。"

邱思川抓紧勺子的手,骤然一紧,心底竟然浮动起了一点失落。

邱思川时常觉得自己是真的过气了,慢慢地,会有越来越多的粉丝不记得他,包括上这个节目,他也不知道等着自己的是翻红,还是糊得更加彻底……

邱思川食不知味地吃了一口蛋羹,还没等他反应过来蛋羹有多么滑嫩好吃,就又听见白绮开口了。

白绮说:"我只算是一个路人,但是那一年,你站在舞台上的样子,就算是路人也会多看一眼啊。我还记得你那时候跳popping(震感舞),因为台风太稳上了热搜。"

他的口吻闲适且平淡,好像只是顺口说了件小事。

邱思川却被定在了那里,他攥着勺子的手更紧,然后挖了一大口蛋羹,他没有抬头,只是低低又说了一声:"谢谢!"

摄像师人都听傻了。

真行啊!这话比"我是你粉丝"还有杀伤力啊!这简直是彩虹屁界的最高表达式啊!连路人都会因为你的魅力而倾倒啊,对于一个过气偶像来说,没有什么比这更动听更震撼的话了。

等邱思川吃完,果然脸色好看了不少。

白绮还顺手从带来的小篮子里,摸了两颗奶糖递给他。邱思川没有拒绝,全部收下了。

白绮又起身,把他们带来的半成品煎饼给做了,然后用料理机把豆子磨成豆浆,你一杯我一杯,就这样享用了早餐。

邱思川在一边闻着味儿,口水都有点止不住了。

"你们这个放了多久了?"白绮问。

邱思川有点尴尬:"这个……我也不太记得了,好像买了快半年了?"

白绮:"那我全做啦?都快坏掉了。"邱思川在他面前连连点头。

邱思川不是个擅长交际的人,也不算是个好相处的人。所以昨晚在大厅里,他独自坐在一旁,始终没有出声。但这会儿他眉眼间的疏淡褪去了不少。

白绮做完煎饼,许轶就拿着给其他嘉宾分去了。

其他嘉宾早餐刚啃了俩面包,正觉得干巴呢,但多的又不会做了。这会儿见着有油有滋味儿的煎饼,还给配了点豆浆,也不顾自己吃过了,大家全给分了。

"我头一回觉得煎饼这么好吃!"杨忆如忍不住感叹。

其他人也附和地点了下头。

到了中午,杨忆如他们还在发愁食材怎么处理,怎么给凑出几盘菜来,这边白绮已经掐着点出菜了。

油焖大虾、酸菜粉丝汤、烤南瓜……都算是家常菜,但那味儿已经足够在一片冰天雪地笼罩下的小屋里,把人馋疯了。

他们这边也照例给其他嘉宾分了点菜,就是送到的时候都差不多凉了。

杨忆如双眼放光:"没事儿,凉了也行,凉了也好吃!再说还有微波炉呢！"说完，就把保温桶给拎过去了。

不管嘉宾们来录节目之前，怀的是什么心思，反正这会儿全都高兴坏了，觉得这节目让自己动手做菜也没那么愁人了，这不就有盼头了吗？

阿达在镜头外抹了把脸，他也没想到，第二天的白绮更加如鱼得水了，好像都把席哥给忘了……

正想着呢，白绮扭头问工作人员："席哥什么时候到啊？"

席乘昀刚下飞机，就登上自己的微博账号，发了一张照片。

照片里的景色是坐在飞机内拍到的云层。构图完美，云层很漂亮。

这是他在事件发酵了一天之后，发出来的第一条微博。

微博底下，无数评论疯狂涌入。

其中夹杂着一条不太起眼的："席哥不会是在去录《我和我的完美朋友》的路上吧？"

席乘昀手指一动。

"是。"

从来不回复粉丝评论、只专注本职工作、曾不止一次提醒过他们"演员和粉丝之间应该保持一定距离，这样创作出来的作品才不会模糊它的面目"的席乘昀，回了第一条评论。

只有一个字。

但这一个字，又把热搜炸穿了。

他用一个字，简洁有力地回应了所有的疑问。

席乘昀真的有朋友了！

邱思川的二层小楼里，白绮突然站起了身，脱下围裙："拜拜，我走啦。"

"去哪儿？"等邱思川问出来的时候，白绮已经撑着伞快步走远了。

他小跑在湿滑的地面上。

当席乘昀的车停在村口，他打开车门走下去时，白绮冲上前，直接和席乘昀来了个大大的拥抱。

但因为席乘昀实在太高大了，所以看上去更像是他在拥抱白绮。

白绮就像是一颗漂亮的流星坠入了他的怀中。

席乘昀僵硬了片刻，不过到底是有点经验了，他飞快地抬起手，轻轻按了按白绮头上柔软的发丝。

摄像师惊呆了，更用力地扛住了摄像机。

他们从来没想过席老师对待朋友原来这么温和的。

而如鱼得水、八面玲珑的小白先生，在席老师到来的那一刻，也变成了一颗可可爱爱的小甜豆。

这天晚上，邱思川、许轶、杨忆如、周岩峰……他们所有人的晚餐，因为席乘昀的到来，飞走了。

这头白绮进门先打了个喷嚏。

席乘昀正在换鞋，他头也不抬地问："穿少了？"

白绮摇摇头，心想没准儿就是你粉丝正在背后骂我啦！

其实他差不多都能想象得到，当席乘昀从车上走下来，和他同框的那一刻，有多少粉丝已经愤愤不平上了。

席乘昀脱去羽绒服外套，将里面的毛衣袖子挽到手肘处，先接了杯温水递给白绮："喝一点？"

白绮无比自然地接过来，喝了一口。

他很快抬起脑袋，唇边还浮动着水光，问："晚上吃什么？"

席乘昀说："都好。"

于是白绮笑着问："和以前一样吗？"

席乘昀顿了下，没琢磨出来哪门子的以前，不过他还是点了点头。

这样在观众们看起来，他们认识的时间又往前拉了拉，而不至于显得这友谊来得又快又假。

白绮弯腰从柜子里抽出了一条围裙，围裙上面印着熊猫图案，憨态可掬。

他一边穿围裙，一边透过窗户往外看去："我来的时候，工作人员和我说，本来要在院子里种月季的。"

席乘昀也就跟着往窗外看去。

他对花谈不上喜欢不喜欢，准确来说，席乘昀就没有什么喜欢的东西。

但他还是说："建个花房才能种得起来。"

白绮点点头，没有再多说，转头就做饭去了。

席乘昀顿了顿也跟了上去。他从来不做饭，因为实在太忙了，而他的幼年、少年时期，又多是由保姆一力承担三餐。

席乘昀往那里一站，多少显得格格不入："我能帮上什么忙吗？"

白绮想了想说："能。"

接下来的录制都非常顺利，其他嘉宾也都是长期和镜头打交道的，不会出什么岔子。

第一期的素材很快就录够了。

京大的宿舍楼里。

"这一个个新闻，把我人都看傻了。"穆东重重地关上电脑。

另一个室友指了指自己："我这会儿脑瓜子还嗡嗡的呢。绮绮这一套连招啊，真是把人搞傻了。"

"谁不是呢？"旁边又有人接声，"我吃瓜都吃不过来。偏偏吧，这叫什么？这叫吃的还是自家瓜。"

席乘昀前往录制《我和我的完美朋友》的消息，已经连着在微博轰炸了一两天了。

平台赚够了热度，嘴巴估计都快笑歪了。

"这有些网友的心思怎么那么险恶呢？真想帮着骂回去，又怕给绮绮招麻烦，真烦！"

"绮绮电话没打通吗？"

"估计正录着节目呢。"

半晌，他们中间有人熬不住长叹了一声："我还能等到绮绮回来给我补英语吗？我毕不了业怎么办啊？"

节目组这会儿也正聊着天。

"这叫什么？口嫌体正直？"

"一边骂，又一边预约。"

只见面前的电脑屏幕上，赫然显示着《我和我的完美朋友》上线预约人数：558.3万人。而这个数字，还在持续上涨，他们目前看见的，仅仅只是这个平台的预约人数而已。

节目组简直要被眼前这个数字惊呆了。这将转化成一个多么可怕的收视率，和一笔多么巨大的收益啊！

难怪席乘昀是香饽饽呢，人人都想要请他来做自己的收视保障！这次要不是正好碰上这个机会，他们平台就算再等上个十年八年，也未必能请来席乘昀录真人秀。

"都设置好了吗？"总导演狠狠吸了一口烟，问。

工作人员应声说："好了。"他们刚紧赶慢赶着把第一期剪辑出来了，后面还可以整个VIP的加长版本。

现在时间都已经设置好，就等到点在网络平台发布了。

"嘿，录一期发一期，真刺激！"制片人咋舌。

总导演眼珠子转了转说："那要是换成直播，不是更刺激？"

制片人有点心动，到时候所有人都能见证到直播时他们的收视率有多么高。

但他想了想，还是摇头拒绝了："如果直播的时候出现了什么不可控的画面，首先席老师就能第一个捏死我们……"

说白了，这档综艺和别的综艺不一样，这个节目里有素人。

素人在镜头前，往往不知道该怎么展现自己好的一面，他们容易惹争议。录播都有可能出幺蛾子呢，更别说直播了，而这类人往往又没有粉丝替他们说话。而且节目组也并不是太清楚这个突然冒出来的素人和席老师的友情有几分真。

这天晚上八点半，《我和我的完美朋友》的第一期上线了。

几个大平台差点被突然激增的流量活活挤塌，微博上没等到骂白绮的，倒是骂平台的先装了一箩筐。

终于，片头勉强加载出来了。

"周岩峰和富春颖居然也来参加这节目？"

"有点好奇了，影帝和影后的日常生活是什么样子的……"

"邱思川糊的，这两年干什么去了啊。"

"啊？有杨忆如？她被豪门婆婆扫地出门，跑来捞金了？"

"白绮出来了！"

"我嘴臭，我先骂，让我来。"

网友没骂上两句，镜头里就播放到白绮给邱思川做早餐那段了。

邱思川的粉丝这几年确实流失了不少，但还是有的。只要他一天不变丑，就总有一波粉丝不会变心。

"白绮是不是事先调查过啊？居然连川川有胃病都知道！"

"看吧，我说的什么，这多半就是公司给的剧本人设。你们相信三言两语就能把人哄住啊？"

"无语，这个人好会装，好会说话啊。他要是别有用心，席老师都抵挡不了吧？"

"其实……那个……这也是一种本事。"

"白绮请的水军来了？"

"别说了，我好难受，啊啊，公司太恶心了，为了推新人，扒着席乘昀吸血。"

这会儿弹幕里还是骂的比理智的多。

很快就到了白绮说"我只算是一个路人"那一段。

弹幕还有很多人在骂，但邱思川的粉丝已经真情实感地落泪了。

"这对他来说是最好的肯定吧。"

"我不需要有人记住我，但我希望有人记得住我站在舞台上辉煌的那一刻。这是他很早以前在采访里说过的话。"

"唉，真的好可惜，当初到底为什么要突然退赛啊。"

"摄像师的表情就是我此刻的表情，我惊了，白绮这么会的吗？"

他们看着白绮做出了很多菜，许轶还特地分给了其他人。

"这不就是个半成品煎饼吗？"

"可我还是从嘴角流下了不争气的泪水。"

他们看着白绮熟练地解决掉了午餐的难题。

富春颖他们都忍不住商量："要不我们就一起聚在忆如这里，晚上搞个BBQ（烧烤）什么的。"

"对，把白绮一块儿请过来。"

"啊，这就是馋白绮的手艺吧。"

"其实白绮看着还蛮娇生惯养的，竟然会做饭，还真超出了我的预料。"

"白绮跑哪儿去？"

"别说，今天这一身穿搭还挺好看，站舞台上都可以冒充爱豆了。"

观众们在开播四十多分钟的时候，终于见到了席乘昀的车，他们看着席乘昀走下来，又看着白绮一路小跑冲上去。

有弹幕恶毒地说："这会儿摔一跤就好了。"

但镜头里的白绮不仅没有摔，还和席乘昀来了个拥抱。

他穿着蓝色羽绒服，而席乘昀穿着黑色羽绒服，当两人挨到一起的那一刻……

"好像一片晴朗的天，突然和一片阴沉的天相接了。"

"啊，这个说法有点浪漫。"

还有弹幕直接原地发疯。

"啊啊啊，我疯了，做席乘昀的朋友可以这么快乐吗？我也想和席老师拥抱。"

"推开他，别让他蹭你热度啊！"

也有单纯吃瓜的哈哈一笑：

"难怪刚才抛弃邱思川抛弃得那么利索，原来是因为席老师来了。"

"他比席老师年纪小吧，感觉有点黏人哎，和在邱思川他们面前的时候完全不一样！"

让部分粉丝失望的是，席乘昀没有推开白绮，他们拥抱了下，然后就并肩走上了湿滑的道路。

等进了门,白绮打了个喷嚏,眼看着席乘昀倒水,送到面前。

弹幕简直当场出离愤怒:

"他自己没长手吗!为什么不自己拿杯子?"

也有网友看不下去而反驳:

"人家是好朋友哎,席老师不给他端水给你端啊?"

"不是粉丝,觉得这友情还有点……甜?"

白绮确实甜,他穿上围裙,挽起袖子,很快就做了几道硬菜出来,席乘昀几乎没帮上什么忙。

镜头里,席影帝像是实在忍不住了,问:"我能帮上什么忙吗?"

白绮说:"能。"

他夹了一筷子的炖牛腩,放到一个小碟子里:"你帮我尝尝味道。"

席乘昀低头吃了。他垂下眼眸,缓慢咀嚼,然后很快就又抬起了眼:"很好吃。"

"我疯了,白绮为什么会做饭啊?我要顶不住了!老子口水泪水一起流。"

美食简直是全人类的共鸣。

弹幕正控制不住的时候,镜头里,白绮笑了起来,他的睫毛轻轻颤动,他抬头望着席乘昀,小声说:"好吃就好啦,不枉费我偷了邱思川的肉养你哦。"

"啊啊啊,所以刷邱思川的好感度,也仅仅只是为了和他换牛腩拿回家做给席老师吃吗?"

"有点遭不住了,这么甜的男孩子。"

"邱思川听完当场落泪。"

这天晚上,席乘昀的晚餐菜谱是:番茄牛腩、白灼虾、酸菜炖排骨和秃黄油拌饭。

邱思川家的晚餐菜谱是:白天白绮剩的一个鸡蛋,水煮处理;剩下的两个煎饼,微波炉里走一圈儿;再洗两棵白菜,为泡面增添一份豪华气息。

其他嘉宾的晚餐菜谱是:烤煳了的烤串儿、没入味儿的烤串儿,以及没烤熟的烤串儿。

哪怕大环境这会儿还惦记着骂白绮,弹幕上也还是忍不住一片哈哈哈笑开了。

"太惨了,太惨了,我当场同情地流下了口水。"

"没有了白绮的BBQ,咬下去,就没一口能吃的。"

"哈哈哈哈哈哈……"

"姐妹吵到我的眼睛了。"

等他们各自吃完饭,杨忆如这边开始了老年KTV团建活动,许轶看剧本,邱思川就坐在沙发上发呆。

"哎,我之前以为席老师这组嘉宾是最尴尬的,结果没想到是许轶他们。"

"怎么讲呢,就感觉这俩根本凑不到一块儿,完全不像是好朋友啊。"

网友们没感叹上几声,镜头就切到了白绮那边。

两个人把碗筷往洗碗机里一丢,然后打开投影,就开始看电影了。

席乘昀:"看什么?"

白绮:"《上山》吧。"

《上山》是席乘昀刚出道时拍的一部电影,讲述的是动乱王朝时,一行人相继上山落草为寇的故事。

他在里面扮演一个毁了容的少年将军,这可是个不折不扣的大反派,但这是席乘昀事业的开端。因为他以这个角色,力压一众戏骨,成为了年度最吸睛的演员,并拿到了金鸡男配。

席乘昀没有拒绝,于是他们坐在一块儿开始看电影。

"呜呜呜,风刈真是让人意难平的一个角色!"

"这小狐狸精真的很有手段,我再说一遍。上来就要共忆席老师的旧电影!"

身为皇室遗孤的女主角,在平静生活了二十来年后,一天,她躲藏的酒馆被人掀翻了。

她刚走到门边,就嗅到了酒气与血腥气。还没等她转身,长身玉立的年轻男子,身背一杆滚银枪,缓缓走入了黑暗。

他转过身来,露出半张如玉面容,和另一半被红色火蛇舔舐后留下的扭曲狰狞的图纹。

白绮动了动唇。

"来了来了,是不是要发表什么高论了?希望有文化一点,不要拉低了席老师的档次,最后被影评博主拉出来指指点点。"

白绮:"刘芝老师的手太绝了,这个妆就设计得很好啊。又狰狞又邪恶,像是地狱里走出的罗刹,但是又和另外半张脸形成了鲜明的对比。另外半张脸越英俊好看,就越是将美好与丑陋、光明与黑暗的矛盾挣扎,聚拢在了你的身上。

"这段光影也特别棒,高老师有一手的。他设计的镜头落在你的身上,最终效果完美呈现。你好像天生是属于镜头的啊……

"武器和配饰是不是参考了梦知先生的《戈》?"

"?"

"这是在说什么?为什么听不懂的人变成了我?"

"等等,我去查个资料。"

白绮微微一笑,咬住杯沿,水沾染了他的唇。

他说:"你手好漂亮,沾了血也好漂亮。"

"好会夸。"

"呜呜呜,我当时看电影也是这么想的!席老师的手好漂亮!"

"姐妹我查资料回来了!"

这边弹幕密密麻麻,那边八卦论坛立马就开起了一个帖子——

《论白绮的高级彩虹屁》

1L:《上山》是拿过两个奖的,一个最佳导演,一个最佳男配角。当时大家都夸导演好会拍,把席乘昀的优势发挥到了极致,但是好像没什么人知道,剧组聘请了一位特别顾问,就是白绮口中的"高老师"。

高老师全名高如飞,在外旅居了八年,在顶级设计学院进修过。我珍藏多年的宝藏!今天白绮既然提到了,我就给你们看看高老师设计过的那些镜头吧……

白绮那段话简直是把高老师和席影帝同时夸了!我要是高老师,我会很乐意再和席影帝合作的!

2L:很多人只知道国内古装顶级化妆师林老师,画的妆面极其具有古典美,但很少有知道刘芝老师的吧?画特效妆一绝!她在《上山》里设计的妆面,被另一个外国设计师盗用并参加了全球化妆设计大赛,还拿了奖。现在俩人还在为版权扯皮呢……啊啊,希望刘老师早日搞定这糟心事!

…………

114L:高如飞确实厉害,我看完人物介绍回来了。但他已经很久不和剧组合作了。

…………

344L:所以,白绮到底是从哪里知道这些资料的?他审美这么高级的吗?这么小众的东西都知道?

345L:《戈》我知道!也是很厉害的一本书!希望大家都去看看!梦知先生现在在一流学府华大当客座教授。

…………

这楼眼看着越叠越高。

有人忍不住说了句:有谁还记得,白绮好像就是京大的?京大也是国内顶级学府之一啊。

粉丝还真忘了这一点,他们扒出了白绮的学校地址,却没想过这所学校在他身上贴下了一道光环。

慢慢地,网友们都忍不住开始扒,在这样一部成功的电影后面,究竟有多少不为人所知的优秀人士存在着?

镜头里。

白绮和席乘昀看完了电影,白绮去浴室洗澡,出来就钻被窝睡觉了。

而席乘昀接了两个电话,之后处理了几个小时的事务,这一段做了快进处理。

"不坐一起聊个天?我还想知道席哥日常生活里是什么样的呢。"

"没看见席老师在忙?"

"我席哥是真的忙,其实有时候也认真想过,觉得他已经创造了这么多优秀的作品,是时候回归放松、舒适的平常生活了。"

第二天一早,白绮都起床了,席乘昀才合上笔记本,又打了几个电话,然后转身进了浴室。

这一幕节目组是早就预料到的。

席乘昀真的太忙了,不可能要求他为了这么点不值一提的通告费,就和其他明星一样,完全在镜头下按部就班地走。

于是他们的户外活动被安排在了下午,上午还是嘉宾们串门,然后各自尬聊。

白绮还是去了邱思川家。

"他来了,他来了,他来薅你家食材养他的好朋友去了。"

白绮今天却没从邱思川家拿食材走,他问邱思川借了荧光灯,又拿走了邱思川家电视柜上的一个小水晶缸。

"今天是要钓鱼吗?"

"搞不懂要干什么。"

席乘昀睡了一觉起来,疲色已经从脸上褪去了。

这时候节目组进了门。

导演清了清嗓子,站在席乘昀的面前,看上去多少有点心里没底,但为了流程的可看性,还是大着胆子说:"今天的午餐将由节目组提供,都是当地的特色菜。但具体能吃到什么,这就取决于一会儿的游戏,谁能取得胜利了。"

席乘昀漫不经心地点了点头,于是旁边的白绮也点了点头。

很快，所有嘉宾终于被聚集到了一起。

周岩峰资历比席乘昀老，但代表作还真不如席乘昀多，于是在他面前也要矮一头。

大家都殷勤地和席乘昀打过了招呼，然后才转头打量起这个地方。

这里是一个山坳，路并不平，来时的路上他们就没少经历颠簸。

远处是叶子已经掉完了的林子。

"这里能玩什么？"杨忆如忍不住好奇地问。

导演拍了拍手："来，上道具！"

工作人员撤去黑布，只见几辆造型怪异的玩意儿出现在了大家面前。

它们个头不小，通体漆成黄色，下面装有履带，看上去像是某种工程用车。

弹幕也是一片问号。

"笑死我，富春颖满脸写着'地铁老人看手机'，你是影后啊，喂，你醒醒！"

"这什么鬼？"

"我知道，我之前专门做这个维护的，这是雪地车！"

导演说："大家都有驾驶证，现在我们特别请了专门的教练，他们会教授你们驾驶技巧，这个开起来比摩托车还舒服，你们会喜欢上的。

"你们需要做的就是，从这里出发，按照地上标识出来的既定路线，抵达那一头……那一头看见了吗？在十分钟以内。"

"震惊！"

"是我太没见识了吗？我都没见过这东西！"

"阿sir（先生）啊！有驾照也不代表能学会这个啊！"

"大家表情好像全傻了……啊这……"

杨忆如喃喃道："要不啃雪来得比较快？"

富春颖："其实我还不饿。"

导演装作听不见，还非常沉浸地动情地说："你们可以想象一下，当你们身边这个人，和你一起坐上去，你将带领着他（她）从风雪里冲出去，迎向充满香气的食物……多有意思？这不是让友情升温的最佳时机吗？"

席乘昀低头说："没关系，我来。"

白绮："嗯。"

弹幕一下子就兴奋了。

"噢噢噢！记得席老师之前有演过开雪地摩托大逃亡的角色！这个应该也差不多？"

"呜呜呜，好羡慕白绮，我也想有席哥载着冲出风雪地，驶向美食。"

席乘昀成了第一个尝试的人，白绮坐进去，与他并肩。

他们换了防护服，戴上了护具。

席乘昀把头发向后捋去，透过玻璃挡片，可以看见他的眉眼在雪地里变得锋锐了一些。

雪地车的动力系统和汽车类似，席乘昀垂眸扫过，很快发动了雪地车，他温声说："坐稳了。"

和他温和嗓音形成鲜明对比的，是刹那间猛地冲出的雪地车，以及那骤然响起来的轰鸣声，比摩托车发动机的动静可大多了。

这样巨大的声响，瞬间将所有人的肾上腺素也提升到了顶点。

雪地车冲上了坡，又从坡向下，无数雪花被带得飞起。

"这也太惊险了吧……都有点拉力赛那味儿了。"

"这比滑雪刺激多了。"

"我才注意到这玩意儿是完全开放式的啊，它没顶棚啊啊啊！"

"啊啊啊，席哥太帅了！"

观众们跟随着镜头的视角而忍不住"啊啊啊"。

这一趟开下来，他们看得脑子都木了，有种强烈的真实的代入感。

"怎么样？"

"那边还好吗？"

"我不行了，我光看着就晕车了。席哥人还好吧？"

嘉宾们先后出声。

那边的工作人员高高地举起了一面旗帜，上面打了个对号。

这边的导演松了口气，说："这代表通过了。"

嘉宾们高高兴兴地想奔过去，结果没跑两步，周岩峰就摔了个大马趴。

周岩峰："……"

"我看见了他们满脸的绝望。"

"跑个步都能摔，还开个什么车啊，可恶。"

席乘昀很快就载着白绮回来了。

白绮从旁边的座位下来，这时候弹幕还没有注意到，这个长得过分好看的男孩子，面上没有一丝的慌乱和恐惧，他的眼底好像依旧填着笑意，绽着灿烂的光。

白绮摘下护具，头发被压得七歪八扭，看上去更显面嫩了，像是一只刚被揉乱了毛发的小动物。

他扭过头，乖巧地问："我能试试吗？"

"啊这，不会吧，不会吧，他不会以为谁都能开这东西，就跟开汽车一样吧？"

"他看起来怎么形容呢……太柔软了……感觉压不住这车。"

席乘昀顿了片刻："可以。"护具戴好，也不至于摔太惨。

"哦，我从席老师的答案里看出了并不重视。"

"席乘昀不怕他受伤？不心疼？"

这头白绮已经穿着看上去笨重的防护服，一点点走到了邱思川的面前，他问："我能开你们的车吗？"

邱思川对上他的目光，白绮的眼眸里透出了点点兴奋。

邱思川："当然能。"

白绮说："我帮你。"

邱思川一愣。

"？"

弹幕的问号刚打完，就见白绮坐进了邱思川他们那辆雪地车，随手一甩车门，然后低头绑住安全带。再抬起头来，少年意气风发。

镜头拉近，所有人都清晰地看见，他长长的睫毛轻扫过护目镜的镜面。

一层薄雾腾起，下一刻，雪地车熟悉的轰鸣声响起，它冲了出去。

白绮的发丝裹着雪粒，飞扬而起。

相当年轻的美好的躯体，微微弓起，肌肉绷紧。激扬的雪花在他身后拉出长长两道翅膀，像是下一刻要展翅高飞的鹰。

"太帅了啊啊啊！我根本控制不住我自己！"

"特别有我高中时候喜欢的篮球队男孩子那味儿了，浑身都是阳光又意气风发的气息。"

这一刻，无论是喜欢他的，还是不喜欢他的；了解他的，又或是不了解他的……他们的视线都被眼前这一幕，牢牢抓住了。

兴奋、激动、赞扬，那是本能涌出的情绪。

雪地车飞快地疾驰过一个又一个坡和凹地，当你以为下一秒雪地车要侧翻，驾驶员会被甩出去的时候，它又飞快地在你的眼底划过一道漂亮的曲线。

节目组所有成员不自觉地屏住呼吸，紧紧望着那个方向。

一时间，大家甚至忘记了去注意席乘昀的神情。

"四分五十九秒。"那是终点的工作人员，于恍惚中本能发出的声音。

"我天，我眼花了吗？"

"谁还记得导演组规定的是十分钟以内？这就直接折了一半。"

"刚刚席影帝是多少？"

"四分五十八秒。"

"啊这？巧合还是？"

弹幕已经开始疯狂了，席乘昀的粉丝想骂，一时间竟然都没能找着下嘴的地方。

这边导演组拿起对讲机，想问问那头的工作人员，人怎么样，没事吧，可别有事儿啊，席老师在旁边站着呢……

结果没等拨对讲机呢，那边轰鸣声又响起——白绮把雪地车开回来了。

导演组全体上下都有点蒙，真没听谁说过这位白先生会开这个啊！

他们愣愣地望着，用目光迎接着白绮回来。

而这一次，他们将白绮脸上的表情看得更加分明——

少年神采飞扬，双眼晶亮，他正望着这边……他在看……他在看席乘昀！

刹那间，屏幕内外的所有人，都意识到了这一点。

"好啦！"白绮的声音在近处响起，这两个字是对着邱思川说的。

白绮停住车，打开车门，快步走下来，一边抬手去解护具，一边朝席乘昀走去。

他微微抬起头，只见他额前的几缕碎发被汗水打湿，底下是一双湿漉漉的眼，那双眼正巴巴地望着席乘昀。

他的面颊是红的，连嘴唇也是红的。

他舔了舔发干的唇，问："我棒吗？"

"节目组这个近镜头拉得，不得不说，席乘昀的这个'朋友'确实好看。他将来要是出道，我一点都不意外。"

"他居然第一时间是走到席乘昀面前问他'我棒吗？'，好可爱。"

"真的，席粉接受现实吧，我要是席乘昀，我也想和这样的小甜豆做朋友。"

席乘昀眸底好像有什么情绪涌动了下，他沉声说："棒！"

白绮马上喜笑颜开地拍了拍他的肩。

这是比之前的拥抱，更能体现他们之间熟稔又亲近的一种表现。

白绮露出小白牙，高声说："但还是咱们席老师最棒啦！"

"所以这句话是坐实了吧？白绮就是故意多那一秒钟的，他就想让席乘昀是最棒的……"

"这个人太懂人情世故了，有点懂过头了，显得不真诚。"

镜头里，白绮低低地说了声："这个节目太好玩儿了，我喜欢这个节目。"

席乘昀也轻轻地笑了下，他说："嗯，你喜欢就好。"

节目组的工作人员听得可开心了，心想可不是吗？喜欢就好，咱们就能一口气这么着录到尾呗！

导演组都开始暗暗筹划上了，心想下次还得整个跟赛车相关的，让这位白少爷多出出风头，这节目效果不就又有了？

这会儿的导演还不知道自己稍微有那么点天真且单纯。

这头白绮缓缓地松了手，像是有点依依不舍，然后他才扭头看导演，问："我帮邱思川开的车，能算他们的成绩吗？"

导演看了看邱思川，邱思川这会儿的脸色好像又白了。

导演也没打算真折腾人，就是制造点看点罢了，现在看点都有了……

导演爽快地一点头："算！"

邱思川唇角翘起，笑了笑，他向白绮微微一颔首，说了声："谢谢！"

这下其他嘉宾一下就躁动了。

富春颖苦着脸："我们怎么办？"

杨忆如也叹气："天哪，我是真不想开这玩意儿。"

邬俊出声："要不我试试……"

杨忆如："拉倒吧，别让我在节目里痛失老公。"

"哈哈哈哈，你杨姐还是一如既往地犀利。"

席乘昀似乎看了白绮一眼，然后他说："我来吧。"

白绮举手："那我也要再来一次。"

这下好了，剩下两对嘉宾的任务刚好被他们俩包圆了。

大家好一顿感激涕零。

席乘昀和白绮就这么同时上了雪地车，一前一后，几乎紧挨着开了出去。你追我逐，他们成了铺天盖地的银色幕布之上急速运动着的鲜艳色彩。

"我疯了吗？我居然觉得有点甜？"

"你帮他，我就帮他。两个人分工合作……大概是前所未有的，哪怕不坐一块儿，不靠一起，也让人感觉到这种默契很美好啊。"

这天大家都如愿吃上了午饭。

下午，节目组安排大家去体验冰钓。

白绮穿上了自己的超级加厚羽绒服，还戴了一顶从里到外都毛茸茸的帽子，帽子下面还垂着两条绳儿，他往下巴上一绑，就裹得跟熊似的了。

席乘昀站在门外等他，听见脚步声，头也不回地问："好了吗？"

白绮："好了！"

他应着声,把自己仿佛熊掌一样的超大手套,塞进了席乘昀的掌心:"给你分一个。"

席乘昀在镜头下似乎愣了片刻,然后很快就紧紧抓住了白绮递来的手套。也得亏席乘昀的手指足够长,否则还真包不住。

"刚刚那一瞬间,席老师是被甜到了吗!"

"我觉得像席乘昀这样的性格,就需要有个主动的人去接近他,敲开他疏离冷淡的外壳,和他做真正的朋友。白绮就很会打直球,他总是知道该怎么主动和席乘昀分享东西。他很像是一个完美朋友。真的忍不住又一次感叹。"

他们坐上节目组的车,来到了一片冰湖边上。

钓具都已经全准备好了。

"咱们得先在冰面上凿洞,等会儿有当地人给我们演示。仔细学啊,别一会儿把窟窿砸大了,掉水里了。"导演说。

杨忆如忍不住笑:"那要不先给咱们腰上拴个安全带?"

节目组一考虑安全的问题,还真就给大家上了安全带,顿时换来了弹幕一顿好评。

工作人员拎着安全带走向席乘昀:"席老师,我给您……"

白绮搓搓手,飞快地接了过去:"我来我来!"

席乘昀顿了下,于是也接过了属于白绮的安全带,微一弓腰,低下头,开始给白绮穿戴。

席乘昀在剧组里吊过很多次威亚,有着相当丰富的经验,很快就给白绮穿好了。

白绮花了三分钟,也勉强给席乘昀穿好了。

白绮拽了拽绳:"会不会崩啊?"

席乘昀:"不会。"他的目光落在白绮的眉眼间,想了下,又补充了一句:"我会游泳。"

"哈哈哈哈……"

"屏幕之外的席老师也会别扭地说着关心人的话啊,羡慕了。"

白绮和席乘昀很快就先学完了凿洞,然后就在当地人的监督下,拿着工具,开始嗒嗒嗒凿冰。

周岩峰和许轶是资深钓鱼爱好者,但就是凿不出洞。

于是白绮和席乘昀一块儿承包了凿冰任务,拿这换他们之后钓到的鱼。

冰面上,就见白绮拴着安全带,一会儿溜达到了那里打洞,一会儿溜达去了这里打洞。

席乘昀跟在他的身旁。

"好像带崽子一样,真的可爱!"

有弹幕忍不住感叹。

第一期到这里就结束了。

一时间大家还没反应过来。

"这么短的吗,我根本没看够啊!"

"节目好像不只是网播,所以对时长有严格限制。"

"VIP时长安排上,懂?"

到结尾的时候,弹幕里负面的言论居然减少了许多,更多的是喊着不够看的。

还有人委婉表示,其他嘉宾没有那么吸引人,时长其实可以少一点点啦。

视频播到这里,并没有立即结束,而是打出了大大的几个字:后面还有花絮,先不要走哦……

视频在这时候切入了广告。

这会儿,尚广也正在看节目。

第一期看下来,他狠狠地松了口气,心想很好,白绮确实没有拖后腿,甚至表现得非常惊艳!不至于让网民觉得席乘昀被下了降头,年纪轻轻眼睛就瞎掉了。

尚广忍不住回头去问身后的少年:"其实我也很好奇,白先生是怎么知道那么多《上山》幕后的相关资料的?"

白绮懒洋洋地倚着沙发,正在给穆东回消息。

他头也不抬地说:"如果你每学期写很多论文,需要查询大量资料,热门的、冷门的,准确的、有争议的……你也会学会这样的技巧。"

尚广张张嘴又闭上了,搁这儿整了半天,这其实是学霸的专属技能吗?!

尚广抹了把脸,也掏出手机处理消息。

消息是工作室的人发来的。

"高如飞今天在微博上提到白绮先生了,这个热度现在居高不下,八卦论坛全是相关的帖子……"

看到这里,尚广晃了下神,他觉得白绮似乎也像是天生的站在人群里最亮的那颗星。

大概没有人会不想和他做朋友吧?

"欢迎回来。"视频里发出了这样的声音,一下把尚广还有无数屏幕后的观众的注意力,又拽了回去。

广告结束了,花絮播放。

只见镜头里,白绮和席乘昀拎了两条鱼回家。

白绮高高兴兴地说:"我们晚上可以吃松鼠鳜鱼!还有水煮鱼!"

说着,他就弯腰又从柜子里抽了一条围裙出来,往身上一围。

和昨天的完全不一样。

他脱去羽绒服后,里面剩下的是白色毛衣和白色长裤,而围裙是粉色的……

不仅是粉色的。白绮在席乘昀面前一弯腰,去拿地上装土豆的筐子。镜头一晃,大家都能看见他身上绑了一个超大号的蝴蝶结,仿佛他本人就是一个特别棒的礼物,反差感极强。

席乘昀在那里顿住了脚步,突然有了点不好的预感。

"哈哈哈,这是什么奇奇怪怪的装扮啊?"

只见白绮转过身,递给了席乘昀一条粉色围裙加一条蝴蝶结:"来吧,是好兄弟我们就一起。"

席乘昀的嘴角抽了抽。

尚广看完简直眼前又是一黑,会崩人设的啊,我的天!

直播间这时候已经笑疯了。

"你别说,我从来没看见过席老师做这样的打扮,我想看我想看我想看。"

"这是真朋友了,只有真朋友才会这么损。"

这一天,白绮一蹚,同时上了两个单人热搜。

白绮围裙

是好兄弟就一起来

两个热搜挨在一块儿,尚广看完工作室发来的截图,忍不住当场骂了句:"一群唯恐天下不乱的。"

围裙花絮比开雪地车的照片转发得更多,就离谱!

席乘昀工作室里的人,还有很多没见过白绮的。

他们这会儿盯着屏幕上的花絮照,忍不住又打了个电话来问:"尚哥,这个热搜……要不要处理一下啊?"

尚广也拿不定主意,现在席哥人已经不在节目组里了,就留了他在这儿陪着。

尚广说:"我一会儿给席哥打电话。"

"哎。"那头应声放下心,这才挂了电话。

尚广收起手机,忍不住又回头去看白绮。

一边看，他也一边忍不住暗暗嘀咕，白绮怎么也不问席哥去哪儿了呢？这是真没放心上啊？

再结合那段花絮，尚广都有了种分裂的感觉，一时间都拿不清白绮的心思了。

白绮察觉到尚广的目光，抬起头问："怎么啦？"

尚广摇摇头。

恰好这时候有人敲门来了："白绮，白绮在吗？"

尚广把门一开，发现外面站着邱思川的小助理。

小助理见了他，愣了愣，有点怵。邱思川这两年可太糊了，像席老师身边的经纪人这样的人物，都是他们平时没机会能见着的那种。

尚广笑着问："什么事儿啊？"他心里暗暗嘀咕，不会是请白绮又给帮着做饭去吧？

他们第一期录完了，但还没那么快离开节目组，等席哥一回来，就又去下一站接着录。

尚广心想，这会儿都离了镜头了，哪能再指望白绮去出力呢？

这时候沙发上的白绮也抬起头问："什么事呀？"

小助理这才把句子捋顺了，笑着说："我们邱哥请白绮一起去玩儿呢。"

白绮："来了来了。"白绮很快就收拾好了东西，手里还拎着一大壶茶。

尚广张张嘴，又闭上了，席哥前面让阿达和小林跟着，现在又让他陪着，结果人白绮哪需要他们啊？

白绮很快就走了，尚广望着空荡荡的房子，怎么也没想过，孤守阵地的成了他。

尚广摆弄着手机，干脆又去翻网上的帖子，一边看一边还截图留存，等会儿好发给席乘昀。

席乘昀工作室里的成员也正翻着呢。

这一翻就发现，不只高如飞的微博提到了白绮，白绮在当天节目里，提到过的所有《上山》的幕后成员，几乎都在感谢白绮和席乘昀，更多是感谢白绮。

像那位化妆师刘芝，提到白绮的时候就尤为感动。

@特效刘芝：打官司，尤其跨国维权，对于普通人来说，真的是相当耗精力的一件事。我为此耗了三年的时间，还没有得到一个最终结果。很感谢还有人会记得我，感谢@正在打怪路上的7在节目中提起我。感谢所有因为看见节目，赶来微博安慰鼓励我的人，感谢相关专业人士为我提供的帮助……

刘芝晒出了截图。

截图里赫然是一些认证过的法律博主，跑来私信她，愿意提供相关法律咨询援助的消息。

点开评论，都是一片惊讶。

"哇，这么多法律博主主动来帮忙？还有丁律啊！丁律接过很多跨国官司的！"

"刘芝真的很难，对付那种不要脸的偷窃怪，简直是身心和钱财上的双重折磨。那个偷窃创意的化妆师，在大奖上拿的五十万美元奖金，没准儿都已经享受光了。"

"哎，明明只是个普普通通的明星真人秀，搞着搞着，怎么还正能量了起来？看了长文还真有点泪目。"

工作人员看了暗暗嘀咕，心想还真是，这要没人提一嘴，又有多少人知道这个化妆师还在打这样一场拉锯战呢？

再往下翻一翻，就又翻着几个不太和谐的声音了。

"你们真以为白绮做了很多功课，博学多才什么都知道啊？摆明了是席乘昀告诉他的啊。还是感谢席乘昀吧。"

"做戏而已，都是蹭热度的，喷。"

但这些阴阳怪气的，可算是找错了地方。

大部分网友除了吃瓜的时候看热闹不嫌事大以外，真遇上普通人被欺负的事，他们往往是很容易共情的。

这一阴阳怪气，立马就招大家看不惯了。

"你也做个戏看看呗，你也救个人，做点好事呗。哦，我忘了，你智商低到1+1都不会算，你屁都不会做。"

"真的，闲着没事，就去把我们村的粪掏了吧。"

"不管是不是做戏，就因为白绮提了一嘴，才有人注意到这件事。你们那么厉害，怎么没人去了解幕后的故事呢？"

善心网友立马下场，帮着喷了对方一个不能自理。

还有人一挽袖子，愤而起之，要去外网帮着刘芝挂这件事，让外国网友也好好看看那小偷多么不要脸。

这边刘芝发博，那边负责出版《戈》的出版社也发声了。

@东方文艺出版社：感谢白绮先生@正在打怪路上的7为书籍做出的免费推广。

一看截图，随便一家网店的月销售量：30299，库存直接全空了。

"就离谱。"

"这堪比直播带货了吧?"

"不,LS(楼上),你去统计一下各平台的销量,加在一起,可能比直播带货的效果还恐怖。"

因为这一期综艺的播出,《戈》的销量就这么突然暴涨了。

要知道,大众对于这种偏历史科普向的书籍,是并不太感兴趣的。书商也就是奔着为后世留点教科类书籍的想法,这才一咬牙认认真真做下来的。

写这类书的作者,向来都是格调高、名声好,至于销量嘛,有的这一通卖下来,还不够吃饭的呢。也就得亏这类作者,自己本职工作大都还不错,倒也不至于落个文人潦倒的境地。

这会儿却是又能起到科普的作用,得到大众的认可,又能卖脱销。

这简直是书商做梦都在想的事!

"这样一看,《我和我的完美朋友》热度是真的高,就提一嘴就上热搜了。"

"准确来说,是席乘昀的热度太高了,节目在电视上播放,开播收视率就是2.0,开雪地车的时候,一路暴涨到13.7,都够赶上有些地方台全年的汇总指标了。"

"所以最新博出位的方式是,让白绮提一提自己的名字?"

"楼上新思路!"

"白绮有没有想过自己引出了这么出奇的效果……"

"别说白绮没想到啊,我们也没想到啊。"节目组导演扼腕。

制片人倒是坐得稳稳当当的:"急什么?第一期播出去了,广告商还会少吗?"

业内人都看得出来,不会少了,到时候没准儿还有为了抢冠名打破头的。

节目组有人忍不住嘀咕:"咱们这真是走的不知道什么狗屎运,筹划的第一季就撞上这么大一尊神!"

导演咂咂嘴:"的确是正好赶上了,我看好像是席老师正好需要一档综艺来公开他的朋友,打消这些年外界对他的恶意揣测。要是换个综艺请他们去参加,席老师应该也会答应的。"

"活该咱们发财嘛这不是?"

"确实。"

"前头有席老师铺好了热度不说,关键这白绮身上也特有爆点。真是捡到宝贝了!这两个一结合,效果真是要了命了。"

节目组越聊越激动,都恨不得原地开个庆功宴了。

就在网友铺天盖地全在热议这档节目的时候,他们要换地儿录了。
"粉丝太多,这回咱们就包高铁了啊。"导演说。
杨忆如笑着恭维了一句:"豪气!"然后大家就收拾东西去了。

第四章
他是小太阳

第二站是在乡下，体验原生态环境。

周岩峰忍不住皱眉："这一路上得走多久啊？够折腾的。"其他人也有这么想的，只是没说出口。

等上了车，白绮就开始招呼大家打牌。他把行李箱一开，从里面摸出来一堆的飞行棋、五子棋、三国杀、扑克……

杨忆如了哭笑不得："难怪邱思川说你们昨天打了一下午的牌，你这箱子里都塞的什么啊？"

他们的箱子基本都被吃的、穿的塞满了。前者是怕吃不上东西，后者嘛，毕竟是明星，一天换一套 look（外观）那都是基本职业素养了。

白绮："玩儿嘛。"

大家录节目，上通告，被工作压得都快喘不过气了，但又丝毫不敢懈怠，还真是难得这么放松玩一回。

尚广就在一旁陪着，看着他们玩得飞起。

白绮完全就一副乐不思蜀的模样啊！

尚广忍了又忍，虽说是假朋友吧，但谁知道哪天席老师就把他当真朋友了呢。

于是尚广掏出手机，悄悄拍了张照，发给了席乘昀。

"又输了？"

"小邱好像不太擅长这个啊！"这头周岩峰笑了起来，嘴角边是按不下去的得意。

邱思川表情还是淡淡的，只点了下头。

杨忆如忍不住出声："邱思川以前没什么时间玩吧？第一期节目播了，我自己也去看了一遍，被弹幕上邱思川的粉丝普及了好多内容，哈哈。邱思川出道那段时间蛮辛苦的！就是不知道为什么……"

不红。她把后面两个字及时咽了回去。

许轶笑吟吟地看了她一眼，气氛有一瞬间的尴尬。

白绮还在那边给富春颖介绍规则，听见对话，他暂时放下了手边的三国杀牌。

白绮看向邱思川说："我教你呀。"

邱思川抬头看他，愣了片刻，然后又点了下头："好。"

白绮坐过去，和杨忆如换了个位置。

"来，先重新洗牌！"

"你这样……"

新一轮牌局很快就结束了。

富春颖幸灾乐祸地看着周岩峰："输了？"

周岩峰憋闷地皱了皱眉，他很快反应过来："白绮会算牌？"

白绮一点头："只会一点点。"

周岩峰改口提议："换个别的玩法。"

邱思川本能地转头去看白绮。

白绮："好呀。"

"21点会玩吗？"周岩峰问。

邱思川摇头。

周岩峰："可以学。"他讲了会儿规则。

邱思川倒是都记住了，并不难，小白都能上手。

白绮只会一点点的结果就是，接下来，白绮帮着邱思川连杀了他们三局，然后见好就收，转头玩儿别的去了。

尚广在后面看得直喊"厉害啊"。

节目组也差点打出一串"666"。

周岩峰："你专门练过？"

白绮："电视里看过，还有相关的书籍也看过。"

周岩峰不信："如果看看《赌神》大家就都能赢钱的话，那还有输家吗？"

白绮："扑克牌是有记忆的。学会这一点就好了啊。"

周岩峰皱眉："《决胜21点》里的话？我也看过。过去这本书还有用，现在已经没有了。"

白绮没有否认也没有肯定,只是低头抿了一口橙汁,低声说:"知识是永远不会过时的呀。"

尚广都情不自禁地觉着,说出这句话的白绮,身上好像又涌现了不同的魅力。

而节目组也悄然将这一幕保留了下来,当作了花絮,之后再另做处理。

邱思川在旁边淡淡地笑了下,把自己赢的筹码分了白绮一半。

这下白绮可成了个香饽饽。

富春颖忙拉他过去,问他麻将会不会,有没有什么技巧可以教一教的,学会了好去赢别人。

车厢里顿时又热闹极了。

席乘昀这会儿人在沪市,几个人正请他吃饭。

这些人也好奇得要命,想知道席乘昀这个独一无二的朋友是怎么回事儿,但又不敢问。

这刚落座,还没等开口呢,就见席乘昀掏出了手机,似是定睛看了好几秒。

手机里是尚广发来的照片,照片里,白绮纤细如玉的手指,正捏着一张牌,然后手指微微屈起。他微微低头,和富春颖笑着说些什么。

席乘昀不自觉地勾动了下指尖。

那边有人笑着问:"怎么?是尚广又发消息来了?他一天管得可真够多的。"

席乘昀一边应了声"嗯",一边却是正专注于回尚广的消息。

席乘昀:"?"

席乘昀:"拍得不错。"

把白绮拍得很好看。

尚广:"?"

我的席哥哎,这是重点吗?

与此同时,建筑工地上,白爸爸刚走完一圈儿下来,累得满头大汗。

他端着碗进食堂,里面正在播放电视节目。

他抽空抬头那么一瞧——嘿,我眼花了吗?怎么在电视机上看见我儿子了?

白爸爸想也不想就给老婆打电话:"哎,我在电视上见着儿子了。怎么了,终于有星探发现咱儿子遗传自我的英俊帅气了?"

那头的苏美娴差点被他气死。还星探呢,你儿子不知道上哪儿结识了个大明星,从人家那里拿了好几百万,还跟着一块儿上节目去了!

苏美娴心想,蠢蛋你还不知道吧,就我知道嘿!

白爸爸没能美滋滋地和苏女士多讲上几句。

接近年底,苏美娴那边很忙,白爸爸这边赶着年底前交工,也一样繁忙,这边屁股没坐热,就有人来喊他了。

白爸爸挂了电话,但还攥着手机舍不得放下。

他又一次抬头看了看电视,暗暗嘀咕,我看错了还是没看错啊?

镜头下一秒一晃,就又落在了那张熟悉的脸上。

白爸爸看着自己的儿子撑着伞,走入风雪中,一路小跑,最后和一个人抱了抱。

嚯,两人交情都这么好了?

白爸爸还没感叹完,就听见旁边的人咂嘴,说:"现在这些明星啊,怎么交个朋友都要上个综艺来秀一秀?真是闲得没事干。"

白爸爸:"?"

白爸爸:"啥?"

"老白,老白来了没有?彭总找你呢!"那边在喊。

白爸爸却站在原地没动,他抬头,调整了下眼镜的角度,盯着屏幕仔细分辨了起来。这个临时食堂里的电视比较小,还是那种老旧的款式。

终于,他在电视机的左下角看见了一行名字。

完……美……朋友?这什么玩意儿?他儿子真上节目了?真要去当明星了?

白爸爸脑中轰隆隆如同一列车压了过去,他回头恶狠狠地瞪着旁边的人:"闭上你的嘴,别整天对别人指手画脚的!"

那人还没见过白爸爸发火,被吓了一大跳:"我说明星,说的又不是你儿子,你急什么?"

他见白爸爸戴着眼镜,并不像是什么凶悍的模样,还有几分文气,正要撸袖子骂回去,就见白爸爸先撸起了袖子,盯着那屏幕看了几秒钟后,猛地一转头,恶狠狠道:"那就是我儿子!"

那人傻了眼,本能地缓了缓脚步,一身气焰被白爸爸身上的怒气给冲散了。

他干巴巴地道:"算了……"白山这个人跟彭总好像有点交情,算了算了,惹不起。

白爸爸一身怒焰地冲出去，等外面的太阳一照，眼前光线晃了晃，他反倒又冷静下来了。

不就是上个节目吗？白绮也没说自己要去当明星啊。

白爸爸赶紧又给老婆打了个电话，苏美娴没接，但却好像知道他要问什么，发了条短信过来："别着急，儿子还在外面录节目，很多双眼睛盯着，等回来再说。"

白爸爸只能又把不高兴按下去了，他恼怒又沮丧地在路边蹲下去，孩子妈妈果然知道，怎么都瞒着他？他们娘儿俩倒是有自己的小秘密了。

他拿起手机，打开日历，来来回回地数着天数，等过年……等过年总回来了……

白爸爸用力捏了下手机，先往白绮的户头转了五千块，然后才跟着来叫他的人，一起往彭总的办公室去了。

在外面总是要用钱的，白爸爸心想。

当明星应该很有钱，他也不知道五千块能干点什么，和那个明星比起来，可能属于掉地上人家都懒得捡的那种……但总要给绮绮壮壮脸面的。

白爸爸轻叹了一口气。如果是以前，他就可以痛痛快快给绮绮打个五万，不，五十万了。

傻爸爸的惆怅无人知晓。

白绮收到转账消息的时候愣了下，给亲爹的微信发了条"？"，结果亲爹没搭理他。

"到了吗？是到了吧？"杨忆如打着哈欠问。

导演点了点头，先收走大家的手机和钱包，不过这次给每人留下了五十元钱。

然后导演才说出了他们商量好的结果："有个事儿先和大家通知一下。咱们综合了第一期播出后的反响，决定改录播制为直播制。直播结束后，再剪辑成片，送到电视台播放。这样的灵活变动在之前写入过合同。请问大家有异议吗？"

杨忆如答应得飞快："没问题。"

其他几个人犹豫片刻，也先后应了声。

其实这对于固定嘉宾来说，比录播更容易博出彩。

录播的话，后期要剪掉谁的份儿，他们对此根本没有话语权。再大的腕儿，进了一个组，能剩多少镜头就全是人家说了算。

直播就不存在这样的问题了，只要他们想，而且有足够的能力，就能把镜头里的配角变为主角。

导演组冲背后的摄像组打了个手势,设备他们都已经提前调试好了。

工作人员组织着嘉宾们有序下车,摄像师扛着摄像机也跟了上去。

从这一刻开始,代表着他们的一言一行被镜头放得更大更清晰了。

他们先后下了车,最后停在了一大片绵延不绝的田地前,大棚搭得密密麻麻,落在眼里,化作了一个个小白点。

真是好朴实的一个地方!这里没有什么别墅城堡,没有什么度假村民宿,看不见二层小楼……

杨忆如果了呆:"这到底是真人秀呢,还是变形记呢?"

导演组嘿嘿一笑:"人家说患难见真情嘛,人和人之间的感情,正应该经得起这样的考验,才能在镜头下绽放出更耀眼的光芒……"

众人:"……"

废话真多。直接说就是想给嘉宾找事儿,折腾出综艺效果不就行了?

节目组先领着他们到了一片空地,那里已经有一辆车等着了,车打开,里面下来了个穿着白色棒球服的年轻男孩儿。

他头发染成金色,化了淡妆,显得格外俊俏,但五官并不偏向女性化。

白绮几乎是一眼就用自己的经验判断出来,他是个爱豆。

大家都是齐齐一愣:"这是?"

导演组似乎有点狼狈,从喉间挤出了声音说:"嗯……就只录这一期的飞行嘉宾,身份是杨忆如的朋友。"

杨忆如:"?"她心想我认识个鬼。

白绮环视一圈儿,将大家的反应都收入了眼底,于是他大概也就懂了这男孩子是个什么角色了。

大概是第一期收视率很不错,所以有资本眼馋,转头就塞了个想要捧的人进来混个镜头、蹭个热度吧?

估计这样的,后面几期也不会少。

男孩儿就像是没发现大家之间的怪异气氛,笑着介绍了自己:"我叫程谨,刚从'追光少年2020'C位(核心位置)出道。"

白绮点了下头。

难怪他不怎么认识,因为今年他一心备考,就没和穆东的妹妹一块儿追新的选秀综艺。

穆东妹妹还说,今年选秀综都挺糊的,不知道是不是因为热度风潮过了。

周岩峰是第一个主动出声打招呼的,然后是许轶、富春颖……邱思川和杨忆如反倒没怎么出声，邬俊直接看也没看他一眼，不过邬俊是商界新贵，倒也有点这样的资本。

导演深吸了一口气，知道有的嘉宾心有不满。

其实他们也谈不上有多高兴，毕竟人是强塞进来的，有没有综艺感，有没有黑历史……他们一概不知！连谈的余地都没有。

这会儿大家差不多都明白，为什么突然从录播改成直播了。

节目组应该是打算着，这之后再想用手段挤进来的嘉宾，怎么着也得掂量一下，在直播里说错话是什么后果，自己坑不玩得起了！

导演重新扬起了笑容："咱们来玩个游戏。"

大家一听这话，不由得齐齐转头看向了白绮。

程谨不着痕迹地蹙了下眉，盯着白绮仔细看了起来。

显然，在来之前，他并没有仔细地看过第一期，对白绮一点也不了解。

程谨张嘴说："大家不先互相自我介绍一下吗？"很明显，他希望节目组按照他的流程来。

但节目组压根儿不接他的话，开始宣布游戏规则了。

与此同时，才刚看完短的第一期，还没能等到VIP加长版本的观众们，喜提了第二期直播。

"嗯？还有这等好事？"

"我一个急速赶来！节目组站在那里别动！"

结果刚打开页面，他们人就傻了。

"这谁？"

"陌生面孔？走错节目了？"

"没走错，我看见白绮了，他好扎眼。"

网友们看了一期的固定嘉宾后，骨子里的那点排外一下就冒了出来。

盯着白绮骂的都没那么多了。

镜头里。

导演："来吧，抽题，答不出来的失去选房资格。选房先后顺序，按照成功答题数来。"

"先看一下房子？"

于是导演分别指了指拥有三间屋子的农家小院儿、单间独立的屋子、瓦片房、菜地旁的小木屋。

"它们分别是一、二、三、四号房。"倒也不算太惨，但也没好到哪里去。

大家撸起袖子就开始抽签。

"这就开始了?"

"今天的白绮好像更好看了。"

"LS是水军?"

"无语,希望他抽好点,别让席哥住差的。"

"我今天其实也没别的,就是还想看看白绮到底有多少条围裙?"

"你在想屁吃。"

"席哥今天又不在?"

弹幕上热闹极了。

那边周岩峰第一个抽,题目是:说说你另一半的三个优点。

他很快地回答了:"好看、演技好、个子高。"

第二个是邬俊,抽了个题目是:请解释NSDD(网络用语:你说得对)的含义。

邬俊:"你是弟弟?"

"……"

"哈哈哈哈哈……"

"为什么这么好笑?"

第三个是许轶,抽的题目是:请问"钾钙钠镁铝,锌铁锡"后面是什么?

许轶:……

许轶:"我弃权。"

"节目组别念了,我DNA动了!"

几个题目下来,白绮差不多已经摸清楚题目规律了。

等轮到他的时候,大家朝他投去的目光被倾注了极高的热情。

白绮抽到的题目很简单,是:历史上哪位皇帝保持了最长不上朝的记录?

他答完这一题,觉得差不多了,就想后面不玩儿了。

等到下一轮,他抽到的题目是:请说出你的好朋友的三个缺点。

白绮相当愉快地选择了弃权。

答完再回头一看,除了程谨回答得还不错以外,其他人居然菜得不分伯仲。这让白绮输都无从输起,实在是可恶。

程谨大概是有意出个风头,他开口道:"我是飞行嘉宾嘛,我可以帮你们的!对吧导演?"

导演敢怒不敢言:"啊……嗯……"

其他人也是确实不想去住破烂小房子,也就选择接受了程谨的帮助。

唯独在轮到许轶这组的时候,他好像和邱思川起了点争执,两人的声音压得很低,摄像头倒是并没能录到清楚的对话。

只是等对话结束之后,大家发现邱思川的脸色又白了点。

题目继续抽选,接连几轮下来,导演终于喊了停,开始计算最后的结果。

周岩峰组合计答对：3题。

杨忆如组合计答对：5题。

许轶组合计答对：2题。

程谨作为杨忆如的"朋友",和他们一块儿喜提三间并排的套房。

白绮得到了小木屋。

"不是很聪明吗?这会儿怎么犯蠢了?"

"前面说不是席乘昀工作室帮忙炒的人设我都不信！"

"是不是傻啊?快倒倒你脑子里的水吧！席老师的工作室再厉害,能把他炒进京大吗?不如往后再看看?"

弹幕里吵起来的时候,程谨的粉丝也终于迟缓地赶到了,开始夸起了程谨。

有人委婉地表示：

"我怎么觉得程谨像是想要走白绮之前的路子?卖差不多的人设?"

很快就被其他弹幕给淹没了。

白绮看不见弹幕,当然,就算是看见了,他也不会在意。

白绮朝着程谨的方向投去了一记赞赏的真诚目光。

你可真棒！

程谨被他这一眼看得微微怔了一秒。

程谨就算再不愿意,也不得不承认,白绮长得很好看,是那种一眼惊艳,且持久耐看,还让人感觉到极度舒适的长相。

没有人知道程谨也是席乘昀的粉丝,他入圈就是为了席乘昀。

程谨用力咬了咬唇,想要恶狠狠地瞪白绮,可白绮还是赞赏地望着他。

看上去面嫩得仿佛十七八岁少年的白绮,正用那双柔软又璀璨的双眼望着他,冬日里一冻,眼圈儿好像都红了点,水汪汪的。

程谨咬牙切齿。干什么?这人要和我抢镜头?还是想巴结我?巴结了一个席乘昀还不够?

程谨怀着一腔敌意和动力,强行加入了节目。

但这会儿,他忍不住先别开了头,他那满腔按不住的熊熊火焰,打了个对折。

"好了,大家去自己的房间吧。"导演微笑着说。

程谨狠狠转身,和杨忆如他们去了一号房。

推开院门,走进去,一踩,一脚鸡粪!

一群鸡如同开了栏一样"叽叽叽"地一路狂奔出来。

三个人的表情全都当场裂开了。

杨忆如:"我的老天爷!"

程谨更崩溃:"啊啊啊!"

"哈哈哈哈,节目组是什么魔鬼?"

周岩峰两人也没好到哪里去,他们走进去,才发现这狭小的单人间里被隔成两半,一半是羊棚,一半是人的床。

床旁边倒是有炉子,但是得自己烧炭取暖。

邱思川他们组,屋子有点漏风,得修修补补才能好。

导演见他们查收完房子了,这才微笑着出声:"嗯,你们的屋子里有少量饮用水、日用品,而食物,需要你们去村民那里换,或者去地里自己拔。"

当然是自己拔更好了!所有人脑子里都闪过了这个念头。

这时候席乘昀终于赶赴了节目组。

他穿着黑色的羊毛大衣,缓缓走入镜头,配合工作人员别好了麦。弹幕一下又沦为了席粉的海洋,程谨的粉丝压根儿就插不上嘴。

席乘昀的面容依旧俊美,丝毫没有被紧密忙乱的行程所损耗。他转过身,温声问:"白绮现在在哪里?"

工作人员指了个方向。

弹幕快气死了。

"啊啊啊,席哥,你们只能住小木屋了!好小啊!孤零零地在田地里!里面没准儿还养了一窝马蜂!"

"太惨了……"

"别过去!你看了会哭的!"

不管弹幕怎么呐喊,席乘昀都一步步走近了。

镜头这时候终于,将白绮和他身边的景物都揽入了框中。

只见所有嘉宾排成队,站在白绮的面前。众嘉宾以程谨为首,程谨的表情微微扭曲,几乎控制不住。

而白绮坐在一个简易小马扎上面,乖巧又漂亮,像是田地里凭空长出来的一件宝贝。

他笑吟吟地仰起脸说:"谢谢惠顾,进蔬菜大棚一次,一块钱哦。进水果大棚一次,两块钱哦!"

"？"

"就离谱！"

"其实狠狠心，杀了羊和鸡，也能换钱吧？"

"冬天本来就很干燥的，你可以两天不吃肉，但如果你不吃蔬菜水果，你马上原地便秘。"

"白绮一早就挑好了？"

白绮从程谨的手里抽走了第一张钱，还不小心碰了下程谨的指尖。

程谨脸色一阵红一阵白，连自己的偶像都顾不上看了，他这会儿再也不会觉得白绮是在抢他镜头，又或者有意示好巴结他了。

白绮刚才夸赞他，就是为了他手里的钱！不，他们所有人手里的钱！

白绮美滋滋地捏住钱，冲席乘昀的方向晃了晃，他说："我赚钱养你哦。"

有那么一瞬间，席乘昀觉得白绮头上好像有两只无形的耳朵，就这么跟着得意地晃了晃，有点……可爱。

"啊啊啊，对不起我已经化身尖叫鸡了。"

"刚才骂白绮选砸了的，人还在吗？脸疼吗？"

也有那么两三个嘴硬的：

"装得而已。"

"对，就是想故意讨好席乘昀，有什么值得夸奖的？这个人太功利。"

其他人立马反驳回去。

"哈，不讨好席老师，来讨好你吗？你是他好朋友啊？"

"哪怕是装的，那我也很想有白绮这样的朋友。"

"姐妹醒醒，你得先有席乘昀的地位和财富。"

弹幕你来我往，热闹得很，不管是骂白绮的，还是夸白绮的，几乎就是一转眼的工夫，程谨的粉丝就被淹没得根本看不见影子了。

满屏就剩下"白绮""席老师"……

镜头下，席乘昀缓缓走到了白绮的身边。

其他人这会儿也都看见了他，于是纷纷和他打了招呼："席哥来了啊！"

"席哥，你们家白绮过分了啊，这不掉钱眼里了吗？"

"席老师打个折呗？"

席乘昀都没应声，他抬起手，揉过了白绮的头顶。

发丝柔软。当然……并没有晃来晃去的耳朵。

但席乘昀还是多停留了三秒钟，然后才收回了手。

白绮愣了一秒，怎么讲呢，就是刚才那一刹，席乘昀摸他脑袋的方式，和之前有点不太一样。

席乘昀改摸为拍，拍得白绮的脑袋都晃了下，像是在报复他之前让席乘昀一块儿穿粉粉围裙之仇。

这种随意的动作，好像两人真的是多年的好朋友一样。

白绮脑中蓦地闪过这个念头，不过他很快就反应过来，席乘昀应该也是在镜头前演戏啦。

白绮飞快地仰起头，一边看着席乘昀，一边将钱塞到了他的掌心："喏。"

席乘昀没有拒绝，他顿了下，另一只手从大衣的兜里抽出了一把零钱，将白绮递来的钱叠在里面，一起团住，然后又重新放回了白绮的口袋里。

"啊啊啊，一个个的怎么都这么会？"

"白绮：我赚钱养你。席哥：我的钱都给你。行了行了嗑到了，别再秀了，嗑到了。"

那些反对的席粉，这会儿一个个全都安静了。

这头白绮低头按了按鼓鼓囊囊的口袋。

因为大家手里全是零钱，所以一塞进去就造成了相当富裕的视觉效果。

白绮再抬起脸，冲席乘昀笑了下，然后就这样坐在小马扎上，开始愉快地数钱。

"他好像一只小仓鼠在数自己的坚果，有点可爱。"

镜头以外的尚广又一次看傻了，心里直嘀咕这谁分得清是真是假啊。

他这个清楚内幕的，都要被整糊涂了。

席乘昀在白绮身旁一站定，就没有要离开的意思了。

程谨在那里戳了一会儿，也没等到席乘昀多看他一眼，甚至连问一声他是谁都没有。

程谨心里没了底，又担心自己看上去是不是哪里出了错，于是垂下头，躲到了后面去。

排在程谨后面的是周岩峰，他一步上前："席老师，能不能便宜……"

周岩峰话还没说完，席乘昀只是微微地笑着看了他一眼。

周岩峰："算了，当我没说。这里三块钱，我进蔬菜棚，富春颖进水果棚。"

白绮比了个"OK"。

席乘昀身形高大，他挡在那里，并没有立刻挪开。

他低头问白绮:"有什么规则吗?"

白绮:"嗯?"

席乘昀微笑着说出了魔鬼低语:"比如,进棚后不能超过多少分钟……"

周岩峰:"……"

周岩峰咬牙切齿:"席老师不要太狠了……"

白绮甜甜一笑:"没关系啦,就算进去半小时,也拿不了太多走的。大家力气都不是很大。"

周岩峰和程谨:"……"有被内涵到。

席乘昀:"嗯。"

席乘昀:"如果有人进去之后,坐在里面先吃够了再往外拿呢?"

所有人:"!"

"哈哈哈,为什么会是这样啊?从来没想过席老师私底下居然是腹黑的。"

"两个人都是微笑着说出了恶魔低语。两人都黑心到家了,您俩可真不愧是一队的啊。"

"周岩峰:我人傻了。"

最后白绮和席乘昀一块儿,重新制定了周全的规则。

比如说,在棚内待的时间,不能超过二十分钟。这足够大家在棚里悄悄吃上一轮了,也就是限制了大家不能歇一歇再接着吃,一连吃上好几轮罢了。

周岩峰:"我要不想这么玩儿呢?"他看了看白绮身后的一片田地。

白绮:"?"

白绮:"周哥想直接冲进去吗?"他摇头,"那不行哦。"

席乘昀也低应和了一声:"嗯。"

然后只做了一个动作,他把右手袖口的扣子解开了。

周岩峰几乎是条件反射地打了个激灵。

富春颖在后面懒洋洋地喊:"算了算了,你又打不过。"

周岩峰:"……"

"周岩峰:我今天到底无语多少次了!"

"哈哈哈,周岩峰是不是PTSD(创伤后应激障碍)了?我还记得上次他们一块儿演《千仞尺》,全剧组的都说,后面一看见席哥解袖子纽扣就觉得慌。"

"这个综艺为什么这么好笑啊,不整点吵架和煽情的环节,不无聊地过个生日吗?"

"好家伙,节目常规流程都让你给说完了,以后别的台还怎么搞?"

其实之前的弹幕还真没说错,比起肉,他们对水果、蔬菜的需求更大。

不过对于他们来说,倒不是因为便不便秘的问题。而是明星哪怕是在外录节目,也一样要注意身材管理。

所以最后每家都交了钱,然后依次进入了大棚。

白绮笑着面向镜头:"下次节目组还可以再多请几个嘉宾哦。"

"多请几个来祸祸是这个意思吗?哈哈哈哈……"

"还有谁不知道程谨的偶像是席乘昀啊?看见程谨莫名其妙空降的时候,我还以为要见证一场大战了呢。"

"结果白绮:再来三百个。"

白绮起身去旁边的小木屋,多拿了个小马扎出来,解开绑带,撑起来放好:"坐。"

席乘昀点头落座。

两个看上去和这片田地格格不入的人,就这么挨坐在了一块儿。

镜头又拉了个近景。

白绮正想着要不要打开话匣子,免得镜头下的他们,看上去关系并不亲近。

还没等白绮开口,席乘昀突然低低出声:"怎么想到选这里?"

白绮愣了下,然后答道:"下车的时候,节目组让每个人都留了五十块钱。这在之前是没有的。

"下车后,节目组告知,房子被划分为了一、二、三、四号,且肉眼可见它们彼此的好坏不同。我看四个房子被安置在完全不一样的地方,它们有什么具体的意义呢?单纯只是为了用恶劣的环境来整嘉宾吗?

"还有,房子有固定的分配方式,而货币要用来购买什么资源呢?"

白绮看过的综艺并不少,一些环节其实他是很清楚的。

席乘昀这时候才接了话:"所以你猜,货币可以交换的资源,就附加在每一栋房子上。这是大家除了现有货币外的另一资产。"

白绮点头。

席乘昀扭头扫了一眼不远处的小木屋。

小木屋看上去大概只有十平方米大,厕所在外部,内部应该只摆得下一张一米五的床、煮饭的灶台,除此外连家具也摆不下。

席乘昀还没有进去看过实景,但脑中已经大致勾勒出模样了。

那么白绮想过那张床对他们来说,或许太过拥挤吗?席乘昀目光闪了闪。

应该是想过的，白绮那么聪明。

席乘昀暂时按下了这些思绪。其实他并不太喜欢自己的生活空间进入另一个人。大概是因为他的家人从来没有教给过他"亲密"这个词汇。上学的时候，他更是连宿舍都没有住过。

但既然白绮都不在意，他也就不用去在意了，就当是去体验一下本来该体验的学生宿舍时光了。

周岩峰突然狼狈地从蔬菜棚里面跑出来了。

白绮一回头："怎么啦？"

周岩峰："没什么。"

白绮："虫子？"

周岩峰："对。一条大青虫，从顶上掉下来了。"说这句话的时候，他简直面如菜色。

白绮："有多大？"

周岩峰憋着给他比画了一下："这么……这么大……"

白绮："哇！我还没见过这么大的！"

周岩峰："……"

席乘昀："……"

"哈哈哈，白绮为什么这么可爱。"

"我不行了，周影帝为什么总是在受伤，哈哈哈哈哈……"

白绮说没见过，于是真就起了身，要去大棚里见识见识。

他一边走，还一边和周岩峰说："周哥，虫子很肥的话，说明里面的瓜果、蔬菜都很好吃吧，汁水肯定很足，很新鲜，一咬，清甜……"

周岩峰本来有点恶心，被这么一说，又没出息地分泌了点口水。

席乘昀："我一起去。"他走在了白绮的身后。

三个人很快走进了大棚。

大棚里很明显温暖了许多，光线从大棚顶透下来，变得明暗交错。

果蔬的清香混合着泥土的气味，钻入了鼻间，白绮顿住脚步。

周岩峰："怎么了？吓住了？"

周岩峰这人颇有点儿轻微的直男癌，脾气急，还吃不得亏。

他正要幸灾乐祸地笑，白绮从自己的羽绒服帽子里掏啊掏，又掏出来一个毛茸茸的浅黄色毛线帽。

"？"

"还可以这样？"

"我以前上学的时候，就经常把水啊纸巾啊全放帽子里，省力省事。"

这头只见白绮微微一踮脚,把帽子扣在了席乘昀的头上。

尚广看着监视器:"!"

席哥的发型啊!发型啊!席哥不轻易让人碰脑袋的啊!

白绮:"这样虫子就不会掉头发上啦。"

席乘昀抬手碰了下帽子。

他的衣柜里很少有这样过于生动的颜色,他也并不碰毛茸茸的东西。

不用照镜子,此刻席乘昀也知道,帽子和他的打扮应该是格格不入的。

他垂眸去看白绮。

白绮也正仰着头看他,漂亮的眸子里一片澄澈。他的眼窝深得恰到好处,这让他看上去,有种纯真的味道。

席乘昀没有摘下帽子,他抬手给白绮也戴上了羽绒服帽子,然后一手压在帽子顶上,没有再挪开。

"哈哈哈哈哈,我当场一个爆笑。周岩峰:我应该在车底不应该在这里。"

"周岩峰:所以我就活该被虫子天降吗?"

"富影后快给人送顶帽子啊!"

"富春颖:勿 CUE(点名)勿扰,正吃着瓜呢。"

富春颖他们还真在吃瓜。

果棚里就种着蜜瓜,摘下来,邬俊拿到边上一磕,蜜瓜立马裂开一条缝。再就着缝,轻轻一掰,这瓜就熟得自己爆开了。

"真香。"杨忆如咂咂嘴说。

白绮最后也没见着那大青虫子,大概就真是周岩峰把倒霉指数全点满了。

不过白绮顺便摘了点草莓,拿一个筐子装满,抱在怀里,美滋滋地和席乘昀一块儿出去了。

弹幕看得直流口水。

"白绮可真棒!我也好想吃,呜呜呜……"

"席老师拥有了一个白绮,就短暂地拥有了水果自由,天哪我好嫉妒!"

二十分钟后,其他嘉宾也陆陆续续出来了。

他们怀里的东西抱着沉,也不多留了,赶紧往自己屋子去了。

走的时候,周岩峰还没忘记放狠话:"明儿你们吃肉的时候,就等着吧。"

白绮往小木屋走。

席乘昀头也不回:"你会杀羊吗?"

周岩峰:"……"不会。可恶啊!

这时候天色已经不早了,白绮利用着小木屋里的简易灶台,做了一顿素宴。

糖醋素鱼、茄子生菜包、干煸菌菇……就这么凑了一桌,看着还相当丰盛。

弹幕又开始狂流口水。

他们早早就吃完了,其他嘉宾还在发愁晚餐怎么搞。

白绮摸了摸肚皮,抬手脱裤子。

"这是我配看的吗?吸溜。"

"席哥别杀我,我看完付费。"

席乘昀一回头,也被惊得眼皮跳了下。

小木屋里放了个电暖器,但抵不住四面漏风啊。

白绮一共穿了两条裤子,他脱了一条,就上床去团着了。

被子用的应该是今年的新棉花,很暖和。

白绮看着席乘昀将洗碗槽里的水全部排掉,然后脱下塑胶手套,露出里面微微泛红的手指。

于是白绮连忙拍了拍床沿:"快来呀!"我可真贴心啊!

席乘昀在那里站几秒,然后才走了过去。

哦,其实也走不了两步。因为这屋子是真的窄,他腿长,几乎一个跨步就到床边了。

弹幕这会儿都激动疯了。

"席老师也要换衣服了吗?"

席乘昀扭头看了一眼摄像头。

"席老师别这样,大家都是自己人啊啊啊!"

没等席乘昀去把摄像头关上,白绮就缩在角落里,看上去分外乖巧。

他略微发愁:"咱们能干点什么呢?"

手机都被收走了,但是现在才刚八点四十一,这也睡不着呀。

白绮咂咂嘴:"古代没电没 Wi-Fi(无线宽带),这么早上床能干什么呢?不如我们找张纸,在纸上画五子棋玩儿吧?然后谁输了谁学狗叫。"

席乘昀:"……"

"这是什么小学生游戏?"

"席老师:这节目应该改名叫我和我的怨种朋友。"

大家看见的最后画面就是,席乘昀抬手一摘,随手一扔,白绮那顶软乎乎的黄帽子精准地罩住了镜头。

其他机位也一样没逃过被遮挡的命运。

席乘昀好像是被白绮逗笑了，低低轻笑了一声，紧跟着连声音也没了。

"！"

"我们想看的不是这个啊。"

"麦克风呢，麦克风也下线了吗？我要听狗叫！"

"镜头关了是干什么去了？"

"睡觉你们也想看？明星还有没有隐私了？"

"希望越来越多的人能明白，你喜欢这个演员，不代表你能对他的生活指手画脚。"

弹幕里还在讨论这几年饭圈文化的盲从性和无秩序。

小木屋里。

"你不是带牌了吗？"席乘昀这才弯腰从行李箱里取出家居服，一边更换，一边出声说。

"你怎么知道？"

席乘昀转过身，将大衣挂在墙面上："尚广发了照片给我。"

白绮一抬头，席乘昀的背影就进入了他的视线中。

前段时间，白绮恶补了席乘昀很多作品。在里面见过他穿着衣服的样子，也见过裸着上半身的样子，还有穿着西装、制服各不相同的样子……都相当地有魅力，但好像都不及真人在眼前的模样。

白绮眨了眨眼。原来席乘昀真的是宽肩窄腰、头身比一绝的模特身材啊！

没听见白绮的回应，席乘昀转回来，走到床边坐下："照片拍得很好看……"

他突然意识到，尚广拍照的行为，对于白绮来说，大概像是在监视他，白绮不高兴也是很正常的。

白绮应了声："噢！"然后他趴在床沿上，弯腰费力地去拽床底的行李箱。身上的毛衣立马顺着往上爬了爬，露出了一截纤细的腰肢，和里面的秋衣下摆。

席乘昀按住了他的腰："我来拿。"

席乘昀蜷了下指尖，不自觉地收了些力道，然后一弯腰，另一只手抓住行李箱的顶端提手，一拽就出来了。

白绮省了力气，于是干脆趴在床沿边上不动了。

席乘昀扫了他一眼，不知为什么，觉得这会儿毛衣皱巴巴的白绮，有点像是只小白狗。

他转瞬就压下了这个念头，问："有密码吗？"

白绮："没有，直接拉开就好啦。"

席乘昀点了下头，打开行李箱，里面果然挤满了飞行棋、纸牌一类的玩意儿。

白绮伸手去够。

席乘昀还是说："我来。"

白绮立马就不动了："全部都拿上床吧——哦对，你带保温杯了吗？这边没有饮水机，不能及时喝温水啦。"

他絮絮叨叨地说了两句，看上去丝毫没有将尚广拍照的举动放在心上。

"来得匆忙，没有带。"席乘昀一边说着，一边按照他说的，把里面的小玩意儿全部拿了出来。

白绮这才坐直了身体，扭头看了看自己的屁股。

白绮："？"刚才席乘昀帮他拽毛衣啦？好家伙，都快给拉长到屁股那里了，可别把他妈织的爱心毛衣给拉崩线了！

但作为一个完美的朋友，白绮还是甜甜地和人说了声："谢谢！"

席乘昀的动作顿了下："不用谢。"

白绮一边把牌从盒子里取出来，一边问："席先生会玩什么啊？"

骤然听见这个称呼，席乘昀还愣了片刻，仿佛一瞬间被拉回到了白绮第一次和他见面的时候。

不过席乘昀很快就恢复如常了，他说："纸牌、象棋、围棋。之前拍戏的时候，我特地学过。"

白绮点了点大富翁："这个呢？"

席乘昀："没有玩过。"

白绮多少有点惊叹，席乘昀的生活，就是由无数的通告、拍戏组成的吗？他所有的娱乐方式，都是因为拍戏才去学会的吗？

白绮压下惊讶，先拿出了象棋："玩这个吧。"

这个他玩得烂，和他爸坐一起对战的时候，就是俩臭棋篓子，臭到家了。

席乘昀应了声："好。"

俩人就围坐在一张分外窄的床上，开始下象棋。

白绮怕冷，就用被子把自己从头裹到了脚，每当要挪棋子的时候，他就艰难地伸出一截手腕，够上棋盘，连腰都弯下来了。

到后面，白绮觉得还是有点遭不住，他舔舔唇，抬眸，眼巴巴地盯住了席乘昀。

　　大概是他的目光实在过于干净又赤诚，席乘昀很少看见过这样的眼神，就好像被白绮这样望上一眼，自己身上凝住的黑暗，都会浸染到他一样。

　　席乘昀不自然地挪开了点目光，喉中发出一点声音："嗯？怎么了？"

　　白绮说："象，走左上角。"

　　原来是为着这个？席乘昀无奈一笑，捏住棋子，挪了一个田字格。

　　白绮笑了："谢谢！"

　　接下来，狭小的木屋里，就不停地能听见：

　　"右下马，走左上。

　　"右卒，过河。

　　"我的车，快，开过去……"

　　白绮吧嗒吧嗒，都说得有点口干舌燥了，好像头一回找到了玩象棋的乐趣——指挥别人自己打自己。

　　席乘昀全程没有一丝不耐，他甚至丝毫不受白绮命令的干扰，轮到自己走棋子的时候，依旧走得稳当。

　　席先生脾气可真好。白绮舔舔唇心想，完全把上回蒋方成他爹说的神经病什么的，全给忘脑后了。

　　"席先生……"

　　"嗯，走哪个？"

　　"保温杯……有一点点渴。"

　　席乘昀目光微动。

　　镜头前，白绮总不遗余力地对他好，但他们彼此都很清楚，那是在扮演。

　　镜头之后，白绮会请他帮忙走棋子、拿东西……这好像才有了点彼此之间关系拉近的真实感，而不像是两个世界的人，被强行地拉在了一起。

　　这种感觉是很奇妙的。

　　有人会时时刻刻地惦念着他，哪怕是演的，而这个人也会无比自然地对他做出要求。

　　席乘昀忘记是他的上一任心理医生还是谁说过一句话："有来有往，才是人与人之间正常且健康的交往关系。"

　　席乘昀："等下。"他的手长，伸手一捞，就捞住了放在旁边立柜上的杯子。

　　他拧开盖子，才把保温杯递给了白绮。

白绮往杯盖里倒满水，咕咚咕咚全喝光了。

席先生真不错！完美雇主！

"走炮。"白绮把杯子还回去，说。

然后，白绮就被将军了。

再一看墙上的挂钟，前后也就十分钟不到吧。

席乘昀手里捏着圆溜溜的棋子，并没有立刻放下。他说："你不用刻意输给我。"

白绮："没有刻意，是真的烂。"

席乘昀："……"

白绮："啊对了。"

他伸手，从席乘昀掌心把那颗象棋抠走了。

席乘昀飞快地松开了手指，思绪却不自觉地有点飘忽，他应道："嗯？"

白绮："席先生要我的照片，下次可以直接问我要啊，我可以自拍给你。"

原来他不是没放在心上，只是他会用更巧妙、不着痕迹的方式，来改变掉这件事。

席乘昀应了声："好。"他会告诉尚广，以后没必要这样自作主张。

白绮一边收拾棋盘，一边问："咱们麦克风应该全关了吧？算了……"他咂咂嘴，转声叫，"席哥。"

"这样不容易出纰漏。"白绮说。

席乘昀点了点头。"席哥"是比"席先生"听着要顺耳一点。

俩人又玩了几局棋，白绮的围棋稍微好一点，也不知道为什么象棋会那么烂。

等玩到九点多，白绮把棋一丢："得睡觉啦！"

席乘昀："你先洗漱，我收拾。"

白绮也没有和他争，快乐地穿着软绵绵的拖鞋刷牙洗脸去了。

白绮几分钟就结束了战斗，然后光速钻进被窝，两眼一闭就开始酝酿睡意了。

等席乘昀再洗漱完回来，白绮已经乖巧地睡着了，他轻轻地呼吸着，头发丝贴着他的面颊。

席乘昀没什么和人同睡的经历，这是他们录节目以来，第一次严格意义上的同睡。

他捏了捏鼻梁，想起来自己为什么会寻找一个人来扮演朋友……

他对这个世界察觉不到真实感。

他是感受过情感的,从他早逝的母亲身上。但后来随着母亲去世,好像最后一点维系也就从此被斩断了。

他活在这个世界上,像是陀螺一样,按部就班地往下转动着,却无法从中感知到意义。

他知道人的一生由出生、上学、毕业工作、结婚生子、老去死亡组成。

这些过程中,每一个环节都是要和人打交道的。

可没有人能真正走入他的生活。

于是他想知道,如果有人和他坐在一起聊天,累了躺在一起,望着屋顶,说着对未来的规划……他能够接受吗?

席乘昀掀开被子,躺下去。

两人挤在一张床上,长腿都有点无处安放。但这并没有席乘昀想象中的那样糟糕。

白绮隐隐约约听见了点动静,但眼皮撑又撑不起来,他抱紧了被子:"嘶,好冷!穆东别往我被子里钻……"

席乘昀:"……"

不知道是床的问题,还是为了避免起火所以关掉了取暖器导致有点冷的问题,席乘昀这一晚睡得并不太好。

穆东是谁?

凌晨三四点的时候,是夜间到清晨最冷的时段。

时钟嘀嗒嘀嗒地走着。

席乘昀本能地拽了拽往床下垂的被子,白绮睡得迷迷糊糊,将醒未醒,很是满意地给他点了个赞:"电热毯你可真棒!"

席乘昀:"……"

《我和我的完美朋友》的直播短暂地结束了,各个平台上顿时又是好一顿哀号。

"为什么直播时长也这么短?就不能给我看点午夜档吗?"

"节目组:怕你们猝死。"

席乘昀戴小黄帽子,程谨来到节目组,还有总是被气到的周岩峰排着队去热搜游了一圈儿,很快就下来了。

"节目明明是我和我的朋友,偏偏搞个谁都不熟的第三人进来,节目组可真有你的。"

"应该是有经纪公司插手了吧,毕竟席老师身上的热度,谁不眼馋呢？真人秀首秀啊！这收视率只有一路暴涨的份儿。"

"+1，其他嘉宾其实都算走了狗屎运了，蹭上这么大的热度，录完之后通告不会少的。"

"有内幕消息，说后面的飞行嘉宾都已经排上队了，有些小明星抢名额都快打破头了，也是绝。"

"有什么内幕瓜，我要吃！"

"席老师都不抵制公司插手吗？"

"席哥压根儿就不在意。程谨那么大一个人站在那里，他看都没看一眼。多来几个都一样，全是空气吧大概。"

"哈哈哈，是吗？我没记错的话，程谨团队还在买营销，说他是席乘昀的粉丝呢。"

"不会吧？他们这是看见白绮蹭席乘昀的热度成功了，于是又派个人来打算复制这份成功？"

网上一下讨论得热烈极了，很多网友这下对程谨的印象是真不好了。

程谨的粉丝实在憋不住了：

"之前不是全网都在骂这个白绮？现在为什么帮着他骂程谨？"

热心网友：

"哈哈哈，那能一样吗？不管怎么样，人家先来的，而且是席乘昀亲口承认的好朋友。你算个什么东西啦？"

程谨粉丝听完简直无语，你们就是一帮到处祸祸的吃瓜群众，这会儿倒有三观了？

程谨粉丝也是气。

这年头很多爱豆都会给自己炒作人设。比如说什么我也一样追星啊，我追的是×××，卖个粉丝人设，然后两边团队一对接，大家一块儿上个热搜，双赢。怎么轮到他们爱豆，就偏偏不行了呢？

程谨粉丝披着小号，忍不住阴阳怪气地留言：

"节目组下次把喜欢席乘昀的男明星女明星都请过来做嘉宾，不是更有意思？"

爱看八卦是人类的天性，一部人痛骂不屑，一部分人还真有点期待那场面。

没等程谨粉丝高兴呢，那边说又要开始直播啦，一帮附和的网友呼啦啦就跑没了，全奔着看节目去了。

第五章
我把花朵赠给你

白绮是被工作人员叫醒的。

导演助理在小木屋外面敲门敲得咚咚响:"席老师,白绮,起了吗?嘶……这大棚边上怎么更冷啊?"

冷吗?不冷啊,还挺暖和的。白绮脑子里迷迷糊糊地闪过这个念头。

紧跟着他才睁开眼,眨两下,缓缓适应了自己不在宿舍而是在外面这件事。

"起了。"这声却不是白绮应的,更像是从他头顶传出来的。

白绮:"?"

白绮匆匆一抬头,精准地顶住了席乘昀的下巴。

席乘昀猝不及防,低低闷哼了一声。

白绮连忙抬手去捂他的下巴:"撞疼了吗?吹吹?"

席乘昀好气又好笑,他说:"我不是小学生。"

白绮还在试图给他揉下巴,但这一动,白绮感觉自己裹得跟个蚕蛹似的。

白绮:"?"我睡觉这么离谱的吗?

席乘昀没有注意到白绮的震惊,他伸手撑开被窝:"没事,起床吧。"

白绮抓住空隙,麻溜地往旁边滚了。

因为滚得太快,一下忘了这张床有多么窄小,紧挨着那面就是小木屋的墙面。

"嘭"一声撞上去,墙晃了晃。

白绮:"……"一时间,他都不知道是自己更疼,还是小木屋更惨。

工作人员看着眼前好像轻微晃了晃的小木屋:"?"

房子不会塌吧?塌了今天的任务就得变成修房子了。

工作人员甩了甩脑袋,大声说:"我走了啊……"一边喊,还一边把手放嘴边,做了个扩音降调的处理:"席老师我走远了啊……"

席乘昀和白绮听见声音,脑子里几乎同一时间冒出了念头。

白绮:就这个演技还不如我好呢。

席乘昀:就这个演技还不如白绮好呢。

白绮挨着墙面,艰难地翻了个身,很快就没有了刚才的尴尬和震惊。

他看向席乘昀,眼睛发着亮,小声说:"也行吧,这样看上去好像更逼真了。"

席乘昀怔了片刻,然后才应了声:"嗯。"

两个人很快起床洗漱,咬着牙刷,蹲在田埂边上刷牙。

白绮漱了漱口,嘴边还带着牙膏沫儿,他含混不清地说:"原来电热毯是你呀……"

席乘昀应了声,转头去看白绮。

白绮脸上倒是没什么窘迫的样子,不仅如此,白绮咕噜噜又漱了一口水,还仰起头来问他:"你昨晚睡觉冷吗?"

席乘昀攥着牙刷的手紧了紧:"嗯?"

白绮和他悄悄打商量:"冷的话,咱们晚上靠近一点,这边也太冷了。以前我在学校宿舍里没空调的时候,老这么干。这样我也就算你的电热毯了!"

双向发热,岂不是美滋滋!

白绮敛了敛思绪:"当然,你介意的话就算啦。"

后面的话,他是几乎贴着席乘昀的耳朵说的,为了不让其他人听见。

四下吹来的风都是凉的,唯独白绮身上传递来了热意,连呼吸都是温热的。一下子,寒冷都被驱散了不少。

席乘昀攥着牙刷的手更紧了,他说:"不介意。"

他笑了下:"当然不介意。"

这头工作人员看了看他们的背影,这才小心翼翼进入木屋,将所有摄像头重新打开,麦克风也重新为他们别好。

也就一转眼的工夫,直播间人数又开始了噌噌暴涨。

"有下乡变形记那味儿了。"

"席哥下巴怎么了?"

席乘昀下巴被顶得有点青红，颜色还没那么快消散。于是等嘉宾们聚一块儿的时候，所有人都看见了。

白绮纯良地冲着大家笑了笑。

大家反而被笑得有点不好意思去猜测这俩人是不是打架了，于是个个都收敛了目光。

导演组轻吐一口气，说："现在呢，咱们要录几段花絮，麻烦嘉宾们分别录制。"

杨忆如点点头，走向了富春颖，白绮也很是自觉地走了过去，邱思川顿了下，也走了过去。

工作人员把他们带到了一处民房，架好机位："请问大家在生活中给你最重要的人送过礼物吗？"

大家回答不一。

节目组要的当然也不仅仅只是个答案，他们要的是引出接下来的流程。

"请你们在接下来的时间里，为你们的朋友准备一件礼物。"

与此同时，席乘昀他们这边也听到了差不多一样的问题和节目流程。

导演是这样说的："一定要瞒住对方，给对方一个出其不意的惊喜。"

"结果却是双方都准备了惊喜，如果有一方准备得没对方用心，这一对比，得当场吵起来吧。"

"白绮能给席乘昀送什么？怎么也比不上吧，他又没有席乘昀有钱……"

导演："你们的钱包和手机依旧是不可动用的，你们只能依靠自己的能力去准备。"

"哦嚯！"

"大家表情都傻了。"

"身上的钱还得留着吃饭。"杨忆如喃喃道。

"附近有村民吗？跟他们换点当地特色的东西？"邱思川出主意。

富春颖点头同意："行。"

邱思川不由得转头去看白绮："你呢？"

白绮微笑："我的早就已经准备好了啊。"

"这么自信？"

"啥时候啊？"

"不会是上去给席老师一个拥抱，说这就是我的礼物吧？不会吧不会吧，这桥段也太烂啦。"

"但男孩子之间的友谊说不定还真是这样。"

杨忆如:"啊,可恶,白绮肯定又能省一大笔钱了!"

白绮摸了摸自己的兜,扬起笑容:"那要不要我为你们提供借钱服务啊?"

一下所有人的眼睛都亮了。

"白绮真有你的!"

"今天也在不遗余力地赚钱养席哥吗?哈哈哈不用啦,席哥老有钱啦!"

最后富春颖、杨忆如在白绮这里分别借了十块钱,下次再还就是十一块了。

"村子里的东西应该不贵吧?"她们喃喃自语。

邱思川没有借,他笑笑说:"许轶喜欢的东西很特别,外面买不到,我就不用了。"

而这头席乘昀在听完规则后,神情不变。

周岩峰忍不住问:"席影帝打算送什么啊?"

一时间所有人都盯住了席乘昀,因为他们实在想象不出席乘昀给朋友挑礼物的样子。

席乘昀:"在想。"

"席老师不着急啊?"

"不急。"

邬俊难得插嘴:"那席老师能借我们一点钱吗?"

"对啊。"周岩峰一听,不由得心生三分嫉妒,"席影帝现在可是大户!"

席乘昀掀了掀眼皮,微笑:"钱都在白绮那里。"

"……"

"哈哈哈,我不信,席老师怎么可能把钱给别人管?"

周岩峰也说出了一样的话,他说:"我不信。"

像他和富春颖,就属于镜头前的老做戏选手了。不管当着镜头什么样,私底下就又回去了。

席乘昀也不辩驳,只翻出了自己的兜——全都空空如也。

周岩峰是真的服了。不是吧?上个节目而已。就算是夫妻也不见得会把钱给对方管呢,更何况是朋友?

最后这组嘉宾只能灰溜溜地出去了。

等另一组女嘉宾这边撞上,大家一通尴尬地笑,然后编了些借口来欺骗对方,说自己要单独去做什么什么任务。

唯独白绮和席乘昀没动,邱思川不由得多看了他们一眼。

"上午没有别的安排。"白绮说,"咱们玩儿去吧!"

席乘昀痛快地应了声:"行。"

尚广在监视器后面看着这一幕,倒是松了口气。

他就说嘛。白绮年纪才多大?哪能事事都会!哪能处处都想得周到呢?真要这样,那谁能不喜欢?那还不要了老命了!

尚广嘿嘿一笑,行,玩儿去吧。录个节目而已,为什么这么真情实感呢?

尚广乐呵呵笑的时候,大家也在弹幕里好奇呢,这俩到底要送对方什么?

白绮先找了节目组里安排的向导。向导是负责和当地人沟通的,免得过来录制出意外。

白绮跟人蹲一块儿,嘀嘀咕咕了半天。

席乘昀就站在一旁耐心地等着。

"好了,走吧。"白绮直起腰。

"他干什么呢?"

"是不是在准备礼物?"

白绮带着席乘昀走到了村口,把村口王大爷的拖拉机借走,坐上去并拍了拍身边的位置:"席哥,快来。"

大家终于明白他刚才干什么去了。

"学当地方言去了吧。"

"知名影帝开拖拉机兜风,这是什么乡土文学。"

席乘昀嘴角也抽搐了下,大概是着实没想到白绮还有这等操作。但他也并不嫌弃,跟着长腿一跨,在白绮身边落座了。

只听得一阵"嗒嗒嗒""嘟嘟嘟",拖拉机发动了。

白绮开着它回家拿水果的时候,周岩峰正在和当地人鸡同鸭讲。

"周岩峰:满头大汗。白绮和席老师:浪漫的拖拉机之旅。"

拖拉机在大道上驰骋,微风吹起白绮和席乘昀的发丝。

此时富春颖在给人唱歌,想换个手工制品。对面的老婆婆一掀眼皮,张嘴来了个调更高的山歌。

"哈哈哈,你看看清楚啊,你对面的婆婆是一身苗族打扮啊,为什么要和人家拼天赋啊……"

拖拉机嚣张地驶进县城的时候。

感到棘手的邬俊沉默片刻,决定挖土捏个杨忆如。

"邬总满脸都写着离了钱我就是个废物,哈哈哈……"

拖拉机喷着尾气，停在一个圆筒机旁边，白绮扭头笑着说："给我来一包爆米花，我们可有钱啦，我请席哥吃！"

此时许轶和人说："我用签名和你换这个好不好？"对面的人满脸冷酷："你谁？我不认识。"

还有杨忆如和邱思川艰难地步行在路上，他们决定去镇上。

杨忆如去镇上买钢笔，邱思川去镇上找机会。

"咔嚓"一声，镜头之下，席乘昀吃到了刚爆出来的第一口爆米花，焦香酥脆。

白绮还顺手买了点米花棒，一块钱老大一袋。

他顺手分给了工作人员，工作人员喜极而泣。

这么一番操作看下来。

"小丑竟是我自己。"

"我错了，再也不嘲笑开拖拉机兜风了，拖拉机真的很棒，乡村顶级代步车，保你有一个舒爽的体验！"

"是我错了，我再也不说白绮占席哥的便宜了。席哥跟了白绮，可真有福气啊，竖大拇指。"

"乡下拥有拖拉机的小富户和城里来的好看知青，完美组合，感谢节目组！"

弹幕眼见着渐渐变得土味起来，网友们还渐渐从中感知到了快乐。

等白绮再开着拖拉机嘟嘟嘟又出城，一转向开上乡间小道，带着席乘昀去看梅花和那远山的时候，弹幕已经土疯了。

"这就是村头大栓子和村尾二狗子的绝美友情吗？"

席粉恍恍惚惚：

"请问谁是大栓子谁是二狗子？"

"席老师是栓子吧。狗子也太土了，土得我都张不开嘴。"

这不仅对于弹幕观众来说是个全新的体验，对于席乘昀来说同样是。

他们在外面浪了大半天，中午去当地人家里蹭了顿饭。白绮袖子一挽，帮着给人家做了两个菜，换来当地人热情的招待。

下午接着开拖拉机漫山遍野地跑，这一期下来，观众都精神恍惚了。

"看哪，这片山头，都是我为你承包的。"

终于到了晚上。

其他嘉宾们，一个个被折腾得够呛。

就连程谨也没逃过，毕竟他得帮着杨忆如他们这一组，就跟着邬俊一块儿去帮忙了，现在指甲缝里全都是泥了，什么爱豆不爱豆的，现在全是泥豆了。有那么一瞬间，他甚至都后悔来这个节目了。

再聚到一起，一眼望去，个个面色疲倦。

唯独白绮和席乘昀脸色都没变，白绮一笑起来，还依旧粲然。

"带了点吃的回来。"白绮说，他把米花棒分了点给他们。

大家这会儿又累又饿，也不想做饭，把米花棒抓在手里，咬上一口，口齿都是米香。一个个眼泪汪汪，几乎要喜极而泣。

程谨也分到了一个。他之前还在想，白绮要是知道他是来干什么的，会不会提防他，排斥他，最好在节目里展露点尖酸嫉妒的一面就好了……

结果呢？白绮好像压根儿就不在意。

程谨恶狠狠地咬了一口。

这是什么东西？又脆，咬进去很快就又软了，化开一股浓郁的酥香。程谨从来没吃过，他狠狠地想——真、好、吃！

好吃到他感谢天感谢地感谢有奇迹！

白绮收回手，又从兜里掏了掏，然后递给了邱思川："这个是给你的。"

邱思川："只有我？"

白绮："嗯。免得你再低血糖呀。"

邱思川紧攥了下手指，接过去，摊开一看。

是那种小时候常吃的、五毛钱五颗的超级便宜的巧克力豆，还捏了个金元宝的形状。

白绮随口一说："吃完发财。"

邱思川："嗯。"他轻轻笑了下，凝视着白绮，说："谢谢！我会的。"

"这些我小时候都吃过！"

"童年最爱，那时候还有做成金币形状的巧克力。其实都是代可可脂做的，但小时候觉得太好吃了！一颗咬在嘴里都舍不得抿化。"

"啊啊啊，我要是邱思川我肯定感动死了，白绮为什么这么贴心，可恶！"

席乘昀脸上的笑容不着痕迹地敛了敛——他没吃过那个巧克力。

导演组笑呵呵地说："行吧，下面大家就各自商量着准备晚餐去吧。"

嘉宾们满面憔悴，心想可别了吧，还要折腾个晚餐，再借机送礼，我累不累啊？我到底是来搞真人秀综艺的啊，还是来接受改造的啊？

周岩峰最先出声："阿颖，我其实给你准备了礼物。"

富春颖："……"

富春颖："哦，我也准备了。"

"这毫无波澜的口吻,节目组:说好的浪漫呢?"

"果然直播就是容易翻车,哈哈哈哈……"

杨忆如摸出个盒子:"赶紧的,拿走吧,为了买它,我走了五公里路啊!"

邬俊闻声,倒是高兴坏了,连忙小心翼翼接了过去,跟宝贝似的。

杨忆如买的是一支钢笔。

邬俊说:"我以后签文件都用它了!"

说完感动地拿出了自己的礼物——一个烧得不成形状的人形土陶,耳朵还掉了一半。

杨忆如:"……"

杨忆如:"要不你把笔还我吧?"

"哈哈哈,我倒要看看你们今天还能拿出什么玩意儿。"

周岩峰给富春颖准备的是一块石头:"很有纪念意义吧?我在当地一棵长寿树下,亲手挖出来的。"

富春颖拿出了那块苗绣手工艺品用剩下的布。

两人相顾无言。

"就这?"

"哈哈哈,周和富:要不就当场离婚吧。"

许轶给邱思川的是一把草,中间夹了好不容易摘的两朵梅花。没办法,冬天要找花都不容易。

邱思川给许轶的是一棵会开花的纸树,大家小时候常玩儿的那种。许轶收到还愣了下,眼底闪过了点动容。

邱思川转过头,眼神却有点淡漠。

"席老师呢?"有人问。

一时间所有人都看了过来。

席乘昀抬起手,慢条斯理地把表摘了下来。

他定定地看着白绮,说:"这只手表,是我拿到第一个影帝的时候购入的,它承载了很多的回忆,在无数个荣誉的时刻被一同记录入照片。我将它送给你。"

对席乘昀来说,要扮演好一个角色并不是一件太难的事。但这会儿他对周遭的感知又有一瞬间的模糊,他感觉不到自己此刻是什么样的表情,只知道,他正盯着白绮。

他说话的时候,能看见白绮耳边一点发丝随风飞扬,能看见他的鼻尖微微泛着红。

席乘昀说:"我把我的回忆和荣耀,一并赠给你。"

"这表一千多万啊,我疯了!"

"噢噢噢,啊啊啊,好会!"

"我只会尖叫了,对不起。"

尚广愣在了监视器后,又一次差点分不清到底什么是真什么是假。只能指望一会儿白绮的礼物拉胯一点了。

白绮笑得眯起双眼,他说:"我很喜欢。"然后伸出了手腕。

席乘昀走上前,将那只还留有自己体温的手表,缓缓地戴在了白绮的手腕上。

他的手指轻轻一动,将表带扣紧了。

略有点宽大。

席乘昀低声说:"我们回去调。"

白绮点头。

邱思川却目光一闪,从中窥出了点不一样的地方——席影帝和白绮并不像大众想象中的那样友情深厚。

"白绮呢?白绮准备的什么?"现在就剩下他了,大家的好奇心都快爆棚了。

白绮甜甜一笑,说:"等等我。"

然后扭身小跑着回到了小木屋旁,紧跟着钻进了大棚。

"带个瓜出来?还是用葡萄串起来的花?"

"总不能是大白菜绑个红丝带呗?"

"还别说,情人节的时候,我前男友真给我送了个绑着红丝带的白萝卜,说好吃又好看,我看了当场无语凝噎……"

大家热议的时候,却见白绮捧着一个东西小心翼翼地出来了。

终于,他走近了,镜头也拉近了。

他手里捧着的是一个水晶缸,底下铺着浅浅一层泥土,透明的缸体里,身形摇曳的娇嫩的月季花探出了头,热烈绽放。

视觉上有种格外瑰丽的震撼感。

在一片冰天雪地,放眼除了大棚便是荒芜之中,一抹娇艳的红,刹那夺去了所有人的视线。

邱思川终于知道了那天白绮从他们家换走的鱼缸拿去干什么了。

白绮走上前,说:"送给你。"

他没有像席乘昀一样介绍礼物的来历,但那一瞬间,席乘昀恍惚了片刻,便好像是白绮将最美的心意送给了他一般。

"啊啊啊，谁还记得第一期，节目组说设计了满院子的月季，但是没种活。"

"和前面连上了啊！"

"也就是节目组没种活的，白绮种活了？"

白绮把鱼缸放在席乘昀手里，轻轻碰了下席乘昀的掌心："你过来。"

这话一出来，几乎所有人都本能地跟了上去。

白绮打开了另一个大棚的一角，那里用布牢牢遮挡了起来，布一撤下来，风一吹，里面全是摇曳生姿的月季花。

那是节目组刚抵达的时候，连夜移进去的，就怕冻坏了。

月季花上下涌动着，像是白绮一股脑儿倾注出来的对友情的表达，汹涌又绚烂。

"我真的不行了，我也想和他做朋友。"

"席哥你们真的应该是最合适的朋友。对不起，我不应该恶意揣测白绮和你上节目的动机。"

"难怪第一期的时候，他特地和席乘昀说，本来要种月季的，说完还特地观察了下席乘昀的表情。"

"那时候好像还有人说什么他是暗示席老师给他买花，我就问问，打脸吗？"

当时的粉丝打不打脸没人知道，可能早就羞愧遁走了。

这头尚广却是屁股一撅，震惊之下，狠狠摔了个屁股蹲儿。

所有人都在看月季花，邱思川却在看白绮。

席乘昀在友情里是被动的那一个人，可白绮却那么地主动。

他毫无保留释放出来的满腔善意与关怀，像是世间最炙热最亮眼的光芒，会吸引着飞蛾朝他飞去……

第六章
借星星的光辉

第二期就这样结束了。

花海摇曳那一幕,深深刻入了众人的脑海,哪怕是席乘昀的粉丝,这会儿也沉浸在激动中,久久不能回神。

大概是因为突然发现,席乘昀的好朋友就和他们一样,将满腔的热情都捧给了席乘昀,他真心地关怀着席乘昀,那种近似的情感,让他们从中获得了共鸣。

"白绮做得太好了,我语塞。"

"啊这,挑剔都无从挑起。"

席粉的大群里,画风俨然变了个模样。从之前的难过、嫉妒,甚至是怒火中烧,一转眼诡异地平和了。

如果他是个一无是处的、长相普通、在镜头前矫揉造作、借着席乘昀的名头肆意为自己谋取利益的人,那么他们就能顺理成章地站在道德制高点,批判他,鄙夷他,要他从席哥的身边滚开。

可他不是。

不仅不是,换作他们去,也自认为不一定能做到他这样好了。

白绮的优秀和用心付出,让大部分席粉连嫉妒都生不起来了。

半晌,才有人又幽幽地发了一句:

"会不会有人抢我们席哥的朋友?"

"说得有点道理!节目还有好几期,没准其他嘉宾都恨不得抢走白绮呢。至少从此吃饭稳了。"

这思维猛地一转变，大家的心态陡然间就不一样了。

他们立刻粗暴地将白绮划入了席乘昀的范围，并且火速集结，飞奔前往热搜和各大论坛。

他们毫不怀疑，以如今这档节目的热度，还有席乘昀的名头在，白绮今天一定又会上热搜！

他们还真没猜错，冲向热搜、论坛一看，排前列的挂着"白绮"两个字。

#白绮的礼物#

#席乘昀的礼物#

他们单独占了两个热搜。

而其他嘉宾一共才占了一个#那些年收到的礼物#，从这个词条点进去，还有很多营销号联动，完全没有白绮二人的排面风光。

他们点进热搜，评论区已经热闹起来了。

"席影帝送的表是百达翡丽的吧？听人说价值千万，是不是真的？"

"是真的，上面镶了真钻。"

"好有钱啊，我想嫁给席影帝。但是白绮也很不错，他我也想嫁。"

"危险发言。"

"+1。席乘昀是看起来很完美，又很有钱的那种，仿佛住在天上的男人。白绮就不一样啦，人不仅完美，而且看起来就很好接近，他又不是很有钱的样子，这样的男孩子就更容易讨好一点啦，这个更现实，更能肖想得到。"

席粉怔了怔，没什么人骂白绮了啊，大家好像真的都发现了席老师这个朋友的好了。

这会儿京大的303寝室里，穆东几人也正对着微博热评，酸了二里地。

"绮绮竟然对席老师这么好！"本来他们还觉得白绮的朋友竟然是席乘昀，这也太不可思议了，但现在他们又觉得席乘昀的朋友是白绮才不可思议！

白绮这个人太好了！

"哎，话也别这么说，绮绮住寝室的时候，对咱们不是也很富有慈父的爱吗？"

"对，早上还给带早餐。"

"自从绮绮走后，我感觉自己都快得胆结石了。"

"好想绮绮……"

几个大男人扎堆到一块儿，难得多愁善感了几分，半晌，有人喉中挤出一句话："尤其是，绮绮就出去录个综艺，怎么就能有那么多小姑娘喜欢他呢?"

"嫉妒!"

"可恶!"

这边 303 刚情感充沛地感叹完,那边论坛又起了个高楼帖子。

《太好笑了,大家来看看这个明星的朋友圈大赏》

这楼眼看着越堆越高,一眨眼的工夫,就从三千多楼变成了四千多楼,并且还在持续往上堆。

点进去一看,里面分享的多是各个平台的截图。

"席乘昀的粉八辈子修的福气?这朋友可真省心,隔壁李粉都羡慕哭了。"

"谁不是呢,隔壁丁粉也落下了眼泪。"

"我们林哥的朋友要是这样完美不拖后腿,我也能少跟别人吵点架!"

"别说了,我们姐姐的朋友,特别爱蹭我们姐姐的热度。前天在活动上还和人吵起来了,她也不想就她那演技,再好的资源到她那里也全成了垃圾。求求她少丢点脸吧。"

…………

全是各个明星的名字,其他路人看完忍不住哈哈大笑。

"不如换一个白绮。"

"+1。"

"也就离谱,我头一次看见饭圈这么整齐地聚一块儿吐槽明星的朋友圈子。有些还是对家粉呢。"

席粉看着看着吧,那心态就相当微妙了,一时间不知道是该优越地发出笑声,还是陪着落泪。

有席粉忍不住发消息:

"我们跟他们压根儿就不是一国的,他们家爱豆差席老师得有三十几个奖杯的距离吧。"

"对。也就席哥这样富有人格魅力的人,才能交到同样优秀的朋友啦。"

这么一说,得到了白绮,就跟得到了什么宝物一样,变成了一件倍儿有面子的事。

虽然这事发展得有点奇葩,但到此为止,大家的心理已经彻底来了一个一百八十度大转弯了。

这个帖子聊着聊着,还差点上热搜,不过最后被席乘昀这边的团队及时发现，然后把热搜给压下去了。

倒也没必要让人家说他们交个朋友要整一出拉踩。

"尚哥，这边处理好了。"团队给尚广打了个电话报信儿。

"成，我知道了。"

"您也能放下心了，热搜上去没多久，就一会儿。不会有明星和粉丝把锅扣咱们头上的。"那头说。

尚广忍不住乐了："你以为我为什么要把热搜处理了？是怕这些被提到的明星心生不满吗？"

当然不是！席乘昀的地位、名望、口碑和实力，都摆在那里。

"席哥根本不是这帮小朋友能摸得上的，他们生不生气，又怎么样？"尚广冷声说。

尚广顿了下，才面容微微扭曲，咬牙切齿地说："我是根本不希望……"

不希望席哥看见热搜。

这人的好啊，就是越品越觉得珍贵。那就不能品！毕竟只是拿钱换来的友情，万一当了真，那多容易伤心啊。

尚广挂了电话，心绪浮动。他现在屁股摔得都还有点疼，他是真的被惊住了。他发现白绮这小孩儿吧，那手段叫一个层出不穷啊，别说跟席哥签一个协议换五千万了，就他这样的，去哪里不能骗钱，不是，去哪里不能赚钱啊？

尚广抹了把脸，心想得抽个机会跟席哥谈谈。结果这机会是没寻着，当天半夜，工作室电话还又打来了。

"出纰漏了？"尚广勉强撑起眼皮问。

"不，不是，图发给您了，您看看？"

尚广打开手机一看，席乘昀的粉丝竟然连夜成立了个保护白绮协会？

你们怎么回事啊？第一期播出的时候，你们还是满嘴骂骂咧咧的啊！你们还是不是合格的粉丝了啊？！

白绮打了个喷嚏，再抬起头来，眼圈儿都红了。

"谁在骂我？"白绮嘀咕了一声。

他只是随口一感叹。

席乘昀收拾行李的动作顿了下，他看向不远处的工作人员，问："你好，请问手机和钱包可以拿回来了吗？"

工作人员受宠若惊，连忙说："席老师等一等，我这就去导演组那里给您拿过来。"

"还有白绮的。"席乘昀补充了一句。

"是是。"

席乘昀目送着工作人员走远,然后才回头问:"你要请一周的假?"

白绮点头应声:"对呀,之前和尚哥说过了。"

席乘昀很忙,忙到他和白绮之间很多事都是由尚广这个中转站来处理的。

这是之前早就计划好了的,事情完全按照计划进行,席乘昀应该感觉到轻松。

"回学校?"席乘昀问。

"对,期末了,不回去来年就得花钱补考了。"白绮说着,弯腰从行李箱抽出个保温杯,"这个差点忘记给你了,在县城里买的。"

昨晚席乘昀都是用杯盖儿喝的水。

席乘昀伸手接了过来,然后他垂眸发了条短信给工作室。

"我最近几天的行程表发一张过来。"

他的手机微微一振动,很快就收到了几张图片,上面密密麻麻都是席乘昀的行程安排。

席乘昀飞快地扫过一眼,问:"要考几天?"

"就一周。"

"回去住哪里?"席乘昀又问。

席乘昀在人前从来都是风度翩翩的绅士模样,叫人挑不出什么错处,他这样多关心了几句,白绮倒也没有觉得哪里不对。

白绮将行李箱合上,飞快地说:"宿舍……吧?"

他家离学校还是太远了,不然就能回家住了。

席乘昀坐在床沿,弯下腰帮着白绮拉上了行李箱的拉链,他说:"我送你去学校。"

白绮也不扭捏,点头应了:"好呀。"

"我在京大附近有一套房子,你可以暂时住在那里。"

京大附近的房子可不便宜,席乘昀是真的超有钱啊!

正巧这时候工作人员拿着他们的私人物品回来了,用一个小篮子装着,就这么直接递到了席乘昀的手里。

"您一会儿跟我们的车一起走吗?"工作人员问。

"不用了。"席乘昀说着,从中抽出了白绮的手机。

这头工作人员应声点头,转身离开。

席乘昀这时候才将手机递过去,说:"你把微博登上。"

"嗯?"白绮歪头,风吹得他的发尾跟着跳了两下。

白绮疑惑地看了看席乘昀。

席乘昀:"登你最近更新的那个账号。"

白绮心想我最近更新的账号是"项景然是我小甜心",他心虚了那么一秒钟,很快就反应过来,席乘昀口中的账号,是指他用来发"和明星做朋友的日常"的那个生活号。

白绮比了个"OK",马上刷开手机指纹,登录账号。

刚一登进去,他的手机就"丁零零"响了起来,无数消息挤满了他的账号。其实也不只这个,他的微信、短信信箱,还有什么未接来电,也都有不少。

白绮只先从中挑出了爸妈的号码,发了个短信过去,报个平安。

"我登好啦。"白绮说。

"嗯。"席乘昀伸出手,与那黑色的手机衬在一处,更显得他的手漂亮得仿佛艺术品。

他问:"我能看吗?"

白绮:"可以啊。"五千万的金主爸爸,没有什么是不能看的!

席乘昀这才捏住了他的手机,抽走,在他的微博账号里一阵滑动。

白绮也不知道他在看什么。

白绮窥了窥席乘昀的神色,他的神情又没有什么变化,实在看不出任何信息。

白绮干脆拿自己的钱包,去数钱玩儿了。

半响,席乘昀锁上手机:"好了。"

白绮:"嗯?"

"嗯。"

白绮将手机拿回来,也没发现席乘昀动了哪里,他问:"我们加上微信了吗?"

席乘昀一怔,这才想起来,他们还只有手机号联络的方式。

席乘昀拿出自己的手机,说:"等一下。"

他先打了个电话给尚广。

尚广接得很快:"您收拾好了?我马上过来。"

席乘昀:"嗯,你一边往这边走,我一边和你说。"

席乘昀私底下的时候,远不如他在荧幕上的情绪丰富,但尚广还是敏锐地从这句话里察觉到了点不一样的味道。

尚广:"您说。"

"给老杨打个电话,让他明天一早在京大附近的丽阳公寓等我。"席乘昀说。

尚广对这个已经熟门熟路了:"您要发什么律师函?"

明星工作室发律师函都快成为圈子里的流行了,一有事儿就得发两张。

席乘昀:"不只是律师函,你一会儿拿点资料给老杨,统计一个名单出来,再起诉状,很容易的。"

尚广的步子一下顿住了,然后好像明白了点什么,顿时又一路狂奔起来,朝着小木屋这边过来了。

刚才席乘昀不动声色地将白绮的私信看了一遍,他的评论区其实还算是比较干净的,尤其是第二期直播刚结束之后。但私信里就完全不一样了,人类究竟能丑恶到什么地步,你都能从这里看见。

里面全都是各种谩骂、讥讽,每一个字眼都是脏的。

那些见不得光的蛆虫,也就只能通过这样的方式来攻击别人了。

席乘昀掩去目光里的深沉色彩,脸上浮现一点笑容,他出示了自己的微信码,低声说:"加好友吧。"

白绮马上抓起手机,等走近了,才"咔嚓"一声扫上。

正巧这时候尚广也跑过来了,带起一阵冷风。

白绮鼻尖一痒,又打了个喷嚏。

"怎么?谁骂你呢?"尚广也就随口那么一说。说完,他就立马觉得不对了。席哥不会就要告这个吧?

尚广喘着气,连忙扭头问:"哥,席哥,您要起诉谁啊?是不是有谁私信骂白绮了?您也知道的嘛,被放在放大镜下的公众人物,没有哪个是没经历过这一遭的。"

白绮:"?"他茫然了一瞬。啊?他这才缓慢地想起来,尚广来之前,他打了个喷嚏,好像也说了那么一句"谁在骂我"的话。所以刚才席乘昀是在看他的私信?

白绮去看手机:"我私信里有什么?"

席乘昀轻声说:"一键清空了。"

尚广这会儿是真的整个人都怵了。这不是个好现象,打个喷嚏都能那么不着痕迹地记在心上。

"席哥,我……"

这会儿小木屋的门板却被轻轻叩响了。

外面传来了邱思川的声音:"白绮在吗?有点东西给你。"结果他话音刚落下,就紧跟着又响起了程谨的声音,他问:"席……白绮在吗?"

尚广没说完的话全憋了回去。这叫什么事儿啊！怎么都扎一块儿来了？

程谨是来找席乘昀的。他没想到一期节目下来，没能和偶像搭上一句话，白绮像个该死的黏人精，始终走在席乘昀的身边。

程谨故意等到节目组的车离开之后，才特地找了过来。

结果没想到……

邱思川看着他，淡淡问："来找席老师？"

程谨被人戳中心思，当然就不好答了。而且邱思川这个人，脸色总是白白的，看着就阴阴的。

程谨挤出笑容："没听见吗？我和你一样啊，我也来找白绮。"

邱思川审视了他一眼："你找他干什么？"

程谨编不出来了。

这时候门开了，尚广站在那里，皮笑肉不笑地冲他们说："都进来吧，来找咱们白先生的啊？"

程谨腿刚迈出去，就听见邱思川说："我不进去了，我在外面等他。"

"我马上出来！"门内，白绮应了一声。

然后大家只听得一阵衣物摩擦的窸窣声，白绮穿着米白色的面包服，从门口挤出来了。整个人看上去像是一个大号棉花糖，又蓬松又柔软。

"怎么了？什么事？"白绮一边问，一边还抬手正了正脑袋上的帽子。没办法，这边太冷了。

"巧克力我吃了。"邱思川笑了笑，"所以也来送点东西给你。"

他指了指不远处的田埂："我们去那里说？"

白绮点了下头，跟着他一块儿走了过去。

程谨："他们干什么去？"

尚广心想你问我啊，那我问谁去？

程谨："送个东西而已，好好的为什么要走到一边去说话？"

他一皱眉："我得去看看。"他得替他偶像盯着啊！像白绮这样的年轻人，一心就想出名。他可不能让白绮给偶像丢脸。

尚广："哎……"关程谨什么事儿啊？

一阵风吹来，尚广顿觉后颈汗毛直立，他猛地一回头，发现席乘昀就站在那里："席、席哥？"

席乘昀似乎是思考了下，他说："我们也去看看。"

尚广："？"他这几天的心情可以说是用"惊恐"来形容也不为过了。像席乘昀这样看起来光风霁月君子式的人物，今天也会去听墙根了？！

这边程谨刚一走到,他就听见邱思川问:"你年纪还不大吧?怎么会和席老师这样的大明星成为朋友呢?"

白绮心想这个问题可好回答了。

白绮轻声说:"因为席老师人特别好啊。"说完,他又觉得这有点缺乏细节,不够动人,于是他抬起头来,望着邱思川,问,"你了解席乘昀吗?"

他当然不了解,邱思川张了张嘴。

大家或许都以为他艰苦打拼那些年,骨子里是自卑的。不,他其实是过分自傲的。所以,他从不会去崇拜自己的同行,又何谈了解呢?

白绮:"他之前在国外读书,第一次出道是十六岁那年。那一年,他被邀请担任了一场高奢秀的临时模特。

"到现在很多人都会称赞他敬业。但'敬业'两个字,说起来简单,做起来难。他第一次走T台,因为居住的地方距离太远,他就提前一晚到达了现场,然后在附近找了个公园休息……

"他的第二份通告,是给一个知名女歌手拍MV。女歌手故意刁难长着华人面孔的他。MV里的场景是游泳池,于是对方要他无数次绑着威亚,从三楼跳入游泳池。他一次比一次做得更完美,最后那个MV拿了大奖……

"他回到国内,拍摄了第一部电影,然后拿了第一个大奖。但因为与导演的理念不相同,他在表演时更坚持自己,导致此后这个导演总是不遗余力地诋毁他,并企图破坏他的每一个电影项目……

"他吃过很多苦,也拿过很多奖。苦难和荣耀的光芒,造就了一个独一无二的席乘昀。

"而我深深地欣赏着这个独一无二的席乘昀,欣赏到想要借星星的光辉,做他加冕时的大道。如果可以,我也想化作那一点星星的光辉。"

邱思川听了后,静默半天不语。

偷偷摸摸躲在大棚旁边的程谨也被震撼在了那里,他自认为足够崇拜、足够喜欢席乘昀。可他说不出来这些话。

我根本没有想象中那么了解席乘昀,我也远远还不够喜欢他。程谨愣愣地想。

所以天底下想要和席乘昀做朋友的人那么多,却偏偏只有一个白绮得到了席乘昀的亲口盖章。

陪着席乘昀走到至今的经纪人尚广,听了这一番话,都本能地眼圈红了红。

白绮真是个太合格的朋友了,他竟然将席哥了解得这么清楚,很多以前尚广都不知道的东西,白绮却都记在了心里。不容易啊,走到今天这一步是真的不容易。

尚广心里一面感觉酸楚，一面又担心席哥被这么一番漂亮话给彻底哄走了。

他不由得连忙回头去看席乘昀的神色，却见席乘昀的表情有点……微妙？还似笑非笑。

是我有毛病吗？尚广恍惚了一瞬。我都有点扛不住的东西，席哥竟然不为所动？

尚广又扭头看了一眼席乘昀，却发现他眼底的光又分明更亮了一些，不再像是之前那样，仿佛沉于黑暗之中。

就好像……好像那于黑暗中长久沉睡着的巨兽，突然苏醒过来，终于睁开他的双眸，看向了这片大地。

半晌，邱思川说："我知道了。"

邱思川顿了下，露出一分不忍："那你想过，也许他见过太多的人，你对他来说，并不是那么重要的朋友吗？"

程谨："！"

邱思川这人果然没怀什么好意，竟然能当着白绮的面说这样的话。

"为什么这么说？"白绮虚心学习。是我们哪里演得不够好吗？

邱思川沉声说："外界对席影帝的评价都很高，他们不仅夸他敬业，也夸他为人处处滴水不漏。就是媒体，也很少有对他恶评的。足见席影帝的情商之高，做事之周全。

"但就是这样的一个人，在这样充裕的一天时间里，没有去调整自己的礼物。

"好，假设手头没有工具，无法调整。那么在送出不那么合适的礼物时，席影帝一定会提前告诉你，抱歉，表带宽了，之后还可以再调，依然希望你能喜欢。

"可他却是在扣上你手腕的时候，才发觉到表带宽了。"邱思川一顿，"要么，他对礼物并不上心；要么，他根本不清楚你手腕的大小。我不知道你们认识有几年了，难道他之前从来没给你送过类似的礼物，也完全不清楚你应该佩戴多大的手表吗？"

白绮心想，这可问住我了。

尚广也不由再度回头去看席乘昀。对啊，有点奇怪，要扮演得滴水不漏，对席哥来说并不是什么难事啊。

席乘昀脸上的笑意敛去了不少，像是在思考什么。

所有人都以为他只是在镜头下演戏，但事实上，他无时无刻不在演戏。可突然有那么一瞬间，他演戏竟然出了纰漏。这对于席乘昀来说，也是完全陌生的体验。

席乘昀抿了下唇，准备走出去为白绮解围了。

却听见白绮说："没关系呀。席老师不喜欢粉色，但我偏偏要让他在镜头前穿粉围裙，席老师会因此生气，觉得我不是他的朋友吗？不会。如果席老师因为工作忙碌忘记了我的生日，我会觉得我不是他的朋友吗？不会。谁在乎这个啊？我们只需要知道，当对方不开心的时候，当对方遇见困难的时候，我们总是会最快地出现在对方身边就可以了。"

席乘昀的步子猛地一顿："……"

邱思川一愣。他发现，人和人对"朋友"的定义，真的是完全不一样的。是因为白绮太年轻了吗？所以他好像不会对身边的人感觉到患得患失，更不会去猜测别人对自己不够真挚。

"席老师比起你付出得更少也没关系吗？"邱思川问。

白绮这台词接得可熟练了："没关系呀。席老师可以品尝到有朋友是什么样的滋味就够了。"

他说这话的时候表情甚至过于阳光了。

邱思川望着他的模样，心想这和绝大部分的人都不一样，和他想象中更不一样。别人说出"没关系我来付出就好"的时候，表情大都是痛苦、沮丧，充满阴鸷的。他们已经把人类的感情，从蜜糖变成了泥潭。

通透的是白绮，不是他。

白绮从始至终都很清楚自己要的是什么，他还自以为白绮或许需要他的安抚与劝诫。

邱思川不再纠结，总觉得压在心头困扰很久的东西，都转眼卸下了。

邱思川将手里的东西塞到了白绮的掌心，他说："礼物。"

白绮摊开手掌，那是一个小福袋。

白绮："祝我财源广进原地发财？"

邱思川："……"不是吗？

白绮："那是祝我好运爆棚买彩票中一个亿？喝饮料都能再来一瓶？"

邱思川哭笑不得，他本来不是这个意思。

他是希望白绮承载着他的祝愿，不要活得像他一样糟糕、固执、遮蔽双眼，在一段友情里患得患失。他希望白绮能获得自己想要的东西，得到朋友的回应，拥有这世界上最棒的友情。

但现在……

邱思川："嗯，就这些意思，都有。身体健康，天天开心。都有。"

白绮甜甜一笑:"谢谢!你也一样。"

邱思川:"我会的。"

程谨在一边偷看得一脸迷糊。

邱思川不是要搞点事吗?他不是想偷挖我偶像的墙脚吗?他怎么还反被白绮说服了呢?

尚广也是无语,白绮这张嘴真是绝了。

邱思川:"程谨有什么话要说,不如也现在说吧?"

程谨惊了一跳,然后白绮也转过了头,朝大棚的方向看去,脸上有一点点惊讶。搞了半天,邱思川知道后面有人躲着偷听呢。

程谨心想邱思川心机可真深啊!

这要是刚才说了什么不该说的话,我席哥不就真被外界坐实了情感缺失无法拥有友情了吗?

"说啊。"邱思川冷冷地望着程谨。

程谨打了个激灵:"我……没话可说。"他都忘了自己是来找席乘昀的了。

邱思川轻嗤一声,并不怕得罪程谨。

尚广站出来打圆场:"好了好了,时间也不早了,赶紧都走吧,免得一会儿赶不上飞机了。"

程谨是第一个溜的。

邱思川对白绮轻轻笑了下,才说了声:"再见!"

一转眼,这里就只剩下了白绮他们三人。

席乘昀先是转头深深看了一眼身后的大棚,好像还在回忆那天印在脑中的花海。

他说:"把那个水晶缸带上。"

尚广实在憋不住说了句:"您怎么不把那大棚里的花全带回去呢?"

席乘昀顿了片刻:"嗯,那就都带上吧。"

尚广无语凝噎流下两行泪,但自己说出的话,撤回也来不及了。

尚广亲手去抱了水晶缸,然后把剩下的交给了其他工作人员处理。

水晶缸里的月季在温度保持之下,并没有那么快蔫下来,看着依旧娇艳美丽。

席乘昀接过来,将它单手托在怀中,说:"上车吧。"

助理们帮着拎了行李箱,然后去了后面的车里。白绮就轻轻松松地和席乘昀上了前面的车。

哪怕刚才是当着当事人的面,说了那么一长串夸赞追捧的话,白绮也是丝毫没有脸红的。

137

等尚广也上了车，司机一踩油门，他们慢慢驶离了这片别有魅力的乡土。

席乘昀又拿过了白绮的手机，好像是把里面的信息发给了谁，另做记录。

白绮估计他刚才说的"一键清空"了，也就是随口编的，目的是不希望他去翻私信看见里面的内容。

不知道过去了多久，席乘昀突然出声："你刚才讲述的关于我十六岁第一次被邀请T台走秀，露宿公园，是假的。

"我反复跳游泳池，是假的。

"和导演理念不合，被多次诋毁，是假的。"

但当时白绮认认真真地讲着假故事，模样有点可爱是真的。

他转过头，盯着白绮，真情实感地笑了起来，眉眼更显得俊美无比。

他说："那些经历都是网上营销号瞎编的。"

白绮："……"

尚广："？！"小丑竟是我自己？！

尚广受到的冲击无疑最大。搞了半天，他才是听了那段话，最真情实感的那一个人。

当时席哥不是似笑非笑，是真的在笑。

白绮："所以真实情况是什么样的呢？"

可恶。怪他事前调研工作过于片面了！这个漏洞一定要弥补上。

席乘昀很少和别人说起自己的过往，但他都带着白绮去见过蒋家人了，剩下的倒也好像无足轻重了。

席乘昀脸上笑意依旧，比起那疏淡漠然的样子，这会儿显得真实了很多。

他慢条斯理地说："那个高奢品牌请我去走秀，根本请不起我。"

尚广："……"

白绮："……"

席乘昀："是席家在国外交好的家族的子弟，和我玩了一个游戏。我赌输了，所以才去做了一次T台模特。

"跳游泳池那次也是打赌输了。

"电影那次，大概是营销号觉得电影背后的故事，需要一段艺术性创作……"

尚广整个人都恍惚了。

白绮看见这些消息时就觉得虽然很感人，但怎么看都怎么有点像营销号发的公关通稿。然后他为了将细节补充得更加有那味儿，又进行了二度创作，于是故事内容就越发离谱了。

什么苦难和荣耀的光芒造就了与众不同的席乘昀。

这要是换成画画，东画歪一笔，西画歪一笔，出来的就是个缺胳膊少腿儿，鼻子长嘴巴上的席乘昀了。白绮心想。

白绮："啊这。"不行，他绝不翻车。

白绮振振有词道："但是无数巧妙的艺术性加工，增添了不一样的动人风采，它打动了更多的人。"

尚广差点给他竖个大拇指，您可真是娱乐圈的沧海遗珠啊！不管是演戏还是搞公关软文，您都是那百年难遇的一天才啊！

唯独席乘昀脸上的笑意又透不进眼底里去了。

所以白绮觉得营销号胡编乱造的那个席乘昀更好吗？他觉得那个席乘昀会是更好的朋友吗？

这个念头刚一冒出来，就让席乘昀感觉到了一分说不清道不明的烦躁。

由于直播调整的缘故，电视上再剪辑、播出，就落后了一些时间。

这会儿食堂的电视里，才刚播到花海那一段。

几个人坐在一块儿，端着碗，忍不住嘀咕："现在的年轻人哦，花花套路一堆一堆的。"

那头一个穿着西装，但看上去活像个卖保险的的男人，缓缓走过来，问："老白呢？"

问完，他又抬头看了一眼电视机，乐了："最近搞什么呢？怎么天天都播这个综艺？我听厨子说都播好几遍了。"

那几个人见了他，连忙叫了声"彭总"，然后嘿嘿一笑说："今天还是变了的，今天改播第二期啦！别说，还挺有意思。要是哪期让这些明星去种地，就更有意思了，嘿嘿。"

旁边也有人跟着说："就是白老大让播的！天天吃饭的时候，就端板凳坐跟前看呢，看得眼珠子都不转。"

"对。白老大刚还在这儿看，现在出去接电话去了。彭总您坐着等一会儿呗？"

彭总点了下头："我出去找他去。"

话刚说完，他正扫见电视机里一张有点熟悉的脸，还挺像白山那儿子的。

彭总惊了一跳，心想不可能吧？他儿子要是能上电视节目，那现在白山还能安心在这里给自己打工?

彭总摇摇头,匆匆转过身,出去找白山去了。

白爸爸还在和老婆讲电话,闷声说:"儿子还是个好儿子,还挺照顾别人。就是他那个朋友长得太高了点,年纪也比儿子大,怎么在节目里还要儿子照顾?就因为是大明星了不起啊?"

那头的苏美娴:"……"

"儿子昨天给我发短信了,说他录完节目要回学校考试……"白爸爸的语气听着高兴了点儿。他一顿,又问,"给你发短信了吗?"

苏美娴:"发了。"

白爸爸干巴巴应声:"哦。"

"到底是已经长大了,和爸爸都没以前那么亲了。"白爸爸长叹一声,"那个小、小席,是姓席吧?长得也还挺好看的。我以前还看过他电视剧呢……"

说着,白爸爸顿了下:"你说他签名照能卖钱吗?"

苏美娴:"……"

"老白啊!"后面传来彭总的声音,白爸爸这才匆匆挂断了电话。

"彭总。"白爸爸转过了身。

"哎,看你客气的,叫老彭就好了嘛。"彭总笑着走近,亲近地拍了下白爸爸的肩,说,"那边打电话过来问了,钱的问题……"

白爸爸问:"多少?"

彭总:"三十万。还是我先帮你垫一部分吧?你工资我也帮你先填进去。"

白爸爸迟疑片刻,这一次他却没有点头。他说:"要不这个月的工资还是先给我吧,辛苦彭总帮我垫一下。"

彭总惊异地看着他。

白爸爸笑了笑:"快过年了嘛。我是没关系了,但我儿子长大了,迟早要带女朋友回家的。我总得留点钱给他用啊。而且他最近上了个节目,全国各地到处飞,那机票钱也得要啊。"

彭总奇异地安静了好几秒钟,然后才应了声:"哦。你儿子今年上大学了是吧?"

"都快毕业了。"白爸爸说。想到这里,他就有点忧心。儿子毕业后说不准就要去当明星了。当明星可不是什么好事啊,好多什么黑粉啊,还有经纪公司的压榨……麻烦多着呢。

彭总看了看他的神情,说了声:"恭喜啊。"这才离开。

等转身走远了，他嘴里才说了一句："老白会骗人了啊。"还上节目，全国各地到处飞？

席乘昀在京大附近有一套公寓，这边他们飞机落地，那边就打来电话说房子收拾好了。

尚广才知道席乘昀把近期几天的工作全推了，虽然心底有点惊讶，但还是没说什么。

"您也抽空好好休息一下，之前实在太忙了。"

席乘昀敬业起来就跟生命里唯一的乐趣就是工作一样，有时候尚广都真希望席乘昀能停下来歇一歇。

这也是尚广听了白绮的那段话，压根儿没怀疑那是营销号瞎写的原因。

席乘昀应了声："嗯，我顺便看看蒙导的剧本。"

尚广老泪纵横，真的除了没什么亲人朋友，显得不太像是一个正常的能融入社会的人外，席乘昀简直是明星圈子的头号劳模。

"那这两天我就不打扰您了。"尚广说着，体贴地给关上了门。

席乘昀应了声，再回过头，那边白绮都没声音了。

两人一回来当然就还是分房睡，白绮睡在次卧。

席乘昀抬手敲了敲次卧的门："晚餐不吃了？"

白绮的声音瓮声瓮气地从被窝里传出来："不了不了，我刚啃了个面包，您随意。我明天一早五点就得起床。"

席乘昀已经阔别学校生活很久了，他不确定地问："这么早就开始考试？"

"不，是去图书馆。您不知道期末图书馆能挤成什么样！去晚了一个位置也没了。"白绮飞快说完，双眼一闭，"我睡着啦！"

席乘昀只好回了自己的卧室。

他抽出蒙导的新剧本，随意翻看了两页。怎么会写得这么无聊？台词干瘪，人物没有厚度，席乘昀随手又丢了回去，然后坐在了露台的椅子上。

从这里，他可以清楚地看见京大的建筑。

他的脑子里蓦地冒出了个念头。请人在凌晨先去图书馆帮白绮占一个位置？但这个念头最后还是被席乘昀按了下去。

这会儿网上也才刚刚得知，《我和我的完美朋友》要停播一期。

"为什么？"

"根本没看够啊！"

"疯了吗，你们？热度正好的时候，你们停播一期？"

官方站出来又发了条微博,表示"虽然没有正片但是咱们还有大量未播花絮啊"。

"花絮我要,正片我也要,你看着办吧。"

但不管网友怎么强烈要求,都没能等到官方说一期不停了的话。

不少人一边哀号着,一边飞快地奔向了花絮。

白绮那条教人玩牌的花絮,播放量暴涨到 3000 万,一帮人在公屏上喊出 666 的时候,白绮正顶着一双黑眼圈,裹上围巾,书包一拎,轻手轻脚就要出门。

面前的门却先一步打开了,席乘昀从外面走了进来。

他今天穿得不太一样,白色速干运动外衣,黑色运动长裤。他的身上升腾着热意,连眉眼都在冬日里显得锋锐了不少。

像是刚刚晨跑过。

席乘昀一抬手:"拿着。"

白绮一看,烧卖、豆浆、土豆饼。

"您可真是及时雨啊!"白绮飞快地接了过来。

他宿舍一群人都是一帮懒狗,十天里九天早上都起不来,带早餐都快成白绮的专属业务了。

难得还有个比他更勤劳的,可真是太棒了!

白绮咬了一口烧卖,也不知道席乘昀是上哪儿买的,比他们学校门口卖的要更香一点,没有猪肉馅儿的油腻。

白绮一边吃着一边往外走,前脚刚一踏出去,就听见席乘昀飞快脱下外套的声音。

席乘昀说:"我送你去。"

这会儿京市正是最冷的时候,昨天他们下飞机就见着飘雪了。

白绮也不想挨冻,也没犹豫,立马就点头了。

席乘昀的车就停在车库,尚广走的时候还留了一辆黑色宾利,就是当初第一次到校门口接白绮那辆。

席乘昀挑了这辆车,载着白绮往京大驶去。

路程其实并不长,但能少挨点冻是一点。

"你们拍戏是不是也经常这么早起啊?"白绮问。

"嗯。更多是晚睡。有时候为了追求一场戏的效果,会拍到半夜。"

白绮咂咂嘴:"真不容易。"

席乘昀把车驶入学校,嘴上一笔带过:"都不容易。"

白绮听到这里,心想席乘昀完全不像蒋方成他爹说的那样啊。

其他明星还要卖个惨呢，人家席乘昀连惨都不卖。

"到了。"席乘昀说。

"哎好。"白绮打开车门走下去，还打了个嗝。这烧卖还挺撑肚皮的。他将垃圾收入袋子里拎好，回头正要说"拜拜"和"谢谢"。

车门一响，席乘昀也走下来了。

白绮："？"

席乘昀："走吧。"

白绮转头走在前面，席乘昀就跟在后面，在地下车库里拉出了一道长长的影子。

图书馆里面果然如白绮所说，一大早就挤满了人。好家伙，比演唱会现场还要命。

再往前走几步，就能看见门口有个刷卡机，机器旁站着工作人员，也正哈欠连天。

白绮抬手刷卡，"嘀"一声，他就进去了。

"送我到这里就可以……"最后那个字还没吐出来，他就听见又是"嘀"一声，席乘昀也刷卡进来了。

啊。他忘记了，席乘昀在京大也上过学。

白绮想了下，很快恍然大悟。一定是因为那天邱思川说他没演好，所以席先生上这儿增进细节磨合，找补来了。

不愧是影帝！如我一样敬业！白绮竖了个大拇指。

这会儿时间还早，图书馆里的灯没有完全打开，光线多少有点暗。再加上大家都顾着抢位置呢，谁有空注意他们？

两人就这么顺顺利利地上了三楼，找了个靠窗的位置坐下。

每逢期末，结伴来复习的好朋友、小情侣，都是一对儿一对儿的。

白绮刚坐下，就听见旁边"啵"了一声。

那边说："你早上吃什么了？"

"韭菜馅饼。"

"……"

这是一个有味道的吻。

然后另一边小情侣也出声了。

"这题我不会，我头发都快揪秃了。"

"你别急，等我看看啊。"

别有一番学习氛围浓厚的情意。

白绮看了看自己面前摆着的厚厚书本，又看了看旁边，坐下来。因为位置稍微有点窄,不得不将长腿屈起的席乘昀,他面前啥玩意儿也没有。

二人之间冷冷冰冰,客客气气,这很不够朋友。

图书馆里这么多人,岂不是还得露馅?

白绮扭头:"要不咱们这样……"

"嗯?"席乘昀想也不想就朝他那边倾斜了一点身体,仔细去听白绮说了什么。

白绮小声和他咬耳朵:"你等下就和我说——你看书的时候,要是走神一次,就得到操场大喊一声'席乘昀是我偶像'。"

席乘昀一滞:"我没有这么自恋。"

他的目光落在白绮的脸上,室内的灯为之披上了一层莹润的光,这让白绮看上去充满了少年人的意气风发。

像一轮太阳。

白绮:"你这就不懂了吧?朋友之间,总是怎么损怎么来。你看,这不仅证明了我们的深厚友谊,还督促了我加快学习的步伐防止期末挂科,实在是一举两得呢?正巧我这两天有点看不进书。"

席乘昀沉默了。

他说这话,还能督促白绮学习?承认他是白绮的偶像很丢脸吗?

白绮:"哦,还有那种,走神一次给我一千块的台词,威慑力更强。换谁听了,背单词都要八百码速。但是这不太符合您人设……"

席乘昀:"……"

他不得不提醒白绮:"刚才的话已经崩我人设了。"

白绮震惊又遗憾地看着他:"是吗?这就崩人设了,那咱们再想想别的词儿吧。"

席乘昀陷入了沉思,现在朋友之间都是这么相处的吗?这就是他永远也交不到朋友的原因吗?

时针指向早上六点。

终于有人在互联网上扒了出来:

"我知道节目为什么要停播一期了!"

"因为白绮要期末考试了啊!"

"真就好朋友呗,他一考试,节目都跟着停了,服气服气。"

"差点忘记他还在上学了。就不能放他回去考试,让其他嘉宾接着录吗?"

"问题不是这个啊,是席老师好像陪着他回学校考试去了,简而言之也就是说,这几天,在京大没准儿能见着他们俩!"

席乘昀发现自己陷入了一种很奇怪的境地之中。

演戏这件对于他来说,如吃饭喝水一样自然的事,有一点不太能够自如地施展出来了。

他的目光闪了闪,刹那间,与白绮清澈透亮的目光相对。

席乘昀顿了下,这才抬起手,搭住了白绮身后的椅背,另一只手轻轻按住了白绮面前的书页。

他低声问:"要背到第几页?"

他的声音经过刻意的压制,不高不低,不会打搅到其他人。但刚好够刚才在他们俩身边打啵,以及友好学习交流的小情侣听见。

隔壁桌一听见声音,果然就有了点动静,他们将声音压得极低,但在安静的图书馆里多少还是能听见的。

女孩子说:"好像席乘昀的声音啊。"

这头白绮说:"331页。"

女孩子声音都微微颤抖了:"好……好像白绮的声音啊。"

白绮:"?"咦,我的声音竟然也这么有辨识度了吗?

席乘昀应了声:"嗯。"

他说:"背吧,我陪着你背。想要什么,我去给你买。"

女孩子越听越觉得像是席乘昀的声音,不知不觉耳朵就竖了起来。

连她的男朋友也察觉到了,忍不住将头悄悄转了过去。

只见书桌前的男人歪坐着,但他的身形依旧挺拔,长腿蜷在桌子底下,一手扶着椅背,一手按着桌面,留给旁边的人一个宽肩窄腰的背影。

他高大的身形几乎将另一个人遮挡了大半。

他们只能看见那个人捏着一支钢笔,手搭在桌面上,手指白皙,再仔细看,灯光下,他的指甲都是圆润的。

然后男人低下头,轻轻拨弄了下书页,他的声音听上去平静淡然,像是在说今天天气真好一样。

"但是你不能走神。

"走神一次,你在微博上发一次'我是狗',还要说一遍'席乘昀是我的偶像'。"

女孩子:"!"

哦哦哦,真是席乘昀!

席老师居然……居然也有这么损的一面?还是用这样一如既往平静斯文的语调。

男孩子:"!"

这么一看，大明星和我们好像也没什么区别——在哥们儿面前都挺损。

女孩子紧紧盯住那边，目光几乎都挪不开了。她看见捏笔的那只手微微颤抖了起来……这是气得？

这头白绮整个脑袋都栽到了桌面上。

席先生的演技是真的很不错，而且声音磁性好听，再傻的台词从他口中说出来，也只有克制内敛的高级味道。

但是人设确实介于要崩不崩之间。

席老师这算是被他逼着说出了这样的话吧？他算不算第一个把席老师逼到崩人设的人？

白绮笑得肩膀抖了起来，连指尖也在抖。

他怕露馅儿，就一边将脑袋转向了席乘昀的方向，一边还继续问："那还需要在您下次杀青的时候，给您举条横幅，上面写'席乘昀宇宙最强'，然后再请个锣鼓队给你庆贺庆贺吗？"

席乘昀："……"太土。

"别贫了。"说好的背书不能走神。

席乘昀收回搭在椅背上的那只手，不轻不重地捏了下白绮的后颈皮。

这是一种很自然地去拎什么东西的动作，但他今天拎的不是东西，是白绮。

"是是是，我错了，别捏我。"白绮举起双手投降，然后小声说，"就您那手劲儿，再捏要把我的皮都扒下来了。我这就刻苦用心学习。"

说完他飞快地直起了腰，抬起了头，再迎上席乘昀的时候，白绮的双眼晶亮。

没等席乘昀再说出什么话，他调成振动模式的手机，突然响了起来。

席乘昀飞快地收回手。

他觉得自己好像在那一瞬间，多了点幽默细胞，他轻声说："下次你举横幅吧，举几条都行，看丢脸的到底是谁。"

说完他才握着手机起身，往洗手间的方向走。

白绮震惊地看了他一眼，席老师也知道反驳回来了？

他们这朋友扮得确实是有那么一点逼真味道了。

白绮赶忙老老实实坐正了，摸摸自己的口袋，按着书页就开始背了。

真不能挂科！一毛补考钱他都不想交！

电话是工作室打来的。公关团队那边时刻有人盯着网络信息，那边刚扒出来席乘昀的动向，这边电话就来了。

"您要不先离开京大？就怕一会儿有人过来蹲点。"那头的助理小林说。

席乘昀:"没关系,我来处理。"

小林也只能忐忑地挂断了电话。

挂了电话之后,席乘昀很快也打了个电话出去。

没一会儿,图书馆外就来了几个人。有保镖模样的,也有领导模样的。前者分别守在了图书馆几个入口,后者和图书馆的工作人员交代了几句才离开。

席乘昀站在三楼,从玻璃楼梯往下望去,将情景收入眼底,然后才转身回到了白绮身边。

白绮似乎真的背得很认真。

别说分神了,压根儿就没见他这个人。

席乘昀停顿了一会儿,也起身去拿了一本《中华文化民俗指南》翻看了起来。

大概过了十多分钟,图书馆外隐隐传来了嘈杂之声,不过很快,那些声音就被压制了下去,并且渐渐就彻底消散了。

这一看就是足足四个小时,其间白绮只起身上了两趟厕所。

这样的枯坐对于很多人来说,都是极难忍受的。但对于期末疯狂地临时抱佛脚的学生来说,没有什么是不能忍的。

而这对于席乘昀来说,也是极为难得的,他的时间永远奔走在工作的路上,除了睡觉的时候,没有一刻是这样仿佛停滞不动的。

席乘昀的目光时不时地往白绮身上落去。

等到白绮无意识舔唇的时候,他就立刻下楼,让保镖去买了水。

"要热的,温水、牛奶都可以。不要奶茶和咖啡。"席乘昀低声交代,"咖啡因含量太高。"

保镖点头去了。

图书馆里的其他人似乎才刚注意到他,这时候忍不住偷偷朝席乘昀多看了好几眼。

最后目送着席乘昀从保镖手里接过两杯热牛奶,风度翩翩地上楼去了。

"我天,席乘昀真的在图书馆陪读!"

"有照片!偷拍的。"

"别想了,根本进不去,你席哥请了保镖守门口,为京大广大学子的期末复习做了巨大贡献,苦笑。"

"门外等?"

这条获得了无数点赞,还真有人想着去等的,结果这一等才发现……

"啊啊啊,我服了啊!京大的学生都是些什么品种啊!为什么可以不出图书馆啊？我疯了。"

"你这么一说，那应该改天让白绮教个学习技巧。"

"哇，有道理。"

"席乘昀的粉丝真是捡到宝了，连席乘昀的朋友都不放过剩余价值。"

楼慢慢就歪了，大家开始聊自己期末多惨，学习多难，白绮真不是个人。

白绮再从图书馆出来，都是下午一点半了，他胃里空空如也，但脸上倒是挂着笑容。

白绮拍了拍席乘昀的肩："感谢席先生，为我的期末考试做出了巨大贡献。"

刚拍完，那边突然走来几个京大的学生。

白绮立马改拍为搂，一下哥俩好地钩住了席乘昀的脖子。

但这个姿势还是一如既往费劲。

就不能矮点吗？白绮悄悄叹气。

等几个学生走远了，白绮才慢慢松开了。

下次再也不拍肩了，特别像是叔叔宽慰侄子。

这时候白绮的手机响了，他立马接了起来："喂。"

"绮绮在哪儿啊？有空没有？请你吃饭。"那头是穆东的声音。

白绮踢了踢脚边的雪，结果一脚踢到席乘昀的裤腿上去了。

哦嚯……白绮本能地弯腰要去给人家掸一掸，席乘昀手疾眼快，一把将他衣服领子揪住，把人拎直了。

白绮："？"这是拎狗呢？

席乘昀："有人在看。"

白绮扭头看了一眼，远处有稀稀落落的人，的确正往这边看呢。

再把头扭回来，看了看身后的落地窗，窗户上映出了他们的模样。

呃，看上去是挺奇怪的，像是他给席乘昀跪下了。

白绮也就干脆站直身体不动了。

那头穆东开始吼："喂喂！喂喂，绮绮，你说话！你咋啦？踩湖里了？"

白绮："你等会儿啊，我请示一下。"

席乘昀轻笑了下，白绮一天嘴里小词儿还挺多。

穆东在那头酸溜溜地说："噢噢噢，有大明星做新朋友了了不起，还要请示，去去去吧。"

白绮指了指电话："我和他们去吃饭。"

席乘昀的笑容一下消失了，白绮看上去……似乎……大概……并没有要带他一起的意思。

席乘昀的睫毛轻轻颤动，不动声色地温声问："嗯，和谁？"

白绮："室友。"

"你的室友我应该见见吗？"席乘昀将问题抛给了他。

"应该……可以见一下。"说到这里，白绮突然想起来，"哦，穆东他们好像还挺喜欢你演的电影。"

席乘昀脸上的笑容更浓厚了点，他说："那就一起吧，我请客。"

白绮点了点头，这才和他并肩朝车库走去。

这样一看，还真的怪像真朋友的。

白绮暗暗摇头，说："跟您一起复习，感受挺好的。"

席乘昀拉车门的手停顿了一下："嗯？怎么说？"

白绮："足够安静。"

席乘昀："……"这也不像是什么夸奖人的话。

白绮："和蒋方成一起的时候就不是……"他说到一半，戛然而止。

他抬手揉了揉眉心，觉得自己今天书背多了，怎么想起蒋方成了？

正巧，席乘昀也想问他。

席乘昀顺着他的话往下问："和他一起的时候怎么了？"

"他觉得我看书的时候太六亲不认了，他和我说话，我都不搭理他。"白绮拉开车门坐进去，理直气壮，"那我去了图书馆不就是为了看书吗？和他废什么话啊？"

席乘昀："……"

席乘昀："你到底怎么会和他成为朋友的？"

白绮："一个热情的、五官端正的、气质还不错的、在学生会任职的、主动帮你的学长，他愿意和你成为朋友，你会不答应吗？"

席乘昀："……"一种微妙的难受袭了上来。

大概就像是他发现自己以为的亲弟弟，结果原来只是保姆和父亲生的私生子，最终父亲为了那个私生子，将他排挤出席家后的感觉。

席乘昀听见自己的声音冷淡地说："他有气质？"话里几乎毫不掩饰讥讽的味道。

"学校公认的，不是我这样认为的。"白绮说完，又补了一句，"其实想一想，但凡有一个不错的家世，有一个不错的皮囊，再将自己伪装起来，都能达到他这样的效果。"

席乘昀意味不明地应了声："嗯。"

"再说了，我这个人也抵不住别人对我好啊。"

"他怎么对你好了？"

"有一次我们学校搞活动，我们院被集体拉到了六环外搞野炊。我把作业落那边了。我们院的大巴接了我们返校。他就跟在车后面追，跑得满头大汗，追上来把我作业递给了我。"

席乘昀："……"

他很清楚蒋方成多么懂得动用手段，来谋夺自己想要的东西。但就这样，就能为自己赢来一个优秀的朋友吗？

白绮未免……也太好哄骗了点。

席乘昀突然出声："蒋方成的订婚宴就在下周了，等你考完试要去一趟吗？"

这会儿白绮的手机又响了。

穆东的声音从那头传出来："绮绮，你说你在地下车库，哪儿呢？"

"我来了啊。"

席乘昀按亮了灯，白绮也伸出手晃了晃："看见我胳膊了吗？"

"看见了！"穆东一激动，当先飞奔而来。

席乘昀调下了车窗，和穆东来了个面对面。

穆东腿一软："我的天，是席老师！"

其他室友也跟了上来，一见席乘昀，内心全都掀起了一阵狂乱的风暴，竟然近距离见着大明星了啊啊啊！

他们结结巴巴地道："席……"

席乘昀面不改色地应了一声："嗯。"

席乘昀温和地笑了笑："上车吧。"

几个室友登时受宠若惊，心想席老师脾气也太好了吧！

席乘昀的目光轻轻从他们身上掠过，顿了下，说："哦，就是车坐不下这么多人。我车里还要跟一个助理。"

"没事儿，咱们自己走着过去。"室友连忙出声。

席乘昀看向穆东："要不这位同学，坐我保镖的车吧？"

穆东连忙点头，心想席老师可真是个处处体帖的大好人！还单独安排保镖开车载我一块儿去呢！

席乘昀打了个电话，简单说了两句，没一会儿就有个保镖模样的人过来接穆东了。

穆东无比快乐地冲他们挥了挥手："再见了哦，诸位！"

他有生之年也能坐一回豪车了！

这边剩下两个跟着挤上了后排座位，那股受宠若惊的劲儿还没过去呢，出声问："席老师开车啊？"

席乘昀一点头："对。"

老天爷，我这是撞了什么大运？我喜欢的电影演员给我们开车啊！两个大男孩儿立马满脸如痴如醉的表情。

其中一个还掏出手机，难掩兴奋地问："能……能拍个照吗席老师？我……我保证不给别人看。"

"没关系，拍吧。"席乘昀显得很好说话，他甚至还主动问，"要拍合照吗？"

"要要要！"

二人依次把脑袋伸过去，卡在主驾驶和副驾驶座的中间，来了个合影。

白绮还在后面比了个"耶"。

他们拍完也不修图，当场就发了。

那边穆东刚一上车就刷着了朋友圈，看着看着有点嫉妒。

他抬手轻点着照片中间的室友的那颗脑袋："笑得跟傻子似的，多像爸爸妈妈带着智障儿子啊。"

穆东话音刚落下，车门打开了。

左边上来一个保镖，右边也上来一个保镖。两人都穿着黑西装，身高保守估计一米八，身上的腱子肉比他块儿还大。

就这么把穆东往中间一夹。

车最后停在了一家火锅店外，这是早就订好了的。

穆东下了车，暗自嘀咕说，以后再也不背后说人智障了。

他走进店里，席乘昀的助理已经在那里等了。

"穆先生，咱们走这边。"

穆东闻声还把腰都挺直了点儿，挺新鲜，他也算个"××先生"了。这席老师的修养是真的好得没地儿挑错，丝毫没有看不起他们这样的穷学生。

助理带着他走进门。

另外俩室友正埋头发着手机消息，估计是朋友圈发出去以后，引起了巨大的震荡。

"坐。"席乘昀放下了手中的茶壶，说。

穆东应声，习惯性地挨着白绮坐了。

火锅店是穆东订的，白绮从席乘昀那里接过茶杯，说："因为席哥不太方便，所以就改成包厢了。"

席乘昀接声："我来请客。"

"那多不好意思。"穆东嘿嘿一笑。

席乘昀:"应该的。"他顿了下,说:"我其实是把白绮当我弟弟看待的,我以前就听他提起过你们这些室友了。那时候就应该请大家吃饭。"

白绮心底暗暗点了个赞,说得跟真的似的。

其他室友连忙抬起头:"不不,您的情况特殊嘛。"

大明星怎么能轻易出现在公众场合呢?

大家一番客气下来,对于席乘昀请他们吃饭也没什么话可推拒的了。

助理去盯着传菜了,没一会儿,他们这边菜就上齐了。中间一个鸳鸯锅咕嘟咕嘟地煮着。

"吃吧。"白绮带头拿起了筷子。

因为还要回图书馆复习,怕晚了位置没了,这一顿饭吃的时间并不长。

穆东他们还是头一回和这么大的人物坐一张桌子吃饭。

再看席乘昀捏筷子也好,抽纸巾也好,倒水也好……处处慢条斯理,优雅矜贵。这近距离一接触,倒好像比在镜头里还要完美,高不可攀。

但说来也怪,坐在席老师的面前,倒也没有太拘束。甚至比以前和蒋方成他们寝室的人一起吃饭,来得还要放松。

这没准儿就是人家席老师的独特魅力了,难怪人风评这么好呢。几个室友暗暗嘀咕。

吃完了饭,席乘昀还是让保镖开车,一起把所有人全送回了学校,然后他才送着白绮往图书馆走。

一路上白绮的手机疯狂地嘀嘀响。

他低下头,一打开宿舍群:

"绮绮啊,你能交到这样的朋友真的太厉害了。"

"+1,以前看网上夸席老师,我挺嗤之以鼻的,觉得人演技好就演技好呗,镜头以外这么神化干什么?"

"直到今天!真的服气了,席老师就是神!"

"绮绮加油,以后毕业了工作没准儿也不用愁啦,你会不会也成为明星啊?反正让蒋方成滚远点。"

白绮看到这儿还有点心虚,他们不知道是假的。

不过转念又一想,席乘昀这么棒,等见他父母的时候,父母应该能理解这么好的人为什么会拿出钱给他了吧?因为人心善啊!

白绮收起手机,放松一笑。

这边白绮接着背书,那边没有节目看的观众们,在网上又扒到了一个帖子。

"席乘昀请白绮的室友吃饭了！我就是京大的，在学校附近火锅店撞着了，他们直接进了包厢，跟了好几个保镖呢。"

"真羡慕啊，我也好想做白绮的室友。"

"谁不是呢？我在朋友圈看见合照，简直羡慕哭。"

"万万没想到，节目停播，我也能隔空吃个瓜……"

"请室友吃个饭算什么？能带着回家，和家里人一起吃饭，那你说你们是认识已久的好朋友我才信。"

"迷惑发言，人家交朋友关你什么事？睁眼看看世界吧你。"

"席乘昀真的好可怜哦，你们谁看见他的亲人露过面？这下连朋友都是假的。尚广真的不考虑带他去看一看心理医生吗？"

"楼上别阴阳怪气了……"

网上说着说着就又吵起来了。

不过也确实还是有人好奇。白绮和席乘昀像是两个完全陌生的个体，突然有一天就交集上了。他们完全没有重合的圈子。那他们是怎么认识的呢？还有，认真论起来，他们确实连席乘昀的父母姓甚名谁都不知道……

网友们抓心挠肺地开始新一轮的往下扒。

而白绮在图书馆里待了整整四天，从早上待到晚上，天色都一片漆黑了，他才由席乘昀载着回家。

另一头，尚广坐在办公室里，助理过来敲门。

"尚哥，电话。"

尚广深吸一口气："拿过来。"

等电话握在手里，尚广耳朵一凑近，那边传出了这几天他都快听腻了的话："老尚啊，席哥的电话怎么打不通啊？"

尚广心想你但凡多看看新闻，别搁家里坐井观天，你也能知道怎么回事啊，亲！

"席哥在休假……"尚广说完，又觉得这句话不对，于是改成了，"在忙。"

那边当然觉得尚广在糊弄了。

"到底是在休假还是在忙啊？是不是……"那头顿了下，语气一下变得小心翼翼起来，"我上次把席哥给得罪了？"

"没有的事。怎么和你讲呢……就是席哥确实休假了，最近不接工作。但他休假的时候，是在陪……"尚广喉头更塞，但还是硬着头皮把话说完了，"在陪小朋友读书呢。"

这听上去怪荒唐的，但事实就是这样。

那头陡然陷入了沉默。

半晌，才响起了颤巍巍的疑问声："我听错了吗？"

尚广拉着脸："你没有。"

"那……那陪读也不能不接电话吧？"那头更小心地问。

尚广心想我都比你懂事，你懂什么啊？

"杨总啊，我们那位小朋友呢，要期末考啊，期末考很重要的。"

对方显然理解不了："这有什么关系吗？考得不好，也还有大把的出路嘛。分数不能代表一切。到时候完全可以叫他来我公司工作嘛，当秘书怎么样？"

尚广没脾气了，冷静反问："敢问杨总毕业于什么学校啊？"

杨总："唉，中学毕业就出来闯了，刚好人在风口上，被经济浪潮带飞了嘛，才有了今天的家业。"

尚广轻声细语："我们这个小朋友呢，在京大就读。"

"……"那头顿了下，"对不起打扰了。"

尚广挂完电话，神清气爽。

再一扭头，也不觉得白绮这个名字让他提心吊胆每天头疼了。

白绮这学历拿出去，确实有面儿啊！难怪席哥挑了这么个人来扮朋友呢！不跌份儿！

尚广摸了摸自己的脸，都莫名觉得自个儿跟着骄傲了点。

那边杨总挂完电话，忍不住嘀咕："上次那个小明星不是跟老子说，综艺全是假的吗？搞了半天，席哥这是真交了个还在上学的朋友啊！"

尚广这么多通电话接下来，差不多小半个圈子都知道席乘昀真陪小朋友读书去了。

其实这会儿着急的倒也不只他们，还有《我和我的完美朋友》的节目组。

各种广告商都等着给他们塞钱，好在节目里露脸呢；还有各路金主也想捧自己的小明星呢；再看手头的花絮也快不够了……

当晚就有八卦网友忍不住开了帖子：

《说出来你可能不太相信，好多人都在蹲着等白绮期末考结束……》

"京大的期末考从来没有被这么多人期待过，早点来，早点结束吧。"

"我没能考上京大，却在今天一起数京大的期末倒计时。"

帖子里一片哀号。

京大的期末考分了几天进行，压力倒是不大。

白绮考完最后一门，刚从教室出来，走到拐角处，就被人不轻不重地拽了下手腕。

白绮："？"

这让他想起了刚和席乘昀确定协议之后，席先生就特地来到学校搞了个活动，和他见了一面的事。

白绮："你戴口罩了吗？这里人好多。"他说着，就转过了身。

映入眼帘的却并不是席乘昀的身影，倚在那里的是一个穿着黑色羽绒服、身上带着点轻微古龙香水味儿的年轻男人，他胸口的宝石项链正发着光。他摘下墨镜，露出一点笑容："以为是席老师吗？"

不是席乘昀，是邱思川。

他说："网上都在数你哪天考完，我也就跟着数了一下。"

邱思川的脸色依旧显得有点苍白，但他整个人都仿佛飞扬了起来，显得精神了很多。

昔日站在舞台上的那股又冷又傲的劲儿，回到了他的眉梢眼角间。

"刚上完通告吗？"白绮将他上下一打量，问。

"对。"邱思川点了点头。

"是去录了《青春训练营》，还是《荣耀少女》？"

"你怎么知道？"邱思川脸上闪过惊讶之色，他顿了下，紧跟着就揭开了最后的答案，"是《青春训练营》。"

"你看上去很开心啊。重新站在过去的舞台上，应该是最能让你开心的事吧。而最近的选秀综艺，就只有这么两档。"白绮也就是随便那么一猜。

以《我和我的完美朋友》现在的热度，让邱思川重新出现在这样的舞台上，应该不难。

邱思川笑了起来："对。"他说，"你说得都对！"

邱思川在镜头前的时候，表现得少言寡语，这会儿他却好像一口气倒出了自己积攒了十年八年的话："我去做了一期的场外援助嘉宾，感觉很不错。也许还有下一期，不过下一期应该不是干这个活儿了……"

邱思川那天被白绮彻底"开导"了。

他一夜间发现，放任自己沉溺在自怨自艾的痛苦中，把自己想象成这世界上最伟大的付出者，被朋友的态度牵着走，忘记交朋友只是为了让自己更快乐，一切都本末倒置……是最蠢的事。

所以当他再站在舞台上，哪怕是陪着一个蹩脚的选手，搭档演出了一首歌，但灯光洒下来时，他还是感觉到自己的灵魂轻轻飘了起来，然后畅快地俯视着台下所有的人。

他重获了新生。

而这一切都是白绮带给他的。

当他走下舞台,就很想要见白绮,将这一切都讲给白绮听。

"搭档的选手选的歌太糟了,他根本唱不上那个调。

"节目录制出门前,我和许轶说了拜拜。哦,我和他认识很久了,听着特别棒吧?但我做得最糟糕的一件事,就是像一个付出型人格的人,把太多的时间和精力都花在了这个朋友的身上,更沉浸在了自我感动里……为此我放弃一切东西,然后越来越走不出来,哪怕知道自己走错了路,那叫,有个词……"

他一口气说了一长串,有些话甚至语序颠倒。

等他再抬起头来,看向白绮。

白绮轻轻点了下头:"嗯?沉没成本?"

邱思川知道,他应该是认真地听完了。

"对。"邱思川应声。

"白绮,我想请你吃饭。"他突然哑声说。

白绮裤兜里的手机疯狂振动了起来,他一边摸手机,一边说:"抱歉啊。席哥应该在车库等我了。"

邱思川抿了下唇角,隔了几秒,说:"那你去吧。"

白绮冲他挥手拜拜,然后才转身朝外走去。走到一半,他又顿了顿,回头说:"恭喜你呀。"

邱思川眼底的光先是破碎,湮灭,然后又点亮了起来。

他拉了拉头上的帽子,低下头,低低笑了一会儿,然后才起身往外走:"谢谢!"

这头白绮接起了电话:"喂。"

那头传出了席乘昀的声音:"你在哪里?我上来接你。"

"不用了吧,你不太方便,这边人太多了。"白绮小声说。

"就是因为人太多了。有人知道了你具体在哪个教室考试,随时会过来。我马上带着保镖上楼。等我。"席乘昀的语气依旧不急不缓,却斩钉截铁地做出了决断。

那头很快挂断了电话。

楼道里的人流似乎渐渐变得多了起来。

有人低声交谈:"什么?"

"没看网上的消息吗?他们群里都在说。"

"说什么?"

"今天席乘昀来陪考了啊。"

"我震惊了!"

白绮装作没听见，贴着拐角处那扇门后面的消防通道站好，然后摸出手机准备给席乘昀发自己的位置。

他一只手拎着考试的文具用品，另一只手打字。

"我在4楼上楼的右手bian"

刚打到这个拼音，还没把字框选出来呢，消防门"吱呀"一声开了。一只手从外面伸了进来，准确无误地扣住了白绮的手腕——席乘昀的身影出现在了那里。

他今天穿的是黑色大衣，但这会儿只剩下了灰色毛衣，大衣估计脱在车里了，没来得及拿。

"走哪边？"白绮问。

"还是走外面，消防通道的楼梯太窄，如果有人追过来，容易引起踩踏。"

白绮点点头，就乖乖跟在他身后往外走了。

外面的人果然已经注意到他们了，人潮汹涌而来，一一被保镖隔开。

席乘昀拉着白绮往楼下走去。

邱思川走在后面，他看了一眼他们的身影，像是海水里起伏的那一点粼粼波光。

好耀眼啊。

席乘昀带着白绮，终于坐上车的时候，只见尚广抱着席乘昀的大衣坐在里面，脸色愁得像是个发霉的土豆。

他扭过头说："白先生现在知道为什么席哥要出五千万了吧？跟公众人物走在一起，真不是那么容易的事。哪怕十万网民里，有九万个理智的，也总还剩下那么一万个不理智的。"

席乘昀扣着安全带的手一顿。

白绮："没关系嘛。"他可以承受五千万的沉重。

"咔嚓"一声，席乘昀松开了手指，安全带自动扣好。

他问白绮："回家？"

白绮："走走走。"脸上哪有一点害怕的表情？

另一头邱思川也坐上了自己的车。

他这车是公司刚给重新配的，经纪人就坐在车里，看见他拉开车门坐进来，忍不住笑了："你今天过来干什么？不会也是过来蹲席老师的吧？"

没得到邱思川的回应，他也并不在意。

经纪人眉飞色舞："你想通了就好，你的实力还当什么爱豆啊？何必为了怕和你朋友抢资源就这么憋着自己啊。录完就早点断交吧，还有通告等着你呢……"

他手里的艺人终于要重新起航，且一飞冲天了。

"我挺欣赏白绮啊。"邱思川突然说了一声。

经纪人被惊得吓出了一身冷汗："您说什么？这话不能说吧，那是席老师的朋友……"

邱思川拉了拉帽子："没什么。"

白绮对席乘昀的友情，浓厚得几乎化成了实质。

那变成了只看得见黑暗看不见美好的人眼里，最亮的那颗星星。

欣赏白绮的人，一定不止他一个。

节目一期接一期播出。

会有更多的人，忍不住去想，这样满腔毫无保留的热烈的付出，能不能也落到我的身上来呢？治愈我的沉疴痼疾呢？

考完试的白绮在席乘昀的豪宅里，好好休息了一天。

也就休息了一天，等到了第二天，节目组都恨不得亲自开着火箭来接人了。

白绮不得不收拾行李，和席乘昀一起奔赴下一个录制地点。

这会儿网友们还在议论他们从京大人群里，肩并肩走出来的那段视频呢。

还有人把图书馆里那段对话放上去了。

"好家伙，我就期待看白绮期末挂不挂科了。"

"我万万没想到，在朋友面前的席老师是这样的，就离谱。"

"有……有点可爱。席乘昀不是很君子一人吗，怎么还会说这么损的话？我好喜欢。对不起我承认我就喜欢反差萌。路人粉直接转真爱粉。"

"哈哈哈，我已经忍不住开始期待白绮举横幅了。"

帖子里有人小小地歪了个楼。

"有谁发现最近邱思川通告变多了吗，工作也好积极，他粉丝都高兴哭了。是因为第一次见面的时候，白绮对他说的话，重新勾起了他的爱豆心吗？"

"真的假的？"

"好像……不是胡说的。白绮考完那天，有人说好像看见邱思川出现在现场了，应该是去找白绮的？那天邱思川刚录完别的综艺节目，差不多第一时间就找到白绮了。"

"我人麻了，所以白绮来这个节目，其实是来做慈善的吗？先是《上山》的幕后人员因他受益，再是邱思川，您厉害的，您厉害的。"

有人忍不住再次感叹了一句：

"席粉真是捡到鬼才了。"

第三期的录制地点又往南方挪了一点点，气候也相对温和了一些。

嘉宾们望着眼前温泉山庄的牌匾，几乎流下激动的泪水。

"这次算是旅游了对吧？"杨忆如激动地问。

节目组："算……吧。"

节目组清了清嗓子："下面先给大家再介绍一位飞行嘉宾啊。"

常驻嘉宾几乎满脸都写着无语，又来，又来，又硬塞人呗。

白绮倒是无所谓的，和谁录节目，对于他来说，都像是一道等待着他去解开的题，就这么去做就好了。

这次来的是个同样年轻的男孩子，见了面前的常驻嘉宾，一时间手脚都不知道该往哪里放，只低声说了句："大家好，我叫骆元。"

这会儿观众已经陆陆续续切入直播间了，刚好看见这一幕，实在忍不住吐槽。

"这次又是谁的朋友？"

导演倒也很光棍，知道插人进来怎么回事已经被网友扒得清清楚楚了，所以这次也不说是谁的朋友了，直接微笑着说："骆元来学一点经验。"

"学什么经验？如何突然变出一个好朋友的经验吗？"

导演这会儿看不见弹幕上的吐槽，毫无负担地微微一笑："好了，大家先进去吧，祝大家玩得愉快。"

那边杨忆如夫妻最先走进去，一进去就忍不住惊呼："都要付费享用？"

导演："对。"

导演："上次录节目，你们兜里不是都留了钱吗？那些钱都封在信封里，你们自己分发一下。"

大家都急着去分信封，席乘昀冷静地出声问："这次赚钱的途径又是什么？"

导演组嘿嘿一笑："您应该看出来了吧？"

其他嘉宾的目光登时被吸引了过来："什么途径？"

"是再来个蔬菜大棚，还是让我们去种地？"

白绮这时候才接话道："门口有个地图。上面标注了几个区域，分别是网球馆、篮球馆、游泳池、沙滩区……上面用很小的记号笔标注了数字，有

1,有5,还有10……应该代表价格。"
"体验价格?"周岩峰问。
席乘昀淡淡道:"是能在这里赚取的价格。"
周岩峰马上和邬俊一块儿,去把地图搬进来了。
"乒乓球和篮球为什么是一块?"邬俊问。他只会这两项运动。
"因为会这个的人太多了吧?"富春颖猜测道。
"游泳是五块,沙滩是十块……沙滩区是打沙滩排球吗?"周岩峰往下念。
新来的骆元忍不住问:"钱最多的是哪个区域?"
白绮和席乘昀几乎一致地看向了地图上的某个点。
周岩峰:"冰球馆?冰球?"
邬俊接话道:"这个没怎么听过啊,这个怎么玩的?"
席乘昀显然很了解,他慢条斯理地解释道:"一种在冰上进行的对抗性集体竞技运动。"
白绮扭头看了看他,没想到席乘昀也这么了解。
白绮低声补充道:"就是在冰上打曲棍球,要在你的鞋底装上冰刀。"他顿了下,说,"它被称作是一项极富'暴力美学'的运动。"
再看对面嘉宾,一个个脸上全写着问号。
弹幕上有懂的人已经炸开了。
"简而言之就是,在这项运动里你可以为了赢得胜利互相殴打!"
"?"
"冰球,一项将曲棍球、速滑魅力结合为一体的运动。建议搜视频来看一看,很有意思!"
"再补充一下,是结合了曲棍球、速滑和拳击的魅力。保管你买一张票入场,立值三张票价。"
"还有这玩意儿?"
"有,而且咱们国家队很厉害的,建议去看看比赛视频。"
"长见识了!真的上场就能打架?还是别了吧,席哥脸挺贵,啊不是,席哥浑身上下都挺贵的。"
"我刚去火速查了,一方队员起码得有六个人吧?"
会这项运动的根本没几个,人都凑不齐。
一开始节目组也是这么想的。
冰球馆是温泉山庄本来就有的,但给它也贴上奖励标准,就纯粹是画一张大饼,在那里吊着嘉宾。

这年头的网民就是这样的，就爱看嘉宾吃点瘪。

导演将大家的表情收入眼底，笑道："不急嘛不急嘛，你们还要组队的。大家先商量商量？"

富春颖立马提议先看一看温泉山庄的内部，值不值得他们去花钱。

"不然就躺着录几天也挺好的。"当然，这也就是随口那么一说。

签了合同的嘉宾，都要负责配合节目组制造节目效果。大概就只有席乘昀站在那里，不制造也能换来观众的欢呼。

白绮转身想要去拎行李，跟着先上楼再说。

"我来。"席乘昀说着，一手拎起一个行李箱，长腿一跨，就迈上了台阶。

白绮眨眨眼，也就心安理得地享受空手的滋味儿了。

他们从旋转门进入到温泉山庄的大堂，大堂里又有一份新的地图，分别指向了酒廊、空中花园、温泉池……

上面也贴了数额，分别是四块、八块、十块……

导演在后面笑吟吟地说："也别怪我们黑心啊，为了录这一期，我们特地请了中餐大厨、国外料理名厨，一起为你们服务。花了很多钱的。"

现在赞助商多了，温泉山庄也就直接包场了。

大家往里走，甚至还在玻璃廊桥的尽头，看见了一座阳光花房，里面种有不同品种的花。一眼望去，颜色缤纷，在阳光下，更加炫彩夺目，如入童话之境。

"行啊，整得漂亮啊！"杨忆如和富春颖最先忍不住惊叹出声。

不仅她们俩，邬俊对这个也多少有点兴趣，大概是想弥补上次送了个手捏泥人的失误。

邬俊问："在这里约会，需要多少钱？"

"阳光花房十二块，餐饮另外算钱。"

"这还不黑？"杨忆如气得扬眉。

但邬俊铁了心地要给她来一次浪漫约会，顿时也不去看别的了，径直走到了白绮和席乘昀这边。

镜头切过来。

"席哥面无表情。"

"席老师：不感兴趣，我有满地的花。"

"这么一说可真爽。大家都还想着阳光花房的时候，我席哥已经拥有满地的花了。"

虽然他们在一起录节目，但嘉宾私底下联系并不多。一是关系还没好到那份儿上，二是录完节目大家都匆匆赶回去忙自己的事去了。

邬俊没和席乘昀打过交道，这会儿多少有点尴尬："席老师……"

邬俊刚起了个头，目光再触到席乘昀没有波澜的双眼，他陡然间心念一转，一扭头："嗯，白绮……能借点钱吗？"

"哈哈哈，怎么回事，为什么突然转头找白绮了？"

"财政大权在白绮手里吧。"

白绮无比爽快地一点头："可以。借十块还十一块，借二十还二十二块。归还期限，一天。"

"这比节目组黑多了……"

邬俊是个商人，商人本能地不想赔本的念头，"咻"的一下升了上来。

他想也不想就又转头去看席乘昀，这会儿开口就顺畅多了："席老师你看，这个钱是不是算得多了点？"

席乘昀眼皮都不眨一下："我听他的。"

邬俊："……"

"哈哈哈，你这不是自取其辱吗？"

"天快黑了。"席乘昀不动声色地提醒道。

他们到得本来就很晚了，一会儿吃饭、睡觉、泡温泉，没准儿都得花钱。

邬俊一狠心："借。我明天去打篮球还。"

白绮掏了掏兜，借了十块钱给他。

邬俊立马去找杨忆如了。

杨忆如笑骂了句"神经病"，但还是高高兴兴地和邬俊一起进花房了。

富春颖感叹了一声："我们是没有浪漫可享啦……"

剩下的人各自去找房间，房间也分为三个档次，双床房、大床房、豪华套间，它们的标价分别是十块、二十块、三十块。

"不是，就离谱，这里面还有夫妻呢，你给人整个双床房。怎么，钱不够还不配睡一块儿了呗？！"

"谢谢，已经笑得不行了，你们这节目不如改名叫《破坏感情专业选手》。"

席乘昀倒是盯着价目表，眸光微动。

可以光明正大地分床睡，白绮应该会选双床房。这样一来，钱也节约下来了。

这头的白绮又掏了掏兜，小心翼翼地把一张又一张钱在节目组面前铺好。

他说:"给我们来个豪华套房!"

"小财迷好心痛,哈哈……"

"但是为了席哥住上好房子,无所谓了是吗,嘿嘿真甜!"

"啊这,白绮什么时候也有粉丝了?"

导演组也有点惊讶,他们飞快地收走了白绮的钱,像是生怕白绮后悔似的,还特意提醒了一句:"这次我们要录三天哦。"

就是为了录够素材,来避免白绮请假的时候没有视频可放的尴尬。

白绮比了个"OK",他从工作人员那里接过两张房卡,然后塞了一张到席乘昀的掌心。

他兴高采烈,眉眼都亮了:"走了!咱们去住大房子了!"

席乘昀当然没少住过大房子,住酒店的时候,也常年订的是该酒店最好的套房。但有些事,两个人一起去做的时候,好像真的会有着一些微妙的不一样。

席乘昀的眸光又闪了闪,像是被白绮的笑容感染了,他手指夹着那张卡,说:"上去。"

白绮疑惑地看了看他,然后很快反应过来,自己往行李箱上一骑。

席乘昀无比默契地就这么拉着白绮走了。

白绮特别兴奋:"走走走,出发了!"

席乘昀应道:"嗯,去住大房子了。"

"我真的羡慕了啊啊……"

"白绮绮是什么小可爱,这么大人了还爱骑在拉杆箱上,还一拉就走。"

"哈哈哈,这是怕席哥累吗,怎么自己还蹬腿儿?"

他们很快刷卡进入了豪华大套房。

那边周岩峰两人羡慕得要命,最后也选了豪华套房。

许轶二人还没赶到,就暂时没选。

所谓豪华套房就是配套全自动家电,除了一间卧室外,还会配有单独的书房,和一个小露台。

卫生间里的浴缸都是 King size(特大号)的,能一次躺下两个人的那种。

弹幕都在感叹:

"太值了!"

"万恶的有钱人!"

白绮先洗了澡,然后穿着毛衣就出来了。

他倒在床上,先快乐地打了个滚儿:"舒服!"

等席乘昀也洗完澡出来，白绮就拿着 iPad 开始点餐了。

"晚餐也点豪华的？白绮真的不怕钱花光吗？我已经开始为他感觉到着急了！"

"席乘昀不劝劝？"

白绮："我点啦？"

席乘昀连过目一眼都没有，他应道："嗯。"

"从来没有交过朋友的人，突然一交朋友都这么昏头的吗？席乘昀居然把'听白绮的'贯彻到了底。"

"不由得开始担心席老师会不会被骗。"

上一期结束的时候，问白绮借钱的都把钱还了，因为谁也没想到下期还要接着用。

最后白绮手里加上席乘昀给的，一共拥有了一百三十八块。

今天借出十块，房费三十块，晚餐二十块。

"我们……"白绮开始数钱。

席乘昀擦头发的手顿了顿，等着他说完。

"我们还剩七十八块。"白绮把钱合上说。

"一次花了快一半，白绮你清醒点，你们根本凑不够人打冰球，而且也很难打赢吧？"

"省点钱吧，没必要为了营造人设，就这样搞。"

"啊，楼上倒也不必这样上纲上线，这就是个节目。要是在现实里，席哥的钱还能养不起一个朋友？养八百个朋友都可以。"

弹幕眼看着就又吵起来了。

席乘昀将头发擦得半干，随手将毛巾搭在了椅背上。

他走近白绮，低声说："明天再赚。"

白绮："嗯！"

这时候门铃响了，席乘昀起身去把门打开。

餐车推进来，后面还跟了两个大厨。一个大厨现场片烤鸭，另一个大厨现场煎火焰牛排。

顿时弹幕骂声少了一半。

"这个顶级套餐里，又有法蜗、鹅肝、蓝龙，还有咱们的佛跳墙、京式烤鸭……饭后甜点、酒水饮料一应俱全，它值得二十块！"

"我怎么就管不住我这嘴，它开始流口水了。"

弹幕画风转眼就变了，点外卖的点外卖，找零食的找零食。

再看另一边，周岩峰和富春颖也如愿走进了豪华套房。这会儿大家也都饿了。

富春颖把 iPad 拿过来一看菜单:"这么贵?!"

最后两人对坐着吃了两碗阳春面。

"太惨了,太惨了。"

杨忆如夫妻度过了不错的晚餐时光,最后选了大床房入住。

许轶和邱思川是半夜到的,那会儿网友差不多全睡觉去了,也就没什么人留意了。

第二天一大早,吃饱睡好的白绮和席乘昀先一步到了早餐厅。

邱思川和许轶紧跟着到了。两个人之间的气氛没有之前那么僵硬了,相反还随和了不少。大概是彼此间达成了某种新的共识。

"节目组收的费用也太高了,昨天我和许轶就吃了两碗面。"邱思川无奈地说。

白绮正在点餐,他头也不回地问:"那你们还有多少钱?"

邱思川二人在上一期就花了钱,当然没剩多少。

许轶说道:"还有四十一块。"

杨忆如他们也陆陆续续到了,听见声音不由得感叹了一句:"富户啊!"

邱思川笑笑:"我们的花销都是档次最低的。"

杨忆如叹气:"我都后悔昨天花那么多了。"不过话是这么说,她看向邬俊的时候,脸上还是挂着笑容的。

这边白绮点完了餐,早餐是灌汤小笼包、豆浆、牛奶,还有两碗牛肉面。

毕竟是男性,正是消耗大的时候,他和席乘昀的早餐,加起来是别人的两倍。

"过去等我。"席乘昀说。

白绮也不客气,点了点头,乖乖转身找位置去了。

白绮落座后,邱思川就选了他们的邻座。

席乘昀端早餐过来的时候,正听见白绮问:"打冰球吗?"

许轶:"打吧。"

弹幕惊了一跳。

"许轶他们也会吗?"

周岩峰把头转过来,问出了观众的好奇:"你们也会打冰球啊?"

邱思川点了下头:"初中的时候我和许轶参加过训练,高中太忙就没去了。"

"所以白绮根本不怕人数凑不够啊。不过这也才俩啊？还有的呢？"

杨忆如插话："席哥也会对吧？"

席乘昀将筷子分给白绮："嗯，会一点。"

杨忆如："也才四个人……"

导演组没想到他们真敢玩儿这个，闻声道："你们要真去试，场馆里可以出一个教练给你们。"

免得太菜了，被压着打嘛。导演组心想。

新人骆元是最后一个到餐厅的，他听见大家讨论的事，立马举起了胳膊："我也参加吧。"

"骆元不会吧？"导演问。

骆元："没关系嘛，我先给大家凑个人头。"

他心里想的是，其他人应该也不怎么会，到时候估计都是等教练带飞他们。冰球的价格太高了，赢一场每个队员赚三十块。

他们就等于去蹭个三十块，这不蹭白不蹭啊！

骆元是一个人，手里初始资金只有五十块，他昨晚也没敢怎么花。现在想住豪华套房想得要命呢。

导演语塞："也行吧，反正你们自己商量。就是冰球场上万一打起来……"

骆元拍拍胸脯："没关系。"

大家都坐下来开始享用早餐。

其他嘉宾几乎全都对着白绮这边的豪华早餐，表现出了极度的羡慕。

等早餐一结束，周岩峰夫妻就立马和邬俊夫妻组队，准备先去篮球馆练练手。

打篮球虽然和乒乓球一样只有一块钱，但抵不住人家是团队合作啊，夫妻俩一块儿上，那不就能赚两块了吗？

乒乓球一次撑死了也就一块。

"早知道刚才应该一起去冰球馆。"富春颖还是觉得三十块的冰球更吸引人。

周岩峰自我安慰："哎，你会打吗？你去站那儿干什么呢？咱们不如脚踏实地积少成多。"他顿了下："他们啊……没准儿要输呢。"

邬俊没附和。

他就是单纯地选择赢面更大的先入手，风险大利益高的先让别人去踩一踩，把路踩实再说。

这边冰球队成员齐了,弹幕却开始慌了。

"这种运动不适合席老师吧。"

"别去啊,稳妥点,玩点别的不好吗?!"

"不是白绮想去吗?让他自己去呗。"

"不好意思,楼上是我们家跑出来的神经病,我现在就把他带走。"

弹幕一时间刷屏刷得飞快。

白绮一行人到了冰球馆。

两个教练迎上了前:"你们真要玩?"他们的表情都有点不可思议。

白绮点头:"对。"

教练却没看他,而是看向了席乘昀。像是觉得白绮面嫩,看上去不像是能做主的样子。

席乘昀倒也没和他们多话。

席乘昀:"规则我和白绮都知道。"

许轶跟着出声:"我们也是。"

两个教练齐齐看向了骆元:"那你跟我们来吧。"

骆元:"?"

两个教练都长得很高大,把骆元往中间一夹,问:"会打架吗?"

骆元:"?"

教练:"会打球吗?"

骆元:"篮球算吗?"

教练:"……"

教练:"会短道速滑吗?或者说,溜冰会不会?"

骆元陷入了沉默,他只是想来蹭个分啊!

教练忍不住皱眉嘀咕:"怎么什么都不会,上场去站着挨打吗?"

骆元忍不住反驳:"他们也不是很会啊。"话一出口,他才意识到自己在镜头下,不该这样没风度。

教练懒得看他:"行了,规则手册,自己看吧。我们去问问你们对手到场了没有?"

这头导演正在打电话。

"幸好咱们准备得齐全,不然还没有对手和他们打……"

另一边,一行人也得到了新的通知:他们能在节目里露脸了。

这帮人也是会打冰球的,六个人里,有两个也是艺人,其他四个里,一个是冰球老师,三个是冰球爱好者。

为什么组合会这么水呢?

导演:"我们嘉宾都菜,手下留点情。"

那两个艺人倒不管菜不菜的,他们从板凳上站起来,从彼此的眼底望见了野心的光芒。

《我和我的完美朋友》已经因为席老师的到来,彻底成了个香饽饽。

像骆元这样的,那都是背后资本雄厚才能挤进来的。像他们,也就来坐坐冷板凳,等一等好不容易的露脸机会。

"只要我们打得比他们好就能出彩了,观众就会记住我们。"其中一个沉声说。

另一个挽了挽袖子:"对。"

他们赶往冰球馆的时候,白绮一行人刚热身完,已经在换衣服了。

骆元换上冰刀鞋,才发觉这玩意儿会一点和完全不会是天壤之别。

骆元:"我站不稳。"

他本能地转头去看席乘昀,甚至还伸出了手,想搭一下席乘昀的肩。

席乘昀站在白绮的面前。

他突然蹲了下去,说:"别动。我给你绑。"

骆元一搭按了个空,差点摔一跤。

旁边教练冷酷无情地说:"那就爬着走呗。"

骆元:"……"

大家都是混分靠教练的!怎么就看不惯他?许轶不都说了吗,他们还是初中的时候打过,这会儿都忘光了吧!

那边席乘昀低声道:"绑好了。"

白绮就抬了抬腿,骆元一看,就见到了底下的冰刀,好像闪烁着锋利的光。看得他本能地打了个寒战。

"护具戴好,仔细检查。别摔傻了。"教练冷声说,说完,把球棍递给了他们。

骆元高高兴兴接过来,往地上一拄。

球棍下面是曲面的,顺着地面一滑,骆元"轰"的一声摔了下去。

就在他艰难爬起来的时候,节目组请来的观众陆续入场了。

对手也等在了网栏的那一头。

很快,裁判到位,其中一个教练换了衣服,装备好了护具:"再说一遍,不许拿球棍和冰刀打人。"

教练其实也没怎么上心,他估计一会儿就他全场跑,不过没事,应该几分钟就能输掉了。

弹幕里的观众也是这么想的。

"没事没事，几分钟就打完了，不会受伤。"

"放平心态，等吧。"

白绮轻轻吐出了一口气，由于现场温度的原因，很快头盔里就结了一层雾。

席乘昀低声问："紧张吗？"

白绮摇摇头。

他们都不知道双方的"会一点"，这个一点究竟是多少。

白绮心想，没关系，我可是最完美的朋友啊！

席乘昀心想，没关系，我可以保护白绮。

随着一声哨响，双方队员依次入场，冰刀滑动，旋入场中，身后带出一点残影。

他们的身影就像是蹁跹的蝶，轻盈掠过水面。

弹幕这下才真正沸腾了：

"有那味儿了！"

"啊啊啊，真的是视觉上的享受啊！"

直到该骆元了。

骆元面如菜色：我只是想混个分啊！为什么要让我混得如此难看！

骆元扶着门框，战战兢兢地迈出了第一步，然后……然后他就止步在那里，彻底不动了。

他们这一方穿的队服是红色，另一方是白色。

白方见状嘴角一扯："是挺菜的。"

双方队员来到了蓝色开球点附近。

当裁判吹下第一声哨响，所有人脑子里都本能地"叮"了一声，然后所有的注意力全部集中了过来，浑身紧绷。

双方队员也一样紧紧绷住了肌肉。

白方队员勾了勾嘴角，飞快挥杆——挥了个空？！

他惊愕了一下，才发觉球已经被夺走了。

节目组的工作人员临时顶岗了解说的位置，大喊一声："球！球……球在谁手里了？我天，都穿得差不多，怎么认啊？"

"哈哈，节目组是想笑死我。"

"你是不是傻？你认背后的号啊！那是22号！"

临时解说终于拿到了一张详细的纸，低头一对照号码。

"拿到球的是……白绮。"他顿了下。

当他话音落下的时候，白绮已经飞快地滑动开了，直逼对方的球门。

白方没想到这边反应也很快,停顿了几秒才想起来防守堵截。

"33号!33号拦住了白队的11号!33号又是谁……我翻翻……哦!"工作人员喉中顿时爆出了激情的喊声,"是我们的席老师!"

席乘昀的身影分外高大,哪怕是微微压低了身躯,站在冰场上也依旧是一个不可忽视的存在。

对面的队员齐齐堵过来。

白绮反拍将球抽了出去。

教练大喊一声:"我来!别乱动!"

席乘昀上演一段速滑,将球钩住了,动作优雅而凌厉,如同那刚出鞘的精美的剑刃。

"啊啊啊,席老师真的会!是真的会!"

"帅到我了,可恶啊。"

"来了,来了,他们想围住席老师。"

席乘昀飞快地一记抽射,又将球打回给了白绮。

球就这么来来回回。

白方队员个个都变了脸色,有种被耍着玩儿的感觉,攻势一下变得更凌厉了。

那头还雄赳赳气昂昂等着接球救场的教练:"……"

"白方的17号过来了,他在干什么?他打算把白绮绊倒吗?"

"哦!来了来了!红方的17号也拦了上去。

"17号是谁……哦,是邱思川。"

白绮如入无人之境。

他的身形好像格外地轻盈,微微弓起来的背,像是一道绷紧的弓弦,弧度美丽而富有力量。

"白绮也好绝啊!我就想不通了,他怎么会得这么多啊?"

"明明穿得像企鹅,但是一速滑起来,身形就好漂亮啊。他应该去跳冰上舞。"

"9号!9号冲向了白绮。

"现在许轶拿到了球,白绮把球给了他!

"天哪,9号去撞许轶了。席老师和邱思川都在帮白绮阻截,他们来得及去救许轶吗?"

工作人员越讲越激动,弄得观众也都紧张了起来。

白绮将重心换到右脚,左脚冰刀刮过冰面,身形迅速一个左转,脚下一蹬冰,就又轻盈地滑了出去。

"白绮重新拿到了球!

"白绮在干什么?"

场上的少年挥杆凌厉,带着少年人的锐意。

腰腹、肩臂几乎同时发力,杆刃敲击在冰面上。

杆扭曲变形的那一刻,飞快地将球旋了出去,直奔对方的球门。

工作人员大喊一声:"阻截失败,白绮将球击射进了白方球门!哦呼!"

他顿了下,又紧跟着补充了一句:"白方急了,他们急了!哦……居然没人去救许轶,天哪!许轶狠狠地摔了个屁股蹲儿!"

"这解说太可恶了。"

"许轶:我恨你,我恨你,听见了吗?"

角落里的骆元喃喃自语:"我就不该来,这哪儿是来蹭分的?"

十个骆元都不够摔的。

这头的许轶:"……"

许轶屁股撞着冰面,一瘸一拐地爬起来,看见比分牌,往前进了1分,他才露出了点勉强的笑容。

白绮滑回了本场区域。

席乘昀抬起左手,白绮爽快地和席乘昀击了个掌。

白绮嘴甜,飞快地说:"我们可太棒啦!太有默契了!一会儿,我帮你拦他们,你射球门吧?"

席乘昀顿了顿,先应了声:"嗯。"这是针对白绮前半句话的回答。然后他才又出声:"不用,我在后面拦。"

很快,再度发球了。

经过了第一轮的摩擦,白方多少有了点火气。

要赢。念头从脑子里升了起来,他们对视一眼,然后白方的19号直直地冲了出来。

"完了,他们派执行者出来了?"

"执行者是个啥?"

"就是球队里专门打架的,一般上场后,会优先把对方的明星球员打下来……"

发球后,19号直接往白绮身边冲,还没等他挨着白绮呢,席乘昀就拦上去了。

席乘昀的身高远胜对方。

19号抬头一看,从冰冷又坚硬的护具后,捕捉到了面前这个男人眼底的晦暗与冷厉。

还没有冲撞上去,19号就本能地心头一颤,然后想也不想就转了向。

工作人员大声嘶吼:"席老师和邱思川都冲上去救白绮了!"

"哦!席老师更快!"

"19号被拦截下了!"

"19号转开了……他害怕了吗?"

孤零零地拿着球的许轶:"……"

仿佛热闹只是属于他们三个人的。

球在我这里啊!你们为什么不看看我!

许轶念头刚闪,那边就有人来拦截他了。

"救许轶的人呢?"解说大声问。

"许轶:求求了,别说了。"

许轶也想往席乘昀他们那边冲,觉得那边更安全,他一个右滞留——

"天哪!许轶又摔了个屁股蹲儿!"

与此同时,19号狠狠一咬牙。我会怕吗?我才不会怕。

19号猛地撞上了一旁的邱思川!

弹幕集体震惊了。

"开眼了,这是真的撞啊?!"

裁判立马吹哨喊停,然后双方进入了可以选人单挑的阶段,以此来震慑对方。

在一旁慢慢悠悠的教练这才骤然回神,赶紧上去搭把手。

大家一块儿把邱思川扶了起来,摘掉了护具。

"没事。"邱思川说,"就是手臂垫了一下。"但他额上已经渗出汗水了。

打冰球的时候挑衅对方,激怒对方都是老技能了。

白方19号摘下头盔,看向白绮。

他并不知道里面是个年轻的男孩子,只当白绮的确是个很厉害的冰球手,甚至把他默认成了队长。否则怎么会大家都跑去救他?

于是19号冷冷一笑:"你以为自己很了不起吗?既然这么厉害,就帮你队员找回场子啊!来啊,我俩单挑啊!不敢就是个胆小鬼呗!"

席乘昀脸上的笑容一下消失了。

"不是吧,白绮要帮邱思川打回去吗?真的能中场打架?"

"那个,别了吧,我总觉得今天有点奇怪,邱思川对白绮太好了点。"

"嗯?不是有人说,邱思川受到白绮鼓励才重新回到了舞台?所以这样很正常吧?"

邱思川这时候抬起头,看向了白绮,眼底的光明明灭灭。

许轶走过来,觉得气氛有点僵,想说我和他打。

教练却是看见他就问:"你屁股怎么样?"

许轶:"……"

邱思川有点想笑,他吸了一口气,看着白绮说:"绮绮,别上挑衅的当。这招数太低级。"

会速滑打曲棍球,和会打架是两回事。

邱思川想起他们初中的时候怎么打冰球的,都觉得关节疼。

白绮对席乘昀的好,好得让人本能地向往,但不应该是在这样的时候去向往。

绮绮?席乘昀听见这个称呼,不着痕迹地蹙了下眉。

为什么一定要是白绮帮邱思川呢?可以他来。

念头一闪而过,席乘昀的手飞快地搭上了护具。

在单挑之前,他们要脱掉全部护具,扔掉球杆。席乘昀的手指修长且灵活,很快就解开了护具绑带。

那头邱思川说:"我自己去打回来。"

白绮:"你就算了。"白绮低头想了想。

席乘昀沉声道:"你去休息,我去……"

他话还没说完,白绮就站起身,飞快地抱了下席乘昀的肩,像是分别前的那种告别仪式。

白绮这是一定要亲自帮邱思川打回来?席乘昀想也不想就揪住了白绮的领子。

白绮却是微微扭过身子,背抵着席乘昀的胳膊,指着19号,又凶又猖狂说:"他刚才骂我,好兄弟帮我打他!"

席老师,这可是你表现的机会啊。

席乘昀:"……"

他有点哭笑不得,扣着绑带的手都更用力了点。

他应道:"好。"

直播间的弹幕在一瞬间炸成了烟花,填满了整个视频框。

"啊啊啊啊啊!"

"男孩子为什么可以这么甜啊?真的,我再也不怀疑白绮为什么能和席哥做朋友了。"

"席老师打他!冲啊!我这就去给你们买把锁,锁死了别动了。"

"这个操作真的是我没想到的,6还是白绮6!"

"19号的表情都开裂了,哈哈哈……"

"19号:我真的没想到会是这样,打不过叫后援,叫得这么理直气壮!"

19号确实人都傻了。

你的竞技精神呢?为什么打球还带别人下场呢?为什么你的好兄弟看起来这么凶呢?

19号憋了半天,憋得脸色都红了,最后只憋出来一句:"那……那你自己呢?你不和我打?"

白绮:"我吃吃喝喝坐旁边看啊。"

19号:"……"

白绮:"要是你有这样的好兄弟,你也能叫他来嘛。"

19号:"……"

场内有些观众毕竟是临时找来的,有些根本不看冰球,还不知道发生了什么事呢。

只听得一声吹哨声响,席乘昀将球棍扔出去的一瞬间,反手将白绮也轻轻推远了。

19号眼皮一跳,当先朝席乘昀扑了上来。

席乘昀甩掉了手套,手指紧攥成拳,迎了上去。

"砰。"拳头捶到肉的声音,通过麦克风进一步扩散开。

观众席骤然间兴奋了起来:"噢噢噢!"

"怎么打起来了?"

席乘昀先一步揭开了19号的头盔。

对方留着寸头,脑袋上还剃出了个大大的"H",看上去面相凶狠。

这会儿谁揭不下头盔,拳头就只能全捶头盔上去,白打。

19号当然懂这个道理,他面露狠色,伸手也去摘席乘昀的头盔。

席乘昀的手指强劲有力。他按住19号的胳膊,往后一撅,紧跟着将对方整个人往前一拉。19号手臂酸麻疼痛难忍,本能地弯下了腰。

席乘昀再一抬手,手肘狠狠敲在19号的脖颈上。

19号连反应都没反应过来,就觉得后颈一麻,他嘴里"嗷"一声,"扑通"跪了下去。

白绮:"哎,还没过年呢。"

19号一咬牙,从地上爬起来,又一次向席乘昀撞去,同时双手去抱席乘昀的脖颈,显然是想靠重力的冲击先把人撞倒,再锁脖子按着打。

白绮双手一叉腰,本来穿着防护服多少显得有点鼓,这一叉腰,那可就更像是企鹅揣手了。

白绮凶巴巴地大喊:"哎,不行,别抱我们席老师!"

19号气得够呛。

我哪是抱?我撞死他我……

"砰!"一声巨响。

19号听见席乘昀好像被逗笑了似的,低笑了一声。

电光石火只一刹那。

解说兴奋地喊着:"打起来了!打起来了!19号试图冲撞席老师,但是,席老师的反应更快,他闪开了,闪开了!"

"这解说比我还激动啊。"

"你们打架,我想去抱白绮大企鹅。"

"噢噢,席老师侧身一个右滞留,很多朋友不知道这是啥啊,这就是向右一个急转弯。天哪,席老师拎住了他的领子。

"19号被离心力甩了出去。快撞了,快撞网杆上了!

"席老师压低了身体!

"他抓住了19号!"

19号满耳朵都充斥着现场的尖叫、欢呼和解说的声音。

等再反应过来,他已经整个人被摔倒在地上,摔蒙了。

场地围栏就在距离他不远的地方,他的脚尖几乎挨了上去。

他头上渗出了汗水,挣扎着想要爬起来。

但因为席乘昀拎着他的领子,跟拎鸡崽子似的,19号在地上跟条咸鱼一样,反复摆动折腾,死活起不来。

简直是在镜头下反复社死。

不仅如此,席乘昀轻轻蹲下身,低声说:"你骂他。"

19号心想我骂他怎么了?打冰球不都这样吗?!

席乘昀垂首想了下,低声说了句什么,观众却没能听清。

"啊啊啊,席老师为什么把麦掐了!"

"我要听声音啊!"

"席哥到底说了什么?"

下一刻,19号就更愤怒了,不服气地挣扎了起来。

19号是白方里的冰球爱好者,不是什么艺人。

他的队友见状,咬咬牙,一声大吼,然后踩着冰刀也冲了上去。

有了第一个,自然就有了第二个、第三个……

冰刀滑动的速度快,席乘昀听见动静的时候就立马松了手,起身退开，但还是有人两面包夹朝他撞了上来。

席乘昀扯下了对方的头盔，一拳揍在对方的脸上，顺势又钩住另一个人的脖颈，借力一推，将对方狠狠掼到地上的同时，他也退远了。

巨大的冲击力还是让席乘昀微微踉跄了一下，不过他很快就又凭借着身形高大稳住了。

"啊啊，席老师好强啊，是不是学过散打、拳击啊？"

骆元："不是说好一对一单挑的吗？不讲武德啊，这是！"

教练见多识广，知道最后单挑多半会变群殴，忙大喊了一声："快快！防守一下！"

这边话音才刚落下，白绮飞快地滑了出去，连头盔都没来得及戴回去。许轶紧跟其后，邱思川也重新站了起来，所有人都上前，场面彻底乱了起来。

白方的人一个劲儿往席乘昀身边冲，势要把这个最能打的拿下。

白绮跟着追上去，先从后面推倒一个。

不知道是谁喊了一声："打他！22号！打他，他那朋友心疼他。"

红队22号，白绮。

"？"

"可把你们能的，你们可真是小机灵鬼儿啊，还知道挑软柿子捏呢！"

侧面的人立刻就返身要抓白绮，双臂都展开了。

白绮不闪不避，迎面往上撞。

席乘昀眼皮一跳，一个闪身，飞快地突破包围，几乎是飞身上前，一把拎住了白绮的后颈子。

席乘昀低声说："也不能有别人来撞你。"

"哦哦哦！"

弹幕发出了兴奋的叫声。

镜头里，两人往前滑了滑，没能停得住，倒是把对面的人直接撞飞了。

席乘昀和白绮："……"

啊这。

白方似乎更愤怒了："啊！他们一起把老李撞飞了！"

"白方：这口气我是忍不了了！"

"真的好好笑啊，为什么打架会这么好笑，和这俩人打架感觉太吃亏了，哈哈……"

打冰球的都不怕摔，白方的人很快又爬起来，继续要往前冲。

许轶和邱思川赶上来，打了个头盔、手套四处乱飞。

解说:"哦哦,别看许轶摔得狠,打架还是很凶的。他把对面的人的脸打肿了!

"来了来了,他们朝席老师又过来了。"

两个人又朝白绮和席乘昀冲来,一个更快地到达了白绮的身边。

白绮飞快地一转身,揪着对方的领子,朝脸就先揍了两拳。

弹幕都看傻了。

"白绮也会打架?"

"出拳感觉还挺狠的。"

下一秒,白绮就把人掼到了地上,然后长腿一跨。

席乘昀一拳揍在迟来的那个人脸上,另一只手却又拎住了白绮,把他生生拖回了自己身边。

席乘昀:"别坐。"

"?"

"哈哈哈,白绮是想跨坐在那个人身上,压着打吗?"

"席老师:这不太行。"

席乘昀不着痕迹地皱了下眉,大约是觉得打下去没意思。

眼看着19号又一次冲上来了。

解说愣了愣:"席老师想干什么?"

席乘昀轻拍了下白绮的肩:"站着等我。"然后席乘昀再度滑了出去。

姿态疾且厉,完美诠释了短道速滑的极致魅力。

他迎上19号,手指屈起,一拳揍在19号下巴上。19号本能地抬手防护,席乘昀却没有再出拳,而是揪着他一带,往前一甩,直接将邱思川面前的人撞飞了出去。

"我就想知道席哥的力气到底有多大?"

没等弹幕感叹完,裁判已经开始疯狂吹哨了,示意打得差不多得了。

白绮没有真就站在那里不动。

他也想学着席乘昀的方法,揪领子,借着地面的光滑把人掼出去,再砸中敌方另一个队友,但事实是,他刚揪上人的领子——

嗯?怎么揪不动呢。

白绮果断放弃,照人脸上揍两拳,往地上一压,在跨不跨坐上去时犹豫了两秒钟。最后还是乖乖打了就跑,一路跑回到了席乘昀的身边。

席乘昀这时候正好再度蹲下了身。

19号整个人被面朝下按住了,脸颊紧贴着冰面,额上又是汗水,又是擦伤,像是呼吸都有点不大顺畅。

席乘昀单手按着19号的背,另一只手抵住他的脖颈,将他的下巴抬了起来。

19号还没感叹呼吸终于畅通了,就感觉到了更强的压迫感。

席乘昀垂下眼眸:"现在知道该说什么了吗?"

19号喉头紧了紧,目光恍惚了一瞬。

再对上面前男人的视线,男人的眼神其实没有愤怒,也没有冰冷,只像是无波的古井一样。

19号脑子里一嗡,恐惧在刹那间从背脊直蹿上了脑门,说:"我才是胆小鬼。"

观众也吓了一跳,隐约觉得这一刻的席乘昀和平时的形象有点出入。

但很快席乘昀就轻轻地松了手,他问白绮:"听见了吗?"

白绮点了点头。

裁判这会儿已经在大声呐喊了:"不要再动手了!再动手要强制干预了啊!"

声音经过大喇叭一传,扎进耳朵里,耳膜都有点疼。

19号是真的疼,又疼又脱力,还打心底里有点怕。

他趴在那里,喃喃说:"我再也不和明星打架了。"

席乘昀看着是空有一副好看的皮囊,实际上,可以和专业运动员媲美了。这边19号挨完打,说不定事后还要挨席乘昀粉丝骂。

解说:"虽然从单挑发展成为了混战,但最终席老师还是战胜了19号!"

然后所有的目光齐刷刷地落到了白绮的身上。

白绮:嗯?

哦,他懂了。这他会!白绮屈起五指,紧握成拳,然后冲上去和席乘昀碰了个拳。

紧跟着他抱了下席乘昀:"席老师你真棒!"

按照电视剧桥段,这会儿就该多来几个队友把他抱起来往天上扔了。

席乘昀不知道他在想什么,弯了弯嘴角。这样赛后庆祝的场景,席乘昀在很多电视剧里看见过,他本人甚至也演过,但真正进入他的现实生活却是第一回。

席乘昀这时候一手摘下了始终没能被人摘下来的头盔,露出了底下俊美的面容。

席乘昀一头汗水,额前的碎发被头盔压得向后,底下的眉眼登时更显得凌厉冷锐了几分,一刹那间野性外露,毫无保留地释放出了属于成年男性的强势意味。

白绮指着席乘昀大喊着："快快快，你们抱他往天上扔。"

其他嘉宾还真上来了，一个抓肩，一个抓腿。

然而就在这一刻，白绮眼睁睁地看着他脸上的笑容一点点褪去，然后像是落入了无底的深渊，所有情绪都被吞没了。

席乘昀静静地盯着他，好像很排斥这样的行为。

白绮怔了一秒，压低了声音："对……"

有镜头在，后面"不起"几个字还没脱出口。

"还是举吧，他轻。"席乘昀说着，拍了下白绮的脖子。

席乘昀早就摘了手套，这会儿手指一贴住白绮的后颈，凉得白绮打了个激灵。

这是生气了还是没生气啊？白绮纳闷地想。

在场的人都是一愣，但随着其他嘉宾把白绮举起来，现场的气氛顿时被引爆。

"啊啊啊啊！"尖叫声的音量之大，像是要将场馆的顶棚都掀翻。

弹幕也又一次炸成了烟花。

"刚才席哥怎么愣住了？是还没适应别人的亲近吗？"

"所以朋友只有一个啊。"

"这样的场景对于席乘昀来说很少见吧？算不算是补上了他的人生拼图？让他也体会到了集体的胜利，是一种多么美妙的滋味。"

"你们不觉得席老师损吗？被抛上抛下肯定很不舒服。席老师想也不想就让白绮上了。"

"损不损不知道，但我感觉席乘昀这个人变得更真实了。"

镜头连着切了两次，都没能切到更近的景。

席乘昀和白绮的表情，他们谁也没能够看清。

又过了几秒钟，大概是裁判都看不下去了，又呜呜呜吹了几声哨。

被抛得半死不活的白绮哆嗦着扶住了席乘昀的肩。

等挨上去那一刻，白绮飞快地抬起头去看席乘昀的表情。这样他会生气吗？

席乘昀脸上又恢复了淡淡的笑容，仿佛刚才一刹那间的表现，只是别人的错觉而已。

"还打吗？"裁判问。

19号连忙出声："不打了不打了。"

白队的人这会儿一个个都挺狼狈，全警惕地盯住了席乘昀，跟着附和："对，倒地就不能再打了啊！"

裁判："谁说打架了,我是说球还打吗?"

按照正式比赛的规则,从单挑演变成群架,他们是要下场关小黑屋的。但两边都只带了六个人,哪有那么多人拿去罚?就只能暂时把这条规则摒弃掉了。

白队这才想起来今天是来干什么的。

他们都是签了合同的,可以不打架,但必须得把球打完。

席乘昀弯腰捡起手套:"当然要继续,钱还没有赚到。"

"哈哈哈,席哥还记着钱呢。"

"席老师:白绮太会花钱,得多赚点。"

这头解说应了声:"好哎!"然后又快活地投入了新一轮解说中:"矫健的运动员,又回到了我们的赛场中心。好,依旧是22号拿到球……"

新一轮的比赛开始。

大家都敏锐地发现,席乘昀和白绮改变了进攻的方式,尤其是席乘昀仿佛撕下了温和的外表,整个人都变得锐利凶猛了起来,白方根本拦不住他,甚至怕和他撞上。

"好,好!22号又进了一个球!"

"22号白绮他弓下了腰,将球打了出去!白方跪挡没有挡住!好,好,侧方射门,这是一个垫球!球进了!看看其他人在做什么呢?哦老天,还在赶来的路上呢,黄花菜都凉了!"

"邱思川和许轶好像完全失去了作用!又一个球!"

席乘昀腿长、反应快,且动作凌厉,几乎一力阻挡了所有试图来争球的人。

白绮只需要重复地击射,再击射,从不同的角度,擦着对方的守门员而过,仿佛天生契合。

运动场上挥洒的汗水,唤醒了所有观众的肾上腺素。

另一头。

邬俊几人先试了下投篮。

周岩峰很高兴:"不错!全都投中了!走,去叫席影帝他们一块儿来打,这个钱要赚起来应该不难。"

邬俊闻声点了点头,于是他们一起往冰球场馆走。

一边走,周岩峰还一边问:"他们还在冰球馆吗?会不会去别的地方了?没准去游泳池了?我记得席乘昀专门学过。这个价格也不低嘛。"

工作人员接声:"还在冰球馆呢。"

周岩峰听完一愣,低头看了看腕表:"这都快一个小时了吧?还真打啊?"

这边话说完，他们终于进入到了场馆中。

内外温差并不算太大，但周岩峰一行人还是结结实实地打了个哆嗦。

只听见观众席一阵欢呼。

裁判高声喊："红队加三分！"

比赛一共有三局，在每局里获得最多进球数的队伍，就能加三分。

周岩峰一听见声音，就想也不想往记分牌看过去。

好家伙，9：0！

周岩峰再看场内，双方队员已经收起球杆，转身往回滑了。他们的脸被护具挡得严严实实，根本分不出谁是谁。

周岩峰想也不想就问："白绮他们输了？正好，咱们现在一块儿去打篮球嘛。"

正巧那边红队滑到门外。

其中一个往休息的长凳上一坐，弯腰去解鞋子。另一个滑到他的身边，伸手摘掉了他的头盔，露出底下一张好看的脸，是白绮！

站着的那个，跟着也摘了头盔，是席乘昀！

周岩峰惊了："红队才是白绮他们？"

邬俊也露出了惊讶之色。

这会儿节目组也多少有点恍惚呢，席老师会也就算了，怎么白绮也那么能打呢？

这边脱了护具。

席乘昀当先转头问："多少钱？"

导演噎了噎，不情不愿地算了算价格："三十，每个人三十。"

周岩峰听了都嫉妒坏了："六个人，就是一百八吧？早知道……"早知道他们也来了！

富春颖插声问："骆元也有份儿吗？"

显然是在打探，如果光在旁边顶个数也能分钱的话，他们也就干脆不要脸来当木桩子了！

导演想了想："骆元的啊……取消吧。"

骆元的脸顿时垮了下来。

白绮抬起头："那不行的呀，大家都是一个团队，当然也有他的份儿。至少为凑人数做出了重大贡献。"

导演转头去看席乘昀。

席乘昀："白绮说得对。"

导演一噎："那就还是一样的。"

骆元双眼一亮,不可置信地看了看白绮。

弹幕这会儿都忍不住感叹:

"白绮到底是个什么品种的小可爱?能下场打球,这会儿又能维护队友。"

骆元的粉丝都忍不住感激落泪。

他们爱豆来上这样的节目,确实容易挨骂,可做粉丝的谁不希望爱豆好呢?现在有个态度这么好的嘉宾,他们可不得感动吗?

"这难道不叫圣母吗?骆元力气没出就拿了钱,他不会不爽?演的大度吧。"

弹幕上刚出现这么一行字,却见白绮盯着骆元甜甜地笑了起来,目光挪也不挪。

骆元被他看得先是有点紧张,然后就脸红了,再然后便不自然地转开了目光。谁也不知道骆元这会儿在想什么,他结结巴巴地说:"谢……谢谢白绮,我把钱分你一半吧。"

白绮灿烂一笑:"谢谢啦!"丝毫没有和他客气。

骆元:"?"

"?"

"我觉得我好像明白了什么:白绮为他争取三十块,就是为了从中再分走十五块。"

"我发现这个小可爱切开馅儿是黑的。"

"哈哈哈,前面那个说人家是圣母,全是演的,打脸吗?"

"席老师笑了哎。"

尚广这会儿也在监视器后边,看见了席乘昀脸上的笑容。

席哥并不是一个看上去很难接近的人,因为他大部分时候都带着彬彬有礼的得体笑容。

两种笑是完全不一样的。

尚广眼皮一跳,心底一咚,总觉得有事儿朝着一个不可控的方向,轰隆一下坠了下去。

席哥不会真的把他当朋友吧?没有人知道尚广藏在心里的担忧。

导演抠抠搜搜地从兜里掏出了钱,开始分发。

白绮成功拿到了自己的三十块和骆元分来的十五块。紧跟着席乘昀也把自己那份儿,递给了他。

白绮接过来,揣在兜里,忍不住抬头多看了席乘昀两眼,但还是没能看出来席乘昀的神情有什么变化。

于是白绮只好冲他笑了笑，还眨了下眼。

"我们走吧。"白绮小声说，"累死了，我出了一身的汗。"

席乘昀点了下头："嗯，回去洗澡。"他顿了下，说，"你先回去。"

白绮："嗯？"

席乘昀这会儿已经转头去看导演了："现在游泳馆能进去吗？"

导演愣愣地应声："能。"

席乘昀："走吧。"

"席哥看起来很斯文啊，结果这么猛的吗？这是要接着赚钱？"

"打冰球还是很耗体力的，游泳也耗体力，没准来两圈儿就不行了。"

席乘昀更多时候只是出现在各个影视作品里，扮演着不同的角色，大家对他在镜头之下的模样，其实并不太清楚，就连粉丝都不了解。

今天还是他们第一回见识到席乘昀身上的锋芒。

不等他们离开，那边白队的人过来了。

他们个个都摘了头盔，脱了冰刀鞋，走近了，连声说："不好意思啊，今天打起来了。"

开口说话的是他们队里的艺人。

素人倒是没觉得不好意思，打冰球不就这样吗？包袱整那么重干什么？

白绮："没关系呀。都是你们挨打了。"

白队："……"扎心了。

他们抱着出头露面的心思过来参加综艺，结果露了个屁！

其中有个艺人想和席乘昀打招呼，又不敢，上前试探两步，又顿住了。

弹幕倒是从他身上的号牌认出了他。

"是他！让白绮两拳揍倒下，白绮还差点跨人身上坐着打……席老师一把揪住后颈子给提溜回去的那个。"

"哈哈，是吗，当时镜头切太快了没注意，我要去看回放！"

双方"友好"地打完招呼。

白绮笑眯眯地说："明天再来呀，拜拜。"

白队脚下跟跄了一下，离开的步伐顿时迈得更快了。

白绮的确有点累了，他和大家打了招呼，就先回去洗澡了。

席乘昀和其他嘉宾转身去了游泳馆，杨怡如、富春颖还有骆飞会游泳。

富春颖叹气说："不过不保证一定能赢。"

杨怡如跃跃欲试，说："先试试嘛。"

骆飞左顾右盼，问："席哥呢？"其实他靠着蹭分，蹭到十五块钱，今天就可以原地休息了，但他还是想来看一看席乘昀游泳。

周岩峰头也不回地说:"好像是去浴室先洗澡去了。"

这边话音落下,那边席乘昀就出来了。他换上了泳裤,外面拢着一件白色浴袍,腰带随意打了个结。肩宽腿长。

席乘昀笑了笑:"热身好了。"

和他比赛的对手冲他点点头说:"我也好了。"

席乘昀应了声"嗯",慢条斯理脱了浴袍,抬手将泳镜拉下来,当裁判吹哨声响,他就一头扎入了水中。

弹幕已经"啊啊啊"疯了。

这天,席乘昀一共游了八圈儿,径直上了热搜。

白绮洗完澡睡了一觉,听见开门声,他腾的一下坐了起来,懒洋洋地打了个哈欠,想也不想开口就问:"席老师回来了吗?"

席乘昀应了声。

他缓缓走近,室内因为白绮睡觉只留下了一盏灯,微弱的灯光打在席乘昀的身上,照得他的面庞更显俊美如冠玉。

他的头发还微微湿着,外套随意拢着,带出了几丝和镜头前不大相同的肆意不羁。

席乘昀的手指微凉,他搭在白绮的掌心,冻得白绮打了下激灵,手指本能地一蜷拢,却先摸到了几张钱。

席乘昀:"四十块,给你。"

白绮本能地抬头看了看镜头,镜头已经被挡起来了。

席乘昀说:"今晚也可以吃个最贵的套餐。"

此时的热搜上。

紧挨着"白绮会打球""席乘昀的美好友谊"这些热搜词条的,是另一个奇怪的词条——

#王苗峰差点被白绮骑上身#

无数没追直播的吃瓜群众忍不住点了进去,热度很快就抬了起来。

王苗峰就是那个被白绮揍翻的艺人的名字。

那一段视频被剪辑出来,反复播放,配文是:

"像个龟丞相。"

"多损啊,这也能上热搜!"

王苗峰的粉丝心情也很复杂,早前他们就听说爱豆要去参加一个综艺节目,要充分展现自己的竞技才能。

竞技不竞技的不知道,打确实是挨够了。

王苗峰这会儿正垂头丧气地和另一个艺人走出山庄,对方说:"走吧,这附近好像有个什么烧烤摊,不如去吃个串儿。"

王苗峰:"算了吧。"

他的助理一路小跑着追过来,满脸震惊:"王哥王哥你上热搜了!"

王苗峰:"什么?"

他满脸不可置信地打开微博,他的微博评论从来没有这么多过,足足三万多条啊!他激动地点进去。

只见网友们一脸语重心长:

"下次白绮要砸你身上的时候,记得跑快点,别做龟丞相了。"

王苗峰:"?"

他到底还是赚到了关注度,一炮走红了。

第七章
席先生,恭喜你

温泉山庄的菜单每天一更换。

当天晚上的顶级豪华晚餐就是由各大菜系的招牌菜组成的,什么口水鸡、蟹粉狮子头、清蒸鲥鱼、炸脂盖、剁椒鱼头、金丝燕窝……

套房的摄像头重新打开,观众一眼就看见了满桌的饕餮盛宴,以及白绮手边摆着的钱。小面额的钞票堆叠在一起,看着还挺厚。

"又是流口水的一天,咻溜。"

"有没有觉得钱好像变多了?"

"刚才摄像头关闭的时候,席哥是不是把游泳赚的钱给白绮了?"

"好像是……"

白绮看不见弹幕,他这会儿专心地吃着饭,满足得双眼微眯。

"我一会儿分两张钱给许轶他们,可以吗?"

席乘昀看了看他吃得脸颊鼓鼓的样子,说道:"随你。"

白绮点点头,又夹了一点口水鸡往嘴里塞。

"哒哈,这个红油好辣。"白绮一边吐着舌头,一边手忙脚乱地去找冰水。

席乘昀按住了他的手背,站起身:"等会儿,我给你倒牛奶。"

白绮点点头,顿住不动了。

"白绮真的是唇红齿白啊,看给孩子辣得,两只眼睛都水汪汪的了。"

席乘昀很快就倒好牛奶拿了过来。

白绮接过去,仰头一口猛喝。结果因为喝得太猛,不少都顺着嘴角冒出来了，顺着下巴直直地滑进了脖颈。

白绮放下杯子，连忙又去拿纸巾。

"咦？我眼前怎么黑了下来？是谁遮住了我的眼睛？！"

"可恶，怎么什么都看不着了？"

白绮擦了个干干净净，还弯腰低头仔细检查了一遍地毯："幸好没给人家弄脏。"

白绮直起腰，才发现席乘昀又把几个机位给挡上了。

白绮："嗯？不用播了吗？"

席乘昀顿了下，只简单地说了一句："他们会理解的。"

白绮："？"

话说到这里，席乘昀的上半身越过餐桌，他微一俯身，将白绮胸前别着的麦克风摘了下来，连同自己的一并关掉锁进抽屉。

弹幕：

"？"

"别这样，咱们谁跟谁啊？让我听听呗！"

"叹气，什么时候才能搞 VIP 付费内容啊？这不是你台最擅长的割韭菜手段吗？"

眼看着这边是真的什么玩意儿都看不见了，他们才转头去看其他嘉宾了。

"都关掉了？"白绮问。

席乘昀点了下头，这才坐回去，重新拿起了筷子。

"关掉之后说话是要更随意一点。"白绮咂咂嘴，舔掉了嘴角一点残存的牛奶，问，"你今天累不累啊？辛苦你陪我赚钱了。"

"钱我也有花。"席乘昀倒了杯温水，说。

"那不一样嘛。你打完冰球，还去游泳了。游泳累吗？我不会游泳，应该很累吧？听说很耗体力。"白绮说了一长串的话。

席乘昀似是好脾气地笑了笑："不算累。"

"不算累，那就还是有一点累啊。"白绮想了想说，"那你别吃多了。"

席乘昀："嗯？"他嘴上是疑惑的，但手已经先一步放下筷子了。

白绮说："你等等我啊。"

然后他飞快地吃完了桌上的鸡鱼牛虾，吃得满嘴流油，抽空还能说上一句："这个肉皮真不错，好酥！"

席乘昀看得甚至都有那么一瞬间怀疑，白绮就是想吃独食。

白绮丢开筷子，指了指不远处的沙发："麻烦席哥先去躺着等我。"

席乘昀眼皮一跳,有点猝不及防。

白绮:"快去呀。"他匆匆说完就去浴室了,好像还在里面挑挑拣拣了一番,嘴里嘀嘀咕咕:"我看看这个,这个是什么?洗发水,不行……沐浴露?这个应该能行吧?"

席乘昀坐在那里顿了一会儿,还是起了身。

等白绮出来的时候,席乘昀已经在沙发上躺好了。

他身上随意拢着的外套,微微散开。就算是躺下的姿势,也愣是有种强势的味道。

白绮看了看,说:"翻个身吧。"

席乘昀抬眸看了他一眼,撑着沙发翻了个身。

白绮把拖鞋一脱,踩着沙发边缘,整个人坐了上去。

席乘昀的身形僵了僵,他不习惯任何人的靠近。白绮想干什么?

"您好啊,我是为您服务的22号技师。"

"……"

白绮竖着耳朵听了半天都没听到席乘昀的回应。

不该啊。我太沉了?一屁股把人席先生压死了吗?

白绮身形往下趴了趴:"请问这位先生有什么需要交代的吗?比如说,您吃劲儿不吃劲儿啊?"

"吃。"席乘昀应声。

"好嘞!"白绮掐住他的肩膀,"您这儿肯定是劳损最厉害的。像您这样的,肯定很需要这样的服务。要不要办个卡啊?"

他说着用力一掐。

没掐动。

白绮:"?"

白绮:"客人您的肌肉比较结实,等我换个手法。"

席乘昀憋不住笑了一声,但笑声很快就收住了。

是白绮的手劲儿太弱了吧?

他的面朝下,完完全全遮挡了神情。短暂的沉默过后,席乘昀开始学着像一个朋友一样说出调侃的话:"技师的力气还不如客人的大,怎么能指望客人办卡?"

白绮:"有道理。"

他深吸一口气,开始"咣咣"给席乘昀捶肩、捶背。

不知不觉就过去十分钟了,席乘昀想说换个地方捏吧。

白绮接连换了几个地方,但就算是这样——

白绮:"捏不动啊。"

白绮又捏成拳头,"咣咣"砸了好几下,出了一身大汗。

他有气无力地问:"请问客人现在舒服了吗?"席乘昀的腰肌劳损好没好他不知道,技师是快四肢劳损了。

白绮从席乘昀身上把腿收回来,屁股一歪,就从沙发边上滑了下去。

席乘昀撑着沙发起身:"还不错。"他顿了下,又补了一句,"明天去给你赚小费。"

白绮轻叹了一口气:"对哦,你钱还全在我这儿呢。我给你按了,都收不到一毛钱。这不白干了?"

下回不给按了。

席乘昀坐直了身体,不紧不慢地说:"明天还办卡。"

白绮回头一笑:"我手艺不错是吗?"

席乘昀于是也露出了点笑容:"嗯。"

白绮高兴了:"那就好!以前给我爹捶的时候,他老说我快把他骨头架子捶骨折了……"

席乘昀一个没忍住问:"你还给谁按摩过?"

白绮:"我爹、我舅舅,还有我叔叔。"

"……"

当晚席乘昀睡觉,梦里都是白绮管他叫叔叔,辈分全乱了。

等到了第二天,大家照旧来蹲直播。

白绮和席乘昀一用完早餐,就直奔冰球馆。

"当成固定刷怪任务点了吗?"

"节目组:就是很后悔,肠子都悔青了那种。"

节目组确实很后悔。因为他们发现其他不会打冰球的,也相当积极地加入了进来,混个数凑名额。

杨忆如厚着脸皮说:"哎,反正席哥和白绮已经很厉害啦,再有许轶、邱思川搞辅助,赢得稳稳当当的嘛。我们就把钱分一半给白绮,那也很赚啊!"

邬俊表示赞同:"对!"

周岩峰闻声也想加入。这真就是躺着赚钱啊!谁不想蹭一把?

富春颖马上开口说:"冰球赢一局一人三十对吧?我和老周,直接一人给绮绮分二十块!"

就这样还净赚十块呢。两人加一起,就是净赚二十。把他们俩老骨头折腾碎,也未必能赚到这么多。

杨忆如立马跟上:"我们也可以给绮绮分这么多啊,还有许轶他们,我们也能再分点出来。"

这下好了。白绮他们俨然成了香饽饽,打一局要多赚不少钱,完全扰乱了市场。

节目组听得眼前直发黑。

"这倒是我没想到的……"

"哈哈哈,你倒是说说,自打看这个节目以来,你想到过什么啊,哈哈,可恶,白绮真的总是能带给人惊喜!"

"所以昨天白绮帮骆元出头,不仅是为了拿那十五块啊,还是为了给今天做铺垫。"

"骆元:工具人罢了。"

最后白绮笑眯眯地一拍板,先选了杨忆如夫妻,最后才是周岩峰夫妻。

他们完全成了啦啦队,上午两局打下来,白队满耳朵都是"白绮厉害啊""白绮冲啊",嚷嚷得他们脑浆都晃悠了。

节目组觉得这样下去不行,就让裁判判定那俩浑水摸鱼的消极比赛。

于是等到了下午,周岩峰两夫妻就不能再搁那儿站着不动了,得艰难地滑动着冰刀鞋,一走一哆嗦。

那边球都进两个了,他们才走出 0.3 米呢,倒也给弹幕提供了不少笑料。

这一天打下来,弹幕都忍不住感叹:

"席老师和白绮的体力都很不错啊,许轶他们也还可以。"

"白队:再见,再也不见!"

白队确实是在很长一段时间里,见着了白绮和席乘昀俩人,都觉得腿肚子打晃。尤其是王苗峰,一见了席乘昀,他就忍不住想跑快点。

等到了第三天,节目组都挨不住了,觉得这跟他们策划好的不一样啊。

于是导演清了清嗓子,宣布了一条新规则:"由于大家过度地集中在一个项目上,我们请来的对手都不够用了,现在每参加一次冰球项目,就要先拿出三十块作为入场券,胜利后能退还,输了之后就归白方了。"

周岩峰一行人:"……"

"哈哈哈,太惨了吧,没记错的话,他们因为冰球项目来钱太容易,昨晚都去好好享受了下温泉项目,钱都花得差不多了。"

"好像就白绮他们的钱还没怎么花?"

席乘昀脸上挂着微笑,他不紧不慢地说:"没关系,大家还可以在白绮这里借钱。借十块还十三块。"

白绮也笑眯眯地掏了掏兜,手里一大把零钱。

所有嘉宾:"……"

节目组:"……"

所以再多的规则,限制的也压根儿不是白绮他们对吗!

"哈哈哈哈,导演组:我人裂开。"

"规则限制,反倒让白绮又有机会赚到更多的钱,哈哈哈,节目组这是在助力白绮发财啊!"

三十块入场券的钱是可退还的,只是如果交不上的话,他们就失去赚大笔钱的机会了。

大家一咬牙,最后还是借钱交了。

等入了场,那边裁判又喊:"不能消极比赛!快!快!动起来!"

邬俊、周岩峰就只能动起来了,结果一摔一个屁股蹲儿。

倒是让许轶获得了极大的心理平衡。

眼看着邬俊又要摔了。

席乘昀飞快地滑过去扶住了他,邬俊受宠若惊,大为感动,还不等露出笑容,耳边就传来了席乘昀的恶魔低语:"杨小姐就在不远处看着,邬总也不想丢脸吧?扶一次,两块钱。"

邬俊:"?"

"邬俊:天崩地裂!"

"席老师竟然是这种人!"

"啊啊啊,我疯了,这个真人秀真有意思!感谢节目组让我见识到了席老师更多的一面!"

又一天玩下来,席乘昀和白绮都赚了个盆满钵满。

等到节目组分完钱,嘉宾们也给完钱,席乘昀反手就揣进了白绮的兜里。

周岩峰忍不住咬牙切齿:"席老师都不存私房钱吗?"

"存啊,我帮白绮存。"席乘昀轻描淡写。

周围立马响起了阵阵:"噢噢噢!""席老师超级厉害!"

白绮转头冲席乘昀笑了下,但这次没有拍他的肩,也没有碰拳,也没有激动地拥抱。

席乘昀垂下了眼眸,他觉得自己好像变了。

第三期终于录完了,节目热度再一次被抬到了新的高度。

平台收视一路暴涨,至今第一、二期都还在被人反复回味,简直让业界同类型节目,流下羡慕的口水。

走的前一天晚上,白绮数了数自己兜里的钱,骆元实在按不住内心的好奇,凑上前问:"白哥和席哥还有多少钱啊?"

白绮惊讶地眨了下眼,看了骆元一眼。他也被人叫"哥"啦?

骆元被他看得有点不好意思,一下就又想起来那天从冰球场上下来,白绮盯着他目不转睛地看。

骆元别过脸:"如果不方便的话就算了……"

他话还没说完,白绮就"哗啦"一下,把钱全倒在桌上了。

白绮:"要不你自己数?"

骆元连忙转回头。

这时候其他嘉宾也陆续过来了。

许轶问:"席哥又去游了一圈儿泳啊?席哥体力真好。"

邱思川坐下来倒没关注别的,直接帮着骆元一块儿数钱了:"十块、二十、二十五……"

越往下数,周岩峰脸上的表情越震惊。

到后面邬俊都忍不住挑了下眉:"七百多?"

邱思川都恍惚了一下,没想到白绮和席乘昀搭档起来,就宛如两个无情的赚钱机器,他低声说:"准确来说,他们一共还有七百零八。"

"……"

一时间鸦雀无声,就连节目组都说不出话。

"好家伙!我当场一个好家伙。"

"节目组:搁这儿再就业再致富呢?"

"除了白绮两人的节目组所有人:受伤的只有我们罢了。"

弹幕一时间全是感叹的。

但这还真是他们爱看的,强强夺冠,彼此不拖后腿,这谁能不爱呢?

之前他们还担心着席乘昀的"小朋友",年纪轻又长得好看,性格可能是骄纵任性的,没准儿还又柔弱又爱惹事;一上节目,肯定就这儿疼那儿疼,这也干不了,那也干不了。结果现实给了他们一记重重的打脸。

这边还看着直播呢,那边都有人憋不住马上又去论坛开帖了。

《我震惊!白绮和席乘昀还有七百多块!》

总有些还没看节目的人,一点进来就满脸迷惑。

"哈?席乘昀不是很有钱吗?还剩七百块?那确实是蛮震惊的,咋了,破产了?"

"楼上姐妹笑死我。没看节目吧?快,强烈安利,在线点击就能看到他一边在冰上滑溜溜,一边还能赚钱。"

"?"

"我把楼歪回来。七百多块是真的强!打死我我也没想到他们能赚这么多。邱思川和许轶也从中分了不少。除了他们外,其他嘉宾真就白给。"

"白绮真的惊到我了。席老师没有让我很惊讶,毕竟席老师一早就是圈里的传奇。但是白绮……我就想问问还有什么是他不会的?"

"目前就知道不会游泳。"

"啊啊,别说游泳了,席老师脱外套下水给白绮赚钱那段,咻溜,那人鱼线……顺便再说一句,席老师和白绮的体力都真不错。以前我还以为就是影视角色卖的人设呢。"

"这俩人一组合,不得高低去参加个运动会?"

楼里的讨论一下又全歪了。

席乘昀的粉丝数量一直都很庞大,最近节目一播,不仅没见掉什么粉,反倒还又涨了不少粉。

尚广看了都有点哭笑不得。

"大概是因为席哥以前太趋于完美了吧,就不怎么像是一个真实的人。日子一久,难免就有人跳出来说席哥装模作样。现在好了,真人秀一播,都说感觉席哥接了一点儿地气了,展露了和荧幕上完全不同的一面,比之前更让人喜欢了。"工作人员是这么和尚广汇报的。

尚广听完怔了片刻,心想是吗?

尚广清了清嗓子,低声说:"席哥也未必会高兴……"

"啊?"

尚广:"席哥说过的,要把每个角色都演绎好,演员本人就不能太融入人群,尤其是要和粉丝拉开距离。"

那边干巴巴应道:"这样啊……"还有人不希望真实的自己被喜欢吗?

像他们这样的凡人是理解不了了,所以这大概就是人席哥能拿奖拿到手软的原因吧。

尚广挂断电话后,忍不住朝远处望了一眼。

这会儿天色已经暗下来了。

那边一帮人还围着要白绮请客呢。

"太有钱了!"

"要不咱们把富户打了,分了他的家财!"

"你行你去。席哥 is watching you(在看着你)!"

"……"

尚广走近一点。

节目组这会儿还没收摄像机呢，镜头切到白绮的脸上，就听见他微笑着说："好呀，我请客。"

大家一愣，没想到他真答应了。

白绮："走吧。我和席哥今晚点个最贵的套餐，大家一起吃。"

这话一出，谁还记得什么羡慕嫉妒恨，全都高兴疯了，终于有种苦尽甘来的占到便宜的快乐。

"白哥大气！"连周岩峰都不要脸了，竖起了大拇指。

"哈哈哈，求求周影帝别再开口了，真的，他在我心底的形象崩塌得差不多了。"

"走走走！"

"怎么不问席哥？"

"哎，席哥肯定是听咱们白绮的，对吧，席哥？"

席乘昀这会儿才刚冲完澡，换了一件白色高领毛衣，穿着绵软的拖鞋缓缓走来。

他一点头："嗯。"这一刻他看上去好像格外地好说话。

杨忆如忍不住笑："席哥听见我们前头说什么了吗就点头？"

席乘昀一顿，他确实没听见，不过应该也不是什么重要的事。

富春颖感叹道："席老师听见最后一句就行了嘛。"

白绮插话："就是请他们泡温泉、吃豪华套餐啦。走走走。"白绮上前去想钩席乘昀的肩。

但胳膊太累，钩两下没钩上他也就干脆放弃了。

他们集体往温泉馆走，一个比一个背影更雀跃。

等一进去，就麻溜换衣服去了，弹幕是真的饱了眼福，等豪华套餐再一上来，就真的全是哧溜的声音了。

豪华套餐是属于白绮和席乘昀的，当然只有两人的餐具。

不过大家也不介意。

"欸，筷子给我嘛。"

"我用叉子！"

"勺子我可以！我来，我来。"

"为了吃肉，刀也不是不行，一插一个准嘛！"

这么一分食，大家之间的生疏感顿时少了不少，好像还越来越熟稔，真有点儿和朋友搭边了。

"太喜欢白绮了。"杨忆如忍不住说。

邬俊瞪着她。

杨忆如马上改口:"哎,但我不配和小白绮做朋友,只有席老师这么优秀的人才配嘛。"

"急中生智可把你机灵得!"

"笑死我,一个个都感恩戴德,就差往白绮头上贴'小天使'三个字了,他们是不是忘了,白绮请客的钱,是从他们那里分成的啊。"

"白绮是真的会来事啊,在学校人缘应该也不错?"

"啊啊,席老师到底从哪里挖来的这么一个宝贝!请问我带上麻袋去,可以挖到吗?"

"从哪里挖来的?"蒋方成盯着屏幕,咬牙切齿地冷笑了一声,"从我这里。"

总有一天,他得让这些人看看清楚,席乘昀是个什么样的人。

什么朋友?席乘昀就只是为了抓亲弟弟的把柄而已。

他话音刚落下,门就被敲响了。

门外传来女人的声音:"我进来了啊。"

他的未婚妻韩丝缓缓走进来,把手里厚厚的一沓名单,直接摆在了蒋方成的面前:"你自己核对一下吧。"

韩丝扫了一眼屏幕,大概知道蒋方成在看什么东西。她没有开口说什么。

蒋方成越生气才越好呢,这样他的心思全在和他大哥争权上了,也免得将来蒋方成要求她做一个贤良淑德的妻子。要知道她和蒋方成根本就没什么感情。

韩丝是一点也不想结婚的,但无奈,她爸是个传统到骨子里的人,认为女儿一个人无法承担家业,还是得有个姑爷一块儿撑着。

蒋家甘愿让蒋方成做她继承家业的跳板,她才和蒋家有了约定,所以蒋方成这人多混蛋她都不在意。

这头蒋方成翻了翻名单,脸色陡然间难看了几分:"怎么会有席乘昀?"

"毕竟是你哥哥嘛。再说名单不是我拟的。你有问题,就去找你父亲,或者去问我祖母,我祖母早年还想我跟你哥结婚呢。"韩丝无所谓地说道。

韩丝:"我去试婚纱了。"说完,她也不需要蒋方成陪她,转身就走了。

蒋方成几乎将那请帖捏碎。

不过很快,他就又想到了点什么。

到时候白绮是不是也会来?席乘昀是不是要将白绮时时刻刻带在身

边,用来提醒他是一个卑劣的上不了台面的小偷?

蒋方成刚想到这里,就发现面前的电脑屏幕黑了。

直播结束了,最后播放了一长段工作人员名单,同时还伴插着一段画外音,像是花絮。

"啊啊啊,好爽!"

"温泉我爱了!这也太解乏了。"

"白绮是神!"大家激动响亮的叫声里,混杂着低声的对话。

"你不下水?"

"不啊。你连着几天都在游泳池泡,都快泡发啦。你不下水,我也就不下去了。"他轻声说,"我陪你啊。"

蒋方成不知道这一刻席乘昀的表情是什么样,但他几乎能想象得到白绮说这话时两眼微微眯起,像是小太阳的模样。

真当自己是席乘昀的朋友了?白绮知道自己只是被席乘昀当作兄弟斗法的工具了吗?

弹幕上的观众很激动,没有一个人和蒋方成共情。

"小白好温柔啊。"

"我就想请白绮不仅开一个学霸在线指导班,还开一个如何结交大明星的教程班!"

"请问是学会了就可以和影帝做一辈子好朋友的那种吗?"

…………

早在席乘昀要带白绮上节目的时候,蒋方成就想了很多。

他很清楚自己的"哥哥"有多受欢迎,拥有多少粉丝。这些粉丝将来会用什么恶毒的话去辱骂白绮蹭热度?

当初他甚至还用小号下场和人家撕了几句,想着将来还能拿给白绮看,卖个好。

但是蒋方成到底还是失望了。

他死死地盯着屏幕,喉中如同被塞入了一块铁锭,哽得上不去,也下不来。

他早该知道的……白绮这么讨人喜欢,让更多的人喜欢上他,应该也不是什么困难的事吧?

节目组的所有嘉宾在温泉山庄休息一晚,就准备回家去了。

这次录了不少素材,还留了一些花絮,导演总算松了口气:"过年的时候能有东西抵上去了。"

白绮坐在轿车里，下巴抵在车窗上，轻声说："还蛮有意思的。"

话说完，他的手机就振动了一下，白绮低头看了一眼，是尚广发来的消息。

"白先生哪天有空，咱们约着喝个茶，就我俩。"

白绮："？"

白绮心底疑惑，但也还是回了消息："我明天要去学校一趟，到时候在附近喝茶？"

尚广马上回了个："好。"

尚广其实就坐在副驾驶座上，他发完短信，也没有立即收起来，而是转过头说："白先生有空吗？"

白绮："？"

尚广笑笑说："有个采访节目，想请您和席哥一块儿去。这种节目的主持人一般都特别毒舌，张嘴就没什么好话，要是不想上呢，我们这边也不是不可以……"

尚广话还没说完，白绮搓搓手，眨巴眨巴眼，有点不好意思地小声问："有通告费吗？"

尚广噎了下，心里有点纳闷。席哥给的五千万还不够花吗？更别提还有节目组这边的通告费。

白绮："没有就算啦。"他转头看席乘昀："我听席哥的安排。"

席乘昀还在处理手机里堆积的事情，闻声抬了抬头："通告费多少？"

尚广心想您老以前也不关心这个啊。

但尚广还是老老实实说了："红台的王牌节目，通告费给您比较多，准备了四百八十万。白先生一百五十万。都是税后的价格。那天得辛苦陪着录大半天。我觉得吧，这个钱确实不太划算……多抠啊……"

席乘昀却没有接他的话，而是转过了头看向白绮："你觉得可以接受吗？"

嗯？白绮顿了顿，一时间没能理解席乘昀的意思。

席乘昀不等他回答，顿了顿，再度出声："是有点低。你身上的价值，已经不是在靠我来附加了。这一期正式剪辑完，在电视台再一播，你的身价还会再翻倍。再等等吧，那边会再打电话来的。"

白绮这会儿听明白了。

尚广觉得，这样的价格那都叫扔路边需要弯腰去捡的，实在配不上席乘昀。但席乘昀可以陪着他去？就看他觉得价格合不合适？

白绮舔了舔唇，有点不好意思，心跳好像都快了一分。大概是占人便宜，占得都紧张了。

白绮："这个价格对普通人来说，早就已经是天文数字啦！"他没有任何的不满意。

席乘昀点了点头，看向尚广。

尚广："……"

尚广："我懂了席哥！我这就去办。"

这会儿助理小林突然出声说："绮绮啊！"

席乘昀脑中不自然地闪过一个念头——怎么现在谁都管他叫绮绮了？

小林："你看过你微博吗？"

白绮好久没看过微博了，自打上次席乘昀让律师去取证去了，就让他少看微博了。

白绮："怎么啦？"

小林："你粉丝都三百多万了！这也太快了！你这都能原地出道了！"

尚广拍了下小林的脑壳："没大没小，叫白先生，叫白少也行啊。"

白绮现在的身份是席哥的朋友，不能谁都和白绮一副熟稔的样子啊。要是这样的话，怎么体现席哥在他那里的独特呢？唯一的好朋友不就成笑话了？

小林忙憨憨一笑："白少。"

白绮倒不太在意，他轻轻"啊"了一声："这么一说我就想起来了，我发现好多人加我微信，不知道从哪儿来的……"

他把手机屏幕一翻转，给其他人看。

那些验证消息上写的，都是什么"××文化公司""××传媒""××经纪公司"。

尚广这可就忍不了了。

"这不偷摸挖我们席哥墙脚吗？怎么着也该先和我们通个气啊！"

席乘昀低低出声："你想进娱乐圈吗？想的话……"我可以给你介绍更靠谱的人。

白绮丢开手机："不想。"他利落地摇摇头，"我还要考研呢。"

小林听完倒是扼腕不已。

席乘昀也说不清怎么回事，心底有点想帮帮不上的淡淡遗憾，浑身都有点不得劲儿。

于是席乘昀干脆一伸手："尚广，手机给我，我给红台那边打电话。"

尚广愣愣地交出手机，席乘昀接过来之后，拨通，只低低和那边交谈了几句，很快就挂断了，全程连脸色都没有变一下。

席乘昀说:"后天去录,明天尚广带你去签合同。你没有代理人,就必须得辛苦一下自己去。价格五百万。"

尚广一听就想说不可能。白绮虽然是红了,连着上了好多次热搜,真圈了不少粉,但抬身价也没这么快的。

白绮倒是不太清楚这个,他连忙点了点头:"赚钱不辛苦啦。"

尚广坐那儿皱眉半天,脑子里闪过一个念头:不会是席哥把自己那份酬劳直接划给白绮了吧?

席乘昀坐在那里,也骤然静默了下来。

他脑中蓦地回想起了白绮在冰球场上朝他冲过来,和他紧紧碰拳,眉眼都放着光的样子。

但这会儿白绮眨巴着亮晶晶的双眼,甜声说的是:"谢谢席哥。您有什么需要我的地方,随叫随到。"

俨然公事公办的口吻,好像又回到了刚认识的第一天。

有那么一瞬间,席乘昀觉得自己被分裂成了两半。

于是回到京市的这天,席乘昀把自己送进了心理诊所。

席乘昀在国内国外都有自己固定去的心理诊所。

他曾无数次怀疑蒋申——他和蒋方成共同的父亲——有着严重的基因问题,且将这样的劣质基因遗传给了他。

所以在母亲走了之后,席乘昀很认真地去看过心理医生。

等到选择了演员这份职业,尚广更是强烈建议,他应该定期看心理医生。

"做这行赚得多,压力也大。不叫得了好还卖乖,而是事实就是这样。公众人物,每天不知道要接受多少人对你评头论足。与此同时,还伴随着角色创作压力,以及际遇问题带来的压力……有些人把持不住就会走上歪路,更严重点的就彻底崩溃了。"

那会儿尚广还不知道席家很有钱,生怕自己接手的好苗子,就这么走歪路了。

圈里的明星大部分都有点心理问题,但他们比常人更羞于踏入心理诊所。生怕被狗仔拍着了,明天头条就写他有精神病。

那会儿尚广还怕劝服不了席乘昀。

但事实上,席乘昀比任何人都要理智,他很快地点了头,并且亲手给自己选定了在国内的心理医生。

这个心理医生姓陈,是个四十来岁的中年女性。

陈医生见到席乘昀还有点惊讶，因为眼前的男人和以往来这里的时候，都不太一样。他有一点紧绷。

这可太难得见到了。

因为陈医生发现，不管是在镜头前，还是镜头后，男人都始终处在一种极度松弛的状态。好像这世界上所有的事对于他来说，都是很轻易的小事。

"您坐。"

"恭喜，你多了一个朋友。"

席乘昀点了下头，那一点紧绷很快就消散了，速度快到陈医生几乎以为刚才是自己的错觉了。

陈医生起身倒了杯茶，递给席乘昀。

四下的灯都关得差不多了，只留了办公室这一盏。

夜幕之下，陈医生静静地等待着席乘昀开口。

这位席先生的骨子里是极度强势的，哪怕是走进这样的地方，也更习惯于将主权掌握在自己的手中。

"如您所见……"终于，席乘昀淡淡地开了口，"我有一个新的朋友。"

陈医生顺势出声："嗯，你们应该很相处得来。是后期发现有磨合上的问题吗？这很正常，没有两个人的家庭、成长经历、外在条件是完全相同的。自然，有时候就会出现一些观念不合的小问题……"

陈医生话还没说完。

席乘昀："没有问题。"

陈医生："嗯？"

席乘昀："我们非常契合。"虽然是演的。

陈医生："？"她觉得有点不对劲。怎么有点像是来秀友情的？

席乘昀接过茶杯，低头抿了一口，接着往下说："他知道我的一切喜好，了解我演过的每一部作品。"也是演的。

陈医生笑笑说："嗯，我看热搜了。我看见大家都说，您的这个朋友，很像是您的死忠粉打入了内部。"

席乘昀："他是个非常受欢迎的人。"

陈医生："您也是。"

席乘昀摇摇头："不太一样。他对每个人都很真诚。"唯独对他，全都是演的。

而越是清楚这一点，席乘昀才越觉得自己像是被分裂成了两个人，一半好像不知不觉地沉入角色扮演之中，另一半还冷眼旁观着。

"您有过,看什么东西,都觉得它是彩色的时候吗?"席乘昀语气平缓地问。

这句话有点绕,但陈医生很快就明白过来了:"嗯,当然有的。我年轻的时候,第一次独自带着女儿出门。抬头看天是彩色的,看树好像也是彩色的。"

席乘昀轻点了一下头:"他就是彩色的。"

陈医生越听越觉得不对劲儿。敢情您今天特地来一趟,就是为了跟我夸奖您的朋友多么棒吗?

这就过分了啊,全网都已经在帮您夸您的朋友了啊。

席乘昀的整个叙述过程,与其说是想要从心理医生这里获得分析和建议,倒不如说,他是在换一种方式来自己梳理思绪,直面自己的想法和心情。

席乘昀说完这句话后,就沉默了,这一沉默就是十来分钟。

席乘昀的声音终于再一次响起,他低声说:"方便的话,我下次过来再做一个更详细的检测吧。"

陈医生惊讶了一下,点点头:"您不用担心太多,您的心理目前维持在一个非常稳定的状态,很多普通人都未必有您这样健康。这不会给您和您的朋友带去任何困扰。"

席乘昀微笑着应了声,眼底却深藏着一点阴鸷。

他从来不去结交朋友。

不只是因为他无法想象生活中,有另一个人的痕迹加入进来,还因为他意识到,他是一个多疑、控制欲强的人。他会怀疑别人别有用心,会质疑和别人建立起来的关系并不牢固。

他藏起来的性格,对别人来说是具有攻击性的。

在新的心理诊断报告出来之前,他也应该维持原来的状态,以公事公办的视角去看待白绮。

席乘昀到最后也没有真正地告诉陈医生,他和白绮只是雇佣关系。他也没有说他的困扰究竟来自哪里。他不想留一点风险。

席乘昀缓缓起身,说:"辛苦了,这个月我会多付您一笔酬金。"

陈医生连连点头。

等目送着席乘昀走远了,陈医生才想起来,她应该告诉他,既然有了朋友了,就可以考虑将一部分情绪描述给对方听,让朋友适当地来分担、开解自己的情绪……

席先生太习惯于克制自己了。

自律是好事。

可如果一个人，无论要求自己什么，无论大小，都面不改色地做到了，把生活完全过成了一张张扁平的计划纸，那就不太好了。

席乘昀回家的时候，白绮正仰躺在沙发上看视频。

他没有问席乘昀干什么去了，好像默认离开镜头之后，就不插手席乘昀的生活。

这让席乘昀刚计划得好好的心理建设，"啪"一下就崩了。

这对他来说，简直就是一种全新体验。

他忍不住走近了，然后就听见了白绮手机里传出的尖叫声、起哄声，还夹杂着几句外文的咒骂。

席乘昀忍不住问："在看什么？"

白绮这才发觉到他回来了。

白绮："本来想上官网查成绩的，结果收到了八卦营销号的推送，就点进去了，说是什么你早期在国外的视频。"

席乘昀眼皮一跳："我看看。"

白绮拍了拍自己旁边的位置："坐这儿。"说着，他把手机往旁边移了移，"这样看得见吗？"

"看得见。"席乘昀眸底的阴鸷之色更浓了些。

白绮："尚哥一看见就说不是你，然后立马回工作室了，说要去处理……不过网上好像没什么特别的反应。"

这是一段席乘昀在国外打冰球的视频，他背上贴着"9"，穿着黑色的防护服。他穿梭在冰球场上，带给人强势到压抑的感觉。

他的对手是穿白衣服的，白队有人直接挥动球杆朝他打过来，被视频里的9号直接反抽过去。

那人的头盔飞出去，立马流了两大管鼻血出来。

白绮看着看着，忍不住皱眉："这是正规赛事吗？"他之前打的时候，根本没遇见过这样的。

视频里，白队13号直接抬脚，拿冰刀去划人，然后被9号揪住了领子。

几拳下去，13号的脸都差点被揍变形了，雪白的冰面上很快就聚集了一团红。

席乘昀动了动唇："不是正规的。"

白绮："我就说呢，正规赛事打架都不准上冰刀和球杆……这也太不讲究了。这个赛事是干什么的？"

"一个地下项目，在场观众会押谁赢。"

白绮越听越觉得不对劲，席乘昀这么清楚，那不就说明9号真是他？

白绮猛地一回头。

席乘昀垂眸，目光冰冷，死死地盯着手机屏幕，几乎要将那块屏幕切割成几份。

他没有去看白绮的表情。

白绮："唉，那也还是……挺不容易的。是打赌又输了吧？结果怎么样？"他轻拍了下席乘昀的肩。

席乘昀紧绷的肌肉微微放松了点，他倚住沙发靠背，这会儿反而有点想笑了。

席乘昀低声道："没输。输的是白队那个13号，他进医院了。"

白绮眨巴眨巴眼，盯着眼前文质彬彬的男人。

那……那您还挺凶啊？

也对。不然蒋方成为什么怕他怕得跟见了老虎似的？

白绮怕他多想，就又翻了翻手机评论："喏，你看，你粉丝压根儿没觉得你人设崩了。"

有了《我和我的完美朋友》第三期做铺垫，粉丝这会儿看了视频还嗷嗷叫呢。

连路人都忍不住下场说一声，席哥真的好强。

不管这视频是谁放的，是不是想故意崩席乘昀人设，这会儿都没用了。

"视频里的白队真阴险……"白绮怕他看不着，开始一字一句给他念评论。

"王苗峰：幸亏我跑得快！这什么鬼？

"视频里仿佛席哥演的拳击选手上了身，是真帅啊……"

席乘昀不动声色地听着。

网上怎么说都影响不了他，但白绮睫毛轻轻颤动，拖长尾音念评论的样子，很容易让他想起母亲还在的时候，家里养过的小貂。

席乘昀敛了敛目光，低声问："你冰球在哪里学的？"

"请的教练啊。"白绮浑不在意地开口，"以前还学什么高尔夫、斯诺克，差点还去学开飞机了……那时候年纪小，觉得要学点冷门的东西才酷，就去学啦！"

席乘昀："学得很好。"

白绮扭头冲他笑了下。

"那种花呢？也是因为这样？"席乘昀不知道自己为什么会问这些。

大概就是出自一种本能，想要看到更多的更真实的白绮。

白绮摇头："那不是。"他说着，像是有点渴，舔了舔唇。

席乘昀立刻站起了身，问："牛奶还是汽水？"

"白水吧。"白绮本能地应道，白水解渴。

应完，白绮才想起来："怎么好意思让您动手呢？"人家可是他的大财主！

席乘昀："没关系。"他把玻璃杯递给白绮。

白绮喝了两口，才接着说："我十五岁的时候吧，有天打雷，怎么也睡不着。我翻来覆去都觉得特别难过，特别悲痛，感觉明天自己就要去睡大街了……然后我就爬起来搜什么赚钱最快。

"有人说中彩票。但我运气一向不太好。

"还有人说当程序员，赚钱多，就是头秃得也快。但我那时候才高中呢。

"然后就翻到一个'兰花卖出天价'的新闻。我就想要不我种花去吧，以后就不怕饿死了。"

少年人，想到什么就去做了。

"我去一个种植场，跟着学了三个月。后来看隔壁种大棚蔬菜，我想了想，顺便就把种地也学了。这样以后没钱了，还能种红薯养自己。"

席乘昀："……"听着可怜又可爱，还有点好笑。

打死十五岁的白绮，也没想到会有那么一天，来钱最快的方式是和一个人签雇佣协议，给人当假朋友。

白绮咂咂嘴："再后来，我想种地我都会了。那我把菜从地里薅出来，却不会做菜，可怎么办？那不还是白搭吗？然后我就去学做菜了。"

等白绮说完，他手机恰好提示没电了。白绮立马站起身："我去充电了。"

留下席乘昀坐在原地，身边一下就空了出来。

不过没一会儿，白绮就又从楼上探了脑袋出来："录那个访谈节目，有什么台本吗？"

席乘昀："没有，流程也很短。他们不……"不会为难你。

话还没说完，就听见白绮问："那我们要不要提前打个商量呀？会不会有那种被起哄、被为难的场合啊？"

席乘昀："会……有吧。"

白绮："那怎么办？"

席乘昀顿了下，认真地说："我会帮你拒绝。"

白绮比了个"OK"，然后就又钻回卧室去了。

席乘昀坐在那里，半晌都没有再动。

第二天，席乘昀去处理堆积的事务，白绮去学校拿东西，顺便和尚广坐一块儿喝茶。

尚广到得比他还早，一见着白绮，就立马把人迎到了桌旁。

"来，坐。恭喜啊，期末考都过了对吧？"尚广笑着说。

因为之前席乘昀陪读陪考的事儿，全网都盯住了白绮的考试成绩。

幸而学霸不负众望，一溜儿全过了。

今天上午网上都还有热议这事的呢，吵着要白绮开个学习指导班的人更多了。

白绮礼貌客气地点点头，捧住了茶杯，示意尚广可以直接说。

尚广搓搓手，也就不做多余的寒暄了。

尚广："有些事席哥没和你说的，我比较方便和你说。"

"嗯？你说。"白绮乖乖坐直了。

是要把合约期延长还是缩短呀？是要把合约金额减少还是增加啊？

"这个事儿吧，是这样的。一开始席哥要选一个人来扮演朋友的角色，是男是女，是谁，其实都不重要，你知道吧？"

白绮点头："知道的。席哥连这么做的原因都告诉我了。我们合作，能做到最大限度上的公事公办。他帮了我，我也帮了他。"

尚广点头："对对，看来席哥都和你说清楚了。但是有一点没说，就是为什么要上这个综艺，多频次地出现在大众面前。"

白绮点点头，其实他也很好奇，如果仅仅只是为了证明席乘昀是一个有正常社交、心理健康的人，那么上两三个访谈，偶尔一起吃顿饭被狗仔拍到当佐证，不就可以了吗？

"这个当初我们说好的，视合同对象而定。"尚广顿了顿，"如果对方拿到合同之后，想蹭着席哥的热度赚钱，那么就不会有这么一段了。

"如果对方足够敬业，再安排多一些活动，双方也多一些互动。

"你可以想象一下，如果席哥和他的朋友，人前冷淡，没有交集，仅仅只有那么几张照片，大众会怎么想？"

"应该会觉得有猫儿腻。比如说，掌握了什么把柄，才搭上席老师的？又或者说，会怀疑，我就是假的？"白绮反问。

"哎对。所以席哥的目的就是，把这个朋友的地位抬高起来，让所有人知道，你们之间的确有着深厚的友谊。

"不然将来粉丝可能要骂你城府深、蹭热度。这可不是一时就能抹掉的记号,这样的语言暴力可能会一直跟着你。只要席哥还活跃在大屏幕,始终都会有狗仔把你拉出来,反复嘲讽。"

尚广说着说着,也禁不住叹气:"这些我都没想到,但席哥当初都列入了计划。"

那时候尚广还想着五千万也太多了。

席乘昀是无所谓的,只淡淡说了句,一个素人和他一起出现在镜头前,压力比获得五千万的快乐还大。

那会儿尚广本能地想反驳,和这样一个有钱、有颜、有名的大明星做朋友,哪能损失呢?

但想想,他还是闭嘴了。

站在镜头下被大众审视着,确实有时候不见得是好事。

"所以呢,"尚广整了整神色,"不管今天和席哥签合同的是谁,只要这个人足够安分,我们都会安排这一套流程的。"

白绮:"噢!"

尚广看了看他的脸色,心想就这么一个反应?就没了?尚广反倒有点坐立不安了。

他怕白绮会错意,怕白绮之后知道这些接受不了,不如提前告知。

但现在不会都说迟了吧?白绮会不会接受不了?

尚广正觉得不好意思的时候,白绮竖起了大拇指:"席哥真是个大好人啊!"

办事也太妥帖了,难怪爱他的粉丝那么多。真没白爱!

要不是我喜欢的明星太多,我就要再喜欢一个了。白绮心想。

尚广:"?"

尚广张张嘴,我……我今天说这么些,是这个意思吗?我是这个目的吗?

尚广抹了一把脸,但又不能说席哥不是好人吧。席哥确实是好人。

但尚广又有点惴惴不安。席哥要是知道白绮给他发好人卡了,席哥会高兴还是不高兴?

然而根本没有人关心尚广一颗老妈子心。

这边刚说完,白绮的手机就响了,电话是席乘昀打过来的。

"在学校?"席乘昀问。

"对呀。"

"我来接你。"

"好哦。"

席乘昀很快就到了，他径直上楼来接。

尚广躲也不是藏也不是，整个人都傻住了，满头冒汗。

但席乘昀看也没看他，只看向了白绮："走吧。"

"带你去买衣服，明天录完节目去个地方。"

白绮："嗯？"

他看了看今天席乘昀的打扮。

席乘昀穿着一身黑色西装，像是刚刚从上流场合出来。而更引人注目的，是他胸前别的一朵花，像玫瑰，而又不是玫瑰。

白绮惊讶地说："我送的月季？"

席乘昀："嗯。造型师说需要一些点缀，就用这个了。"

白绮："还没死呀？"

席乘昀："没有。"

不仅没有死，还已经全部移植到席家老宅的花房里了，而水晶缸里的那朵，就放在他的工作室。

白绮笑了笑，乖乖跟着席乘昀往楼下走。

尚广大喘了一口气，才连忙跟了上去。

这一下楼，就发现白绮在京大学校附近一个小吃摊前停住了。

白绮还跟人闲话呢："是不是要关门啦？"

对面的阿婆答："是嘞。"

幸亏这会儿期末考已经结束，大家差不多都回家去了，外面也没多少人，不然准得将他们全部包围住，今天是别想走了。

尚广连忙跟过去。

就见白绮掏了掏兜，摸出手机，一扫码："付钱啦，最后给我一块豌豆黄，一个青团吧。"

阿婆应声，很快就给人装好了。

白绮伸手一接过来，就递给了席乘昀："给你。"

席乘昀以为要帮他拿着，手指一钩，拎住了。

白绮："你尝尝啊，这个我特别喜欢。每次背完一小时书，我就买俩奖励我自己。"

所以这也是奖励他的吗？席乘昀一顿，钩住的小塑料袋，好像一下子变得沉了许多。

尚广站在后面，是真的恍惚了。

今天他到底是干什么来了？这就是他的目的吗？啊？！

席乘昀剥开塑料袋,露出一点里面的青团,咬了一口,吃得慢条斯理。而他的目光却紧紧盯着白绮。

今天的白绮,看起来也是彩色的。

第八章
09:25

席乘昀要给白绮买的衣服,是一早就挑好的款式。白绮只管过去试一下合不合身就行了。

尚广像个拎包小弟,等看见席乘昀点头,就立马付钱去了。

生怕一会儿被席哥叫住了,问他今天和白绮说了那么多屁话,现在准备选择一个什么样的死法。

这头白绮从试衣间走出来,席乘昀将他的手机递给了他:"你有电话。"

白绮忙接过来,看了看屏幕,上面显示着他老爹的大名。

"喂。"白绮飞快地接了起来。

"那个……"白爸爸轻咳两声,"嗯,你节目……是不是录完了?学校也放假了对吧?"

白绮有点惊讶:"是呀。不过您怎么知道的?去年我放假回家了,您还问我怎么不去上课呢。"

白爸爸:"……"

白爸爸:"对不起,是我失职了。自罚三杯?"

"那就算了,我妈会揍你。"

白爸爸:"哎,别说那么多没用的了。我打电话就一句话,你什么时候回家?当然,你不回家也行。但你妈说了,你那笔钱的来路还没交代清楚呢。如果有可能的话,能让我们见见你那个突然冒出来的朋友就更好了……"

白爸爸说着不说废话,结果还是絮絮叨叨又拐弯抹角,说了老大一串。

白绮心想,蒋家可没什么好回去的,按照席乘昀之前透露给他的信息来看,席家……他妈妈也不在了。

白绮茫然了一瞬,那往年席乘昀都是在哪里过年的?

白绮到了嘴边的"不回来",缓和了下,又咽了回去。

白绮:"再说吧,我明天还要录个节目。"

白绮脑子里这会儿已经隐隐有带席乘昀回家一块儿吃个饭的念头了。

要知道,他的朋友都跟着他回家吃过饭。

然后他想也不想,就又先说起了席乘昀的好话:"这个节目又沾了席哥的光,有通告费拿。"

就是想先提醒白爸爸,这位朋友帮他很多,到时候对人家客气点,别啰里啰唆,问东问西跟审犯人一样。

白绮脑子里乱七八糟地闪过了许多念头,最后他全部按住了,说:"我挂啦。"

白爸爸抓着手机,忍不住嘀咕了一声:"我儿子可千万别干什么坏事啊……"

他老婆刚给了他五百万,说是儿子之前转的。

白绮哪有那么多钱?肯定是那位大明星的了。

白爸爸倒也不矫情,矫情没什么用,多的是等着用这笔钱的人。

问题就是,这笔钱人家怎么肯给的?

白爸爸收起手机,一转头,就碰上了彭总。

彭总笑看看他:"我正要找你呢。老王和我说,你这个月已经把钱汇过去了。你怎么自己汇了?"

白爸爸笑笑说:"正好方便嘛,而且我想着……事情过去这么久了,正好试一试,万一那边不恨我了呢。我也就不用老麻烦你了。"

五百万,毕竟是一笔巨款,还是儿子给的。他生怕出了错,转账的时候恨不得把账户的每个数字抠出来比对。

彭总:"这样啊。行,你去忙吧。我也就只是问一问。哦,还有,马上到年底了,等我有空,我顺便再帮你去探望一下情况吧……"

"那就劳你费心了。"

"不用,咱们哪儿需要说这样的话?"

白爸爸又笑了下,然后才正了正脑袋上的安全帽,转头走远了。

彭总站在原地,喃喃道:"五百万,他哪儿来的这么多钱?"

这边白绮挂完电话,尚广都已经让柜员把衣服全包好,然后两手都拎满了。

"这么多?"白绮惊讶地看向席乘昀。

席乘昀点了点头:"之后肯定还有一些场合要出席,不能都穿同一套吧?"

白绮点点头,这倒是的。

尚广怕白绮不收,那席哥肯定就要问,为什么不收啊?白绮没准就说,因为我不高兴啊。那席哥再问为什么不高兴啊。白绮说,因为尚广屁话多。

尚广被自己脑子里联想出的一连串反应吓住了。

尚广连忙说:"到时候这些场合,都是要和席哥一起出席的。"

"我懂,不能给席哥丢脸。"白绮一点头,两眼都透着乖巧的味道。

席乘昀不冷不热地朝尚广看了一眼。

尚广张张嘴,整个人一下又心虚了不少。

"回家吧。"白绮出声说。

他倒也没太揪着尚广不放,尚广是席乘昀的经纪人,和他相处好几年,情谊肯定不限于冷冰冰的工作关系。尚广肯定要提防他一点的,白绮是很想得开的。

尚广:"哎,哎。"再看向白绮的目光,就带上几分感激了。

回了家,白绮又和穆东他们通了个电话。

穆东说:"蒋方成订婚宴我们就不去了⋯⋯"

白绮:"去啊,为什么不去?"

穆东一愣:"绮绮,你这意思是⋯⋯"

白绮:"你们带嘴去,别带份子钱啊!蒋方成可有钱啦,吃一顿划算的。"

"行。"穆东心想那我可就有数了,然后才挂了电话。

白绮握着手机,看了看时间,心底才浮动起了一丝紧张。

访谈节目和真人秀不一样,他觉得这个更容易穿帮。

白绮转头看向席乘昀,席乘昀正在翻动一个新剧本,察觉到他的目光,立即就抬起头,迎上了他的目光:"嗯?怎么了?"

白绮:"如果明天主持人问我们怎么认识的,你觉得粉丝身份怎么样?"

席乘昀放下剧本,轻笑了一声,看着他:"私生粉上位?"

白绮:"那不行,那你粉丝会撕了我。"

席乘昀点头。

白绮："所以这个是不太行了。那怎么编呢？"

"活动现场认识的吧。"

"嗯。好。"白绮顿了下，"但是然后呢？你一看见我就想和我做朋友了？那我那时候得是什么样，才能让你一个见惯那么多优秀人士的大明星，一见我友情就来了？"

席乘昀默然不语了，他静静地凝视着白绮。

白绮叹气："要不还是说我们早就认识了吧？友情是一点一点经年累月积攒起来的。见一面就称兄道弟的剧本也太难编了。"

席乘昀这才重新开了口："你把你过去三年里，大概去过什么地方，写下来给我。"

白绮点头，立马就拿纸笔去了，不到半个小时，新鲜的感天动地的友情故事就出炉了。

直接省了白绮的事儿。

席老师实在是太靠谱了，白绮发自内心地感叹。

第二天，白绮和席乘昀早早地就到了录制现场。

现场还在调试直播机位。

"您跟我来。"工作人员恭恭敬敬地引着他们往后台走。

白绮坐进化妆间，席乘昀则站在门外，低声和台长交谈。

"哎，你这是 LV 的老款包吧？现在市面上好像都买不到了。"化妆师突然出声，把白绮的思绪勾了回来。

白绮分了一点目光过去。

化妆师说的是他带来的一个小背包，包有一点轻微磨损的痕迹了，LV 的印花还很清晰分明。

白绮随意一笑："不是呀。"

化妆师扭头嘀咕了一声："难不成还是山寨的？也对。没和席老师做朋友之前，肯定什么也不算啊。"

等扭过头，化妆师又换了张笑脸，但开口也不怎么友好："没让席老师给你买一个新的吗？"

嫉妒和羡慕的气息直扑面而来。

白绮歪了歪头，满脸天真："我想买可以自己买呀，为什么要麻烦席哥呢——这个节目一录完，通告费都能买好几个换着背了吧。"

化妆师喉头更塞，暗骂这人又土又虚荣，但又实在忍不住嫉妒——白绮肯定能拿很多钱！

白绮还觉得不够，他咂咂嘴，说得漫不经心："要是和席哥说的话，他肯定恨不得把所有款式都打包给我了。唉，没办法，席哥这个人就是这样，对待身边的人都太好了。"

化妆师听得咬牙切齿，一股嫉妒和愤怒在他心里蹿来蹿去，差点当场心梗发作。

这时候门被推开，席乘昀回来了，化妆师立马老老实实站直了。

"还要画眼影？"白绮看了看化妆师手里的小刷子。

化妆师当着席乘昀的面就有点怕了，只颤声应了："啊。"

白绮闭上了眼任由他画，席乘昀就站在一旁，看得目不转睛。

化妆师显然是按他自己的审美来。

眼尾轻轻勾长，睫毛夹翘，本来就略显深邃的眼窝，这会儿描绘得更过分了些。

"好了。"化妆师顶着巨大的压力出声。

白绮睁开眼，有点不适应，飞快地眨了两下眼，眼底很快就浮现了一丝水光。

这妆化得，他坐在那里就像是个过分精美的艺术品，眨眨眼，就像是在朝人放电。

席乘昀喉头动了动，把自己胸前别的宝石胸针取下来，转而弯腰给白绮别上了。

他朝白绮伸出手："走吧。"

白绮低头转了转宝石胸针："这一定很贵吧？"

化妆师在后面更嫉妒了，恨不能咬碎一口牙，甚至当场气得吹了个鼻涕泡泡。

访谈直播很快就开始了，这一期的来宾不止他们，只不过他们才是今天的重头戏。

无数观众卡着点进入到了直播平台，画面正好切到了舞台中央。

主持人问："能说一说，二位是怎么认识的吗？"

"有人拿错过行李箱吗？"席乘昀穿着衬衣长裤，衬衣袖口微微挽起，露出小臂肌肉。

优雅之中多了一份随性。

"这个概率很低。

"而当你拿到这个和你的长得一模一样的箱子，它没有任何的密码，你轻易就能打开它。这就更不容易了。

"行李箱里通常会放入这个人出行所需的所有物品。有衣物，有洗漱用具，可能还有你的工作、学业相关……一个行李箱，仿佛将一个人的生活微缩之后装了进去。"

他说："白绮拿到了我的行李箱，而我拿到了白绮的行李箱。然而打开箱子的第一眼，这些物品就零零星星拼凑起了一个完整的人，一个完整的灿烂且瑰丽的人。

"这种感觉很奇妙，好像你从本来的那个死板的没有一丝波澜的世界，进入到了另一扇门的后面，进入了一段全新的精彩的旅程。你从灰色走入了蓝色。"

这个特别的故事，在席乘昀的嘴里拥有了极强的说服力，并且蒙上了一层浪漫的色彩。

"你会知道他喜欢穿绵软的袜子，喜欢暖色系的衣服。你会知道他写的字很漂亮，会知道他在出行的时候，一定要带一本书……"

席乘昀不疾不徐地说着，目光牢牢锁在白绮的身上。

白绮微微怔住了，席乘昀都没有说错。

有那么一瞬间，他几乎都以为，好像对方真的因为这样的一场乌龙，决定要让自己成为他唯一的朋友。

席乘昀只见过一次他的行李箱，就是在录第二期节目的时候，席乘昀从他的行李箱里取东西，时间很短暂，但好像什么都在那一瞬间，被席乘昀记了下来……

镜头下，席乘昀的声音依旧不疾不徐，说到合适的地方，他甚至还会微微笑起来。

白绮越剖析就越发现，席老师真的很像是一台从容却冷血的机器，他可以轻易地操纵大家的情绪。

有人会觉得迷人，有人会觉得可怕。

难怪那些营销号在写席老师性格不健全的时候，席老师和尚广会为此雇用一个假的朋友来打消这种外界的猜疑。

"没想到席老师和白绮认识的故事这么有意思啊，还真是全靠巧合造就。"后台其他嘉宾忍不住感叹出声。

直播间观众这会儿也忍不住频频打出了问号。

"我人傻了，竟然是这么认识的吗？啊啊啊，为什么我的行李箱每次丢了就丢了，找不回来不说，还根本遇不上一个席乘昀！"

"白绮的运气是真的好到爆棚。"

"席老师打开行李箱看一眼，就能获知这么多信息吗？难怪都说席老师的记忆力超强,背台词的速度无人能比。"台上的主持人笑了笑,"也许席老师改行做福尔摩斯也不错。"

台下一时笑了起来,还有人大喊:"那不行!席老师是要做演员的!"

"开个玩笑。"主持人笑着转过头,看了看白绮,问,"然后呢,是谁主动去联系另一方的呢?"

席乘昀:"是我。"

席乘昀轻笑了下:"电话接通的时候,那一头传来的声音,很快就和我脑中模拟出来的人影对上了号。电磁波,真的是个很奇妙的东西,能将两个完全不处在同一空间下的人,拉近到一起。"

"搞文艺的就是不一样啊啊啊,为什么打个电话也能说得像是命运推动了一切的样子。"

"席哥是真的很看重白绮这个朋友吧?这么一段故事在他嘴里,好像所有的遇见、相识,都成了冥冥之中注定的指引。"

唯独此时的屏幕之后,有一个青年,非常地愤怒且不认同。

"真会编。明明只是出自卑鄙的谋划,哪里是什么有意思的遇见?"

镜头里的主持人恨不能听更多两个人的故事,于是马上又问:"然后呢,然后呢?打完电话,你们就见面了?正式成为朋友,是什么事件推动的呢?"

白绮听了,像他这么能演的人,都不由得感觉到一丝头疼。

因为一个谎言起了头,后面为了保证故事的完整性和逻辑性,就需要不断地去编造。编造的故事,还要有信服力。

不过席乘昀似乎并不打算把这些问题交给他来头疼。

席乘昀屈起手指,轻微地调整了下坐姿,很多人并不太会留意到这样的细节。只觉得席老师在镜头下,好像带上了一点强势的意味。

席乘昀接着说:"那时候我刚刚从影视基地回来,准备休假,已经提前放了工作室的假。所以和他通完电话之后,最终决定由我亲自去交还行李箱。失误是我造成的,我不知道该怎么赔偿他……"

这是他们昨晚根本没有讨论到的部分,就连白绮也不知道席乘昀会说什么。

白绮心想,刺激!

席乘昀顿了下:"于是我从藏品里,挑了一支钢笔出来。这支钢笔,是我早年间购入的。"

主持人八卦地问:"什么样的钢笔?有图片吗?"

席乘昀:"Caran d' Ache 有一款限量钢笔,它很奇妙的一点在于,它的笔身上有一个钟表,钟表永远地停在了 09:25 的位置。"

主持人双眼一亮:"我知道这支笔!它价值两万美元!"

"换算成人民币也就是十三万多。我的天,第一次见面啊,席哥!第一次见面就给人准备这样的礼物!"

"啊啊,我好羡慕我好嫉妒我好恨,能成为席老师的朋友,也太爽了吧!"

"不是啊,你们谁注意到,拿错行李箱的日子就是九月二十五啊!"

"?"

"我惊到说不出话,就……真就命中注定呗!"

屏幕后的蒋方成也猛地顿住了。

是有这么一支钢笔,小范围地出名了一把。当时还有网友说这笔的设计有病,钟表也是个摆设,上面的指针压根儿不会走,谁会拿这么多钱去买这玩意儿?

而席乘昀说出来的这一段真实得……真实得好像真的曾经发生过。

好像真的在很久之前,他的大哥就因为一个行李箱,把白绮列入了他朋友的范围。

这不是没可能的事。

蒋方成刚才的嗤之以鼻、怒不可遏,这会儿全被压了下去,深切的寒意将他从头裹到了脚。

镜头里。

席乘昀露出可惜的神色,他说:"但是白绮没有收。"

白绮陪着甜甜一笑:"太贵啦。"如果是十三万,没准他在故事里真就收了。

蒋方成在屏幕后紧紧蜷住了手指。

如果故事是真的,那么白绮可能真的不会收席乘昀的礼物——白绮的性格就是这样。

蒋方成拉拢白绮的时候,一开始把握不准方式,先后尝试了赠送 AirPods、iPad,又或者是时下流行的鞋、包……白绮都没有要。

也正是这样,才让蒋方成觉得白绮将来一定可以成为他的左膀右臂。

他也可以向他父亲证明,他交朋友的眼光不错。

现在听着席乘昀讲述的一切……太真实了。

蒋方成阴沉沉地盯着屏幕,心想总不会一开始白绮就认识他大哥,论文的事也是一个陷阱吧?

这头主持人已经听得入了迷,加大力度问:"再后来呢?"

"再后来,又很凑巧,我发现我们是校友。于是借着京师大学的名字,我才有机会和他聊了更多的东西。

"至于真正成为朋友啊……这是一件很有趣的事。"

这下大家可就来兴趣了。

包括白绮都来兴趣了,他要听听席乘昀怎么编!

只是在镜头下不能表现得太明显,于是只能甜甜地笑着,并时不时地看一眼席乘昀。

就好像在提到这段故事时,他也想起了那段回忆,于是会心笑了一般。

席乘昀这时候低低地笑了一声,抬了下眼眸,仿佛漫不经心地与镜头对视了一眼。

观众在瞬间呼吸窒了窒。

"不知道为什么,刚才那一瞬间觉得席哥身上有点危险的感觉。"

"那一眼把我钉那儿了。"

蒋方成也有这样的感觉。

甚至有种席乘昀穿过了镜头,看了他一眼的错觉。

但这不可能,席乘昀怎么会知道他也在看直播呢?

蒋方成念头刚起,席乘昀轻轻启唇:"白绮期末考的时候,我在图书馆陪着他背书,已经不是第一次。早在之前,我就陪同过,以曾经就读过的学长的身份。白绮有多专注手里的学业呢?他眼里只看得进代数。"

"嘶"声轻响。蒋方成曾经就这样想。

弹幕这会儿已经哈哈哈笑开了。

"人间真实。"

"别说了我也要好好学习了,只有好好学习才能得到席哥的另眼相看。"

席乘昀淡淡道:"那天天气不太好,白绮做了整整十页纸的英语译文,然后落在了吃饭的地方。"

"啊啊啊,别说了,已经感觉到了崩溃了,就仿佛我熬了一个通宵好不容易写了五百字论文,结果文档崩溃了一个字没保存。"

席乘昀说:"我帮他找了回来。"

蒋方成手一抖,那明明是他做过的事!

是他找回了白绮落下的作业,是他追着大巴跑了很久,是他看着白绮,邀请白绮:"要不要加入学生会?让学长带带你。"

蒋方成厉喝一声,抄起手边的东西砸碎了眼前的屏幕。

他的身体不可抑制地发起了抖。

好狠。席乘昀好狠。席乘昀刚才那一眼就是在看他。

他当着镜头，当着所有人的面，把蒋方成这个人抹掉，然后覆上了一层全新的故事。

比删除更狠的是替换覆盖。

以后不管他怎么对媒体讲述，他和白绮曾经是最好的朋友，席乘昀为了算计自己的亲弟弟，才故意找到了白绮……还会有人信吗？

蒋方成几乎疯了。他崩溃地抓了抓头发，颤抖着又重新打开手机，用手机重新登入了直播间。

他不敢看席乘昀。

因为这个一直压在他头上的大哥，哪怕只是漫不经心地坐在那里，也会让他感觉到极大的惊恐。

于是他牢牢地盯住了白绮。

白绮这会儿也有短暂的错愕，不过他很好地收敛住了。他惊觉席乘昀的本事是真的很厉害。

蒋方成曾经做过的事，他只和席乘昀随意提了一嘴。但席乘昀不仅记住了，还顺手化用在了这里。

不过也幸亏是化用的故事。

刚才席乘昀讲述的口吻太过真切，他会拿到那么多的影帝，真的一点也不奇怪。

白绮甚至毫不怀疑，如果他这样的一个人扮演心理医生的角色，那么一定能成为电影里的典型大反派，用娓娓道来的轻柔语调，不知不觉就将主角的记忆改变了，指使主角犯下惊天大案。

这会儿弹幕还在飞速刷着。

"啊啊，这个采访真的太值得了，我第一次感觉到言辞匮乏，说不出更多的形容词。"

"我要是白绮大概当时也会感动的，对于一个费心写作业，次次都要写通宵的人来说，没有什么比一个人把我丢的作业给我送回来了，更能打动我的事了。"

"白绮绮也太可爱了，呜呜，这两个人都好可爱，因为行李箱而结缘，因为作业本而成为朋友，这是什么感天动地、积极向上的美妙友情啊！"

这会儿主持人轻咳一声，他说："嗯，一直都是席老师在回答问题，白绮不说点什么吗？"

这坑可摔不着他，白绮歪头一笑，眉眼灿烂："我不打算说呀。我嘴笨，不如席老师厉害。"

"又来了，又互相夸上了。"

"我和我的小姐妹也经常这么互夸，互夸真的会让人拥有自信和勇气。这是最美好的相处方式。"

弹幕一时间又全是夸的。

而白绮话音落下时，转头迎上了席乘昀的眸光，只不过这和他想象中的不太一样。

席乘昀的眼眸深邃，一眼望进去，像是落入了深渊，啊不对，席乘昀的这双眼睛生得相当漂亮。换句话形容的话，那大概会像是坠入了无边的星空。

白绮短暂地怔了一秒，然后本能地冲席乘昀又笑了下。

席乘昀也看着他："是不是有点热？"

哎，是吗？白绮抬手摸了摸自己的脸："好像是有一点热，暖气开太足啦。"

席乘昀笑了下："嗯，那就解颗扣子，透下气。"

白绮："嗯。"

主持人有点坐不住了，这就是好朋友之间的默契吗？旁若无人的默契。我都有点羡慕了呢。

主持人深吸一口气，低头看一看台本，抬起头来，笑笑说："白绮能有席老师这样的朋友，让人羡慕疯了；席老师能有白绮这样的朋友，也让人羡慕坏了。行了，现在大家都对你们的深厚友情抓心挠肺恨自己不能拥有了。咱们问点别的吧？"

他顿了下，问："白绮期末考过了吗？"

"哈哈哈，主持人你是魔鬼吗？"

白绮："过了。"

主持人："好吧。确实不过就说不过去了。席老师都使尽浑身解数陪着你背书了……那白绮考虑回应粉丝请求，开一个学霸指导班吗？"

白绮先礼貌发问："粉丝？席老师的粉丝吗？"

主持人："不止哦。还有一些你的粉丝哦。"

弹幕一下就激动了。

"绮绮看我，我很喜欢你。"

"我就问白绮什么时候出道啊？"

主持人飞快地把话题拽了回来："所以你开班吗？"

白绮冲着镜头一笑："刚才也说啦，席老师使尽浑身解数陪着我背书，所以我考过了。开班有什么用呢？席老师只能陪我一个人啊。"

"谢谢，已经在羡慕嫉妒恨了。"

"妈耶，你这是把席哥当成亲哥了吧？"

"这期访谈真的太绝了，简直可以纳入席老师访谈经典必看前三。"

主持人倒也没有揪着他们的私人问题一直问，问太多，就怕触碰到席老师的底线了。

今天节目效果已经爆炸，于是主持人开始CUE（提及）《我和我的完美朋友》。

"白绮可以用一句话形容一下这档真人秀的每个嘉宾吗？"

主持人这明显就是在试探性地挖坑，制造新一轮爆点。

白绮："节目组一定很感激你帮他们打广告。"

主持人："呵呵……"

白绮："周影帝，大帅哥；富影后，大美人；杨老师，大美人……"

主持人嘴角抽了抽，在白绮嘴里，男女就两个属性：大帅哥和大美人。

"笑死。可是确实帅，确实美。"

白绮话音一转："席老师，大帅哥。"只不过这次多添了几十个字，他说："我独一无二的好朋友，我人生的灯塔，我远航的护卫者。"

今天已经被白绮震惊到的弹幕观众，麻木打字：

"白绮，小帅哥，席乘昀独一无二的好朋友。"

主持人也是噎了又噎，万万没想到，我给你挖个坑，你也能给我变成秀友情的环节……

主持人尴尬地笑了三声："嗯，好吧。那咱们换个问题。嗯，之后席老师要是有第二个朋友的话，你会允许吗？"

白绮："当然。"

主持人："你不会觉得自己被冷落了吗？"

这倒是有点难住白绮了。

说不介意，那显得多少有点不上心。书里不都写了吗？朋友之间也是有占有欲的。

说介意，那又怎么叫完美朋友呢？可恶。

席乘昀回答了这个问题："如果这世界上还能有比白绮更优秀、更适合做朋友的人……"

主持人双眼一亮。

席乘昀："那也不会是我的朋友。"

主持人噎住了。

席乘昀:"成为朋友是需要缘分的。"

观众们表示大为认同,并忍不住开始刷弹幕:

"真的神仙友情啊。"

"席老师是真的很在意这个朋友啊。"

主持人还想说点什么,席乘昀淡淡地扫了他一眼。

主持人立马就明白过来,今天到此为止了。

但结束不能这么仓促,于是主持人问了最后一个问题:"好吧,听席老师的。嗯,最后,大家都很想知道,《我和我的完美朋友》结束之后,席老师还会再带着白绮出镜吗?"

"如果有不错的策划。"席乘昀应声。

主持人站起来"啪啪啪"拍手,开口就是一串套话:"好的,那我们就先期待第四期播出啦。希望看到我们这期访谈的朋友,也能为我们点个赞哦,感谢席老师和白绮……"

场内很快响起了退场的背景音乐。

台下观众不舍地大声喊着:"再见!"

席乘昀朝白绮伸出手,白绮顿了一秒,然后飞快地搭了上去,跟着席乘昀缓缓走下了舞台。

观众们完全没有看够,弹幕里也是一片"啊啊,别走"。

这期访谈还未剪辑成片在电视上播放,但已经通过网络平台,一下爆红了。

白绮和席乘昀再次上了热搜,论坛再一次开起了高楼。

"恍恍惚惚红红火火,我从来没想过,我有一天会为席老师的美好友情落泪。"

"太香了,我已经说累了。谢谢白绮让我们见识到了一个更丰富更有魅力的席老师。"

如果说之前《我和我的完美朋友》只是让更多人了解到,白绮是个多么富有魅力的人,席乘昀拥有这样的朋友多么令人艳羡,那么这档采访一播完,大家是真的感受到这对朋友之间的默契和友谊之深厚了。

白绮走回后台卸了妆。

这会儿那个化妆师的眼珠子都快瞪出来了。

"好了吗?"席乘昀回头问。

化妆师匆匆变了下脸:"好……好了。"

席乘昀让助理阿达把一次性面巾取过来,用温水浸湿,然后才递给白绮:"擦脸。"

白绮应声接过，仔仔细细地擦了起来。

席乘昀拉开椅子，就这么坐在一旁等他卸妆。

化妆师都忍不住惊叹，原来不在镜头前，他们的关系也还是这么自然且默契吗？

"好了吗？"席乘昀问。

白绮："好了。"

"我们走吧。"席乘昀从他手里抽走擦拭过的面巾，一抬手，扔进垃圾桶。

两个人很快就消失在了化妆师的视线里。

这会儿已经是晚上了。

白绮问："我们去哪里？"

席乘昀："蒋方成的订婚宴，去吗？"

白绮几乎是很快就做了决定："去吧。"他忍不住说，"和蒋方成订婚的女孩子也真够倒霉的。"

席乘昀看了他一眼："你不用担心韩丝，她是个很聪明且很清楚自己要什么的女孩子。"

韩家其实是更想和他联姻的，他们根本不在乎他喜不喜欢韩丝，只在乎他手里握有的力量有多大。

白绮怔了下，点了点头。

席乘昀升起了座位间的隔板，让前座无法听见他们之间的交谈。

席乘昀淡淡道："我很快就要拿到自己想要的东西了，蒋家会意识到，他们没有能牵制我的东西了。可能什么昏招都会想出来……"

白绮接声："所以我们先出席他们的订婚宴？警告一下蒋家？"

席乘昀："嗯。"

白绮都不由得暗暗咋舌，席老师是真的很有手段啊！

白绮刚在心底感叹完，就感觉到手中一沉。

席乘昀放了个精美的盒子在他手上。

"这是什么？"

"那支钢笔。"

白绮打开盒子一看，里面还真躺着席乘昀口中说的那支钢笔。

"你要收下，不能露馅。"席乘昀将那支钢笔取出来，别在了白绮的胸前，他笑了下，轻轻抚平了白绮胸口处的褶皱，"像个小绅士。"

白绮也不知道为什么，席乘昀的口吻其实也并没有什么变化，但今天从他口中说出的话，总让他的耳朵有一点本能地发烫。

席乘昀送完钢笔，就没有再出声了。

白绮舔了舔唇，觉得气氛好像凝滞住了。他低声问："席哥过年在哪里过？"他没有问席乘昀是否还有别的亲人，万一戳中什么伤疤就不好了。

席乘昀："往年是在剧组。"

白绮抬手摸了摸钢笔："那……"

白绮犹豫了下，问："要来我家吗？"

他觉得，席老师的那个家，一点也没有亲情的氛围。

席乘昀身形一顿，他骤然转过了头。

车在道路上疾驰而过。

五颜六色的灯光从席乘昀的身后一一划过，少数的光落在他的眼底，绽出了瑰丽的色彩。

席乘昀盯住了白绮。

白绮："？"

席乘昀突然笑了一声，低声说："如果去你家登门拜访了，后面要是不再来往，他们会忍不住问你到底怎么回事。"

白绮："……"

那确实，倒是他没想到。

席乘昀："谢谢你邀请我去。"

那一瞬间，席乘昀眼底的光芒好像又有了明暗的变化。

他说："我会去的。"

白绮："？"这和刚刚说的不一样！

但邀请人的是他，这会儿也不好说，要不你别去了吧，我借口都给你想好啦！

车差不多行驶了一个多小时，才抵达了目的地。

这里是在京市的郊外，一个小庄园的门口。

红毯已经铺就，门口还有一道鲜花拼凑的拱门，上面用白色的轻纱扎了个蝴蝶结。

白绮暂时将钢笔取下来，放回了盒子里。

然后席乘昀又给他换了枚红宝石胸针，就跟这东西能十块钱批发一堆似的。

车门打开，两个人先后走了下去。

不少宾客应该已经先到了，所以外面并没有什么人停留，只有几个侍应生模样的，见了席乘昀一愣。

"席……席先生？"

白绮立即上去，递出了一张请柬。

侍应生翻看过后，震惊地把人迎了进去。

蒋方成站在庄园三楼的房间里，朝下俯瞰。

他本来以为席乘昀不会来了，但事实证明，他的大哥比他想象中还要来得可恨。

席乘昀在直播结束之后，依旧带着白绮来了。

蒋方成还在发怔，蒋父进来了，说："你大哥到了，我们该下去了。"

席乘昀带着白绮进门，不少宾客都露出了惊讶的表情。

他们当然都认识席乘昀这张脸，但却不太清楚他和蒋家的关系。

而蒋父这会儿依旧穿着他那身唐装，缓缓从楼上走下来。

他忍不住露出了得意的笑容，他的大儿子还是来了，他很高兴，这说明席乘昀还是可以做蒋家的倚靠。

角落里，有人已经忍不住议论上了。

"怎么还请了明星？"

"什么明星？哈，老李，你不会一点风声都没听说吧？这位席大影帝，演技上的确很厉害。但你不会真以为，就因为这样，他就能走得一路顺风，没有半点丑闻，轻而易举站在了这个圈子顶端吧？"旁边的人笑开了，"人家那是席家的唯一继承人啊。"

"哪个席？"

"你是不是喝酒喝傻了？就那个在国外赫赫有名的席家。"

"我的天，居然是那个席家？"

彭总跟着听了两耳朵，心底也不由得生出几分震撼、几分感叹。

他和蒋家有一点地产生意上的往来，这才被邀请了过来。

还没等感叹蒋家的大手笔呢，就又听了这么一嘴厉害的八卦。

彭总忍不住暗暗嘀咕，这种出生即巅峰的人，和他们可不一样。

别看他们这个×总那个×老板，实际上赚钱全靠几个工地上那么点儿，一天酒桌上还不知道得喝几圈儿……而像这个席影帝这样，早在他祖上前几代，就已经完成资本的原始积累了，后面就是一路钱滚钱，就躺着数钱嘛。

彭总端了酒杯，想着一会儿敬不着蒋董，可以敬那位小蒋总嘛。

至于那位什么席影帝，他凑热闹也凑不过去。

彭总想着，往前几步，就见那位小蒋总走到了那席影帝的面前，小蒋总腮帮子似乎都在抽动，不知道是气的，还是怎么的。

"可真是我的……"好大哥。

蒋方成话还没说完，白绮就笑眯眯地先开了口："蒋家这个猪杀得可真好啊。"

蒋方成面色一变，顿时把话全咽回去了。

"我……我那时候，不是想骗你，我……"

这头彭总眼看着那位小蒋总把脑袋耷拉了下去，心想这可算奇景了，这小蒋总平日脾气可暴着呢啊。

彭总感叹了一半，目光霎地一定。他怎么觉得旁边那个男孩儿，像老白他儿子呢？他上次见老白的儿子，还是好几年前，一时也有点拿不准。

那时候小孩儿嘴特别甜，一张脸还没完全长开，但五官格外好看，知道他爸公司出事以后，眼圈都噙着泪，茫然又彷徨，一口一个"谢谢叔叔"。瞧着多可怜哪。

这一头。

"白绮，你真的不会觉得席乘昀可怕吗？他能当着镜头，撒那么多谎。什么送作业，那明明是我做过的事！他的掌控欲太强了，你看……他连这些事都一清二楚。他还在谋夺篡改你的记忆！"蒋方成竭力克制着表情，还在继续和白绮说话。

席乘昀抿唇不语，他微笑着看向蒋方成，连打断的意思都没有。

他这样，蒋方成的声音反倒哽了哽。

蒋方成最讨厌也最怕见到的，就是席乘昀这副稳操胜券、不以为意的模样。

白绮心想我也在撒谎呀，倒也没有好到哪里去，我还拿了席乘昀的钱呢。席乘昀撒谎却是为了我好。

白绮轻声说："那些事都是我告诉他的。"

蒋方成一滞："什……么？"他气血上涌，青筋暴跳，"你什么都跟他说？"

白绮："嗯。"

蒋方成死死地盯住了白绮，他真的恨。

不是恨白绮，而是恨席乘昀，怎么总是能够轻而易举地夺走他手里的东西。连朋友也不放过。

"你相信我，席乘昀就是拿你当工具。他是为了和我作对，为了气死我爸爸。"蒋方成放低了姿态，他的身形微弓，像是用尽了全身的力气，才让自己看上去不是那么狼狈。

白绮："？"他茫然了一下。

那不是你们父子先做错事的吗？怎么还恶人先告状了？

白绮还没做出反应，席乘昀就先慢条斯理地开了口："嗯，本来你是白绮最好的朋友。但要多谢你，我的好弟弟，让他认识到你这样卑劣的小偷，是不配和他做朋友的，所以这才有了我的机会。"

蒋方成脸色大变，死死地咬住了牙。

席乘昀："为了感谢你，我特地带绮绮来出席你的订婚宴。再顺便多为你带来一些记者，没准儿明天你也能上一回头条。"他笑了笑，问，"感动吗？"

蒋方成身形微微颤抖，气得肺都要炸开了。

可是席乘昀提醒了他。没错，记者，到处都是记者。蒋家、韩家都丢不起这个脸，他妈遭受不住后果。

"老彭，你站这儿干什么？走，咱们去和小蒋总打个招呼啊。"一个身高像铁塔一样，将不合身的西装撑得像是要崩开的男人，突然拍了下彭总的肩。

这下不仅把彭总吓了一跳，还把白绮三人的目光吸引了过去。

铁塔男似乎不太看得懂眼色，见蒋方成看过来，端着酒杯就要上前。

白绮的余光一瞥，角落里还真有几个扛着摄影机的人，蠢蠢欲动。

白绮想也不想便揪住了席乘昀的西装衣角，往另一个方向带："我们挑个位置坐吧。"

身形高大的席乘昀，就这么任由他揪着走了。

"小蒋总。"铁塔男热切地招呼了一声，蒋方成只能死死按住了想要追随白绮而去的想法。

"你谁？"蒋方成冷着脸问。

铁塔男也不生气，笑笑说："上次在韩总的酒会上见过的，我卢彬啊。这位……这位是兴晨建筑公司的彭总彭万里……"

这边卢彬把人缠住了，那边白绮二人落了座，很快也有其他人壮着胆子来和席乘昀搭话了。

"席哥，还有这位小白哥，晚上好啊。"

小白哥？白绮愣了一下，才反应过来对方是在叫自己。

来和席乘昀搭话的人，有那么两个看着还很眼熟，像是上过什么财经封面。

"小白哥，第一次见，我做个自我介绍，我姓方。"

"我姓王。"

他们陆续开了口，叫得极为自然，甚至还有点亲热，丝毫不觉得别扭。

当初席乘昀陪读时，找他的电话全打到了尚广那里，尚广张嘴说是陪

"小朋友",于是他们一想,席哥的朋友也得叫"哥",但偏偏人家年纪又小,那就改叫"小白哥"吧。

这个称呼就这么着在圈子里传开了。

白绮很快就扬起了笑容,第一次被比自己年纪大的人叫哥,这体验还挺新鲜。

这帮人拿不准白绮的来头,只知道他和席乘昀是朋友。一个个也只能绞尽脑汁地往外挤夸赞的话:"小白哥很厉害啊,青年才俊。"

"听说小白哥在京大读书?那了不得了不得啊!"

"小白哥喜欢温泉山庄吗?我那儿也有个私人的,要是小白哥有空,我请你和席哥一块儿去玩。"

他们觉得自己算是琢磨明白了,席哥有没有空不重要,白绮有空,那席哥自然就有空了。

蒋父在不远处看得胸口直犯梗,暗地里咬牙切齿:"我是他爸爸。这帮人倒好,一个个跑去捧一个陌生人……"

蒋父按捺不住,想要往席乘昀那边走,结果韩丝迎面走来,笑盈盈地说:"伯父,我爸爸正找您呢。"

韩丝很聪明。她觉得席乘昀不会给蒋父留面子,也就蒋父看不明白。

一会儿凑到一堆,把订婚宴给她搞砸了怎么办?

韩丝把蒋父给拦回去了。

而这头白绮笑着应道:"嗯,等有空再说吧。"

"小白哥明年考试还多吗?"又有人问。

白绮迷惑地眨了眨眼,说:"多吧。"

对方一下苦了脸:"那下次……能让席哥陪读的时候,别关机吗?"

白绮惊愕地转头去看席乘昀,他陪读的时候,把手机全关机了?

"这要找席哥的时候,确实是不好找啊。但凡席哥能有空和我说两句话呢,就那么两句话也行。"对方的脸色更苦了。

白绮心想,没准明年就合同到期,谁也不认识谁了呢。

不过也说不好,当初的合同上并没有写明期限,只说在甲方达成目的后,将会择日与乙方解除关系。

旁边的人倒是先笑了,拍了下那人的肩,说:"李总,真有你的啊,这是想法子先从人小白哥这里吹风啊……"

白绮摇头一笑:"那没用,席老师八风不动。"

一直没有开口的席乘昀,突然出声说:"你试试。"

嗯?白绮去够桌上茶杯的动作一顿。

这时候司仪站上了台，面前的麦克风一响，顿时将所有的关注都吸引了过去。

交谈的众人自然也都住了声。

在司仪的主持下，订婚流程有条不紊地进行了下去。

蒋方成和韩丝站在一起，台下摄影师咔嚓咔嚓就是两张照片，气氛一派祥和。

蒋父接过麦克风，微笑着说："感谢大家赏光，来参加我小儿子和韩小姐的订婚宴。今天是个难得的日子，我的大儿子也在百忙之中抽空赶了过来。哦，很多人还不知道吧？乘昀其实是随的母姓，我小儿子才是随的我姓。"

很多知道内情的人并不觉得惊讶，不过难免仍有些不知道的，发出了低低的惊呼声。

蒋父伸出手："来，让我们一家人站在一起。"

白绮都觉得蒋父胆儿真大，这句"一家人"简直就是在席乘昀的雷区反复踩踏。

白绮看了看席乘昀，他的神色却并没有什么变化。

几秒过去，席乘昀突然动了，他站起身，竟然顺势也将白绮拉了起来。

"您要去吗？"白绮小声问。

"嗯，去吧。你看，有人想登，却登不了这个台。"席乘昀轻声说。

白绮视线一转，就看见了那次在蒋家看见的中年美妇，也就是蒋方成真正的母亲。

她立在台下，连席间都没有她的位置。她盯着那个不高不低的台子，咬着唇，泫然欲泣。

只要蒋父还想拉拢席乘昀，公开场合就永远没有她的位置。

这时候席乘昀迈动了步子，带着白绮一块儿走了上去。

蒋父扭头一看，差点气得当场变脸。

蒋父死死盯着白绮，他怎么配？

白绮也很疑惑，但席老师既然这么做了，那就顺从雇主嘛，他就权当没感觉到蒋父的愤怒了。还有台下蒋方成的亲妈估计也很生气，没关系，他统统当作看不见。

蒋父勉强克制住了表情，说："乘昀，你干什么呢？我刚才说了，咱们一家人站到一起来，你怎么带着朋友也上来了？"

席乘昀突然指着蒋方成问："他是谁？"

蒋父暗暗皱眉，说："当然是你的弟弟啊。"

台下众人面面相觑，一时间隐约觉得好像嗅到了什么不同寻常的味道。

席乘昀云淡风轻道："我不这样认为。比起他……"席乘昀抬起胳膊搭住了白绮的肩膀，轻拍一下，然后说，"我更希望白绮才是我的弟弟。"

这话一出，场内一片哗然。

蒋方成脖颈上的青筋凸起，蒋父也在后面脸色铁青，而台下的妇人掐紧了手掌，刚做好的指甲都快崩开了。

韩丝眼珠转了转，倒是完全不在意这样的闹剧。

她笑着说："大哥和这个朋友的关系真好啊，我看认个弟弟也没什么不可以。只要人家父母也同意，那也是一件大喜事对不对？来，小白先生，一起干杯酒，再一起合个影。"

白绮站在席乘昀的身边，悄悄看了看席乘昀的脸色，最后还是从容地接过了酒杯。

韩丝还没忘捅蒋方成一胳膊肘："快啊，一起举杯啊，和我订婚你高兴得傻了？"

蒋方成："……"他这会儿把韩丝也恨上了。

蒋方成紧紧捏住了杯身，力道之大像是要把酒杯都捏碎。

他死盯着白绮，还是端着酒杯往前送了送。尽管他讨厌韩丝，但也不得不说这是眼下唯一能挽回局面的方式了。

只是白绮和席乘昀谁也没有和他碰杯。

他们径自喝完了酒，席乘昀还低头问了白绮一句："好喝吗？"

白绮："喝不出味儿。"

席乘昀："是这里的酒不好喝，我改天让尚广给你送一瓶好酒。"然后他接过白绮手里的酒杯一块儿还给了侍应生。

这酒喝完，蒋父已经是脸色一阵青一阵白，气得快中风了。

底下摄影师又咔嚓咔嚓拍了两张照片。

席乘昀扫过镜头，和白绮说："走吧。"

白绮点点头，和他一起往台下走。

蒋父这会儿也不想硬留人了，他怕再多留一会儿，自己就得当场被送进医院抢救。

蒋父勉强撑起笑容，与韩家人一块儿坐在台上，受了茶，竭力克制着不再去看席乘昀和白绮。

"我们可以回去了。"席乘昀说。

记者照片都拍了，白绮估摸着席乘昀的目的已经达到了，于是点了点头，跟着他就要往外走。

只是在经过摄影师身旁时,席乘昀却突然步履一顿。

"你好。"

摄影师慌忙回了头:"席先生。"

席乘昀:"麻烦照片给我一份。"

摄影师:"好的好的,洗好了我就给您。"他从席乘昀手里接了名片,郑重其事地揣入了口袋。

席乘昀点了下头,这才带着白绮走出了宴会厅,缓缓朝庄园的门口行去。

这会儿天色已经彻底黑了,四下一片寂静。

尚广坐在驾驶座上,调低车窗,朝他们招了招手:"席哥,这儿。"

两人一上车,尚广立马就打开了导航,开始掉头往外走。

白绮看了看导航,问:"一会儿回去是不是要经过南三环啊?"

尚广对路不太熟:"好像是。"

白绮:"那一会儿把我在南三环的绥阳路放下就好啦。"

尚广脱口而出:"你去哪儿?"

白绮:"我回家呀。下面没有别的事了对吧?"

尚广:"是……"

车里面一时间安静极了,谁也没有开口说话。

白绮今天也挺累的,打了个哈欠,懒洋洋地往下滑了滑,牢牢倚住了靠背。

不知道过去了多久,他听见尚广低声问:"是这儿吗?"

白绮一下坐起来,往外看了看:"就是这儿!"

席乘昀打开车门,走了下去。

白绮往外挪了挪,也顺利下了车。只是不等他拔腿走远,席乘昀就反手把车门关上了。

嗯?白绮回头看他。

席乘昀西装革履地立在路灯下,轻轻笑了下:"不是要带我回家过年吗?那今天就一起过去好了。"

尚广在里面等了一会儿。

怎么还没听见拉车门的声音?

尚广回头:"席哥?"

再看窗外:"席哥?"

他席哥那么大一个人,没了!

席哥你明天还有通告啊!

白绮往前走了两步,才突然想起来:"不行。要不还是回车上,让尚哥把我们一块儿送到目的地好了。不然一会儿被你粉丝认出来了。"

他说着转过头,就看见席乘昀摸出了一个口罩,戴好了。

夜晚的灯光昏暗,在车上的时候,席乘昀又换了一件外套,勉勉强强将自己和镜头里的席乘昀拉开了距离。

只是他的身高依旧显得扎眼,还有口罩遮挡不住的眉眼,哪怕是匆匆一瞥,也能发现其与众不同的好看。

"这样能行?"

"能。"

白绮将脑袋转了回去:"嗯,那继续走吧。再穿三条街就到了。"

席乘昀应了声:"嗯。"长腿一迈,就紧跟了上去,并且递给了白绮一个口罩。

白绮步子又一滞:"嗯?我也要戴吗?"

席乘昀:"当然。你现在也很出名了。"

白绮想了想,好像是——上次小林还说他微博粉丝涨了好多了。

于是他乖乖站定,拆开包装,将口罩戴上并调整到了最佳位置,然后两个人才又一前一后地继续往前走。

这会儿还不算太晚,但挨着的三条街都不太繁华,路上少数几个行人,来去匆匆。

他们走过一段又一段路,交错的光影不断落在他们的面庞上,又在身后拉出长长的影子。

这对于席乘昀来说,也是极为难得的体验。

冬天的风呼啸着,他能听见里面夹杂着的他和白绮的呼吸声。好像这个世界上,就只剩下了他们两个人在前行。

不知道走了多久,白绮突然出声:"我们好像没吃晚饭。"

席乘昀愣了下:"是。"

白绮:"我看看小超市关门了吗,嗯,走这边。你小心点啊,这儿有个坎儿。"白绮的声音被风吹散了很多,听上去像是小动物哼哼唧唧的声音,有点可爱。

等走到白绮家楼下,已经是半小时以后了。

白绮还在东张西望地看小超市,席乘昀却不着痕迹地皱了下眉。如果他没有跟上,白绮就要一个人走上半小时。

"算了,好像关了。可能是快过年了,都关门早。"白绮掏出钥匙,打开了单元门。

他刻意等了会儿,却没等到脚步声跟上来。

"席哥快进来啊。"白绮回头去看。

席乘昀站在那里,身形好像僵硬了一瞬。席乘昀低声说:"我没有准备礼物。我们先在附近找个商场?"

白绮:"这附近没大型商场,只有批发商城。"

席乘昀:"……"一时间,两人大眼瞪小眼。

席乘昀摸出手机,语气倒是依旧不徐不疾:"那我给尚广打个电话,让他马上去商场买了送过来。"

本来朋友就是假的,哪儿好意思再逮着人席乘昀的羊毛薅啊!

这要是个为富不仁的也就算了,偏偏人家席老师,那可真是挑不出半点错处的大好人啊!

白绮想也不想就走上去,一把拽住了席乘昀的胳膊,拉着人就往单元楼里走:"不用的,先上去吧。"

他一皱眉,扭脸看席乘昀:"我饿死啦。"

席乘昀眸光一动,这才跟着他进了门。

白绮家住在六楼,还是步行梯。一路爬上去,两个人都出了一身薄汗。

"我先找找钥匙。"

"嗯。"

白绮掏了半天兜,才把钥匙找出来。

等把门锁拧开了,白绮一回头,发现席乘昀好像又凝在那里了。挺拔的身形仿佛与地板长成了一体,楼道里不太明亮的灯光将他的面容映衬得有一分僵硬。

席乘昀理了理袖口,低声道:"有点仪容不整。"

白绮:"?"

白绮:"没有啊,席老师这会儿看上去也很像是刚从贵族的城堡里走出来的一样啊。"

席乘昀终于动了下,脸上的僵硬好像也消失了。

他盯着白绮笑了下,应了声:"嗯。"

白绮将头转回去,将门一拉开。

席乘昀身形越发笔挺。

而迎接他们的是——黑漆漆的屋子。

席乘昀:"……"

席乘昀:"你爸妈呢?"

"我爸平时都在工地,放假才回家一趟。我妈……可能又加班了。"白绮说着，一边抬手去摸索开关。

"啪"一声轻响，灯亮了，里面的景象才映入了席乘昀的眼眸。

"冰箱里可能有菜，你先在沙发上等等我哦，我去做个饭。"白绮换了鞋子，顺便给了席乘昀一双鞋套。

白绮家并不大，八十多平方米的样子，分出了两间卧室、一个杂物间，客厅、餐厅也都划分开了。

席乘昀走到了沙发边坐下，不着痕迹地打量着四下的摆设，这才有种真正走入了白绮生活的真实感。

"席哥自己开电视。"白绮说完就进了厨房。

席乘昀应了声，然后低头发消息给尚广。

白绮说不用，但不能真不用。

尚广接到消息人都傻了。

"您去见白绮的爸妈了？"

"没见着，没在家。"

尚广心想看您这语气倒还挺遗憾是怎么回事？

他轻叹了口气，掉转车头，行吧，买去吧。反正该说的话他都说得清清楚楚了，他还得多谢白绮没告他状呢。

尚广没把这事交给助理去办。

年轻人，恐怕办不周到，这事儿还得他来！

这边白绮和席乘昀都吃上晚餐了，尚广还在逛商城。那边挑个LV的丝巾，这边挑个香奈儿的包。因为拿不准白绮父母的喜好，尚广还跑去买了点"朴实"的礼物，比如说一套黄金首饰、一盒收藏级别的茶叶，再从自己家掏两瓶茅台出来。

就这么零零碎碎凑了不少，两手拎满了，还有点沉，然后他才叫上司机往白绮家开过去了。

苏美娴今天下班尤其地晚。她是干会计的，年末到年初是他们最忙的时候。

她慢吞吞地上了楼，然后站在门边开始掏钥匙。

身后的脚步声一声比一声沉，应该是邻居也回家晚了。

楼道的过道很窄，苏美娴看也不看，就先侧身让出了一点空间。结果下一刻脚步声就停住了。

苏美娴眉头一皱，心想不会是碰上什么酒鬼之类的了吧？

她小心翼翼一抬头。

一个头发多少有点秃的男人，惊愕地望着她："您住这家？"

苏美娴抿唇,没出声。她看了看男人两手提满的袋子,上面印着各种大牌 LOGO(标识)。苏美娴这才出声问:"您是要到几楼?探亲吗?"

男人:"601。"

"您走错了吧……"

对方还没答话。

门开了。

"尚广?"门里传出了男人低沉的声音。

紧跟着一个身形挺拔、面容俊美、穿着打扮分外讲究,跟电视剧里走出来似的男人,映入了苏美娴的眼帘。

苏美娴脑子里恍惚了一下,心想是我走错门了?不过这个念头刚冒起来,就被按了下去,他可不就是从电视剧里走出来的吗?

苏美娴一下想起来了:"席乘昀……席先生?"

一下子双方都顿在了那里。

大概是没有比上门拜见长辈,结果反客为主,你在门里,人家在门外更尴尬的事了。

尚广苦着脸,心想:可别啊,我这手里怪沉的。席哥不是向来处理什么事都游刃有余吗?

还是席乘昀先一步回过了神,他侧身让出一条道:"您快进来。"

苏美娴应了声,一瞬间还有点恍惚。知道是一回事,但等真人站在面前,又是另一回事。

苏美娴一脚迈进去,这才看见席乘昀手上戴着一双橡胶手套。那是白绮洗碗常用的那双。

这朋友也太自来熟了,碗都洗上了?苏美娴脑子里更恍惚了。

尚广跟着进了门,就要赶紧往里面走,想着先把东西放了,结果他席哥一回头:"穿鞋套。"

尚广生生顿住了脚步,只好先把东西搁地上了,然后连忙去拿鞋套。

苏美娴更觉得恍惚了,还……还挺维护他们家地板卫生。

"白绮呢?"苏美娴找回了自己的声音。

"他在浴室。"席乘昀也没想到白绮的妈妈会突然回来,现在只剩下了他来面对。

不过真见到了人,倒是比没见到的时候,从容了许多。

"您坐,是刚下班吗?"席乘昀温声问。

苏美娴:"是,今天加班了。哎,你们饭刚吃完吧?"

席乘昀应了声:"对。您还没吃饭吧?您先喝点热水,我给您倒一杯。"

白绮做好菜的时候，给您单独分了一份出来，我现在去给您热一热。"

苏美娴眼看着他给自己端来了热水，又转身进了厨房。

体贴，细心，彬彬有礼，人长得比镜头里还要好看，还要显气质。确实挑不出一点错处，但就是感觉怎么这么怪呢？

尚广束手束脚地走到沙发边，放下东西，再看一眼席乘昀的身影。

不愧是席哥，反客为主真有您的！

尚广清了清嗓子，伸出手："您好，您是白绮妈妈对吧？我是席哥的经纪人，我叫尚广。"

苏美娴："哦。您好。"苏美娴也伸出了手。

白绮的妈妈也长得很漂亮，虽然眼角已经生出了细纹，但她穿着职业装坐在那里，头发烫成微卷，身上也有几分优雅知性在。

尚广手伸到一半，反倒紧张了，又尴尬地收了回来，先把礼物往前推了推："这是……这是席哥给您和白绮爸爸准备的礼物……"

苏美娴不出声了，她盯着尚广看了起来。

尚广被越看越紧张。

怎么了？我的秃头影响到席哥的脸面了吗？那也不是我想秃的啊。

苏美娴心想多离谱啊，这个倒更符合一个朋友第一次登门拜访的模样。

白绮从浴室出来的时候，苏美娴饭都吃了快一半了。

"席哥，现在浴室里可暖和啦，你进去正合适……"白绮穿着拖鞋，嗒嗒嗒地往前走了几步，然后才看见了尚广和苏美娴的身影。

他猛地一顿。

尚广无所适从得厉害，见白绮头上还滴滴答答落着水，连忙站起来，搓搓手："吹风机在哪儿呢？我给你吹吹？"

白绮抓着毛巾又擦了擦头发："不用。"

苏美娴三两下就将剩下的吃完了。

半个小时后，白绮和席乘昀挨着坐在了沙发上。

席乘昀的袖子挽到了袖口处，是刚才为苏美娴热食物的时候挽起来的。就算是这样，也丝毫无损他身上从容优雅的气质。

反倒是白绮，一回家就换了睡衣，那睡衣老大一件，把他往里一套，登时显得整个人小了很多。他乖乖地坐在那里，拖鞋前面还有两个企鹅脚的尖尖。

白绮有点紧张，像做错了事一样，将头垂了下去。

他在外面可以表演得风生水起，但真到了家里，就什么都演不出来了。他都怕自己露馅儿。

尚广吸了口气，心想我看着都觉得窒息。

这见家长是真不容易啊，哪怕是假的呢！

尚广连忙扭头说："哎哎哎，您别动，我来帮您洗碗，我来我来。您先去忙，您还没和白绮说上话呢吧。"

苏美娴无语地看了看他，真是怪殷勤的，行吧。苏美娴脱下袖套，这才缓缓走到了客厅。

她盯着面前的两个人看了两眼，就在白绮越来越紧张的时候，苏美娴忍不住笑出了声。

哈，这才跟小时候带朋友第一次回家的样子一样嘛。

"行了，头发吹干了吗？"苏美娴问。

白绮小声答："干了。"

"嗯，我去帮你换被单啊。太晚了，有话等你爸回来再说，我明儿一早就得去公司。"苏美娴打了个哈欠，转头就进了卧室。

白绮心想，就这样？

席乘昀也怔了片刻，没想到白绮的妈妈居然这么温柔。

温柔得很符合席乘昀从课本里认识的母亲的形象。

白绮小声问："我妈妈看上去是不是特别年轻？"

席乘昀点了下头。

白绮："她特别欢迎我带朋友回家，因为这能证明，我在家以外的地方过得很好。"

席乘昀怔了怔，随后低低应了声："嗯。"这是他从来不曾有过的体验。

"好了啊，床可能有点小……"苏美娴从卧室里走了出来。

白绮一下钩住了席乘昀的脖颈，凑在他耳边说："嗯……我爸妈肯定是不太能接受什么假扮朋友还签协议的。所以要辛苦席老师了。"

席乘昀低声问："继续演是吗？"

白绮："对。"

席乘昀说："没问题。"

我的雇主真好说话。白绮脑中刚闪现这个念头，席乘昀转身就给他倒了杯水，显得十分贴心。

苏美娴震惊了一下，明星也会照顾人啊？

"他今天太累了。"席乘昀解释说。

苏美娴："哎，是录什么新节目了吗？"

席乘昀："对。"

苏美娴走上前去，怜爱地摸了摸白绮的脑袋："行，休息去吧。"

两个人就这么进了屋，门在他们的身后"啪"的一声关上了。

席乘昀问："你带朋友回家都会做什么？"

白绮茫然了一下："打……打游戏？"

但是席老师不会打游戏吧？他实在想象不出来那样的场景。

席乘昀看了下他："那就打游戏。"

白绮开始绞尽脑汁。

谁平时会特别留意都和朋友一块儿做了些什么呢？

有时候说点废话，时间就过去了。

"还有……还有一起窝在被子里看恐怖片，一边嗑瓜子，还一边吐槽。"白绮终于又想出来了一个。

席乘昀的注意力却在另一个地方："在被窝里嗑瓜子？"

他顿了下，脸上像是流露出了一点难以容忍的表情，他问："不脏？"

"脏……吧。但这就是一种快乐啊。"白绮说。

这是席乘昀无法理解的快乐。

白绮也不知道该怎么解释这种快乐，于是只能和席乘昀大眼瞪小眼。

最后两个人还是一起看了一部恐怖片。

片子里的恐怖剧情完全没有惊吓到席乘昀，他不动如山地坐在那里，像是一个无情的观影机器，弄得白绮也不好意思往被子里钻了，更不好吐槽了。

终于，电影结束了。

席乘昀只总结了四个字："片子很烂。"

是很烂，对于席乘昀这个级别的演员来说，片子就像是裹脚布，难看到都不配引发席乘昀更多的讨论。

白绮轻轻松了口气，马上催促道："哎，您快洗澡去吧，不用管我了。"白绮打了个滚儿，就势滚进了被窝，喃喃说了声，"熟悉的味道。"然后一头扎进被子里，就酝酿睡意去了。

席乘昀却是等到苏美娴洗漱完去休息了，再等到尚广离开了，然后才独自去洗澡。

出房间的时候，他忍不住回头扫了一眼白绮。

我是不是一个很无趣的朋友？席乘昀的脑子里闪过这个念头，又沉了下去。

席乘昀进了浴室，才想起来忘记让尚广把他的衣物送过来了。

最后只有先用白绮的浴巾裹好再回到卧室。

"白绮。"他低声喊。

床上没什么动静,白绮显然睡着了。

"绮绮。"席乘昀试着喊了下这个称呼。

床上的人似乎对这个名字格外地敏感,于是迷迷糊糊地翻了下身:"嗯?"

席乘昀:"我没有带换洗的衣服。"

白绮:"衣柜……随便……"然后就没有声音了。

席乘昀起身走到了衣柜前,打开。衣柜里面有衬衣有T恤,都有穿着痕迹。

席乘昀随意取了一件拿下来,上面印着大牌的LOGO。

他试了下,穿不下。

席乘昀只好连续又试了几件,每一件都印着大牌的LOGO。

都穿不下。

席乘昀将衣服一件件又挂了回去,眸光轻动。

他之前听见白绮自述学东西的经历时,就有猜测了,现在猜测和衣柜里的大牌LOGO对上了号。

白绮过去家境应该不错,只不过后来家道中落了。

有这样的遭遇,他却依旧心性不改。很难得。

但现在的问题在于,席乘昀穿什么呢?时间已经很晚了,再让助理送东西过来,显然不太合适。

席乘昀揉了揉眉心,看向了衣橱深处。

算了,就这样吧。

白绮在家里睡了非常舒坦的一觉,阳光洒进来的时候,他本能地眯了眯眼,然后扭身腿一搭……什么玩意儿?毛茸茸的!

白绮"唰"一下睁开了双眼。

躺在他身旁的男人,穿着他放在柜子里的恐龙睡衣。

白绮:"哈哈哈……"

白绮久不更新的微博,终于又更新了。

"家养恐龙。(图)"

多有生活气息,我看了我都觉得我俩很逼真。

白绮咂咂嘴。

他发完微博,就把手机丢一旁,从席乘昀的身上跨过去,洗脸刷牙去了。

手机一顿叮叮当当,他也没有管。

席乘昀真的是个相当有气质的男人，不管穿什么样的衣服，落入什么样的境地，他坐在那里，都始终气质不改。

直到今天。

他站在门内，抬手轻敲门板："白绮，阿姨走了吗？"

偶像包袱顿时三十斤重。

白绮拖长了语调："走啦……"

席乘昀这才从门内走了出去。

他一眼就看见了桌上，被水杯压住的百元大钞。

白绮从桌上把钱摸起来，揣进了兜里，说："这是我妈给我的，不对，给我俩吃早餐的钱。"

席乘昀一怔。

白绮回头看了看他，才又说："我放假在家的时候都很懒的，也不自己做饭。我妈就会留钱给我。不过这次留得格外多！走，带你去吃顿豪华的！"

这种格外生活化的场景，席乘昀演过，但演终究只是演而已。

席乘昀应了声："好。"

这时候门铃响了。

白绮："谁呀？我去看看哦。"

他飞快地走过去，打开了门。

门外站着席乘昀的助理阿达，阿达满手都提着东西："席哥，我给您送衣服……"阿达往里面一看，"噗。"

还穿着恐龙睡衣的席乘昀："……"

阿达连忙维持住了表情，小心翼翼进门，把衣服先递给了席乘昀。

等席乘昀换完出来，阿达才又把另一只手上拎着的递了过去："美华餐厅的早餐，有您的，白先生那份我也准备了。"

席乘昀顿了下，却说："不用了，你自己吃吧。"

阿达："啊？"

席乘昀转头去看白绮："我们去吃豪华套餐，对吧？"

白绮："对。"他拍了拍自己的兜，"里面有巨款哦。"

阿达想想也是，对席乘来说，美华餐厅的名头可能都太小了。不过他平时还舍不得吃呢，阿达舔舔唇，很是满足地拎住了手里的袋子。

白绮和席乘昀要下楼吃早餐。

阿达也就跟了下去，想着一会儿没准儿有需要他的地方。

然后他就眼看着白绮走进路边一个小铺子，喊了一声："两个煎饼馃子，加蛋的那种！"

阿达："……？"这就是豪华套餐？

阿达犹豫了一下，要不还是把手里的早餐递给席哥算了。结果他席哥连看都没有看他一眼。

最后还是阿达眼含热泪，吃了一大顿，嗝。

吃完饭，席乘昀要去上通告。

白绮："那你去吧，我在家打游戏。"

席乘昀没动。

白绮抬眸看了看他，嗯？啊，我的话说得好像是有点不太对。就好像人家席老师辛辛苦苦在外面赚钱，而我快快乐乐在家败家一样。

白绮改了口："你去吧，我在家等你。"

席乘昀："一起去吧。"

阿达左看看右看看，开口说："哎对，白先生您就去吧。席哥说过年忙没空，就把戏先推了，临时改成了个综艺。那综艺特无聊，就是看一帮小演员在那里开始蹩脚的表演……您要是去了，那不也有趣点吗？"

这么一说，白绮还真有点兴趣了："这节目不会是叫《演技之王》吧？"

阿达："对对对！"

白绮喝完了最后一口豆浆："那走走走！"

席乘昀嘴角弯了弯，抽出两张纸，走上去，将纸贴在了白绮嘴边。

白绮很自然地就接过去，自己擦了擦嘴。

这会儿网上还在热议蒋家的订婚宴呢。

"席老师居然和蒋家有关系？席老师是富二代啊？"

"据说好像不只是富二代，挺复杂的。"

"谁看合照那段录像了？没看过的快去看！快！"

"看完回来了，我怎么觉得席哥站在台上，攻击性有点强？他弟弟……那是他弟弟吧？脸色好像都不好看了。"

"别看这个了，我好生气啊啊！夏昀粉丝是不是有毛病？把席哥的脸P他们家爱豆的头上！"

"哪儿呢？我看看。"

"好像不是P的啊。"

@我是夏昀的腿腿：家养恐龙（图）。

只见这条微博下，评论数飞快地增长着。

"腿腿发错了？"

"你拿这个号发别家的照片,不好吧?"

"这照片哪里来的?背景很生活化啊。就像和席乘昀睡一张床上,一醒,就'咔嚓'拍了一张。"

"不可能是席乘昀好吗!席乘昀怎么会穿恐龙睡衣!"

这头席乘昀带着白绮下了车。

节目组的人殷切地出来迎接,一看见白绮,心底就忍不住暗暗嘀咕,这关系有这么好吗?真的是走哪儿都一起啊。综艺不都是有剧本吗?

"您请,这位是白先生对吧?"节目组的人笑着打了招呼,然后把人迎到了后台。

后台这会儿人很多,各个被塞过来的小演员、小爱豆,还有糊了很多年的老演员,都扎堆在一块儿。一听说席乘昀来了,这下所有人都站了起来。

"席老师好!""席哥啊啊啊!没想到真的能见到您!"

节目组的人正在低声和席乘昀沟通:"有那么几个吧,上头是打了招呼的,说稍微照顾着点。您待会儿点评的时候,手下留情点,或者您就交给另一个嘉宾来说。也不多,就……就四个吧……您看,那个腿特别长的,叫夏旸。他背靠的公司是我们节目组的顶头老大……"

席乘昀没点头,也没摇头,只是看向那些打招呼的人,微微一颔首,然后抬手轻轻搭住了白绮的肩,他说:"这是白绮。"

众人愣了下,然后飞快地反应了过来:"白先生好!"

有几个更聪明点的,立马喊了声:"白哥好!"

白绮微微笑着,目光却慢慢地飘远了点。

角落里坐了个穿着卫衣的青年,青年脖颈上还挂着耳机,一条腿屈起,一条腿随意往前蹬着。别人热切打招呼的时候,他脸上没什么表情,眉毛甚至还皱拢了些。

那是夏旸。他的小爱豆!

他那有着一张帅脸,但是因为高中都没毕业,老挨骂的小爱豆。

白绮扭过脸,甜甜一笑:"席哥去化妆录节目吧,我在这里等你。"

所有人望着这个笑,都禁不住想,确实甜,比在《我和我的完美朋友》的镜头里还甜!

席乘昀低低应了声,抬手拍了下白绮的脑袋,跟拍小狗似的,然后才跟着工作人员先走了。

"自己玩儿,有事打我电话。"

周围的人心情都复杂得很。

席老师就跟高岭之花似的,对你再绅士再温和,你也很清楚他不是你能接近的。因为大家就不属于一个层面。

但这会儿,这高岭之花弯了弯腰,和另一个层面的人做了朋友。

这让大家再看向席乘昀的时候,多了几分更真切的仰慕和喜欢。

众人恋恋不舍地从席乘昀身上收回目光,等再转头去看席老师那位小朋友,嗯?人呢?

白绮走近了夏旸。

夏旸很敏感,立马就抬起了头。

白绮也从来没有和爱豆近距离接触过,张嘴说什么好呢?肯定不能说"我喜欢你"啦。他现在得好好做席老师的粉丝。

白绮挤了半天,挤出来一句:"你要补习吗?"

第九章
席老师，新年快乐

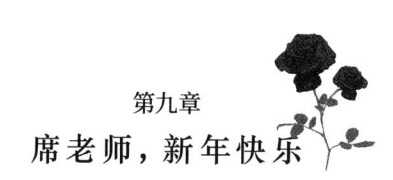

夏旸："……"他的黑粉都已经能打入节目组内部了？

这时候有人打他们旁边路过，见了白绮，顿时脚步一顿："刚才还说呢，白先生走哪里去了，无不无聊，要不要陪一陪。您和夏旸认识啊？"

白绮："也就刚认识。"

对方："……"

和白绮搭话的是个三十来岁的男演员，前几年很红的电视剧小生。名字……白绮不太记得了，好像是姓冯？

这位冯先生笑了笑，说："白先生脾气真好，很平易近人。"

夏旸这会儿也听出来了，面前看上去面嫩得跟高中生似的男孩儿，压根儿不是什么工作人员。

夏旸转头看向冯先生："冯老师，我们对一下词。"看上去，他们好像是要搭档演出的。

冯先生笑着摆了摆手："不了吧，我习惯先自己背词，揣摩人物情感。"

夏旸皱眉："可是时间不多了……"

冯先生："哎，那也要先揣摩透角色嘛。"

冯先生看了看白绮："白先生要不要到那边坐？那边比较宽敞，还有茶水蛋糕供应。"

白绮："不用啦。"

冯先生也摸不清白绮的真实性情和喜好，只能点点头走远了。

夏旸的眉头皱得更紧，低声说："我不需要补习。"他站起身，想要去追冯先生。

白绮也算看出来了，很明显，冯先生根本懒得搭理夏旸。

就如白绮猜的那样，夏旸追上去也还是吃了个闭门羹，最后只能沉着脸回来了，往那里一坐，捏着剧本就开始读台词。

是真的读。

"我不会死，你也不会死。你相信我，我会想办法救你。"一段陷入绝境的对话，由夏旸说出来，味道干巴且僵硬，仿佛夏天英语角里，努力声情并茂朗读着短文，却因为好多词不认识所以显得格外怪异的艰难大学生。

白绮："？"还不如我来呢。

白绮忍不住出声："重音放错地方啦。"

夏旸顿了下，骤然抬起头："我们对下词？"

毕竟是自己的偶像，白绮咂咂嘴，还是接过了他递来的剧本。

夏旸已经把台词背熟了，完全不需要再对照着念台词。

他开始背台词了，真就纯背。

夏旸："该你说台词了。"

白绮清了清嗓子："哥，别走。你别去。"他的神情惶恐，眼底水光浮动，嗓音嘶哑，又轻又脆弱，像是被撕扯着的蝶翼，轻轻一用力，就没有了。

夏旸："……"

白绮："？"

白绮："不记得台词了？"

夏旸："我需要补习，你给我补习吧。就这里，情绪我知道该是什么样，为什么台词说出来之后，情绪却不对？"

白绮："？"

白绮："我给你补习高中课程呀。"

夏旸一拧眉："那个不重要，现在这个更……"

白绮微微皱眉想了想，委婉地提醒他："可是……你就算现在临时抱佛脚，一会儿上了台还是没用。你的演技真的……不太行，还不如回家补习高中课程。唉，你每次一演戏，粉丝就仿佛高速路上一脚踩下去八百迈，整颗心脏都不太好了。又得下场帮你控评挽尊，还要忍着痛苦帮你刷播放量。"

夏旸："……"所以真的是黑粉吧。

夏旸将白绮仔细打量了一遍，这才发现对方长得很好看，眉眼都好像绽着光芒。

夏旸问他："你来这里参赛，还是做什么？"

白绮:"家属。"

夏旸垂下了头,好像真的对自己产生了莫大的怀疑。

家属?家属都演得比他好?

"你真的不再考虑一下补习高中课程吗?"白绮小声问。

"不……"

"杨哥是不是想给你买学历?"

"你怎么知道?"夏旸惊讶地看着白绮,同时紧紧一皱眉。工作室居然这么快就把风声走漏了!

男妈妈粉白绮语重心长:"可别了,严重点这都算犯罪了,你要是敢买,会被嘲穿地心。粉丝控评很辛苦的。"

真的!特别是当他有许多偶像,要来回切号帮他们挽尊的时候,太累了。

"白先生。"那边有工作人员找过来了。

白绮:"嗯?"他招了招手,"我在这儿呢。"

工作人员连忙走过来,冲夏旸点了下头,客客气气叫了声"夏哥",别看人家现在黑粉多如牛毛,人家的真粉也多如星星啊!人可是正当红!

夏旸点了下头。

结果就看着工作人员把这个年纪轻轻的"白先生"给请走了。

工作人员把白绮请到了前台去,前台给他留了专门的观众席,就在第一排。

"录制马上就开始。"工作人员说。

"您有问题,就立马联系我们啊,给您一个对讲机。什么渴了饿了啊,叫我们跑腿都行!"工作人员生怕怠慢了他,多嘱咐了两句然后才走开。

场下观众早就已经入场了,这会儿他们才清楚工作人员带了谁来。

观众席顿时爆出了阵阵尖叫声。

"啊啊啊!是不是席老师来了?"

"白绮绮,啊啊啊!"

夏旸站在幕布旁,又皱了皱眉。

比他演得好,粉丝好像也很多的样子……有那么一瞬间,夏旸都觉得自己看上去像个假明星了。

白绮微笑着,大大方方和大家招了下手,然后才落了座,别的什么话也没多说。

夏旸:"……"

白绮面对这么多尖叫还能笑得这么自然,大概就是他经纪人最想带的那种省事的艺人了。

"夏哥，看什么呢？"助理拍了拍他的肩，"咱们得去换衣服了。"

夏旸："看白绮。"

助理吓了一跳："夏哥你干什么呢？那可不能乱看啊。"

"怎么？"

"那是席老师的朋友，席老师人就在现场呢！"

夏旸茫然了一瞬："席乘昀？他还有朋友？"

助理："嗯，对啊。您真是录碟录得都快不问世事了，走吧，走吧，咱先换衣服去……"

助理这边刚把夏旸送走，然后转头就接到了经纪人的电话。

经纪人在那头的口吻很奇怪，像是高兴又像是害怕，于是在双重夹击之下，他的嗓音都颤抖了："我听说今天录制现场，要请席老师来做嘉宾？人来没来？"

助理："应该是来了，我都在现场看见白绮了。"

经纪人深吸一口气："那……完了。"

您这"完了"怎么说得还有点兴奋呢？助理摸不着头脑。

然后他就听见那头的经纪人大声道："你知道吗？刚刚，就刚刚才上的热搜。刚扒出来，你知道这事儿多离谱吗？就白绮，他有个小号在追星，追的是我们家夏旸你知道吗！他发席老师照片，发错号了！"

助理傻在那里了。

经纪人在那头激动地转了几个圈："这事儿要是能联动一下……夏旸这不是因为录专辑好多天都没消息吗？这下正好搭火箭上热搜。如果能请白绮现场夸几句夏旸，那夏旸的魅力不是就又拔高了一筹？"

助理听精神了，赶紧去找夏旸，把经纪人说的话，传达给了夏旸。

夏旸没说要不要这个热度，他只是神色复杂地反问："我还有魅力？"

"那肯定啊！那可是席老师的朋友，他都是你的粉丝！那还不足以体现你的魅力？"

夏旸："他如果接受采访，可能开口就是让我别再演戏了。"

助理："？"

节目录制很快就开始了。

白绮突然接到了尚广的电话，但碍于摄像机已经开拍，他只能先挂断了，用短消息回了个问号。

"没什么大事。"

尚广想了想，是这么回复的。

的确不算什么大事，谁还不追个星呢？

热搜……热搜随便了，谁还没上过热搜呢？

"白绮追星夏旸"和"家养恐龙"两个话题，都飞快地挤进了热搜前列。

本来还骂夏旸蹭热度的席粉，这会儿不得不委婉地改了个口，大概就类似于临了把"我的意大利炮"改成了"我的意大利面"。

"有一说一，家养恐龙是真的可爱。"

"小朋友追个星而已啦，散了吧，散了吧。"

当然也有不满的。

"我就说白绮对席乘昀的迷妹状态，都是演出来的！他喜欢夏旸哎，我天，喜欢这种没水准的爱豆啊！他根本就不配喜欢席乘昀好吗？！"

"+1，希望席乘昀早日看清他的真面目"

网上这会儿热议得厉害，也连带着《演技之王》的热度，腾一下攀升了上去。

"席老师好像要录《演技之王》！夏旸也在现场！姐妹快去看！"

顿时无数吃瓜网友涌入了平台直播间。

看得《我和我的完美朋友》的导演组都忍不住泛酸。这俩真是走到哪里，给哪里带收视率啊。这收视率还不赚翻？

直播间的镜头一转，将白绮的面容扫了进去。

"白绮也在？陪席哥录节目啊？"

"那还是很甜的，不能因为他追星夏旸，就否定人家和席哥的友谊嘛！"

在席乘昀出场，坐入导师席的时候，现场气氛陡然间掀到了顶。

直播间的弹幕也瞬间密密麻麻了起来。

镜头里的白绮收起手机，开始认真看。

虽然他补过不少席乘昀的作品，也和席乘昀共同上了真人秀、访谈节目，但这些和眼下都是不同的。

他这是头一次近距离地观看席乘昀如何轻描淡写地点评了每一个演员的演技，再看着他游刃有余地告知对方，哪里出了错。席乘昀也会将对方的台词，重新说上一遍。他的嗓音低沉，娓娓道来的时候，有种说不出的魅力。

在他的专业领域里，他身上的光芒绽放到了极致，几乎所有人的风头都被他轻易盖了过去，这就是他的魅力。

相比之下，白绮陪着夏旸对的那两句词儿，也不过就是小孩子过家家。

没多久，终于轮到了夏旸，白绮这才知道，和夏旸搭档的那位冯先生，完整的名字是叫冯霖。

冯霖的表现很稳，而夏旸几乎是被公开处刑了。

"夏旸的演技真的是一如既往地烂啊。"

"来了来了，粉丝又要来洗地了，你们可别骂人家了，滑稽。"

席乘昀毫不留情地给了 B 卡。

在节目组和他沟通的时候，他只淡淡说了一句："没关系，恶人我来做。有其他嘉宾，碍于面子要给 S 卡，就由他们来给。"

冯霖最后也只拿到了 A。

"席老师真的是入行以来，不忘初心。"

"就该给 B。"

"庄倩倩是不是脑子有问题？居然给 S 卡?！"

"嘻嘻，坐等夏旸粉丝破口大骂，打起来，撕响些！席乘昀粉丝战斗力特别强，双方打一架，肯定可好看了。"

这是坐等看热闹的。

也不知道混入了多少个夏旸的对家，或者是席乘昀的黑粉。

弹幕飞快地划过。

"谢谢席老师点评，夏旸粉丝表示感谢。"

"真的很感谢席老师，席老师您辛苦了，希望夏旸没有给您带去麻烦。"

"太对不起席老师了！"

顿时引来又一大批的问号。

"夏旸粉丝这么文明？"

"呃，可能是想到，席老师就这么一个朋友，于是不仅不感觉到冒犯，甚至还觉得愧对席老师了呢……"

"就离谱。"

夏旸成了有史以来第一个，被骂演技稀烂但粉丝不挽尊不洗地，还疯狂点头表示"您说得对""真是抱歉"的当红流量爱豆。

这边节目刚一录完，那边立马就成了论坛高楼。

切错号这么大一件尴尬无语的事，在楼里全变成了哈哈哈。

"太好笑了，真的，我从来没见过这样的。夏旸粉丝真情实感地感觉到了抱歉。"

"夏旸粉丝：没事没事，您骂您的，您朋友继续喜欢我们夏旸，谢谢谢谢！"

"有画面感了。"

"我寻思席老师是不是还不知道这热搜啊?"

席乘昀的确不知道。

录完以后,他在后台洗了脸,然后才拿出手机处理消息。这一处理,就看见了无数推送。

白绮……追星……夏旸?

席乘昀顺着推送点进去,摸到了白绮的小号。

倒数第一条,是他的照片。席乘昀嘴角抿了抿,眼底飞快地闪过了一点笑意。

然后他往下一滑——

"夏旸今天的造型是真的帅,多整点舞台吧。"

席乘昀的笑意僵住了。

他捏紧手机,长腿一迈,飞快地走了出去:"白绮在哪里?"

"席老师,白先生好像在那边。"工作人员给指了个方向。

席乘昀点点头,刚一走近,就看见那个叫夏旸的和白绮说:"我要补习……你给我补吗?"

补什么习?

白绮也在问:"补什么习?"

夏旸说:"都行,补课,高中的……还是台词什么的,都行!补吗?"

席乘昀抿了下唇,然后面不改色地转过身,火速给夏旸公司老总打了个电话:"给夏旸请十个补习老师,钱我出。"

"席老师!"夏旸的助理震惊地喊出了声。

席乘昀不动声色地颔了颔首,然后收起了手机。

白绮和夏旸听见声音,也不由得齐齐转过了头。

夏旸红归红,但要想和席乘昀接触上,机会还真不多。席乘昀从导师席走下来,西装革履地站在面前,比之前还要更具有压迫感。

夏旸抿了下唇,低低叫了声:"席老师。"

席乘昀应了声:"嗯。"

白绮莫名有点心虚,他顺手从旁边小桌子上摸了颗薄荷糖递过去:"辛苦了。"

席乘昀接过糖,却没有吃。

夏旸的助理见状有点紧张,心想不知道席老师看新闻了吗,看这样子,一会儿没准生起气来更恐怖了。

席乘昀捏着薄荷糖在指间来回滚了几圈,外面的糖纸都发出了极轻的嚓嚓声。紧跟着大家才听见他低声说:"我们走吧。"

"嗯?这么快?"白绮抬起了头。

其实这就是再正常不过的随口一问,但落在席乘昀的耳朵里,就像是在舍不得夏旸一样。

席乘昀扫了夏旸一眼。

夏旸也不知道为什么,有那么一瞬间,他觉得这位行业里令人难以望其项背的前辈,有点可怕。

但席乘昀脸上涌现了一点笑容,他轻声说:"不先走的话,很容易被记者堵个正着。"

白绮点点头。

白绮:"那我们先走吧。"

这下反倒是席乘昀怔了片刻,这么轻易就答应走了?不会舍不得夏旸了?

席乘昀:"你是不是还有什么话想和夏旸说?"他拿出了分外大度的姿态。

白绮:"没事,也不是什么要紧的东西。"

席乘昀嘴角微微一翘:"嗯。"

白绮:"反正已经加上微信啦。"

席乘昀:"……"

夏旸没什么事,倒是夏旸的助理在旁边禁不住打了个寒战。

总觉得经纪人想的,蹭一蹭席老师朋友的热度,可能是在自绝生路。这玩意儿是能随便蹭的吗?蹭席老师的朋友,不就等同于大胆蹭了席老师的热度吗?

白绮:"走吧走吧。"他已经先迈出了步子。

席乘昀这才没有再理会什么夏旸不夏旸,就这样抓着白绮的后领子,一块儿走出了后台。

其他演员本来还想再和席乘昀多说几句话,节目组也想呢,结果这会儿也只能眼睁睁看着人走远了。

不知道过去了多久,才有人忍不住说了句:"夏旸到底是什么好运气?白绮居然是他粉丝?!"

这话还真没背着说,夏旸和他助理都听见了。

以前也有很多人这么说夏旸,说他什么好运气,训练三个月,一参加综艺就成功成团出道,出道即爆红。

那会儿他都嗤之以鼻。

凭什么？凭的当然是他自己的实力。他不屑于和外人道也……

而今天……可能是凭脸吧。

夏旸麻木地照了照镜子，心想。

这头白绮跟着席乘昀上了车，完美躲开了记者。

他们的车打从节目组大门过的时候，白绮都忍不住咋舌："今天记者怎么这么多？还有好多粉丝哦。嗯，是因为你在现场吗？哦，还有夏旸，他粉丝也多，流量也高。肯定有人来现场应援。"

席乘昀有点好气，又有点好笑。

他低声说："你看看手机。"

白绮点点头，这才从兜里摸出了调成振动模式的手机。

好家伙，消息都挤满了。

他往下滑通知栏的时候，手机还卡顿了三秒，然后才给他加载了出来。

穆东："绮绮！"

穆东："你咋回事，你咋和我妹一块儿追起那个什么夏旸了？"

白绮脑袋顶上冒出了一个问号，然后再一滑，就看见了新闻推送：《他竟是夏旸的粉丝》。

配图是他在《我和我的完美朋友》里，转头对着席乘昀微笑的画面。然后他这张抓拍，和夏旸的照片剪在了一起。

白绮："……"

这可能是粉丝离爱豆最近的距离了。

白绮小心翼翼地打开微博客户端。

这一看，他差点昏过去。

因为席乘昀让他少看私信的缘故，他已经不常登录那个生活号了。而前天他刚好下场帮夏旸挽了个尊，之后也就没切回去。

现在好了，席乘昀的照片就赫然挂在他的首页。

一看评论，都涨到3万以上了。转发则达到了7万以上。

评论里，有骂的：

"口口声声说自己最喜欢的明星就是席乘昀，从粉丝变朋友，让多少席粉共情到了这份幸福啊。实际上呢？真正喜欢的却是夏旸这样的明星。"

"白绮，你到底还有多少谎话？"

但也有一帮夏粉疯狂鞠躬感谢。

真正的席粉则睁眼说瞎话："谁还没有点别的小爱好呢？"

他们恨不得给这个"小"字着重标注一下。

而转发里"哈哈哈"的更多。

"想知道白绮看见席老师给夏旸发了B卡,是什么心情。会有媒体铁头去采访吗?"

"白绮,我教你,席老师特别怕臭的东西,买个什么榴梿啊,鲱鱼罐头螺蛳粉啊给他吃吃也就当帮你小偶像出出气了。吃完还是好朋友。"

"这吃完得叫真臭味相投了。"

"太羡慕夏旸了,我们家然然,要是也能做白绮绮的爱豆就好了。"

白绮看得脸颊发烫,耳根都泛红了,这简直是他职业生涯里的一次巨大翻车。

白绮都没脸再看下去了,飞快地合起手机,干巴巴地说:"对不起……"

席乘昀调起了车后排的挡板,他没有立刻出声。

白绮顿时把脑袋都垂下去了,小声说:"怎么办呀?是不是给你带来了很大的麻烦?扣我钱吧……"

席乘昀的指尖动了动,他勉强按住了想要抚摸白绮脑袋的冲动。

他在看见白绮小号上转发的夏旸相关时,心底有那么一瞬间,涌现了酸意,好像一口气吃了三个柠檬。

但这会儿席乘昀的状态突然就松弛下来了。

白绮现在看上去,才更像是个大学还没毕业的小孩儿,而不是那个全能的拿着钱职业扮演的白绮。

如果他一直没有任何的纰漏,那么他想的大概也就只是——"我是个合格的被雇佣者"。

但有了一点纰漏之后,他才能从这个身份里跳脱出来一点……

席乘昀笑了下:"扣什么钱?我的钱都是你的。"

白绮听他还在说镜头前的台词,气氛陡然一下又轻松了,白绮嘴角憋不住弯了弯,然后小心翼翼地抬起头来,看了看席乘昀。

席乘昀坐在那里,依旧十足的绅士模样,他反问白绮:"你没看吗?比起你小号掉马的事,他们更担心你因为维护你的小偶像和我吵架。"

白绮彻底放松了,他嘴角高高翘起,一笑起来,眼底都盛着光:"那我怎么舍得呀?"

席乘昀抬眸,问:"演的还是真的?"

席乘昀以前从来不会说这样的话。

白绮怔了一下,不过很快意识到,席乘昀可能是在说玩笑话。毕竟他们相处这么久,已经不再像是刚合作时的那样生疏了。

白绮重重一点头:"真的!"说完,他又补了一句,"谢谢席哥。"

席乘昀问他:"知道下面怎么演吗?"

白绮眨眨眼。

席乘昀："你不是很喜欢夏旸吗？那么，也许的确应该对我给 B 卡，有那么一点的不满。"

按理来说，喜欢多少个偶像，都是他自己的事，他不用为此感觉到愧疚。

但面对着宽宏大度，甚至主动把事情用轻松的语气一笔带过的席乘昀，白绮无端有了点心虚，他小声说："也没有很喜欢。"毕竟他还有很多偶像。

席乘昀的心情，和在节目现场的时候，已经是一个天一个地了。

他低低应了声："嗯。"问，"那买榴梿还是鲱鱼罐头，还是螺蛳粉？"

白绮捏了捏指尖。真买啊？要这样演吗？

他在这一刻，好像切切实实地感知到了席乘昀的温柔。

白绮抬起头："榴梿……至少我还能吃。"别说席乘昀讨厌臭味儿了，他也讨厌啊。

两个人一块儿去超市买了榴梿，然后才拎回了家。

苏美娴下班回家的时候，白绮正蹲烤箱前烤榴梿。

"绮绮你煮屎吗？"苏美娴满脸问号。

白绮："榴梿，吃吗？"

苏美娴哭笑不得："什么玩意儿。"她和白爸爸都不爱吃这东西，不过白绮爱吃。

苏美娴忙转头一扫："席先生回去了吗？"

"没有。"席乘昀应着声从厨房走出来，他刚洗了手，手上还带着水。苏美娴低头看一眼，都禁不住感叹。能经得起镜头考验的演员，在现实中的确是甩了普通人很大一截，连手看上去都漂亮得像是艺术品。

然后这双长得像艺术品的手，用纸擦去水，给白绮剥了榴梿肉。

他递给白绮："你先吃。"俩人一块儿吃榴梿去了。

苏美娴："……"也还挺……不错，有人陪白绮吃这玩意儿了。

这时候已经有人把抓拍到的背影放网上去了。

"是白绮和席哥吗？我好像在超市遇见他们俩了。真买榴梿了啊……"

"？"

"哈哈哈，白绮真的有看网友评论吗？笑死，真要拿榴梿为小爱豆报仇啊？"

夏粉看完出来又是好一波道歉。

而夏旸跟着经纪人回到了公司。

经纪人看他还在低头玩手机，忍不住出声："干什么呢？别玩了。一会儿见老总了，还玩！"

夏旸："给白绮发消息。"

经纪人惊了一跳，忍不住说："您还真是个勇士啊。"他说着让夏旸蹭一下热度，搞个双赢。但心里其实也没底，生怕人席老师反手把他们脑袋给削了。

夏旸："嗯？"

经纪人："没什么。"

夏旸低下头，还在想呢，白绮怎么还没回他消息？

他也是节目录完，才恶补了下白绮到底是个什么身份，从而也知道了他的这个粉丝，很了不得。他是个一级辍学学渣，而人家就是个终极学霸。

"门开了，快快。"经纪人一把把他推进了办公室。

里面的老总转了转身下的皮椅，正对上夏旸。

他神色复杂地打量了几眼夏旸，然后出声说："夏旸啊，席先生和我通了个电话，说我们那个小白哥啊，很喜欢你。所以呢，席先生免费资助你十个补习老师，最近一些没必要的通告，都可以暂时推了。就明天开始……好好上课吧。"

经纪人都听傻了，夏旸也听傻了。

经纪人颤声问："十个？高中也没见学这么多门课程啊？"

老总一摊手："那谁知道呢？"

等他俩再从办公室出去的时候，一个比一个更如丧考妣。

但老总都发话了，从第二天开始，夏粉就意外地发现，自家爱豆的行程有了变化。

粉丝当然会问啊，怎么回事？难道我家爱豆的资源又被对家项景然抢啦？

和工作团队有来往的大粉恍恍惚惚地应答："好像是……补习去了？"

"？"

这消息很快就没捂住，得到了证实。

八卦论坛火速又起了个高楼。

"我表姑就在夏旸他们公司，给老总做助理的。说是节目录完当天，老总就把夏旸叫过去，给安排了十个补课老师。据说，据说啊，是席乘旸免费赞助的。"

"真的假的？"

"真的！夏旸现在除了练舞录歌，就是上课。"

"这是我们的友谊不允许有第三个人,你的偶像也不许有第二个人吗?"

论坛帖子越堆越高,转头就又被搬到了微博。

"夏旸打出了一张白绮辅助牌,席老师受到一点榴梿伤害,然后反手朝对方扔出了十个补习老师,我爆笑如雷,哈哈哈……"

临近春节,众人就这样在一片欢声笑语中度了过去。

席乘昀推了不少通告,就接了一个——腊月二十九这一晚,录制地方台的春晚。

这家电视台可是花了重金,也不知道他们从哪里听的小道消息,为了能把席乘昀请过来,还给白绮也划了一笔出场费。

苏美娴知道之后,点点头说:"行,你们去录。正好今天你爸回家,我去接他。你们不着急……"

席乘昀又给白绮订了一套新西装,然后他只去彩排了两次,就没去了。

一转眼,很快就到了腊月二十九这天。

尚广亲自开车把人送到了电视台大楼,楼里已经有主持人为了活跃气氛,开起了现场直播。

"听说席老师已经到楼下了……"

"啊?你们问白绮吗?他应该也来了。"

"怎么还有问夏旸的?夏旸今天在。"

这会儿满屏幕都是"打起来,撕响些"。

还有个别的:

"我听说,夏旸队友爆料,夏旸最近睡着了都满嘴数学公式,好像真要补了课去参加成人高考。"

"我就想知道现在席哥还吃榴梿吗?小朋友哄好了吗?"

"席老师,拯救盲流的大慈善家!"

"等会儿啊,我帮你们去找找席老师。"主持人看着直播间人气,眉眼都亮了。

她在这头说着说着,就听见了脚步声,然后猛地一回头,摄像头一对准,白绮和席乘昀就进入了大众的视线之中。

他们穿着同色的白西装,打着红色领结,一个左胸口别着宝石,另一个右胸口别着宝石。

一块儿走过来的时候,确实是双重的颜值暴击。

白绮不做明星都可惜了,主持人禁不住心想。

主持人也不想错过这个让流量暴增的机会,于是赶紧冲上前:"席老师,白绮,有空的话,咱们聊一下,玩个小游戏呗?"

席乘昀笑着问:"有奖品吗?"

"有!送笔记本、手机,还有耳机、iPad、游戏机……赢了自己选。"

白绮也笑了:"那玩什么游戏?"猜拳还是扑克,他都稳赢。

"来猜某个明星的作品,输了的,这儿有个抽签桶,自己抽惩罚,怎么样?"主持人兴奋地说。

"不会让猜夏旸的吧?那就有好戏看了。"

席乘昀:"可以。"

主持人张嘴就说:"请说出项景然初舞台表演的歌曲。"

白绮:"?"

弹幕:"?"

"主持人有点功底啊。我以为你会说夏旸,没想到你在第五层啊!"

"项景然是夏旸的对家啊,白绮怎么会知道?"

"项景然危。"

白绮还真知道。这也是他的偶像之一,咳咳。

但很明显,前面已经暴露出来一个夏旸了,不能再多暴露一个了。

于是白绮只好摇了摇头,可见做人别太浪。

"席老师知道吗?"主持人问。

席乘昀:"不知道。"

主持人这会儿更兴奋了,忙将抽签桶往前送了送:"来来来,抽签,谁抽?"

白绮刚把手伸出去,席乘昀就按住了他的手臂:"我来。"

席乘昀抽了一张签纸出来,缓缓打开。

他读出了字条上的内容:"请随机挑选一个人坐在你的背上,然后完成十个单手俯卧撑。"

"主持人好勇……"

"这是人能干出来的事?这得是大好人才能干出来的事。"

席乘昀站起身,利落地抬手解开西装纽扣,脱下西装外套,再将扣得一丝不苟的衬衫纽扣也解了两颗。

他说:"来吧。"

主持人眨眨眼:"席老师是邀请我吗?我还蛮轻的,就八十多斤。"

席乘昀笑了下:"那也不行。"

他看向白绮,说:"过来。"

席乘昀帮他赢奖品哄他,这是一种顺理成章的演法。

但白绮没想到,两人都没答上来。搞得席乘昀还要驮着他做俯卧撑。

白绮自己演戏付出的时候,没什么特别的感觉。但轮到席乘昀来扮演哄他的角色时,白绮有点羞愧。

白绮眼底不自觉地流露出了几分眼巴巴的味道,他望着席乘昀:"行吗?"

席乘昀:"你试试。"

白绮其实也觉得选女主持是个更好的选择,但他抿了下唇,还是走了过去。

席乘昀很快俯身下去,摆了个标准的俯卧撑的起势动作。

白绮想着一会儿驮不动还能自己使使力,于是干脆跨坐在了席乘昀的背上。

席乘昀的背部肌肉绷紧,隐约从白衬衣底下透了出来。

他飞快地抬起了一只手,反扣住背上的白绮的腰,像是防止他摔下去。

然后席乘昀做了第一个俯卧撑。

直播平台一瞬间就沸腾了起来。

"席哥为了证明自己才是最值得被粉的那个偶像,是下了大功夫啊。"

夏粉满眼含着泪水,席老师,真的对不起。

席乘昀俯卧撑做到第五个的时候,直播间弹幕就已经是满屏惊叹了。

主持人有点坐不住了,但也不敢喊停,就一个一个地往下数:"六、七……"

白绮恨不得把自己缩成一小团来减轻重量,但这显然不可能。

他抿了下唇,不自觉地垂下了目光。

他看不见席乘昀的表情,就只能看见他宽阔的肩背、黑色的发、白色的脖颈,于是所有的目光都集中了上去。每当席乘昀的肌肉发力,他都觉得好像能清晰看见力量迸发时的线条走向。

白绮的呼吸一下都变轻了。

"……十!"主持人突然大喊了一声,"好了好了,十个了。"

说着,她就赶紧上前,想要去扶席乘昀。

白绮的动作更快,他从席乘昀的身上滑了下去,然后朝席乘昀伸出了手。

席乘昀改变了姿势,扶住了白绮的手腕,轻轻一借力就站了起来。

他额前渗出了点汗水,打湿了一点碎发。看上去神色从容,却又眸色深沉。

主持人望着他的模样,声音都不自觉地顿了片刻。

直播间里更是已经趋于疯狂了。

"虽然确实很累,但是我还是要说,主持人干得漂亮。"

"我席哥的皮鞋是不是都有折痕了?我就想知道鞋贵吗?"

主持人这会儿猛地回过神来,重重呼出一口气,然后连忙扯过两张纸,往席乘昀的方向递了过去。

席乘昀却没接,他冲白绮抬了下下巴:"拿。"

白绮连忙乖乖接了过来,再递给了席乘昀,席乘昀接过来简单擦了下额头,就顺手丢入了垃圾桶。

"为什么拿个纸我也觉得好甜,我有问题吗?"

大概是因为刚才盯得过于专注,这会儿一回神,白绮也感觉到了一点热意。

白绮低低地吐了口气,就听见席乘昀笑着问:"有没有安慰奖?"

主持人连声说:"有有有!"这要没有,那可真说不过去了。

席乘昀低声开口:"那麻烦拿过来,白绮选。"

主持人:"好嘞!我这就去给您拿去!"说着她把负责直播的摄像师留下,自己赶紧小跑着去了。

席乘昀这才又看向白绮,问:"怎么样?"

怎么样?

白绮这会儿脑子还有点转不动,好像仍旧沉浸在刚才紧张的气氛中。他迎上席乘昀的目光:"身体……挺健康啊?"

席乘昀一下笑了。

直播间里也一片"哈哈哈"。

"白绮知道自己在说什么可怕的话吗?"

"这话跟夸老大爷您身子骨真硬朗一样。"

夏昑这会儿也已经到现场了。

他在后台化妆,而他的经纪人和助理却扎堆在旁边,盯着手机,像是在看什么直播。

夏昑这两天被补习折磨得要了老命,拉着一张脸,浑身都写着生人勿近。

他忍不住回了个头,沉声问:"看什么呢?"

助理:"席老师的直播。"

夏昑一听见席老师,就觉得脑子里抽抽,他抿唇,不快地问:"有什么好看的吗?"

经纪人突然长叹了一口气:"倒也没别的,就是看完吧,我觉得,你下次见了席老师,可以跑快点。"

助理跟着叹了口气,接声道:"夏哥您可能还不够挨席老师一拳头的。"

夏旸:"?"

这头主持人很快把安慰奖全拿过来了,尽是什么耳塞啊眼罩啊,甚至还有本命年红内裤。

"你们台可真够抠的。"

白绮最后选了那个丝绸材质的眼罩,然后才和席乘昀一块儿去化妆间了。

直播间人气这会儿已经快突破两千万了,弹幕里全是喊"别走"的。

主持人轻叹了口气,说:"我也不想席哥走啊,我本来还想问问,白绮还有什么喜欢的明星呢⋯⋯"

"哈哈,留着下次问吧。"

"你们这些人根本不在乎席哥难过不难过,你们就想吃瓜!"

哪怕白绮两人都走了,直播间也愣是因为沙雕网友含量过高,大家热热闹闹地聊了起来,于是人气还真没降下去。

一时间不知道多少地方台节目组,看见了这样的盛况,眼馋得流下了泪水。

席乘昀的节目就只有一个,独唱表演。

工作人员引着白绮入座后,地方台的春晚也终于拉开了序幕。

真不错。白绮咬着点心,尽情地近距离欣赏着舞台上的各个明星,简直就是一出美的盛宴。

这一坐就是三个多小时。

大概是制作方有意想要将席乘昀这样一张大牌安排在后面打出来,免得掉收视率。

不过白绮也没把自己饿着,坐在小圆桌旁边,满手薅了不少吃的。

等席乘昀下了台来接他,白绮打了个不高不低的嗝。

席乘昀将他从座位上拉起来,笑了笑:"吃饱了吗?"

白绮破天荒地有点脸红,他小声说:"还差一点点吧。"

席乘昀和他顶着镜头,并肩往外走,压低声音,说:"那剩下一点点用小龙虾填上行吗?"

白绮双眼一亮:"那可太行了!"俩人就这么肩并肩从观众席早退了。

工作人员当然知道留不住这样的大咖,恭恭敬敬把人送了出去,嘴上还说:"现在走正好,免得晚了碰上记者。"

席乘昀回首道了声谢,然后拉开车门,让白绮先坐了进去。

这会儿已经是十一点多了。

白绮先给苏美娴打了个电话:"爸爸到家了吗?"

那头传来了清晰的放钥匙的声音,苏美娴应了声:"刚到。"

白绮:"那我带夜宵回来哦!"

"行!"那头匆匆挂断了电话。

第二天就是大年三十了,所以这会儿街上的行人已经很少了。尚广开着车,按着导航转了三圈儿,才找着一家没关门的夜宵店。

因为人少,也不用特地去包厢,在大马路边上搭一张小桌,他们就享受起了难得的夜晚。

吃到最后,白绮打包了扇贝、生蚝、小龙虾带回家,把席乘昀的豪车里熏得到处都是蒜香味儿。

这时候网上已经有人把春晚现场那一段截出来了。

"席老师一下台就去观众席找白绮了,然后把人带走了。"

"他们居然早退!"

"我就说我怎么好像在夜宵店里见着他们了呢?我还以为自己眼花了!"

"所以席老师当时低头和白绮说话,是在聊等会儿吃什么吗?好有生活气息啊,好甜。"

"台上载歌载舞,周围的人都在看台上。只有席老师在看他的好朋友饿不饿……谢谢,美好友情嗑到了,谢谢。"

尚广把白绮两人送到白家楼下的时候,他电话正好响了,他说道:"席哥你们先去,我接电话啊。"

白绮点点头,和席乘昀一块儿提着食物下了车。

这头尚广接起电话,里面传出了声音:"尚哥,这么晚还打电话,不好意思啊。席哥不是接真人秀了吗?您帮我问问席哥,接恋爱综艺吗?"

尚广:"……"

尚广:"你可真是吃了豹子胆啊!"然后"啪"一下给人电话挂了。

另一头白绮和席乘昀上了六楼,门一开,一个中年男人穿着POLO衫,手里拎着一根擀面杖,呆愣愣地站在那里。

"小席……席先生是吧?"男人开了口。

席乘昀一下反应过来,这是白绮的爸爸。

席乘昀攥了下手指,面上浮现笑容:"您好,我是席乘昀,初次见面……"

白爸爸一看他穿着明显很昂贵的礼服,又长得牛高马大,自有一股压人的气质。一张嘴,不自觉地就先磕巴了一下:"白……白绮,你怎么把你朋友带回来了?人家不用回家过年啊?"

不过白爸爸曾经也是见过世面的,说完这句话背立马挺直了点。

白绮都知道席家的情况了,又怎么会放任白爸爸往下说,戳席乘昀的伤口呢。

白绮猛地往前一挤:"您先别废话,龙虾吃不吃?不吃我喂狗啦。"

白爸爸傻了眼:"你哪儿来的狗喂啊?吃吃吃!给爸爸留着!不许扔。"

白绮:"那话还那么多?快进去,不然凉了。这袋子好沉,勒得我手疼。"

白爸爸连忙弯腰接了过去:"给我给我!"

他本来还想先冷笑三声,以便后续拷问白绮那笔钱怎么回事,这会儿冷笑全都憋死在肚子里了。

白爸爸抓着袋子一边往里走,一边还没忘记回头和席乘昀说话:"不好意思啊,我刚才的话没别的意思。只要是绮绮的朋友,来家里过年也是好的。你先坐,桌上有刚洗的葡萄。那个橙子你得自己削了啊,等等,我给你们找找削皮刀……"

席乘昀静默了两秒,然后重新笑了起来,眼底多了一分真切感。

白绮是真怕爸爸一会儿又说错话,又怕爸爸追问自己钱的事。

于是他想了想,干脆直接让席乘昀先进了房间,反正就是不给白爸爸留一点追问的机会。

"你和妈妈先慢慢吃,我们吃饱啦,休息去了。"白绮说完,反手就把门关上了。

白爸爸嘀嘀咕咕抱怨了几句,席乘昀没听得太真切,但这一切比他想象中都要容易得多。

原来到"朋友"的家里拜见长辈这件事,是有点意思的。

这一天确实是累了,白绮和席乘昀都很快洗漱先睡下了。

第二天一早,隔着门板他们都能听见外面咚咚拍案板的声音。

白绮迷迷糊糊地撑起眼皮:"可能是剁饺子馅儿呢。"说完,为了把声音从耳朵里挤出去,他本能地扯了扯席乘昀的被子,把自己的脑袋裹上了。

席乘昀一下就清醒了,他看了看白绮。也不怕把自己捂死?

席乘昀抬手把被子扯了回来,然后起身找了一圈儿,最后还是用纸巾卷起来塞白绮耳朵里，给他挡住了噪声。

这一睡，就又多睡了半小时才起床。

白绮爬起来，低声和席乘昀说："我做了个梦。"

席乘昀一顿："什么梦？"

白绮："我梦见有人捏我脑袋。"

席乘昀："……"做好事还成捏你脑袋了？

白绮匆匆穿好外套，打开门走出去。

席乘昀紧跟在他的身后，一出去就看见苏美娴在剁肉馅儿，而白爸爸拿着擀面杖。

白绮走近了。

席乘昀还能听见他凶巴巴地问："你昨晚拿擀面杖站门口干什么？你也不怕吓到别人？"

白爸爸讪讪道："我这不是想着他饿不饿，给人做个大拉皮儿吗？"

席乘昀的目光闪了闪。

这一家人真好啊。

苏美娴冲白爸爸翻了个白眼。然后一转头，就看见了从卧室出来的席乘昀。

"席先生，桌上有热水，让绮绮给你倒一杯。"苏美娴招呼道，拿出了点主人家的姿态。

席乘昀也并不因为他们的客气疏离，而感觉到局促慌乱。

白家父母的态度，其实已经算是非常好的了。

席乘昀微微一颔首，礼貌地先打过了招呼："叔叔，阿姨，早。我来倒水吧。"

说完，就洗杯子去了。

白爸爸在后面看得目瞪口呆，忍不住悄声问："他怎么知道咱们家杯子放哪儿的？"

"绮绮告诉他的呗。"苏美娴心想这才哪儿到哪儿呢，人家那天到家的时候，更加熟门熟路呢。

白爸爸嘀咕了一句："儿子胳膊肘净往外拐。"

苏美娴好笑道："你之前不是还觉得挺好吗？还在电话里夸儿子现在会照顾人了，长大了。"

白爸爸不高兴地说："那能一样吗？要是照顾的是个女孩子……"

苏美娴挑了挑眉："你这个人怎么这么狭隘？照顾朋友难道不应该吗？"

白爸爸看了看厨房里的背影："这牛高马大的……这哪儿需要绮绮照

顾啊？"

苏美娴笑骂了句："神经病。"

这时候席乘昀拿着洗干净的水杯出来了，白绮也刚刷完牙洗完脸。

白爸爸一见了人立马就闭了嘴。

席乘昀倒好了水，才转身去洗漱。

白绮从他手里接过水杯，然后挨着沙发坐下，低声问："爸，今天有什么安排吗？还买年货吗？"

苏美娴接声："肯定得买，之前谁都没空，咱们什么东西都没有准备。不急，你先和席先生一块儿去把早饭吃了。"

白绮应了声。

"可以交给我的助理去办。"席乘昀探出了头说。

白爸爸眼珠子一转，也不知道打的什么主意，他说："哎，那怎么好劳动别人呢？年货还是要自己去买，今天超市还开着的，咱们一会儿就去。小席……席先生啊，也一块儿去吧，帮着拎个东西什么的。"

白绮开冰箱的手一下顿住了。

这样的交代，好像一下打破了那种界限感。

就这样把他和席先生之间的关系，往一块儿揉了揉，又模糊了边界，而不再像之前那样泾渭分明了。

白绮从冰箱里拿出两颗鸡蛋，没好气地道："您怎么好意思让人家帮您拎东西？"

白爸爸反问："我怎么不好意思？小席，小席你说呢？"

席乘昀应了声："没问题。"

白绮倒是突然想起了一件事，扭头说："那也不行啊，我记得席哥的手上了保险的对吧？"

这下反倒是白爸爸一下紧张了："哎，那算了，小席的手还是好好留着，别乱动。"

席乘昀垂眸，捏了下指尖。他倒也没有争，只低声说："那我开车吧。"

"那行。"白爸爸一口答应了。

等白绮和席乘昀吃完早餐，这边饺子也包了大半了。苏美娴去拿她的大衣和皮包，白爸爸胡乱把羽绒服一套，就招呼着："走了走了，出门了……"

"小席车停哪儿了？"白爸爸说着，就自觉和席乘昀一块儿并肩往下走。

这边的楼道老旧狭窄，两个大男人往那里一站，就差不多把楼道挤满了。

白爸爸个子不矮，否则也不会生出白绮一米七八的个头。但这会儿和席乘昀走在一块儿，白爸爸沉默片刻，后退两步："绮绮，你和小席先去取车吧，我和你妈走后边儿。"

白绮应了声，三步并作两步，就挤到了席乘昀的身旁。

等走到楼底，他才小声说："辛苦啦。"

席乘昀没接他这句话，只是在推门走出去的那一刹，低低说了声："帽子。"

白绮愣了下。

席乘昀："外面冷。"

白绮反应过来，抬手把帽子拉得紧紧的，连扣子都扣上了，确实很冷。

席乘昀话音刚落下，就刮起了一阵冷风，兜头一来，白绮想也不想就往席乘昀身后躲了躲。

男人高大的身躯，给他挡了个严严实实。

席老师不会吃一脸雪吧？白绮心虚地想着，觉得自己多少有点损了。

气氛有短暂的凝滞。席乘昀一怔，却是笑了。

就这么一会儿工夫，白爸爸下来了，还纳闷呢："你们俩站在那里干什么？"

苏美娴关切出声："是不是怕遇上席先生的粉丝？"

白绮："没……"他小声地从喉间挤出了声音："我让席哥给我挡风呢。"

苏美娴："……"

白爸爸听完倒是笑了，眼睛都快笑圆了，嘴上还假模假式："哎，你自己不多穿点，干吗靠别人？"

白绮仿佛做了错事，耳朵有点烧。

他嘴上胡乱应付了一句："我乐意。"然后改揪住席乘昀的袖子，把人往前一带，小跑着就往停车场的方向走了。

他们的居民楼底下是没有地下车库的，所以车停在附近一个收费的地面停车场。

席乘昀和白绮付了停车费，上了车，没一会儿就把车开出来了。

白爸爸还在路边东张西望呢。

"这儿，这儿！"白绮调下车窗。

白爸爸看了看面前的迈巴赫："咱就开这个去买菜啊？"

席乘昀一顿："我让助理换辆车过来……"

白爸爸拉开车门坐进去："哎，不用。走吧，咱们炫耀去！回来的时候还可以在楼下多晃两圈儿……"

苏美娴哭笑不得："你有病吗？"

"我没病，楼上那老董才有病呢！"

席乘昀打了下方向盘，分神插话："老董？"

白绮只好在旁边担任起了解说："这边的房子是我们家很早很早以前买的了，我上小学三年级的时候，我们就搬走了，一直等到我念高一的时候才搬回来住。老董是我们楼上的邻居，那会儿见了我们，会说一点不太好听的话。就这样啦。"

白绮含糊带过了中间关键的部分，不过席乘昀大概也能猜到了。

后座上的白爸爸也立马闭嘴不再说了。

他们家的情况太复杂，蹭蹭席乘昀的车没问题，再多说，倒像是暗示席乘昀帮他们家收拾麻烦了。

车里一时间有点寂静，而席乘昀也体贴地没有再问下去。

他们这边前脚进超市，后脚就有人偷偷拍了照片发网上了。

"偶遇席乘昀和白绮！是他们吧？是不是？（图）"

"楼主图拍得好糊，看周围景色好像是在南三环？那边挺偏僻的，也没什么影视基地啊。席老师不可能出现在那边吧？"

楼主很快又多传了两张照片上去。

"看车！车是不是席乘昀的？"

"好像是……看助理阿达开过。"

"那就是了！我今天看见席乘昀亲自开的车，白绮从副驾驶座下来的，穿的白羽绒服。他俩后边儿还跟了一对中年夫妻！"

后半句话一出来，才一下把吃瓜的网友炸翻了。

"不对啊，这不是过年了吗？席乘昀怎么还和白绮待一起啊？那对中年夫妻又是什么人？"

"席乘昀和白绮一起过年"的话题，不到半小时，就因为席乘昀身上的巨大热度，噌噌爬上了热搜前列。

点开一看，评论区里一阵恍惚。

"往年这个时候席哥都在干什么？"

"不是在拍戏，就是在进组的路上。这么一说，往年席哥好像都没有过过年啊。"

"席老师之前在我心里真跟神仙差不多，就都不用喝水吃饭那种。我从来没想过他也应该过年的问题。现在好了，神仙终于也要食人间烟火了。"

"那对中年夫妻是白绮的爸妈吧。有机会能和席乘昀一起过年,肯定欢欣鼓舞吧,毕竟席乘昀那么有钱。"

"楼上好酸。"

"+1,别拿丑陋嘴脸出来现了。人家一块儿去逛超市了,和和睦睦得很,应该确实是早就认识了。"

"是我酸吗?白绮家里破产很缺钱是事实啊。席乘昀的粉丝都长点心吧,就是因为你们席哥没什么朋友,所以当心这个唯一的'朋友'家里别有用心啊。"

"白绮家里破产过?他原来很有钱?"

"你怎么知道那么多?你躲他们家床底了?"

评论区一下彻底热闹起来了。

营销号向来是闻风而动,一看见评论,立马就核实去了,然后心急火燎地往外发新闻。

"大家可能还不知道白绮家里到底是怎么回事。他的父亲叫白山,这个名字你们可能觉得有点普通,我放张照片啊,(图),这是十多年前逸园项目开发时的几个负责人的合照,里面就有白山。

逸园不用多说,大家很有耳闻吧?京市最昂贵的高档住宅之一。

那时候为了拿到地皮,据说他们都贷了有五个亿吧……那个年代的五个亿哦。

不过后面项目一直没能顺利动工,拖了差不多两年,资金链都快拖断了,才终于拿到合格的手续开始动工。

结果一开工就出事了——工程事故,那时候有关部门狠抓这方面的安全,然后该判刑的判刑,该赔偿的赔偿,很绝的是,白山的合伙人直接跑路了,然后白家好像就破产了,至今白山应该还在负责工程事故的赔偿吧……"

这新闻一出来,直接又炸翻了天。

席乘昀工作室里专盯着网络风向的公关团队,火速把电话打给尚广,尚广一听,人也傻了,脑子转都转不动。

白绮家还破过产?白绮有可能算计席哥的钱?

尚广:"等会儿啊,我先给席哥打个电话。"

这边网上倒是已经先激烈地讨论开了。

"引起了工程事故吗?那破产不是活该?"

"老早之前的新闻了,现在都找不到更详尽的报道和资料。也不必这么嘲讽白绮爸爸,他合伙人为什么跑路,我觉得这才是最关键的问题。"

"别洗了,白绮家现在就是很缺钱。等着看吧,他们没准儿一家子都要扒着席乘昀吸血……"

不少黑粉可算找着机会了,火速下场一顿煽风点火。

随着《我和我的完美朋友》播出,白绮的风评竟然越来越好了,这可让他们着急上火得够呛,憋了那么久,终于等到了今天。

"呵呵,我现在都怀疑当初白绮遇见席乘昀,是不是有预谋的了……"

"是可能有预谋。席哥不是蒋家的人吗?蒋家也很有钱啊。席哥没准儿早在白家还很有钱的时候,就见过白绮了。然后多年以后再相遇,成了朋友,席哥慷慨相助,让白绮感动不已,从此发誓要做席哥生命里最好的朋友……"

"昔日玩伴,落难后再相见,相见却不相识。这也很有故事感啊,有导演来拍拍吗?"

黑粉:"?"

这舆论风向和他们想象中不太一样啊。

尚广打电话来的时候,白绮一行人刚回到家。

白爸爸挽起袖子,开始做饭。他手边还放了个收音机,里面正在放《东方红》,他跟着唱了两句,因为唱得太难听,苏美娴让他闭嘴了。

席乘昀洗完手出来,白绮一边调试电视台,一边头也不抬地把手机递给了他:"席哥,你有电话。"

席乘昀应了声,接过去按下了接听键。

"席哥……"尚广的声音有点急。

"嗯,你说。"

尚广听见了席乘昀平稳的声线,反倒一下也跟着平静了,最后满腹的话,都化作了一句:"您看看新闻?"

席乘昀应了声:"好。"他暂时挂断了电话。

"是有新通告吗?"白绮随口问。

"不是。"席乘昀说着调出了新闻页面,很快就弄清楚了发生的事。

白绮还什么都不知道呢,调好电视机以后,又翻箱倒柜地去找瓜子和糖,还问:"席哥,瓜子吃焦糖的还是海盐的?"

席乘昀头也不抬:"都行。"

他不露声色地给尚广发去了消息。

席乘昀:"之前告的那些在微博私信骂白绮的人,结果不是出来了吗?"

席乘昀:"用工作室的账号放判决书。"
尚广:"然后呢?"
席乘昀:"然后我要和白绮看电视了。"
尚广:"……"
尚广也就是关心则乱。
因为席乘昀的羽毛实在是太干净了,自从有了个雇佣朋友后,他就开始频频担心会害了席乘昀的风评。这么担心着担心着,倒是忘了这么点事,放在娱乐圈里,本来就不算什么。
尚广喃喃道:"行吧,那我也看电视去呗。"
春晚还没有开始,白绮就把前一天席乘昀去录的春晚给放了一遍。
两个人就在那里排排坐着嗑瓜子,如果黑粉看了这一幕,肯定极度无语。
白绮嗑了十来分钟,吐了下舌头:"有点咸。"
席乘昀低头一看,他舌尖上还有一点未化开的盐粒。光是看一眼,就足够让人感觉到咸了。
席乘昀垂下眼,又摸出来一袋瓜子:"换这个。"
白绮毫不设防,抓了两颗先扔进嘴里。
"呸呸呸,怎么是麻的?"白绮抓起包装袋一看,花椒味儿瓜子。
白绮歪头盯住了席乘昀:"席老师……"
席乘昀的表情很平淡,这让他看上去十分无辜。
他说:"我没看见。难吃那就别吃了。"
白绮有点怀疑地看了看他,总觉得席老师像是跟着自己学坏了。但席老师看上去又实在太过正人君子了。于是他只好点点头:"嗯嗯,我吃糖。"
想了想,白绮又问:"席老师吃吗?"
席乘昀扫了一眼不远处的一小碟子糖:"可以。"
没等席乘昀伸手,白绮就先起身伸长胳膊,抓了两颗糖,最后分了一颗给席乘昀。
"我给你剥吧席老师。"白绮特别热情地说。
席乘昀根本没能插上话,白绮的手指翻飞,迅速将糖纸剥掉了。
他发现白绮的指尖也布着一层淡淡的粉,修剪整齐的指甲上,还能见到一弯白色的秀气的月牙。
白绮的手也很好看,他也许应该去做手模。
白绮摊开手掌:"剥好了,您请。"
席乘昀拿起来扔进嘴里。

一股令人牙酸，不停分泌唾液的滋味儿飞快地在嘴里蔓延开。

酸，太酸了，比柠檬还要酸得令人难以忍受。

席乘昀俊美的五官一下不受控地全部挤成了一团。

白绮："哈哈哈哈哈！"

席乘昀："……"

席乘昀没有笑，气氛好像又陷入了凝滞。

是我这招太坏了吗？席老师生气了？白绮拿捏不定，然后他很快被自己的口水呛到了："咳咳咳……"

席乘昀突然轻笑了一声。

白绮抬起头，重新对上席乘昀的视线，这才发现席老师刚才无语是真无语，但现在笑也是真笑。

气氛一下全变了。

白绮也不知道为什么，整个人也都跟着轻快了起来。

那头白爸爸高喊一声："红烧大肘子！快快，热乎的，先吃一口！白绮来拿！"

白绮迅速起身："席哥，我先替你尝尝哦。"

席乘昀掀了掀眼皮："不要往我碗里扔花椒和大蒜就很好了。"

白绮无辜地眨眨眼。

他很快走到了饭桌前，拿了个斗大的碗，往里头叉了一块猪肘子，然后才扭头往茶几边走。

等回到茶几旁，席乘昀突然摊开掌心，问："吃吗？"

吃什么？

白绮低头一看，才发现席乘昀用纸裹着，装了一小捧剥好的瓜子。

这样的事，还是他很小很小的时候，他妈耐心地给他剥过这么一捧，还有炒花生和椒盐南瓜子。他一仰头，就全倒嘴里了。那是他小时候，头一回感觉到什么叫"富足"的快乐。

后来再大点，他妈忙着给他爸帮忙，就再没这样坐下来静静剥瓜子的时光了。

白绮舔了舔唇，问："这里面没花椒味儿的了吧？"

席乘昀抿起嘴角，像是忍俊不禁，他说："没有，吃吧。"

"那我就不客气了。"白绮把自己的猪肘子和席乘昀做了个交换。

白绮像小时候一样，把瓜子一口气全倒嘴里了。

"还咸吗？"席乘昀问。

白绮高兴地摇摇头说："不咸，很香。"

席乘昀应了声:"嗯。"然后就没有下文了。

白绮乖乖在那里坐了会儿,等到白爸爸又端了下一道菜出来,他才站起来又一次奔赴到饭桌旁。

白爸爸和苏美娴一块儿在厨房直忙到晚上八点半,春晚都开始了,他们才终于把菜全部上齐了。

狭小的茶几上挤满了食物,暖气一烘,食物的香气就悠悠散开了。

白绮兜里的手机振动两下,没等他拿出来看呢,白爸爸问他:"绮绮喝什么?"

白绮:"果汁。"

白爸爸给他们挨个倒好了,席乘昀的也没漏。

他深吸一口气,眼睛没看席乘昀,不过嘴上倒是说了:"又是一家人在一起迎接新年了,先干一杯。"

席乘昀低低出声:"干杯。"

黑粉们这会儿还在等着官方回应呢,路人已经脑洞大开,就差当场为白绮和席乘昀写一个一波十三折的故事了。

黑粉气得更加上蹿下跳。

"呵呵,官方为什么还不站出来回应?眼睁睁看着席乘昀交这样一个朋友?"

"白绮家里引起了工程事故哎,席乘昀的粉丝忍得了?"

的确有些席粉动摇了,但现如今粉圈混乱,有些工作室为了更好地管理粉丝,是会定期和大粉联系的。现在大粉一站住脚,下面也就掀不起多少水花了。

不仅如此,还有粉丝站出来带头嘲讽黑子。

"别发了,复读机成精吗?到处都能见到你们几个在复制粘贴。无语,九年义务教育都没教好你们啊。"

黑子看完,简直当场气疯。

"工作室发消息了!快快快去……"

评论区有人喊了一声。

黑子一看,跑得比粉丝还快。

"这是啥?怎么就贴了个名单?"

"又更新了,这次是判决书!"

"这是老早之前,私信骂过白绮的人啊。一直没公布,律师函都没公开,就不声不响地把人告了。席老师这行动力,可以啊。"

"网上有庭审录像,虽然打码了,不过也可以看一下,特别解气!"

"看到了看到了啊啊啊，席老师请的律师团队很厉害啊！这不是××的御用团队吗？拿来干这个，真就大材小用了呗。"

"这个时候放这个，就是礼貌地和那些挑事儿的说一声，我还盯着你呢，自己心里要有点数，是这意思吧？"

黑粉大概也没想到，席乘昀和白绮之间的"友谊"如此之"深"，一时间连叫嚣的力度都小了下去。

营销号也集体尴尬了。

我这上赶着连饭都没吃，才刚从犄角旮旯扒拉出来几张白绮还是富少爷时期的照片……那我这是发还是不发呢？确实多少有点慌。

平时明星们爱发律师函，那都没啥力度，他们心底其实可清楚了。但席乘昀不一样，他做事从来不只在表面做做样子。

这头白绮年夜饭吃了个七七八八，一家三口全部挺着小肚皮，靠着沙发懒洋洋地继续看春晚。

只有席乘昀画风稍微不太一样，他身形依旧挺得笔直。

白绮扭头看了一眼，心想，难怪网上有时候会说，席老师完美得像个假人呢。

假人席老师正在陪着苏美娴聊天，无论他们说到电视里的哪个明星，席乘昀都能接上一句。

"哎这个唱得都走音了……"

席乘昀："这个歌手喜欢抽烟喝酒逛夜店，唱功练得少了，确实不如从前了。"

"这个小品有点无聊。"

席乘昀："这个演员用错了表演形式……"

还有什么"这两个明星其实互相看不惯""这个演员哭起来像笑"……

连白爸爸都和他聊得津津有味了，头一次觉着打开了娱乐圈的大门，见识到了更真实有趣的一面。

白绮倒是听得惊住了。

矜贵优雅、跟神仙似的不沾凡尘的席老师，居然知道这么多八卦！还全都记住了！还说人家哭起来像笑！毒舌如斯！

这会儿电视里又出来个老演员。

苏美娴刚笑着说了句："他早两年演武侠剧的时候可帅了，那时候我们都特别喜欢他，现在也老了……"

席乘昀马上接了句："您要签名照吗？要的话，我可以让他给您。"

席乘昀与他们相处下来，分外地游刃有余。

白绮脑子里不自觉地冒出了个念头，如果被他带回家的朋友是蒋方成……呃，也许蒋方成会把他家桌子掀了，浪费他老爹辛辛苦苦做的一桌饭菜。蒋方成那个人的性格太差了。

白绮按下这种奇奇怪怪突然冒出来的念头，摸出手机去看信息。

席乘昀本来还陪着白家父母聊天，余光扫见他的动作，立刻就停下来，转头看向了白绮。

信息是邱思川发来的。

下面还挨着几条室友发的，还没点开就先看见一串串的感叹号了。

白绮先打开了邱思川的信息。

"还好吗？"

嗯？怎么突然问这句话？

白绮怔了片刻，然后转头就打开了微博。

一串看下来，吃瓜吃到自己家。

白绮站起身往卧室里走，席乘昀冲白家父母礼貌地笑了笑，然后也跟了上去。

白绮翻了翻微博，没先看见骂他的，倒是先看见了邱思川等人的微博。

@邱思川：少看八卦多看书，实在不行就多睡觉。

评论区全是他粉丝惊奇出声："这是站队白绮的意思吗？"

"这都多少天没发微博了，一来就发这个？"

邱思川最近通过几档综艺回了春，他的评论区已经越发活跃了。

白绮抿了下唇，又翻了翻微博。

发现当初第一期里，因为他那一番表演而得了益的几个幕后工作人员，也有站出来帮他说话。

连王苗峰都发了个图片，图片上是"知道为什么小明爷爷死得早吗"。

下面有粉丝接了声："因为住海边管得宽？"

有路人都忍不住感叹："我真没想到王苗峰挨揍都有感情了。"

"笑死。虽然冰球场上挨了揍，但确实是红了啊！"

再往下翻翻，还有夏旸的。

他比邱思川的态度还要跩，直接发了个：别造谣我粉丝。

评论区一片哈哈哈哈。

"绝了，还要特地强调我粉丝。席老师看完，不得再给加十套练习题？"

"哥啊，您这是在席老师的雷区反复横跳啊！"

白绮就刚看到这儿，席乘昀一推门进来了，他以为会看见白绮默默落泪，结果先听见了"咯"一声笑。

席乘昀几乎以为自己听错了。

"白绮，你看见新闻了？"席乘昀出声问。

白绮点了点头，转身看他："你怎么进来了？"

席乘昀抿了下唇，没有出声，只是看着白绮。

他在想，或许，他可以关心一下白绮？但要怎么关心，才会显得自然？

白绮："哦，你是不是进来安慰我的？我没事啊！我们家早八百年就破产了，我早就接受啦！就是楼上老董笑我们家的时候，我爸会有一点点生气，觉得是他拖累了我们……

"我觉得我高中的时候特别明智，把种地、做菜全学会了，只要一想到这儿，再穷，也没什么好害怕的。而且我家还有房子住呢。"

他絮絮叨叨，嗓音轻快。

"虽然说今年是有点难，因为钱的问题，我家里为我到底考不考研的事儿，纠结过多少次了。但是这都解决了呀，还是席哥你帮我解决的！"白绮说到这儿，冲席乘昀笑了下。

他笑得又甜又灿烂，像是揉碎了一捧甜味儿的浆果，绽出了漂亮的色彩。

"你不生气？"席乘昀想起那些黑子的言论，都觉得心底抑制不住地冒出了一点戾气。

白绮："为什么生气？你说为那些黑粉吗？我觉得吧，我在家里快快乐乐吃饭嗑糖看电视，他们急急忙忙从这个战场换到那个战场。饭也不好好吃，电视也不好好看。过个年，还要着急上火敲键盘。左等粉丝骂战，右等工作室声明，就没个闲工夫。这有点说不好，到底虐的是谁吧？"

"……"席乘昀哭笑不得。

白绮说着，坐到书桌前，打开了笔记本，然后噼里啪啦开始打字。

席乘昀这才出声："你要上微博回复消息吗？不用，可以都交给尚广来办。"

白绮："不是啊。我看了他们写的段子……我想了想，要不我帮他们写吧！"

席乘昀："什么段子？"

白绮把手机给了他。

席乘昀看着上面已经写到蒋家和白家曾经是世交，两个孩子却因为不同的家庭际遇，从此走上不一样的人生道路，一正一邪……

席乘昀看得眼花缭乱。

白绮挽了挽袖子:"我亲自下场帮他们编,以后保管没人相信你真给我钱雇我了……"

席乘昀:"……"白绮,你可真行。

席乘昀挨着在他身边坐下来,低声道:"白绮。"

"嗯?"白绮头也不回,还在绞尽脑汁地回忆自己曾经看过的那些兄弟反目、好友决裂的恶俗剧情。

手下也不带停的,噼里啪啦。

我可太棒了,白绮心想。

席乘昀低声说:"我来把这件事彻底解决。"

第十章
他走出了泥泞

白绮呆了一瞬,连手上的动作都忘记了。

"嗯?彻底解决?"

白绮脑子里飞快地闪过了各种霸总文学里的桥段:笔一挥,让营销号们当场失业,传媒公司当场破产,黑粉们集体被封号……

"找到你父亲跑掉的合作对象。

"让当年遭遇工程事故的当事人或家属站出来说话。

"还有你父亲担负起这么多年还款和医药费的账单来往记录,都要公布出来。"

席乘昀顿了顿,低声说:"时代不一样了,做了好事一定要说出来,没有做的事,也一定要讲清楚。否则互联网会永远记得今天,在将来的任何一个时候,都有可能成为某些别有用心的人的把柄。

"要处理,我们就处理干净。"

席乘昀的声音不急不缓,甚至没有什么抑扬顿挫,但每一个字却都仿佛倾注了力量。

白绮抿了下唇,说:"其实我也尝试过的呀。我家刚破产的时候,家里亲戚就主动打电话来问了,张嘴就说:'哎呀,听说你爸爸害死人了,是不是要坐牢了?'我说不是,也没有人信。"

席乘昀定定地看着他,听着他缓缓往下说。

突然有那么一瞬间,他很想去轻抚白绮的眼角。这个念头突如其来,就好像是想要穿透时间与空间,去擦抚十年前白绮眼角落下的眼泪。

虽然他不知道,那时候的白绮是否会哭泣。

"那时候网络没有这么发达,但是纸媒很发达。还有报纸来采访我们家,今天我们家说,会担负所有事故者的医药费。明天他们就又去采访家属啦,然后家属怎么骂我们的,就会被刊登在报纸上……"白绮轻轻"哎呀"了一声,"反正,那个合伙人没有抓到,很多事就讲不清楚的。而那个人,那么早就跑了,到现在都没能抓到……"

席乘昀问:"他卷了多少钱?"

白绮:"好像有3.5亿吧。早年合伙开公司的,很多相关制度也不健全,也缺乏相关法律意识,多是采用家族成员担岗。当时公司的财务就是他的妹夫。他妹夫现在还在监狱里,一分钱也没捞到。"

白绮那时候没什么念头,长大了才知道这人实在是个狠人,他的妹夫和亲妹妹都在监狱里蹲着,唯独他自己跑了,老婆也丢下了。

席乘昀冷静地说:"你们向银行贷了那么大的数额,如果当时你父亲没有站出来,担负起还债、医药费赔偿的责任,银行比你们更着急,他们会更积极地去抓住那个人。"

"但是在医院的人等不了呀。公司破产后,等着发工资的员工等不了呀。"白绮说。

席乘昀低低应了声:"嗯。"

所以他们才是和别人不一样的。

欠债的是大爷,有些人狠狠心,只要熬下去,还能重新将这局棋盘活。而白家却彻底被拖累了。

"这个人一定能找到的,你让叔叔整理一份关于他的详细资料给我。十年前还没统一采集DNA,也没有天网,户籍都还有缺漏,但现在不一样……"席乘昀有条不紊地说着。

好像再大的事,在他眼里,也算不得多么可怕。

白绮舔舔唇:"如果他跑到国外了呢?"

席乘昀却突然笑了下:"他应该祈祷他自己,最好不是跑到了国外。"

白绮:"嗯?"

席乘昀脑子里却突地冒出了个念头,他开口说:"你带着我回了家,要跟我也回一趟家吗?"

很明显,这个"家"不是指蒋家。

白绮惊讶出声:"国外的家吗?"

席乘昀:"嗯。"

白绮倒没想到别的东西,第一反应就是,难道席乘昀要带他亲手去抓那个人吗？

这有点太天方夜谭了，但白绮还是有一点点心动。

席乘昀似乎并不需要他立刻回答，很快就转过话题道："你父亲会去医院探望那些人吗？"

白绮："很早以前去过，被打出来后就没去过了。后来就都是我爸爸的一个朋友代替他去探望。"

席乘昀垂下眼眸，声音不徐不疾："现在你长大了，可以代替父亲去了，不是吗？"

白绮目光闪了闪。

席老师的意思是？

白绮低低应了声："嗯。"

席乘昀说："我和你一起去。"

白绮这下想明白了席乘昀的用意，席乘昀跟着他去了，自然就会有媒体跟过去。

但是白绮想了想，还是摇了摇头："照料那种长期生病的病人，家属是很痛苦的，可能会扔东西砸我们……还是算了，你不要去了。"

席乘昀没有说"好"，也没有说"不好"。

他轻拍了下白绮的肩，起身说："我去和叔叔聊一下，这件事重新被人翻出来了，总要告知他的。如果不是因为和我扯上了关系，也不会有营销号去挖掘你的家庭。"他说，"是我的错引起的。"

反倒弄得白绮有点不好意思了。

白绮望着他："没有错呀，事情本来就摆在那里。"

席乘昀抚了抚他的头发，然后才转身出去了。

白绮轻轻吐出了一口气，他觉得自己还是不算长大，大概要长成席乘昀这样，彬彬有礼、克制沉稳，才算是长大成为可靠的成年男性了。

他会的东西那么多，却还是会在家庭面临的问题上，感觉到短暂的迷茫。

不过席乘昀好像悄无声息地把这个空缺填上了。

白绮再扭过头，看向面前打开的笔记本屏幕。

他决定在下手写同人的时候，多夸夸席哥。

不知道席乘昀怎么和白爸爸说的，第二天，白爸爸就做决定放他们俩一块儿去了。

"过年也该去探望一下。"说着，白爸爸还掏出了十来张百元大钞，递给了席乘昀，"你们拿这个去买点礼物，牛奶、水果之类的。"

席乘昀让助理换了一辆更低调的奥迪车过来，然后他才亲自开着车，载着白绮往医院去了。

这会儿网友们已经收到新提醒了。

"白绮发新微博了！"

"这次没再发错到小号吧？"

"没有了，没有了。他为什么这么可爱啊，哈哈，他也太绝了，为什么会有人自己下场编自己的故事啊？"

"我怀疑白绮可能看了不少段子。"

连路人都忍不住站出来说一句：

"白绮的脾气是真不错，这都不生气，还有工夫和粉丝互动。"

白绮的壮举，简直成为了娱乐圈第一例。

不少粉丝奔来看完了他亲手编的故事。

"太甜了，真的好甜啊，自己下手编故事，满篇都是夸席哥的，我服气了，这种小甜豆为什么不能分我一个？"

"就宇宙第一席吹呗。"

"礼貌发问，白绮绮喜欢什么颜色的麻袋？要自己挑挑吗崽崽？"

…………

一场黑粉期待的大战，就这样奇怪地被化解了，甚至白绮还因此再度圈了不少粉，也固了粉。

而这头白绮下了车，忍不住打了个喷嚏。

席乘昀转头问："冷？"

不等白绮回答，席乘昀就伸出手，将白绮主动拉到了自己的面前，风从后面来，于是就这样被他全挡住了。

就像那天白绮拉他给自己挡风一样。

顺手做完这一串动作，席乘昀才微微一皱眉，道："确定是这里吗？叔叔没有给错地址？"

白绮抬起头，面前的建筑挂着"心心敬老院"的牌子，哪是医院啊。

"我以前来过一次……这里的确是个医院没错。那时候还叫珍爱医院，因为当时离着出事点近，病人就全送到这里了。"

珍爱医院是个高档私人医院，当时病人送进去之后，因为不好转院，就住下来了。

席乘昀出声："你爸爸那个朋友叫什么？"

"彭什么……我记不太清了。"

席乘昀转身给白爸爸打了个电话，很快就又回来了，他说："走吧，上门去拜访一下你爸爸的朋友。"

白绮点了头，也觉得中间有点不对劲了，他忍不住皱了下眉，然后才跟着席乘昀上了车。

结果更奇怪的是，他们到了白爸爸提供的朋友家的住址，也没找到人。

白爸爸在电话那头沉默片刻，说："他毕竟大小也是个老总，可能有几处房产呢……"

席乘昀没有再问，他转而给另外的人打了电话。

"裴总，辛苦你一下。"席乘昀对电话那头的人说。

白绮听见这个称呼，隐约记起来，那好像是他刚答应了假扮席乘昀的朋友之后，被席乘昀带到酒会上见过的那个裴总。

"他先过去，我们再去。"席乘昀说。

白绮低低出声："今天大年初一哎，会不会太麻烦了……"

席乘昀："没关系，他很乐意的。"

白绮点点头不说话了。

席乘昀忍不住看了看他，发现他眉心微微皱了起来。

"怎么了？"席乘昀问。

白绮："没什么呀，我是在想事后买什么东西谢谢那位裴总。"

席乘昀一顿："他不用谢。"说完，他俯下身为白绮系了下安全带。

有那么一瞬间，白绮有种席老师这个人真的变得温和了的感觉。

不再是流于表面、出于礼貌的温和，而是真真正正的温和。

而另一头刚接完电话的裴总，莫名地结结实实地打了个寒战。

"我也到该穿秋衣的年纪了？我怎么背心冷呢？"

裴总办事喜欢八面玲珑无疏漏，他不知道席乘昀要找那个彭总做什么，于是在查清楚这个彭总的交友圈关系链之后，直接从他的朋友圈里，挑了一个认识的出来，先把电话打给了这个人，让他去组一个局。

彭万里接到电话的时候，几乎以为自己听错了。

"大年初一，我还要去我丈母娘家！"彭万里皱眉说。

电话那头报了几个名字："这就是一个私人聚会，来不来随你。"

"有裴兴？"彭万里一惊。

"嗯。你最近不是总说房地产不景气了吗？遇见这位，你还不赶紧抓着点机会，给你那小建筑公司，来个回春的机会？"那头笑笑说。

彭万里立马就做出了决定："我马上过来，在哪儿？"

那边早就猜到了这个答案，笑着报了地址。

彭万里挂了电话，就立马去取了一套他平常不太舍得穿的高定。

这玩意儿，也不知道为什么一套能卖几万。

上回去蒋家那个儿子的订婚宴上，他是什么也没捞着，今天可不能错过了，得把自己的门面好好包装一下。

彭万里对着镜子照了照，把皮包一拿，老婆孩子丢家里，然后也顾不上叫司机了，自个儿就开车先过去了。

彭万里到的时候，其他人都到得差不多了。

酒桌就摆在一个小花园里，从花园的网栏望过去，还能望见另一头的马场和靶场。

"你怎么才来啊？快快，人家裴总都到了。先给裴总敬个酒。"有人出了声。

裴总人很年轻，才三十来岁，穿着POLO衫，是和他们不一样的潇洒肆意。人放在桌上的钥匙，都是阿斯顿·马丁超跑的。

他们这样的，就是从父母，甚至祖父母那辈儿就开始发财了，是彭万里一行人平时还真接触不到的那个圈子里的人物。

裴总先皮笑肉不笑地盯着彭万里看了两眼："坐。"

彭万里赶紧坐了下来，然后拿起一个酒杯，抬手就灌了两口白酒。

其他人忙起哄说一杯不够。

彭万里说："我自罚三杯。"然后连着干了三杯。

嗓子眼儿里、胃里都呛得火辣辣了，他才放下杯子。

但都值得。彭万里心想。

十年前的时候，他就以为自己能一飞冲天，结果呢，他等了又等，这么些年，还就只是个建筑公司的老板。

现在不就终于等来他的机遇了吗？

这边酒过半巡了，那边席乘昀才开着车，载着白绮抵达了地方。

白绮转头一看，这是个高级会所，他过去听过名字，里面配备了高尔夫、温泉、台球、私人影院，还有个靶场。

两人进门的时候，听见了极轻的"咔嚓"一声响。

他们谁也没有回头，都心知肚明那应该是有记者闻风赶来了。

这头裴总点了根雪茄，问："彭总做过哪些项目啊？"

彭万里连忙答了："接过凤凰地产月亮湾的项目，还有去年一个市政工程，虽然咱们就是去做了个辅助。"

"哦，那很了不起啊。"

彭万里还没被这么厉害的人夸过，当下也就报了不少项目。

这一报出来，裴总都有点惊讶。这人的小公司，还真承建过不少项目，尤其是差不多九年前开始做的，都相当不错。

裴总目光一转，突然间站了起来。

"怎么了裴总？"

裴总高喊了一声："席哥。"

众人一愣，齐齐扭头。

席乘昀穿着深蓝色的羊绒大衣，缓缓朝这边走来。

他身边还有个人。那人穿着白色的大衣，还围了一条卡其色的围巾，长得分外好看，整个人看上去就像是一朵缀了点巧克力酱的松软棉花糖。

裴总装模作样地说了一句："巧啊席哥！您这是来干什么呢？"

席乘昀笑着看了他一眼。

白绮心想这戏精跟我比起来，也不遑多让。

席乘昀说："陪白绮玩儿。"

裴总连忙招呼："小白哥过年好啊，来来，快来坐。小白哥玩儿什么？我买单行不行？"说着，他还一边手忙脚乱地把烟给掐了。

席乘昀这才带着白绮走过去。

眼尖的服务生立马在裴总身边添了两把椅子。

裴总又张罗着让人给白绮拿喝的去，问："牛奶还是果汁啊？酒肯定不行吧。这席哥得揍我。"

白绮："橙汁就好了。"

裴总应了声："那席哥呢？"

白绮低头扫了一圈儿桌上的酒杯和酒瓶，乱糟糟的，酒气有点冲鼻。他不爱喝酒，也不觉得这是什么好东西，想也不想就说："也果汁吧。"

席乘昀这才点了下头，出声："嗯，听他的。"

裴总闻声笑得嘴都快咧到耳根子了，他说："行。"然后叫服务生拿去了。

其他人见状，都不自觉地收敛了坐姿，连歪倒的姿态都不敢摆出来，心底好像怀着一种本能的敬畏。

裴总看向一个高大得像个铁塔的人道："卢彬，你给席哥和小白哥绍一下。"

白绮抬头看了一眼，他想起来，在蒋家的订婚宴上见过这个人。

卢彬站起身，一个个介绍了过去，很快就介绍到了彭万里。彭万里还站起来，殷勤地冲席乘昀和白绮笑了笑。

白绮出声："名字有点耳熟。我爸有个朋友，也叫这个名字……"

彭万里一愣，心想不会吧，这人还真是白山的儿子？像他们这样长期往工地跑的，其实很少去看什么娱乐新闻。那个卢彬倒是反应更快，他左右一看，疑惑出声："白山的儿子？"

白绮轻一点头："嗯。"他看向卢彬："我没怎么见过你，你也认识我爸爸？"

卢彬："啊。"

白绮也没想到自己早和彭万里遇见过了，他坐直了，手不自觉地反捏了下席乘昀的手背。然后有种很奇妙的体验，好像置身在一群年纪比他大很多的老油条中间，也感觉到了从容。

白绮笑了下："好巧啊。今天上午，席哥刚陪我去医院探望之前受伤的病人，结果发现医院搬迁了。我听我爸说，之前都是彭叔叔代替他去探望的。正好问一问……"

周围的人惊讶道："嚯，没想到啊，彭总还有这样一层关系在呢！"

一个个看着他，目光充斥着羡慕。

彭万里却被钉在那里，一点也不觉得有多么高兴。他觉得这人生糟透了，简直像是在玩儿他。

"医院……是搬走了，现在改名叫圣爱了。"彭万里低声说。

"那病人呢？"

"还在里面……只是有的，出院了。"彭万里的头垂了下去。

"那您怎么没和我爸说一声？"

"忙就忘了。"

白绮："是吗？"

其他人隐约察觉到不对劲了，一时桌上的气氛有点怪异。

这时候服务生端来了果汁，还上了新菜。裴总想问白绮吃什么，又有点不敢插话打断。

席乘昀不紧不慢地说了声："餐刀。"服务生忙递了上去。

彭万里不知道为什么，看着他那双手捏住餐刀，本能地心悸了下，勉强笑着说："你爸平时忙得也没问我……"

白绮突然想起来很早以前他爸爸和他说起过的事。

白绮出声道："您那儿有账单记录吗？我听我爸说，之前因为您帮他垫付了一部分钱，所以他直接让您不用给他工资了。我看看，您还垫了多少，我今天一块儿给您吧。"

彭万里拿不出来。

裴总看了看席乘昀，然后转动着掌心的酒杯，说："彭总还坐着干什么？打个电话让人去把账本取来呗。人家小白先生要看呢。"

彭万里这才去摸手机。

裴总笑着说："我头一回有这么个机会请席哥和小白哥吃饭，那不得给办妥帖了吗？小白哥要什么，那都得给拿来啊。不然席哥回头削我，那我可就得找你们了啊。"

他明明年纪比席乘昀大，但一口一个"席哥"。

彭万里的汗水这会儿已经下来了，他拿出手机，却不知道该拨给谁——他根本没记账。

白绮："银行流水单也可以。"

彭万里闭了闭眼："哎。"

他怎么也没想到，自己以为的等了好多年的大机遇，结果一头扎进去，是个能淹死人的泥潭。

"彭总算不清楚账目吗？"席乘昀轻笑一声，用手里的餐刀，给白绮切了块牛肉，推到他手边去，然后才又看向裴总，"我记得裴总手底下有一支队伍，专管这方面的。"

裴总马上掏手机："哎，那小事，我叫过来帮着彭总一起算呗。保管算得清清楚楚。"

彭万里这会儿明白过来，他是被架到火上下不来了，真要等人来帮着他算……裴总、席乘昀，都得当场翻脸，他今儿别想走。

彭万里低声说："没有了，不欠了。都平账了。"

"你说平就平啊。"裴总哼笑了一声。

彭万里："还有……还有该给白山的钱，还没顾得上给他。白绮，叔叔明天亲自到你们家去拜访，然后顺便把钱给你爸爸，行吗？"

一时没有人接话，桌上气氛越发冷凝。

裴总转头问卢彬："他刚说他手里在做的新项目叫什么？"

彭万里登时吸了一口冷气，他脑子一嗡，说："我知道了，白绮，你怀疑我吞了你爸爸的钱对吧？我没有……"

他狼狈地将头埋得更低："我，我对他很好的。当年你家里刚出事的时候，你忘了吗，我主动给你爸爸借了五十万啊，还主动请他到我公司来上班……"

席乘昀一掀眼皮："编谎话编得你自己都信了？嗯？拴着人家给你打白工，这叫好？"

裴总一皱眉，插话道："叫什么白绮？我都得叫小白哥，你该叫什么，心里没点数吗？老子辈分还比你低了？"

本来还有点凝滞的气氛，一下被裴总搅和散了，这位裴总也实在是个妙人。

这么个饭局，在场的都是商界人士，彭万里抬头不见低头见的，他要是还想接着混，就应该知道今天是糊弄不过去了。

彭万里坐在那里，面色发青，他看了一眼白绮。

"你真是和从前彻彻底底地不一样了啊。小的时候，被你爹妈养得跟朵象牙塔娇花似的，见了谁都叫叔叔阿姨。你爸出事那会儿，都还只会眼含泪花……"

彭万里话说到一半的时候，席乘昀的脸色就已经沉了下来了。

席乘昀缓缓坐直了身体，表情几乎可以用"难看"来形容。

他非常地不喜欢别人用这样的口吻来描述他不曾见到过的白绮。

而裴总这会儿反应更快，他"啪"的一下，把车钥匙往桌上一拍，发出清脆的一声响。

"这会儿跟我小白哥扯什么过去啊？怀旧啊？你想怀，我陪你慢慢怀。"裴总是带了保镖来的，他话音落下的时候，他人没动，但身后保镖往前走了一步。

彭万里的话一下全卡在了嗓子眼儿里。

白绮也忍不住拧了下眉："您觉得我不该来问您是吗？是更希望警察来问吗？账目糊涂，不发工资，这是犯法。"

裴总一愣，心底忍不住嘀咕，这小白先生也太可爱了，多纯良啊。

哪晓得席乘昀这会儿不紧不慢地开了口："嗯，触犯了劳动法。如果拿不出更清楚的账目，那叫侵占他人财产。"竟然还正儿八经地顺着白绮的话，说了下去。

彭万里一愣，张张嘴。

然而不等他说出声，席乘昀低声道："就算你当初另留一手，没有准备合规的雇佣合同。但只要他从事了你授权或者指示范围内的生产经营活动或者其他劳务活动，甚至只要其履行职务或者与履行职务有内在联系的活动，都属于建立起了雇佣关系。"

裴总："……"真有您的，这就是斯文人凑一块儿了呗！

裴总看了看自己，也难得有这么一回，觉得自己多少是有点粗俗。

现如今都法治社会了啊。

那头彭万里的脸色还真白了下。

显然，他也没想到这玩意儿还能从劳动法上去追究他。

那个长得跟铁塔似的卢彬，一下站了起来："老彭，你就说了吧……"

其他人也才回过神似的，纷纷出声："这要真是这样，那确实不地道啊。帮人也没这个帮法嘛，得帮在明面上啊，你这悄无声息，怎么还吞人工资呢？"

彭万里身形一塌，狼狈地道："我……"

席乘昀低低出声："我是不是还可以合理怀疑彭总，和十年前那个卷款逃跑的胡铭有什么联系？"

彭万里一下跳了起来："不不，席先生，这话可不能乱说。我没有，我的确没有……是，是，我让白山给我打了白工，我没有把工资给他。但开始，的确是以工抵酬啊！我借了五十万给他啊！

"也就是后面，后面我才说替他补到医院去作医药费……他当年一口气把法院判决的赔偿款付足了，就只剩下医药费。我当时不是为的别的，我真的只是想要留他在我公司……"

裴总咂嘴解说道："也就是，其实你需要人家来帮你打工，但你把这个说成了是对人家的施恩呗。"

彭万里没应声。

白绮："医药费是什么时候付清的？"

彭万里只能往下说了，这故事一开了个头，要说下去，倒也没那么难了。

彭万里咬了咬牙关，再开口："没有付清的说法，有些病人是要长期卧床治疗的……"

这也就是为什么一旦出事故，肇事方都宁可对方当场死亡，这样赔偿的钱款和付出的精力甚至还要少很多。如果对方当场没死，那可就是一辈子都要靠肇事方了。

"那我换个说法。每个月打过去的医药费，有余留吗？"白绮问。

彭万里："……"

"有还是没有？"席乘昀淡淡出声。

"有。"

白绮的声音冷了下来："更不用说，我爸最近还给医院打了一笔款，这笔款打过去之后，该够他们用很久了吧。你为什么不说？"

彭万里勉强笑了下，额上流下了汗水："谎言就是这样啊，跟滚雪球似的越滚越大。我不想你父亲走，就只能选择不说。"

"你代我父亲去医院探望的时候，有没有告知他们，是我父亲委托你去的？"白绮又问。

"这个说了。"彭万里连忙道。

裴总笑了笑:"小白哥还是年纪小,您不懂啊,这同样一个意思,用不同的话术说出来,那味道可就变了啊。没准儿那帮患者家属,还以为他们拿到的钱,都是靠彭总争取来的呢。对吧彭总?"

彭万里面色白了,说不出否定的话。

白绮咬了咬唇,有点生气,倒不是单纯心疼他爸打白工了,而是对于他爸来说,当年猝不及防出那么大一件事,彭万里大方地伸手援助,对他爸来说,差不多得是能珍藏在记忆里感动一辈子那种级别的了。

结果倒好,人家压根儿就不是这样想的。

"彭总,下面怎么做,还要我教你吗?"席乘昀出声道。

彭万里:"我知道了。"

裴总忍不住插话:"小白哥的爸爸是在他公司干活吗?我看他这几年搞的项目很有意思啊,是不是打从小白哥的爸爸过去了,项目才越做越好了?难怪想把人绑在你船上打一辈子白工呢,这还想着让人对你感恩戴德……啧。"

白绮闷声说:"我爸在工地上帮着管事。"得顶着太阳,披着寒风,什么事儿都得帮着彭万里跑。有一年夏天回来,身上皮都全晒掉了。

"包工头啊?"裴总咂嘴,"这也不好做。"

裴总言语间没什么瞧不起的意思,其他人那就更不敢说瞧不起了。

裴总打了个电话,说:"等等啊,我叫个人过来,陪着彭总把这些年的账目,都算个清楚。"

这时候白绮的手机也响了,他低头看了一眼来电人,然后接了起来:"喂,爸。"

白爸爸在那头问:"见着人了吗?"

白绮:"嗯。"

他不知道该怎么说,头一回觉得自己语言有点匮乏。于是把手机递给了席乘昀,转头,一双眼望着他:"席哥说……"

他的话里有几分恳求的味道,眼底的光华似乎都化作水,缓缓流出来了。

席乘昀飞快地伸手接了过来,和白爸爸低声说了起来,最后还礼貌地安抚了一句:"您不要为这种人太难过。"

白爸爸轻叹一声:"难过什么呢?他那时候真帮过我的,就是后面吧,就变了……你把电话开个免提,我就问问彭万里,问两句就行。"

席乘昀应声,打开了手机免提。

裴总却忍不住多嘴插话:"其实吧,当年这白先生忍一忍,熬一熬,到今天，那也不能破产啊。没准儿都更有钱了。"

白爸爸那头听见了声音，无奈一笑："人生说不准的，也可能跌在其他地方了。我们那会儿做生意的，就只管往前闷头冲。人家不是说吗，换头猪站在风口上，它都能飞了。家业越做越大，自然也就越来越难，总有一天还得超过我的极限……"

裴总一愣，叹气："也是。普通人还真没法儿这样清醒。"

这小白先生一家人真是挺奇妙的！裴总心想。

这时候白爸爸在电话那头深吸一口气，中气十足地大喊了一声："彭万里！"

彭万里身形一颤，没应声。

但白爸爸不管他应没应声，高声问："总得有个为什么吧？啊？你骗我这么些年，总得有个为什么吧！"

"我很感念你收留我工作是一回事，但老子没破产前，对你也不错吧？你就这样对我，啊，就这样……"

彭万里攥紧了拳头，没说话。

"我欠你吗？"白爸爸怒声问。

彭万里这才终于按不住了，他冷冰冰地盯着手机，说："我就只是想把你当年做的事，一样做一遍。你当年怎么施舍我的，我也要把你留在身边，每天都看着你是怎么狼狈地挣扎的……"

裴总一听："嚯，还真不是个东西。别人对你好，那叫施舍？"

白爸爸再深吸一口气，大骂了一句："放屁！就为这？"

"你当年多风光啊，都是一个地方出来的，你跟坐了顺风车一样，一路顺利。你高中读毕业了吗？你还能娶个高学历的漂亮老婆。我还在到处跑业务，到处求人的时候，你多幸福啊，你儿子都生了，你手里还拿着大把钞票……"彭万里一口气地说到这里，又理智回笼，然后猛地顿住了。

席乘昀屈指敲了下桌面，然后把手机收了回来，他低声说："不用听他拙劣的辩解了。"

裴总："对对，把人带走。"可别把我小白哥他爸给气厥过去了。

保镖立马动手，把彭万里一架起来就走。

彭万里冷笑："就是想搞死我！你们就是想搞死我！早知道……"他话没说完。

裴总的手机也响了，他接起来没两秒钟，就递给了席乘昀："我怕这人没完全说实话，就又派人仔细去查了查，您听听。"

席乘昀接过来。

白绮不由得立刻转头看了过去，盯住了手机，也很想知道还有没有什么疏漏的地方。

席乘昀眸光轻动，不自觉地抬起手来，拍了拍白绮的脑袋，仿佛是一个安慰的动作。

电话那头的声音很快响起："席哥好，是这么个事儿，我估计这事彭万里自己肯定不会说的。就是早几年，他做一个项目的时候，和他对接的人叫计川民，您可能没听过，这人早年没少干坏事。这彭万里那会儿吧，可能就惦记着想把白山先生的后路都给绝了，于是动了心思，想把白绮送过去卖器官。不过后面不知道是良心发现，还是怕这事儿犯法，最后也没成……"

席乘昀听到这里突然放下手机，一起身，猛地推开椅子，发出了"嘎啦"一声刺耳的响。

席乘昀疾步走到了彭万里的身后，拎住他的领子，将人一翻转过来，连旁边的保镖都没反应过来，席乘昀一拳揍在了彭万里的脸上。

彭万里只觉得脑子里一嗡，鼻子和耳朵好像都往外流血了。

裴总一呆。

不是斯文人吗？我这刚还说着我不做粗俗人了呢！

等其他人反应过来的时候，席乘昀已经薅着彭万里的领子，连揍了两拳，一拳揍在下巴，一拳揍在眼眶，彭万里身形不受控地仰面倒了下去。

白绮最先站了起来："席哥！"他三两步就到了席乘昀的身边。

裴总见状，这才也假模假式地出声："哎呀呀，席哥啊，别动手，别动手！亲自动手划不来……"

他三两步也上了前，然后就听见白绮低声说："你手比他贵。"

裴总一愣，小白哥这句话妙啊！这不一下就把人劝住了？难怪就他能和席哥做朋友呢。

席乘昀松了手，手指也缓缓舒展开，面上恢复了平静无波的模样。他竟然还认真地应了声："嗯。"

彭万里满脑子嗡嗡，爬都爬不起来，喉咙里的声音也因为短暂的恍惚失神，而全部堵在了喉咙里。裴总的两个保镖很快就"陪着"他到另外的地方去了。

席乘昀理了理袖口，身形笔挺，好像刚才什么也没干过。

裴总忍不住问："席哥，刚才电话里还说什么了？"

席乘昀："没什么。"

席乘昀看向桌旁噤若寒蝉的一干人，微微一颔首："大家慢慢用。"

然后他才又转头看向白绮，低声问："走吗？"

白绮："嗯。"

席乘昀朝他伸出了手。

白绮怔了片刻，不自觉地低头去看他的手指。上面好像有点血迹，估计是彭万里的血蹭上去了。

白绮转头礼貌地问："有纸吗？"

"有！"裴总转身抽了两张纸给白绮。

白绮接过来，本来想要直接递给席乘昀的，但又觉得这样不像样子。这破事儿本来和席乘昀一点关系也没有，只是因为他，才把席乘昀也扯了进来。

于是白绮低下头，托住了席乘昀的手，然后翻来覆去、仔仔细细给他擦干净了，这才把纸团好，投进了垃圾筐。

白绮轻声说："好了。"

席乘昀："谢谢！"

白绮摇头："不，席哥，应该是我谢谢你。我们走吧。"

裴总在后面摇摇头，可惜地说了声："这饭吃得……下回有机会，咱们再吃啊！拜拜！"

不过他今天也算帮着办完了一桩事，心底还挺开心的。席哥以后总不能因为他太烦人就不搭理他了吧？裴总终于放心了。

白绮两人从小花园走出去，径直就往前方的长廊拐，那儿站了个服务生，见到他们立马就迎了上来，轻声问："您好，有什么能帮助二位的吗？"

席乘昀手下轻轻一用力，把白绮按住了点，他问："骑马还是射箭？"

白绮："嗯？不是回去吗？"

席乘昀："刚才不是说，陪你来玩儿的吗？"

那不是托词吗？白绮眨眨眼。

他这会儿其实已经没刚才那么生气了。席先生是以为他生气了吗？所以想要换着方式来让他高兴一点？

白绮想了下，然后抬起头来，一笑："滑雪吧！"

席乘昀点点头，看向了服务生。

服务生立马说："您跟我来，我们有个室内滑雪场。"

半小时后，两个人都换上了厚重的滑雪服。

室内滑雪场的坡度足够高，白绮摆好姿势，牢牢踩住踏板，雪杖一杵地，整个人俯冲了下去，雪花飞溅。

明明戴着护具，但他也还是忍不住微眯起了眼，那一瞬间，好像心脏也跟着高高抛起再落下。

就这样反复几次，特别解压，爽！

白绮来来回回玩了五次。

第六次的时候，他刚从山坡上下去，就和席乘昀撞了个满怀，两个人一起滚了下去。

白绮瘫倒在那里，浑身被汗水浸透了。

大概是大年初一的缘故，这里并没有多少人。一时间，好像天地间就剩下了他和席乘昀两个人。

"席哥……"白绮的声音透过厚厚的护具，带着一点嗡嗡的回振声，他小声说，"谢谢！"

他艰难地翻了个身。

透明的护具后，他长长的微卷的睫毛轻轻颤动，被汗水浸过的眉眼变得晶亮了起来。他的声音变得更轻了，不知道是在说给席乘昀听，还是自己听。

"但是好像已经超出合同的范围了……"

那道本来由雇佣协议薄薄的几张纸划定得清清楚楚的界限，好像从他带着席乘昀这个"朋友"回家一块儿过年开始，就被敲开了一道浅浅的裂纹，他的小号不小心翻了车，又在上面一下凿出了一个洞……

直到今天，界限的高墙，崩塌了下去，来得突然而不突兀。

白绮仰面抬眼，想要望望天空。

但目之所及，只有室内滑雪场的顶棚，上面打着白色的灯光，有点晃眼。

他眯了下眼，有一瞬的茫然，他好像不再是一个敬业又合格的协议对象了。

席乘昀比他先起身。

席乘昀高大的身躯，像是从地下生长出来的根枝盘虬的参天大树。他脱下手套，轻而易举地扶住了白绮的腰身，将他从地上半抱了起来。

"地上凉。"席乘昀说着，还拍了拍他背后的雪粒。

白绮忍不住冲他笑了下："不凉。"也不知道是不是汗水都蒸发在了护具里散不出去的缘故。

席乘昀却还是固执地、重复地又轻拍了拍白绮身后的雪。

但拍了两次，白绮都没什么反应，他呆呆地站在那里，手里还抓着雪杖，防护服将他撑得像是一只迷途的小企鹅。

席乘昀："……"白绮这个"朋友"也不知道给他拍拍雪？因为只是雇

佣的吗？

"白绮。"

"嗯？"白绮猛地扭过头，又应了声，"嗯。回去了吗？走吧，正好我也有点累啦！"

席乘昀点了下头。

两个人慢吞吞地挪到电梯旁，搭乘电梯升顶，然后再去换衣间将防护服换下来。

白绮很快就出来了。

他额前的头发湿透了，连双眼都是湿漉漉的，他望着席乘昀，有那么点不好意思："我们把防护服买回去吧，里面都是我的汗……"他的脸颊浮动着一点很轻的像是画家随手描上去的淡淡绯云，却足够瑰丽，这是真实的白绮，和镜头下的样子，组成了更灿烂的星图。

席乘昀看了白绮一眼，然后应了声："好。"

最后他们把两套防护服都买了下来，钱是白绮付的。席乘昀也并没有和他争着付这个钱。

他们洗完脸，就一人拽着一套厚重的滑雪服往外走。

手里的东西很沉，但白绮心上轻快了不少。

会所通往门口的那一段路，光线都是昏黄的，似乎是刻意营造了一种静谧且隐秘的氛围。

光打在他们的脸上，白绮有种几乎看不清席乘昀的感觉。

走过一段漫长的昏暗的路，快要到门口了，白绮突然听见席乘昀低沉的声音："早就已经超过合同的范围了。"

白绮愣了片刻。

刚才在滑雪场里，他以为席乘昀并没有听见他轻声说的话。

白绮张了张嘴。

而下一刻，他们就迈出了门，两个服务生殷勤地上前，送着他们出大门。

外面炽烈的阳光顷刻间就洒在了他们的身上，而一旁戴着口罩和墨镜，比席乘昀还像是明星的男人，仓皇地往门外退了两步。

白绮的注意力一下被吸引了过去。

是跟着他们来的记者吗？

白绮低头去看。

对方立马收了收手里的东西，客气又恭敬地叫了声："席老师。"大概是知道自己藏也藏不住。

席乘昀应了声:"嗯,辛苦了。"然后才扣住白绮的手腕,带着他走过了面前又一道旋转门。

门外,泊车小弟已经将车开过来了。

他们径直上车,远去。

后面的记者重重地舒了口气,旁边有人愣声问:"就这么完了?席老师就……就走了?"

记者点了下头:"哎,是啊。你刚来,还不太懂。席老师真的是个相当好的人……"

对方忍不住打断道:"席老师都公布判决名单来威慑各大媒体了,这还好啊?"

记者轻嗤一声:"那不一样啊,那些都是黑子嘛。我们可不一样……和席老师打交道,其实很轻松的。他很尊重咱们这职业,也知道我们就是一帮打工社畜,为难我们没意义。所以能让咱们放出去的料,他就算抓个当场,也不会多问一句。如果是不能放的,他会让尚哥——就是他的经纪人,请媒体吃顿饭。这事儿大家也就心知肚明,不吝啬地给席老师一个面子了……"

他顿了下,才又说:"而且我最近又总结出来个新规律……"

"什么?"

"别没事儿造白绮和席老师的黑料,那一切都好说。"

这记者揣着装满了资料的存储卡,圆满地回到了工作室,成功拿到了大额加班费,过他的大年初一去了。

同一时刻,网上也爆出了个惊人的消息。

《带你走进美强惨小白少爷的背后故事》

《办了好事,担了骂名,什么时候才能好?》

《震惊!他以一己之力撑起十三人的人生》

诸如这类的文章多角度、多图文,详解了白爸爸背后那点事儿,到底是怎么回事。白家到底怎么破产,后面又怎么遇上个混蛋的事,全部被捋清楚了。

记者手握会所里的一段神秘录音,以及偷拍的照片,吸引了无数网友的目光。

"大年初一就给我这么一个瓜,我人都吃麻了,黑子键盘侠给老子出来!"

"白绮绮一家子都挺甜啊。"

"我当场一个气血上涌!跑路那个胡铭现在还没抓到?所以要不是白爸爸撑起了事,其实也不用破产?胡铭被抓回来这局就能破解了吧。"

"彭万里也是真的绝！敢情人一直在给钱，他却一句也没帮着和患者家属解释，还让人家默认他是大善人了对吧？"

"就给自己赚棺材钱呗！"

"希望卷钱跑了的胡铭，早日得到报应。"

这事儿实在太容易让人着急上火、感同身受了。

新闻一出来，比明星八卦传播还快，一个娱乐头条哪里装得下？社会版、财经版都有了它的身影。

"有一点点心疼绮绮崽了，白家的事被黑子恶意挖出来那天，绮绮崽还在给我们写同人，天哪，妈妈粉落泪。"

"席哥对白绮再好一点点吧！"

一时间竟然还真的多了不少真情实感为白绮落泪的网友。

记者一看，火速放出了席乘昀陪着白绮滑雪时，他们抓拍的几张照片。

他当时太慌，也没拍几张，就把他们拖着滑雪服走路那张也给放进去凑数了。

"老子今天为白绮绮又哭又笑，他好甜啊，有什么不开心，席老师陪着滑个雪就好啦！"

"我拿出我的放大镜仔细看了看最后一张，他们都是用右手拖滑雪服哎，然后席老师悄悄伸出手，托住白绮的滑雪服。席老师真的在很认真地关心自己的朋友。"

白绮这会儿歪坐在席乘昀公寓的沙发上。

他们没有立刻回家，因为想着白爸爸这会儿应该也有满腔的情绪憋着呢，也许白妈妈正在安慰他。

白绮滑动了下手机屏幕，胸口剩下的那口戾气，也随着网友们花式怒骂胡铭和彭万里，慢慢消散了。

然后他盯住了评论区。

评论区的上方就是那张拖滑雪服的照片。

原来席乘昀真的有轻轻托住他的滑雪服啊。

那一段光线昏暗，但大约是席乘昀的手比较白，仔细盯着镜头，就能发现他微微屈起的手指。

白绮忍不住回了个头——

席乘昀在他价值六千三百万的公寓里，"砰砰"敲下了两颗钉子。

白绮："？"

然后席乘昀将两套滑雪服挂了上去。就在客厅里。

所有来到这里的客人，只要推门走进来，就能看见那两套明晃晃的滑雪服。

白绮舔了舔唇，感觉到有那么一点点的怪异。席老师连这也收藏啊？

他抬眼，小声问："挂这个干什么？"

正好这会儿门铃响了，白绮只好先起身去开门。

门外站着尚广，他手里拎着食物进了门，一看，他席哥站在凳子上。

"席哥这是干什么呢？"

席乘昀转头问："好看吗？"

"挺别致。"尚广勉勉强强挤出三个字，总觉得他席哥像是走火入魔了。

席乘昀看着滑雪服，很满意，这是友情的见证。

尚广不好意思说滑雪服挂在墙上有多么奇怪，事后能做的就是帮着拎去干洗一下。等滑雪服再挂回墙上的时候，散发着某种洗衣液的芳香。

尚广觉得自己有点要被熏晕了，他整个人从头到脚都写着大无语，你们搞清楚啊，你们不是真正的朋友啊！

为什么仅仅只是协议了一下，都能散发出这样的友情的芬芳？

"辛苦了。"席乘昀坐在沙发上，一边拆食物的包装袋，一边出声说，"等年后，也该给你再涨一涨工资了。"

这话可太悦耳了。

尚广马上走到沙发边上挨着坐下，低声说："谢谢席哥！年前我给您的那个剧本，您看过了吗？怎么样？我要给您重新排一下新年日程吗？"

"不用，最近都只录《我和我的完美朋友》，等录完再说。"席乘昀说到这里，顿了下，抬头看了看不远处合上的那扇门。

白绮去卧室洗澡去了。

于是他顿了下，又补充了一句："如果有其他节目要邀请白绮一块儿上，那可以把节目组的台本给我看一下。"

尚广神色复杂地道："您真是把前面几年没上过综艺的份儿，一次性全堆积到现在了啊。"

还全是为了白绮。行吧，倒也不能这么说，应该说是为了协议。席哥就是这样的，不会亏待每个跟着他的人。

"前面拍够电影了。"席乘昀微微一笑。

这话还真只有席乘昀有资格说。

他入行即坐上了火箭，现在圈子里叫得出名字的大导，都和他合作过，那些冷门小众的新锐导演，也用镜头留下了他一点身影。

可以说，前面七八年，席乘昀都是一头扎进了拍戏里，除了少数代言类的商业活动，其他的一概不出席。

他亲手打下的坚实基础，够他吃三十年老本。就算他现在甩手彻底不干了，也已经在影史上留下了浓墨重彩、足够让人念念不忘数年的一笔了！

　　尚广也是这会儿陡然间意识到，他是席乘昀的经纪人，哪怕他与席乘昀相伴了这么长的时间，也不可能真正掺和进席乘昀的生活里去。

　　他席哥哪天真要退圈了，他也只能干瞪眼。

　　尚广小心翼翼地问："那之后呢？有人送剧本来，我还给您送过来吗？"

　　这时候门开了，白绮穿着连帽衫，带着一身热腾腾的水汽走了出来。

　　席乘昀抬头看了一眼，说："之后再说吧。"

　　尚广干巴巴地应了声，在那里坐了会儿，然后帮着把垃圾拎下去了，这才开车离开。

　　这头席乘昀将筷子递给了白绮："年后就要开工录综艺，可以吗？"

　　白绮："完全没问题！"

　　彭万里的事情解决啦，等拿到所有的通告费之后，再加上席乘昀之前给的钱，也许他能把家里之前住的地方，重新买回来吧？

　　白绮攥紧筷子，一时间又对未来充满了期待。

　　白绮和席乘昀在公寓里连着住了两天，然后才回到白家。

　　白爸爸这会儿脸上看不出半点痕迹，苏美娴也神色柔和，看不出半点的负面情绪。他们一块儿下厨，做了盐水虾、狮子头、水煮牛肉……摆了满满当当的一桌。

　　白爸爸拿出酒瓶，又收了起来："算了，你们明星嗓子也很宝贵，还是别喝酒了。"

　　他倒了两杯果汁，自己先举了一杯："以水代酒。"他肃然道，"一码事归一码事，我是真的很感激席先生帮忙，替我解决了这件事。之后有能报答的地方，我肯定义无反顾。但是，如果席先生因此就要求绮绮为您出生入死，把他当作您的工具，而不是一个朋友……"

　　白绮踹了他一脚："废话好多，赶紧吃吧。"

　　白爸爸只好把话咽了回去，端着水杯老老实实坐了回去，满心都是儿大不由爹。

　　不过他再看向席乘昀时，已经掩不住眼底的喜爱了。

　　如果不是因为真的拿白绮当朋友，谁会费心来管他们家的破事？

　　这一点，白爸爸是真的很感激。

　　席乘昀倒是端起了水杯，礼貌地微微一笑，颔首道："您的话我记住了，我想我和绮绮会是一辈子的真正意义上的好友。"

白绮本来踹老爸一脚,把他剩下的话塞了回去,就是觉得老爸的话太冒犯了,远远超出了合同界限。结果席乘昀又把话接下去了。

这都不只是界限被打破的问题了,而是,眼下的场景有种说不出的真实感,好像一切假的都在突然间变成了真的。

他一咬唇,干脆坐在那里一埋头,只管吃东西了。

白绮这一埋头,就吃了两碗饭。

吃完饭后,白爸爸进了厨房洗碗,一边洗,一边探头出来大声问:"绮绮,你怎么把筷子头咬烂了?"

白绮:"是吗?"他眨眨眼,心想他咬筷子了吗?

白爸爸倒也没有追问,嘀咕了一声:"还像小时候一样……"然后才转身回去接着洗了。

白爸爸知道他们要去接着录综艺了,等洗完了碗,还帮着收拾了点小吃装上,然后才和苏美娴一块儿推着行李箱,送他们去了停车场。

"元宵节还回来吗?"白爸爸眼巴巴地望着他们的身影,问。

白绮也拿不准。

没等他想出一个合适的回答,身边的席乘昀就先出声了:"回来。"

白爸爸闻声,立马开心地笑了:"好好好,去吧,一路顺风。"

席乘昀点点头,然后踩下了油门。

白绮和席乘昀搭乘飞机,奔赴第四期录制地点的时候,裴总已经帮着把彭万里这事儿处理干净了。

他的助理问:"裴总,咱们这就算完事了?"

"这才哪儿到哪儿啊?"裴总沉下脸,摁灭了手里的烟,说,"不是还有个什么计民川吗?还想着从彭万里手里买我那小白哥的器官呢。虽说事情过去这么多年了,他也没得手。但这事儿,它过不去了。"

"走,咱报警去。"裴总说。

助理一愣:"啊?报……报警?"

裴总点头:"对啊,小白哥说了嘛,咱们要用法律手段。"

这天白绮和席乘昀出现在机场的身影,被狗仔拍到,当然还是上了热搜。

粉丝们感动落泪。

"真好啊,绮绮还能继续和席哥录综艺,我都怕绮绮不录了。"

"呜呜呜,我的下饭节目,又要出新一期了吗,终于!"

而与此同时,还有两个热搜,牢牢吸引住了大众的关注。

一个是"判决支付1814万"。

点进去一看，就是判决兴晨建筑公司，支付给白山合法劳动报酬1814万，法院发出了支付令，并要求尽快执行，如若再逾期，还会再加上赔付金额。

"效率这么高！"

"我服了，居然欠这么多工资没支付吗？这都还刨除了那五十万啊！"

"应该除了这几年里应付的工资外，还加上了判决赔付的80%工资。他这个应该属于情况比较恶劣的了，所以赔付比例很大。当然，主要还是席哥请的律师厉害！"

"你们去看网上有人扒出来的，这些年白山帮着做的项目，都做得很不错啊。这点钱真是不算多，坑死人了。白山就算破产了，其实只要没被他绑住，也完全能去更厉害的大公司，肯定很快就把欠债解决了，现在白绮绮过个中产阶级的生活，完全不成问题吧？"

"实不相瞒，也从这次的事件里学到一点点知识，希望各位打工人姐妹，也要注意别给老板打白工，要合理维权不要忍这委屈啊！"

在拿到白绮打的五百万之后，那个月白爸爸让彭万里不用垫付医药费，将工资支给了自己。那时候彭万里不想暴露自己，当然就只有给了。

而他转的这笔钱，恰好也成了他和白爸爸之间雇佣关系成立的一个强有力的证据，也更证明了，前面这些年，他一笔工资都没有准时转过账。

网友这会儿忍不住连连感叹：

"谢谢，我现在爽到了！"

"如果能抓住胡铭，我会更爽！"

"听说彭万里可能还会因为偷税漏税问题被起诉。你说这人多小气多黑心？公司报账的时候，可是把白山的工资算进去了的，他因此漏了多少税啊！"

"这……够他喝一壶了。"

网友热议这件事的时候，还有另一个热搜是"计民川被抓"。

大家对这个名字都挺陌生的，但点开热搜后，立马就激起了大众的怒火。

原来这人因为涉嫌用非法手段胁迫下属，以及进行非法钱色交易等，现在被警方逮捕了。

网友忍不住感叹：

"多久没见过这么纯种的人渣了，和彭万里还挺配。"

"八卦论坛里说，他好像还认识彭万里？"

"那可真是蛇鼠一窝，绝了！话说回来，这人被抓，不会是因为席哥顺便办了个好事吧？"

　　网络上的议论声不绝，但没有人知道，彭万里曾经打过将白绮的器官卖给计民川的主意。

　　就连白绮自己也不知道。

　　席乘昀下飞机的时候，也看见了热搜，他点开看一眼，就关上了，这些永远都不需要被白绮知道。

　　不远处，节目组的工作人员热切地迎了过来："白绮！席哥！想死你们了！"

　　阳光从巨大的落地玻璃窗照射进来，白绮盯着看了两秒，然后忍不住打了个喷嚏，他扭过头看着席乘昀，鼻尖都微微泛着红，眼底水光浮动："好像春天来了？"

　　席乘昀迎上他的目光，不自觉地慢慢笑了。

　　席乘昀说："是。"

（未完待续）

番外一
13 岁和扭扭车

白绮上初三那年,还是个没心没肺的小傻子。

有天老师在社会实践课上问大家的梦想是什么。

同学们都挺嗤之以鼻的,这玩意儿上小学的时候就写过了,都快写烂了。

不过大家心里瞧不上,嘴上还是得乖乖说:"我以后想当科学家。""我要当医生,救死扶伤。""我想做您这样的老师,别人种树我育人。"……

只有白绮想了想说:"我想当司机。"

顿时教室里鸦雀无声。

半晌,才有人小声议论:"他家有钱嘛,当什么都行。"

"不应该是当公司老总吗,哈哈。"

这时候老师问他:"想做地铁司机还是公交车司机啊?"

白绮说:"给明星当司机。在一堆狗仔的围追堵截里,我像个车神,飞来飞去。一定很牛。"

这不傻吗?大家心想,开个车有什么牛的?

老师笑了笑,说:"你们暑假的实践作业,就是去体验一下你们以后想要成为的人的生活。"

这下班级里炸开了锅。

最发愁的就是白绮了。

其他人吧,靠着学校组织还是能去体验一下小医生、小科学家的生活的,可他没成年,没有驾驶证啊,他上路等于违法。

白绮就这么蔫了吧唧地回了家。

白爸爸没有看出来他的忧愁,和白妈妈一起收拾好了行李,要带白绮去另一个城市避暑。

白爸爸并不是个特别会享受的人,哪怕他已经足够有钱了,出门旅游也就是带着白绮,到过去修的那种旅游风景区的避暑山庄里住一住。

到的当天,还被人拦了一下。

"不好意思,最近我们这里有大明星来拍摄,那栋主楼已经被剧组占了。"负责人说。

白爸爸显得格外好说话,他指了指旁边的副楼,问:"那儿能住人吗?"

负责人一点头,当天晚上他们就住了进去。

这地方凉快是凉快,但蚊虫特别多,白绮刚到两天就被叮得满脸包。

他皮肤白,一起红疙瘩看着就特别吓人。

白妈妈看了,震怒之下,催着白爸爸带孩子进城去买点药。

再回避暑山庄的时候,白爸爸背上扛了个小四驱电动车,这玩意儿书面上叫"儿童电动车"。

"你买这个干什么?"白妈妈莫名其妙地看了看白爸爸。

"儿子想玩。"白爸爸说。

这边话音刚落,那边就传来了一道声音:"白绮?"

白绮掐着脸上的红疙瘩,扭头看了过去。

那是他的同学,在班级里座位和他隔着四排。他们在班级里从来没说过话,但在这个无聊的地儿见着了同学,几乎就等于语文书里写的"他乡遇故知"。

白绮可开心了。

"你也来这里玩?"白绮高兴地问。

"嗯。"

"你去后面小竹林了吗?那里有个阿姨天天坐石头上用竹子编东西,见人就送。她还给了我一个篮子,让我去摘桃玩儿。"白绮喋喋不休地说。他的五官都被汗水浸透了。但也许是人长得太好看了,就算是满头大汗,五官都是闪闪发亮的。

人家流汗像是去搬砖了,他流汗像是刚从水里捞出来的,整个人都透着点晶莹。

同学将目光从他的五官上收回来,撇了下嘴,说:"是吗?她怎么没送我?"

这会儿白绮还没学会八面玲珑的本事,让他一说就卡了壳,为难地不知道该怎么往下接了。

同学接着说:"是因为我不住这里面吧。"

白绮干巴巴地说:"可能……也可能是她那天手编累了。"

同学又说:"你知道有明星住这里面吗?你看见程世杰没有?"

程世杰白绮知道,是当下很红的男明星,他在镜头前总是打扮得很酷。班里不仅女生喜欢他,有些男生也很崇拜他。

但白绮没见过程世杰,所以最后他只能摇了摇头。

同学失望地皱了皱眉。

不然换个话题吧?白绮想。

我还可以跟他说说,这里的餐厅有道酒糟竹笋鸡特别好吃,那个松鼠鳜鱼可千万别吃,可太难吃了,面粉黏糊糊的,齁嗓子……

没等白绮开口呢,同学看了看他爸扛回来的车,说:"你这车挺贵吧?"

白绮想说不贵,市场上买的,老板娘特别温柔,还少要了他两百块。

"还玩儿这个?幼不幼稚。"同学再一次撇了撇嘴,没给他说话的机会,扭头就走了。

白绮还站在那里,他愣愣地盯着对方的背影,那会儿还不太明白对方的脸色怎么跟天气一样,说变就变。

几个蚊子叮的大包依旧挂在他脸上还没消下去,配上他疑惑的、水汪汪的眼睛,看着多少有点可怜。

后来他又见了那同学几次,对方都绕着他走。

没办法了,白绮太无聊了,就和避暑山庄外的当地小孩儿一起玩。

他的玩伴具体多大呢?从五岁到十岁不等,他们的最高学历也就小学五年级。

不过白绮不介意,他觉得挺好玩儿的。

其中有个小孩儿想玩他的四驱电动车,他就和人家换着玩了俩小时。

换成什么呢?换了个扭扭车。

避暑山庄的主楼里,住着《四季如春》的剧组成员。

《四季如春》是部文艺片,操刀的导演叫卓亮,在国内赫赫有名,他带到这里来的演员班子,也个个都是响当当的。

这里头最红的是一个叫程世杰的。

但卓亮不怎么喜欢这个程世杰,相反,他更喜欢另一个年轻人。

卓亮视线一转,落到了那个人身上。这个人穿着白衬衫,纽扣扣得一丝不苟,一看就是个严谨且敬业的人。

"咳。"卓亮轻咳一声，说，"世杰啊，你揣摩好了吗？没揣摩好的话，还是和小席适当地聊一聊嘛。"

程世杰站在落地窗前，却只和自己的经纪人说话："看，这楼下有个小傻子，骑着扭扭车玩俩小时了。"

卓亮脸上一时间有点挂不住了。

要不是程世杰有个好叔叔，他用得着这么惯着？

这时候席乘昀缓缓站起了身，他踱步走到了窗前，也垂眸看了一眼院子里的情景。

一个十三四岁的少年，穿着大T恤，坐在扭扭车上拐来拐去，隔着很远都隐约能瞥见他的眉眼像是在太阳底下绽放着光芒。

"如果程先生揣摩人物角色的时间，能够限定在两小时以内的话，那程先生看上去是会比他聪明一点。"席乘昀说。

他当然不是为楼下那小孩儿说话，那小孩儿是挺傻的。

但他实在太讨厌面前的程世杰，他不喜欢蠢货。

程世杰面色一变，一把揪住了席乘昀的领子："你什么意思？"

其他人连忙围上来打圆场："哎哎哎，这是干什么啊？"

"确实拖得有点久啊。世杰，你进组前都没好好看剧本吗？"

席乘昀面色不改，他垂下眼眸，抬手轻描淡写地推开了程世杰的手腕。

程世杰满面冷意，然后他发现，自己把席乘昀的领子揪松了点，领口一开，露出了里面的宝石项链。

男人佩戴宝石项链本来应该是很奇怪的，但挂在席乘昀脖颈上的蓝色宝石，却显得那么合适。

很矜贵。程世杰脑子里蓦地冒出这个念头，但很快，这个念头又被他按了下去。席乘昀的身份要真是很显赫，那他怎么不知道？这宝石多半也是假的。

这边闹了个不欢而散。

程世杰回到房间后怎么都咽不下这口气，他知道席乘昀最近拿了点奖，人气也很高，席乘昀年纪虽然轻，但已经被好几个大导都夸过了。

所以翅膀硬了，能嘲讽前辈了是吧？

程世杰冷笑一声，跑去找水军发了个微博定位，就说席乘昀在避暑山庄，房号是803。

这人不总是游刃有余的样子吗？看他遇上私生饭会怎么样。

第二天一早。

就像程世杰预想的那样，整个避暑山庄都被粉丝给包围了，他们在外面大声喊叫着席乘昀的名字。程世杰不用看也知道，导演这会儿的脸色肯定黑透了。

"算了算了，都先放两天假吧。小席，你让你经纪人给你找个替身假扮成你飞外地。"导演说。

席乘昀没说话，应对的是他的助理。

小助理陪着他一路往外走，还没等走到电梯口呢，就听见了粉丝兴奋的声音。

"席乘昀真的住803啊？"

"你怎么废话那么多？你不去我去了啊。他现在应该在拍戏，我一会儿悄悄进他房间，躲床底下等他回来。"

小助理一听对话，吓得脸都绿了，赶紧推着席乘昀往消防梯走。

幸好，消防梯还没什么人。他们一路往下走，走到三楼的时候，看见了个身影，顿时吓得小助理魂不附体，就打算扭头赶紧跑了。

"哈！"那个身影喊了一声，把楼道里的声控灯喊亮了。

这时候小助理也看清了对方的模样。

年纪不大，十三四岁，留着清爽的短发，脸上浸着点汗水，眼珠透亮，手里还拎着一个竹篮子，里面放着几个桃子。

小助理大大地松了口气，一看这就不是什么私生饭。

"吓死人了，你干什么的啊？"小助理随口抱怨了一句。

白绮也疑惑地看了看他们，说："我给保安叔叔送个桃啊。"

"那你怎么不坐电梯？"

"别提了。今天电梯挤死了，我等好半天都等不到空位，就只好爬楼梯了。"白绮皱着脸说。

小助理多看了他一眼，心想这小孩儿长得还挺乖。

"那行你慢慢送桃——哎等等，你家里人是不是这里的工作人员啊？"不然也不会往这里送桃啊，小助理心想。

没等白绮回答，小助理就飞快地说："小朋友，帮个忙行不行？"

白绮："什么忙？还有，我不小了。"

小助理："好好好，不小了。是这样的，你知道我身边这个人是谁吗？"

年轻男人的脸遮在了帽檐下，一片阴影罩上去，就只能看见一点英俊的下颌角。

白绮摇头："不认识。"

小助理笑着说："那就太好了。事情是这样的，他是个明星，现在下面全是他的狂热粉丝，这种情况是很危险的。所以，你能不能想想办法，找你家大人过来,看看怎么一块儿把我们送出去,还不被粉丝发现。"

白绮双眼腾的一下就亮了。

他说:"我有办法,跟我来。"

他想,太好了,这不就是他想当的司机应该做的事吗?这样算完成实践课了吗?

小助理半信半疑地跟着白绮走了,要不是外面狂热粉丝实在太多了,他也不会相信这个小鬼。

十分钟后。

席乘昀看着白绮搬出来的扭扭车。

白绮:"骑这个出去,没人会想到你会这样出去的。"

席乘昀:"……"他不想做傻子。

由于席乘昀不肯合作,白绮只好去找之前的小孩儿把自己的四驱电动车要回来了。

小助理也有点震惊,他抬手托了托自己的下巴说:"这个……这个还是儿童车吧?"

白绮摆了摆手指:"不一样哦,这个,它是发电的!跑起来很快!"

席乘昀:"……"

最后他们没的选择,还是让席乘昀跟白绮一块儿坐上了儿童车,小助理单独行动吸引视线。

小助理很快出现在了酒店前台,他一出现,顿时就引起了一大波尖叫。

白绮开着儿童车"嘟嘟嘟"地往外开,以10迈的车速,狂飙出了避暑山庄的院子。

"你怎么不说话啊?"白绮抽空和席乘昀搭话。

席乘昀没有回答,好在白绮的性格也并不在意。

白绮高兴地说:"我其实猜到你是谁了,你放心,我不是你的粉丝。你是程世杰对不对?"

席乘昀的嘴角轻轻抽动了下。

会把他认成程世杰那种人?有点好气,又有点好笑。

"你可以给我签个名作为回报吗?我们班上有很多人都是你的粉丝。"白绮眼巴巴地看着他。

席乘昀抬了抬下巴,粗略地扫过了小少年的面庞。

然后他扯出随身携带的便笺本和钢笔,飞快地画下了三个字"程世杰",之后扔给了白绮。

白绮认真地注视着他:"你人真是太好了,谢谢你。我以后也要做你的粉丝，拜拜！"

白绮把他放在路边的竹林里，就高高兴兴地开着儿童车回去了。

席乘昀："……"以后也要做我的粉丝？做谁的？程世杰的？

荒谬又好笑，还有点不爽。

不过这终究只是一个不起眼的小插曲。

席乘昀回去后，很快更换了经纪人，正式开始了他一路拿奖的星光之路。

白绮暑假结束回到学校，想把签名送给同桌。

同桌没好气地翻了个白眼："拜托，这是假的好不好？程世杰的字根本不是这样的！"

"白绮竟然给我送假的签名。"同桌这样和别人说。

白绮听见之后倒也没怎么来得及伤心，因为很快他家里就破产了。

他高一回到了曾经居住过的城市，住回了筒子楼。

他再也来不及伤心了，也再想不起那个假的签名，更想不起那个明星为什么要骗他了。

番外二
23岁和绝版签名

　　白绮再想起来程世杰这个人，是很后来很后来的事了。
　　席乘昀带着他一块儿去上一个访谈节目。
　　还没进门，就听见了里面的吵闹声。
　　"你们这就是狗眼看人低！也别得意，谁没有个低谷的时候呢，再等十年，娱乐圈里还说不准是谁笑到了最后呢。"
　　那个人因为极度的愤怒，声音撕扯得变了调。
　　会议室的门被重重推开，工作人员先走出来，一看见席乘昀就愣住了，紧跟着而来的是道歉："对不起对不起，席老师，让您看笑话了。您和白老师走这边吧。"
　　白绮摸了摸鼻子，心想让别人叫一声"老师"，还怪不好意思的。
　　这时候门内刚刚暴怒的那位主角也大步走出来了。
　　他一看见席乘昀，顿时就如同老鼠过街一样，心虚又瑟缩地贴着墙躲了躲。头上的灯打得很亮，偏偏他又没地方躲，于是只能埋着头快速跑了。
　　工作人员见状忍不住骂了一句："欺软怕硬！"
　　白绮有点按不住好奇心了，他问："那是谁啊？"
　　工作人员惊讶："您不知道啊？"
　　不过很快她就反应过来说："您不知道也不奇怪，那位，程世杰，过气好多年了。本来吧，我们也就只是普通工作人员，也轮不到我们瞧不起他，但是他太气人了。台里的节目因为他身上的丑闻，不得不临时换人，他还跑来找我们撒泼。"

白绮听得都忍不住皱眉。

不过程世杰这个名字好耳熟好耳熟啊……

噢！他想起来了！

白绮说："我手里还有他的签名呢，我上初中那会儿，班里同学可喜欢他了。没想到现在变成这样了。"

席乘昀看了他一眼，这段说辞，有点耳熟。

"您还是他粉丝啊？"工作人员惊奇地说。

"不是，签名是我为同学要的。不过，我想起来了，我后来拿着签名回去，同学都说是假的。哎，可我当时确实遇见了一个明星啊，我还记得他的粉丝特别狂热，把我们当时住的酒店全围住了……"

"不是酒店，是一个避暑山庄。"席乘昀突然出声纠正道，他也想起来了。

转头再看白绮，他的目光又多了一点复杂。

像是命中注定他们两个人总会认识，总会有交集。

"啊？避暑山庄？"白绮愣了下，"对……好像是。"

因为那个暑假过后，家里发生了太多的变故，白绮后来有意识地模糊掉了那段时期的记忆。

现在被骤然一提起，那些藏在深处的记忆，顿时一点点变得重新清晰了起来。

问题是——

"席老师怎么知道那是在避暑山庄发生的事？"

工作人员这时候笑了，随口说道："没准当时席老师也在啊，更没准当时……"

白绮脱口而出："给我签名的其实是你？"

工作人员心想那不可能吧。

程世杰怕席老师怕得要死，两个人之间好像是发生过什么不愉快的。据说是在拍一部电影期间发生的事，那之后程世杰见着席老师都是躲着走，就跟刚才一样。

席老师又怎么可能在签名的时候写程世杰的名字……

"对，是我。"这时候突然传来了席乘昀轻描淡写的声音。

等等，什么？真是席老师？

工作人员再次瞪大了眼，做节目的敏锐度让她瞬间感觉到这里面充满了戏剧性。

她舔了舔唇，连忙问："可是为什么您不签自己的名字？"

席乘昀露出点无奈的神情:"他只要程世杰的签名,我有什么办法?"

话音落下,席乘昀突然转头看向了白绮:"我记得当时我给你签完名之后,你夸'我'是一个很好的人,并且说要做'我'的粉丝。你之后,不会真的跑去做程世杰的粉丝了吧?"

席乘昀眯起眼,显然很不希望白绮去做程世杰的粉丝。

白绮举手发誓:"当然没有!"

席乘昀哼笑一声:"原来你当时的话是糊弄我的。"

白绮脑袋上冒出了一个问号。

他做程世杰的粉丝,席老师肯定不会高兴。

不做程世杰的粉丝,席老师还要说他糊弄。

做人好难!

工作人员这时候左看看右看看,站在一旁默不作声。

她看出来了,席老师这是故意逗白绮呢。

白绮这时候又开口了:"我这个人是很难喜欢某一个明星的。"

席乘昀:"嗯?"

白绮灿烂一笑:"所以啊,我现在会崇拜席老师已经是最难得的一件事了。"

席乘昀嘴角的弧度一下子也往上扬了扬。

他说:"谢谢白老师能够欣赏我的作品。"

工作人员心想神仙友谊,永远的神。

但现在问题是:"二位一会儿上访谈的时候可以好好讲一讲这个避暑山庄的故事吗?"

席乘昀神色轻松:"讲白绮和一群五岁小孩儿玩扭扭车的故事吗?"

白绮为自己申辩了一下:"也有十岁的。"

席乘昀一下心情很好地笑了起来。

访谈很快开始了,他们详细地讲完了这个故事。

等到访谈结束之后,席乘昀开着车专门绕路去买了个小东西。

"席老师买了什么?"白绮问。

席乘昀扔给他:"礼物。"

白绮摊开手掌一看,是一个小罐的青草膏。很便宜但很有效的东西,专治蚊虫叮咬的。

席乘昀:"我记得当时在避暑山庄见到你的时候,你被蚊子咬了一脸包,看着特别幼稚又特别可怜一小孩儿。那个时候没想到我以后会认识你,所以现在补上。"

白绮合紧手掌，他微微眯起眼，忍不住感叹："席老师的记性真的太好了，这些细节都记得。"
　　"那你还记得我当时什么样吗？"
　　"就记得您那英俊的下巴了。"
　　"回去把程世杰那个签名扔了吧，我重新给你签一个。"
　　"别，那张还能卖钱呢。绝版，独一无二啊！"
　　他们的车渐渐远去。
　　两个人在车上你一言我一语地拼凑起当年完整的回忆，又囊括了现在的快乐。
　　而这个时候，电视屏幕以外的地方。
　　也许白绮看见了都不会认得出来，他那曾经的同桌震惊地盯着电视屏幕："当年那个签名是白绮要送给我的啊。啊啊啊，那居然是席乘昀的签名！独一无二的席乘昀的错版签名！"
　　他后悔得肠子都青了，可是再后悔，也来不及了。
　　以后不要随便质疑他人。
　　他想他一辈子也不会忘了！

图书在版编目（CIP）数据

和席先生协议之后 / 故筝著. -- 北京：北京联合出版公司, 2023.3
　ISBN 978-7-5596-6580-5

Ⅰ.①和… Ⅱ.①故… Ⅲ.①长篇小说—中国—当代 Ⅳ.①I247.5

中国国家版本馆CIP数据核字(2023)第011522号

和席先生协议之后

作　　者：故　筝
出 品 人：赵红仕
监　　制：一　航
选题策划：航一文化
出版统筹：康天毅
责任编辑：高霁月
特约编辑：李鸿健
封面设计：纯白设计工作室
赠品设计：南　北

北京联合出版公司出版
（北京市西城区德外大街83号楼9层　100088）
北京联合天畅文化传播公司发行
北京盛通印刷股份有限公司印刷　新华书店经销
字数：359千字　　880mm×1230mm　1/32　10印张
2023年3月第1版　2023年3月第1次印刷
ISBN 978-7-5596-6580-5
定价：49.80元

版权所有，侵权必究
未经许可，不得以任何方式复制或抄袭本书部分或全部内容
本书若有质量问题，请与本公司图书销售中心联系调换。
电话：010-58208568　010-64258472-800